이병주 장편소설

돌아보지 말라

나남
nanam

이병주李炳注(1921~1992)

호는 나림(那林). 경남 하동에서 태어났다. 일본 메이지대 전문부 문예과
와 와세다대 불문과 재학 중 학병으로 끌려갔다. 해방 후 진주농대와 해
인대(현 경남대) 교수를 거쳐 〈국제신보〉 주필 겸 편집국장으로 활발한
언론활동을 했다. 5·16 때 필화사건으로 복역 중 출감한 그는 1965년
월간 〈세대〉에 감옥생활의 경험을 살린 〈소설·알렉산드리아〉를 발표,
문단에 신선한 충격을 던지며 등단하였다. 그 후 1977년 장편 〈낙엽〉과
〈망명의 늪〉으로 한국문학작가상과 한국창작문학상을, 1984년 장편
〈비창〉으로 한국펜문학상을 수상하였다.

　일제 강점기로부터 해방공간, 남북 이데올로기 대립, 정부 수립, 한국
전쟁 등 파란만장한 한국 현대사를 온몸으로 겪은 그의 작가적 체험은
누구보다 우리 역사와 민족의 비극에 고뇌하게 했고, 이를 문학작품으로
승화시킨 원동력이 되었다. 대표작으로는 〈관부연락선〉, 〈지리산〉, 〈산
하〉, 〈소설 남로당〉, 〈그해 5월〉, 〈정도전〉, 〈정몽주〉, 〈허균〉 등의 대
하장편이 있으며, 1992년에 화려한 작가생활을 마무리하고 타계하였다.

나남창작선 124

돌아보지 말라

2014년 10월 15일 발행
2014년 10월 15일 1쇄

지은이_ 李炳注
발행자_ 趙相浩
발행처_ (주) 나남
주소_ 413-120 경기도 파주시 회동길 193
전화_ (031) 955-4601 (代)
FAX_ (031) 955-4555
등록_ 제 1-71호 (1979. 5. 12)
홈페이지_ http://www.nanam.net
전자우편_ post@nanam.net

ISBN_ 978-89-300-0624-8
ISBN_ 978-89-300-0572-2 (세트)

이병주 장편소설

돌아보지 말라

나남
nanam

불륜문학의 절정… 예술로 승화하다
46년 만에 발굴한 이병주의 초기 문제작

고승철 / 나남출판 주필·소설가

여름방학을 앞둔 1968년 7월 하순 어느 날, 남해안 항구도시 마산(馬山)의 마산중학교 교무실에서는 작은 소동이 벌어졌다. 이 지역에서 발행되는 석간지 〈경남매일〉 신문이 '실종'되는 사건이 일어나 대대적인 '수색작전'이 펼쳐졌던 것이다.

석간신문 1부는 으레 교장실에 배달되어 교장이 맨 먼저 본 후에 교무실로 넘겨져 교감, 교무주임, 평교사 순으로 훑어보던 시절이었다. 그날은 대청소 실시일이어서 교실, 교무실 할 것 없이 모두 어수선했다. 그런 분위기에서 그날 오후에 배달된 신문이 어디론지 사라진 것이다. 교장의 불호령을 들었음인지 교감은 얼굴이 노래져서 교무실 이곳저곳을 돌아다니며 "오늘자 〈경남매일〉 못 봤느냐?"며 아무나 붙들고 물었다. 교무주임은 염치불구하고 자장면 배달 그릇을 덮은 신문지를 들추기도 했다.

30여 분의 소동 끝에 서무실(행정실)에서 문제의 신문이 발견됐다. 실종 사연의 전말(顚末)은 이랬다. 교장실로 가던 신문배달 소년을 어느 교사가 불러 세워 자기가 교장실에 대신 갖다주겠다면서 신문을 받았다. 그 교사는 연재소설만 잠시 읽은 후 교장실에 갖다 놓을 심산이었다. 그가 소설을 읽자 다른 교사들이 너도나도 신문을 돌려가며 읽었고 서무실 직원은 교장 - 교감 - 교무주임이 다 읽은 줄 알고 서무주임 책상 위에 올려놓은 것이다.

너덜너덜해진 신문지를 받아 든 교장은 화를 내기는커녕 안도의 숨을 쉬며 "아이고, 오늘 연재소설 못 읽는 줄 알았다 앙이가!"라며 소설이 실린 면을 활짝 펼쳤다.

이날 상황을 당시 그 학교 2학년생이던 필자가 우연히 목격했다. 청소를 마치고 담임에게 검사받으러 간 길이었다. 어린 중학생 눈에 비친 코믹한 풍경이어서 빙긋이 웃으며 관찰했고 선생님들이 다 투어 읽는 그 소설이 무엇인지 궁금했다. 서둘러 하교하여 경남매일신문사 쪽으로 달려갔다. 신문사 게시판에 붙은 그날 신문에서 찾은 그 연재소설은 이병주(李炳注, 1921~1992) 작 〈돌아보지 말라〉였다.

마산 교외에 있는 결핵 전문병원인 국립요양소를 배경으로 하는 소설이었다. 중2 소년에게는 그 소설이 왜 인기를 끄는지 얼른 이해되지 않았다. 그 얼마 전에 마산 집에서 아버지와 지인들이 모여 회식할 때 술심부름을 하면서 어느 어른이 말씀하시는 것을 얼핏 들어 보니 "해인대학 교수 하던 이병주 씨가 마산을 무대로 한 소설을 연재하는데 읽어보니 대단하던데!"라고 감탄한 적이 있다.

해인대학은 마산에 소재한 소규모 대학으로 훗날 경남대학교가된다. 이병주 선생은 해인대학에서 강의하며 마산에 한동안 체류한 모양이다. 선생은 마산에서 문화예술계 인사들이 자주 찾는 유명한 다방 '외교구락부'에서 단연 스타로 부상했다고 한다.

필자가 청년이 되어 마산의 오래된 다방에 갔을 때 어느 노(老)마담이 "이병주 선생은 철학, 문학, 역사 등 온갖 분야의 이야기를 풀어 놓으며 좌중을 평정했다"며 '이병주의 마산시대 신화'를 들려주곤 했다.

〈돌아보지 말라〉는 경남매일신문에 1968년 7월 1일부터 1969년 1월 22일까지 연재된 작품이다. 이병주의 초기 작품인데다 부수가 많지 않은 지방신문에 실린 작품이어서 이병주문학 연구자들도 그 존재를 모르다가 최근에 발굴돼 처음으로 단행본으로 출간되는 것이다. 어느 눈 밝은 독자의 제보가 없었더라면 영영 베일에 가려졌을 뻔했다.

1965년 〈소설·알렉산드리아〉로 소설가로 혜성처럼 데뷔한 이병주는 신문, 잡지에 연재소설 작가로 폭발적인 인기를 끌었다. 언론인으로 필명을 날리던 그는 다른 소설가들의 공허한 사소설(私小說)류와는 달리 작가 자신이 겪은 일본유학, 학병, 교수, 언론인 등의 체험을 바탕으로 쓴 역사소설, 사회소설로 교육 수준이 높은 고급 독자들을 사로잡았다. 동서양 고전을 종횡무진 인용하는 박식함, 장강(長江)이 흐르듯 유장하게 펼쳐지는 스토리도 이병주문학의 장점이었다. 독자들은 소설을 읽으며 재미와 감동을 느끼고 교양도 쌓는다고 느꼈다.

> 아무도 날 찾는 이 없는 외로운 이 산장에
> 단풍잎만 채곡채곡 떨어져 쌓여 있네
> 세상에 버림받고 사랑마저 물리친 몸
> 병들어 쓰라린 가슴을 부여안고
> 나홀로 재생의 길 찾으며 외로이 살아가네

　가수 권혜경(1931~2008)이 1957년에 발표해 크게 히트한 〈산장의 여인〉이란 가요 1절 가사이다. 반야월 작사, 이재호 작곡. 작사가 겸 가수 반야월은 본명이 박창오(1917~2012)인데 마산 출신이다. 반야월은 마산의 결핵요양병원에서 위문공연을 하다가 청중 가운데 슬피 우는 여성 환자를 발견하고 노랫말을 지었다고 한다.
　2010년 7월 마산, 창원, 진해 등 3개 도시가 통합해 창원시가 출범하면서 '마산'이란 지명은 사라졌다. 1960년대에만 해도 마산시민들의 자부심은 대단했다. 1960년 4·19 혁명의 도화선이 된 3·15 의거를 일으킨 민주화혁명의 본산지라는 프라이드가 강했고 이는 1979년 군사독재정권을 무너뜨리는 '부마(釜馬) 항쟁'으로도 나타났다.
　필자가 중학생일 때 어느 선생님은 "부여에 수학여행을 갔는데 마산에서 왔다고 하니 구멍가게 주인아주머니가 사이다 값을 받지 않더라"고 일화를 소개했다.
　〈돌아보지 말라〉의 주요 무대는 마산의 결핵요양소, 시점은

1960년 3·15 부정선거 무렵이다.

결핵병원에 입원한 남편을 문병하러 온 방근숙이라는 음악교사, 결핵환자 아내를 찾아온 남자가 주인공이다. 남자는 고교 사회과 교사로 역사와 문학에 해박한 지식인이다. 이들 남녀는 주말마다 문병을 왔다가 정분이 싹튼다. 하지만 이는 엄연히 불륜. 이들의 사랑은 단순한 육욕에 그치지 않고 플라토닉 러브의 경지로 승화된다.

이들의 필연적 애정관계를 구축(構築)하는 플롯은 매우 정교하다. 대체로 신문 연재소설은 재미있는 스토리에 비해 플롯이 엉성한 경우가 많은데 이 작품은 스토리도 흥미진진한 데다 적절한 복선(伏線)을 잘 깔아놓은 플롯이 돋보인다.

마산 결핵병원은 마산 중심가에서 멀리 떨어진 교외에 자리 잡고 있다. 1960년대에 마산시민들은 가포해수욕장이라는 공설 해수욕장을 이용했는데 그 병원은 가포 가는 길목에 있었다. 해수욕장행 버스를 타고 가면 멀리 숲속에 그 병원이 보였다. 그곳은 공포의 공간, 신비의 지역으로 여겨졌다. 사내 녀석들은 버스 탈 돈으로 해수욕장에서 아이스케키를 사 먹고는 걸어서 귀가하면서 그 병원 근처를 기웃거리기도 했다. "폐병 걸린 소녀는 얼굴이 하얘서 엄청 예쁘다"는 풍문을 확인하기 위해서다. 당시엔 결핵환자들은 거의 격리돼 수용상태에 있었기에 외부인이 병원 가까이 가는 것이 금지됐다. 소년들은 그 '금단(禁斷)의 성(城)'에 접근하려면 경비원에게 붙들려 흠씬 얻어맞는 위험을 감수해야 했다.

낡은 신문을 일일이 뒤적이며 글자 하나하나에 생명을 불어넣어 〈돌아보지 말라〉를 처음으로 책으로 편집하는 고통의 축제의 나날이었지만, 46년 전의 작품이라고 하기에는 믿기 어려울 만큼 그 신선도가 지금에도 손색이 없다고 느꼈다. 요즘 나날이 늘어나는 암(癌) 병동을 보면 그 당시의 결핵병원이 머리를 스친다. 이 작품의 남녀 주인공이 펼치는 순애보는 러브 로망이 추구하는 불변의 가치가 아니겠는가. 중학교 교무실에서 이 소설이 실린 신문이 실종될 만큼 이 소설이 홍미로운 이유를 이제야 이해하겠다.

세월이 흘러 가포해수욕장도 폐쇄됐고 흙먼지 풀풀 날리던 결핵병원행 비포장 길도 아스팔트로 포장되어 '환상의 드라이브 코스'로 바뀐 지 오래다. 산장의 여인을 부른 가수 권혜경, 이 노래 가사를 쓴 반야월, 〈돌아보지 말라〉의 저자 이병주 등은 모두 유명(幽冥)을 달리했다. 그래도 남녀 사랑을 씨줄로, 1960년대 시대상황을 날줄로 한 이 소설의 가치는 오랫동안 불변할 것이다.

2014년에 새 편집체제로 펴낸 이병주의 《정도전》, 《정몽주》, 《허균》 등 역사소설 3편에 이어 《돌아보지 말라》도 이병주 문학의 화려한 부활을 꿈꾸는 마중물 역할을 할 것으로 기대해도 좋을 것 같다.

이병주 장편소설

돌아보지 말라

차 례

프롤로그

마산(馬山). 드디어 나는 마산으로 돌아왔다.

7년 동안이나 꿈속에서 외우고 가꾸어 온 마산의 산과 바다는 초여름 오후, 태양이 내리쬐는 황홀한 시간 속에 고요히 펼쳐져 있다.

격동하는 시류 속에 잊혀진 도시마냥 예나 다름없는 마산의 차림이다. 나는 정지된 시간 속을 방황하다가 돌연 7년 전의 그 자리에 되돌아와 서 있는 착각에 사로잡혔다.

우랄 알타이에서 비롯한 유라시아의 한 줄기 산세(山勢)가 동쪽의 반도를 세로로 꿰뚫고 뻗어 내려오다 바다에 부딪쳐 멈칫 서버린 것 같은 가파른 산들도 예나 다름없는 모습이었고, 이러한 산들이 힘껏 활개를 펴 안아 고인 것 같은 바다라고 하기보다는 호수에 가까운 바다도 예나 다름없다는 느낌이다.

땅의 세(勢)에 인간의 이(利)가 얽혀 집들이 비탈을 차곡차곡 기어오르기도 하고, 해안선을 따라 나지막하게 기어 퍼지기도 하고 한산하기도 하다가 밀집해 보기도 한, 맥락이 없어 보이는 시가가 그런 대로 독특한 조화를 이루었다는 느낌도 예나 다를 바가 없다.

소음(騷音) 마저도 고요하게 들리는 이 시가의 까닭을 나는 안다. 산들의 침묵이 거리의 소음보다 크고, 바다의 고요가 기선의 기적 소리보다 묵직한 까닭이다.

마산은 이를 도시라고 하기엔 등지고 있는 산들이 너무나 웅장하다. 마산은 이를 항구라고 하기엔 앞으로 한 바다가 너무나 정숙하다. 마산의 자연은 아직도 인간들에게 송두리째 점령당하지는 않았다. 사람들에게 점령당하지 않은 무구(無垢)에 가까운 자연이 그대로의 위엄과 정숙함을 지키고 남아 있다는 것은 마산의 행복이긴 해도 불행은 아니다.

그러면서도 이 마산은 도시로서의 생리와 도시로서의 병리를 골고루 갖추고 있다는 사실을 나는 안다. 항구로서의 기쁨과 슬픔을 지녔다는 사실도 나는 알고 있다.

이 고요하기만 한 시가는 한때, 이 나라의 역사를 뒤바꿔 놓을 정도로 성낼 줄 아는 시가이며, 웃기를 잘 하고 유순하기만 한 것 같은 가슴마다에 분격의 불씨를 간직한 시민들이 살고 있는 시가라는 것도 나는 잘 알고 있다.

나에게 마산은 슬픈 추억으로 아로새겨진 곳이다. 행복을 마련하기도 하다가 그것을 앗아간 곳이기도 했다. 내가 다시 마산으로 돌아온 것은 슬픈 추억의 바탕이기는 하나 그 위에 새겨지기도 한 행복의 흔적을 더듬어 보기 위해서다. 그 흔적을 통해서 다시 한 번 삶의 의욕을 되찾아 볼 수 있지 않을까 하는 막연한 기대 때문이다. 기대의 비율은 가냘프고 절망의 공산은 컸다. 어떤 의미로는 스스로 절망을 확인하기 위해서 나는 이곳으로 되돌아온지도 모를 일이다.

이러한 감회에 잠기며 나는 신마산역(*마산선 종착역이었으나 1977년 도시개발로 폐쇄됨)에서부터 장군동으로 향하는 거리를 걸어 갔다. 목적하는 곳이 가까워지자 나는 가슴속에 일기 시작한 불안을 이겨낼 도리가 없게 되었다. 해가 지기를 기다릴 수밖에 없는 심정이 되었다. 절망의 선고를 받는 일은 되도록 연기하는 편이 좋았다.

'방근숙은 거기에 있을까. 혼자 살고 있을까. 혼자가 아니라면 나는 어떻게 할까.'

방근숙!

그 이름은 이미 내겐 절대적인 이름이 되었다. 그 여인의 존재, 그 여인의 태도가 앞으로의 나의 생애에 결정적인 역할을 할 것이었다.

'이 마산의 하늘 밑에 바로 그곳에 방근숙은 있을까, 없을까.'

우선 그것부터가 문제였다. 나는 빨리 결과를 확인해야겠다는 초조와 되도록 결정적인 시간을 회피하고자 하는 망설임으로 장군동 다리를 건너 오른편에 있는 다방으로 들어갔다.

여섯 개쯤의 탁자가 놓인 이지러진 장방형의 좁은 다방 카운터에 놓인 꽃병에서 한 묶음의 꽃들이 노랗게 푸르게 붉게 시들어 있는 것이 눈에 띄었다. 다방은 한산했다.

나는 큰길가로 면한 쪽에 자리를 잡았다. 흰 종이로 바른 벽 위엔, 그 다방에서 파는 음료의 품목들을 적은 종잇조각이 다닥다닥 비스듬히 붙어 있었다. 차광이 없는 창을 통해 쏟아져 들어온 태양광선은 탁자 위의 먼지, 탁자 사이의 티끌, 저편 구석에서 웅성거리는 파리떼까지를 비추고 있었다.

레지(*다방 여종업원)가 찻잔을 날라 왔다. 흰 블라우스에 요란스런 무늬의 스커트를 입은 탐스럽게 생긴 소녀였다. 그 소녀의 오른쪽 중간 손가락에 끼어진 반지가 나의 마음에 걸렸다. 가느다란 플라티나(*백금) 반지가 중간 마디 밑의 통실통실한 살 속에 파묻혀 있어 손가락을 잘라 내지 않으면 그 반지는 영영 빠져나오지 않을 것 같았기 때문이다.

건조한 먼지 냄새가 풍기는 공기 속에 전축이 울리기 시작했다. 먼지 냄새와는 어울리지 않게 흥청대는 가락, 흥청대는 노래가 '나를 사랑한다는 그 마음이 변하기 전에, 어서요 빨리요 안아 주세요' 하고 청승을 떨었다.

그 분위기에 어울리지 않다고 해서가 아니라 나는 이 노래가 싫었다. 사랑을 야유하는 것 같은, 사랑을 왜곡하는 것 같은 그 가락이, 그 투가 싫었다. 그 노래에서 말하는 사랑은 사랑이 아니고 욕정이다. 말하자면 욕정이 사라지기 전에 빨리 안아달라는 뜻인 것이다. 사랑에 욕정이 따르기 마련이겠지만 욕정, 그것이 바로 사랑이 될 수는 없지 않은가. 어서요, 빨리요, 하고 서둘지 않으면 사라질지도 모르는 사랑을 두고 사랑이라고 할 수는 없지 않은가.

그러나 사랑을 그렇게 번역할 수도 있을지 몰랐다. 백화요란한 화원을 훨훨 날아다니는 나비의 본능과 기호가 이끄는 대로 찰나적인 향락을 이어가는 행위에 사랑의 원형(原型)이 있는 것인지도 몰랐다. 그렇다고 치더라도 10년 가까운 세월을 하나의 사랑만을 가슴속에 키워 온 나에게는 관계없는 일이었다. 100가지의 찰나적인 사랑을 이어 봐도 하나의 사랑은 되지 못한다. 몇만 개의 이슬도 이것을 꿰어서 목걸이 하나를 만들지 못한다.

홍청대는 가락도 그것에 대한 시비도 멀어져 가고 나는 어느덧 나의 사랑을 어루만지기 시작했다. 나는 앞으로 사랑의 가능성을 예견해 보려고 애썼다.

예견은 추억으로 바뀌어 갔다. 추억을 다지는 데서만이 예견이 가능한 것이다. 나는 나의 선명한 기억을 더듬어 10년 전으로 거슬러 올라가고 있었다. 나의 기억이 이처럼 선명한 것은 지난날의 추억만을 되씹으며 살아야 했던 고독한 생활의 탓인지도 모른다.

슬픈 부부

상호간 심리를 탐색하며 주고받는 대화처럼 사람을 피로하게 하는
일이란 없다. 상대가 사랑하는 남편이며 아내라는 데서 피로는 더했다.
나는 병원 문을 나서며 고역에서 해방된 사람처럼 안도의 숨을 내쉬는
스스로를 발견하고 놀랐다. 아내에 대한 측은한 감정이 뭉클 솟았다.

10년 전의 이른 봄, 당시 진주(晉州)에 살던 나는 아내를 데리고 마산으로 왔다. 아내는 폐를 앓고 있었다. 이미 3기나 넘어 진주에 있는 병원에서는 어떻게 할 도리가 없다 하여 마산에 있는 국립요양소(*마산의 교외 바닷가 언덕 송림에 자리 잡은 결핵 전문병원)에 입원시키기로 한 것이다.

　　마산역 앞에서 택시를 붙들어 타고 요양소가 있는 가포로 향했다. 가는 도중 신마산의 거리가 거의 끝나려는 곳에서 나는 왼편 길가에 있는 어떤 집 담장 너머로 이제 막 피기 시작한 매화꽃을 봤다. 차가운 하늘, 검은 기와, 충충한 붉은 벽돌을 배경으로 늙어 뵈는 매화나무는 앙상한 가지마다에 꽃송이를 아기자기하게 달고 아직 황량함이 가시지 않은 겨울경치 속에 거기만이 화려했다.

　　나는 아내의 어깨를 가볍게 안아 돌려 그 꽃 핀 쪽을 가리켰다.

　　"벌써 매화꽃이 피었소. 진주와 마산은 그만큼 기후가 다른 모양이지?"

　　아내는 꽃엔 흥미가 없다는 듯 곧 고개를 돌려 열띤 눈으로 나를 말끄러미 쳐다보았다. 나는 병으로 시들어 가는 병자에게 이제 막 피어난 꽃의 화려함을 보여준 것이 참혹하게 느껴져 이렇게 얼버무렸다.

"저 매화꽃이 지고 다른 꽃들이 피고 또 지고 신록이 돋아날 때면 당신 병도 나을 거요."

아내의 눈엔 보일 듯 말 듯 그늘이 서렸다. 가쁜 숨소리가 새삼스럽게 느껴졌다. 아내는 그 순간 자기의 병보다, 꽃보다, 다른 무엇보다도 조금 후에는 헤어져야 할 남편과의 이별을 생각하고 있었을 것이다.

병원에서의 처사는 모두가 사무적이었다. 은근하게 또는 친절하게 해주는 의사의 진찰의 그 은근함도, 친절함도 사무적인 것이었고, 상냥하게 웃는 간호사의 웃음에마저 사무적인 냄새가 풍겼다. 한 알의 약, 한 숟갈의 죽이라도 정든 손으로 주는 것과 사무적인 절차로서 주는 것은 다르지 않겠는가.

나는 이 비정의 환경 속에 아내를 맡기는 일에 겁을 먹었다. 지정받은 방의 침대 위에 아내를 눕혀 놓고 나는 창밖을 내다봤다. 오른편, 왼편엔 솔밭이 울창하고 그 사이로 바다가 탁 트여 있었다. 바다를 따라 시선을 옮기면 멀찌감치 조그마한 섬(*마산 앞바다에 있는 돝섬) 하나가 보였다.

'아내의 병이 낫기만 하면 저 섬에서 단둘이 살아도 좋겠다.'

나는 아까 의사에게서 들은 말을 되씹고 있었다.

"환자의 노력과 마음먹기에 달렸죠."

의사는 완치될 수 있겠느냐는 나의 물음에 이렇게 답했었다. 완치될 수 있다는 자신 있는 말을 듣지 못해 섭섭했고 그렇게 말하지 않은 의사가 원망스러웠다.

고개를 돌리자 당황해하며 시선을 옮겨 버리는 아내의 동작이 눈에 띄었다. 내가 바깥을 바라보는 동안 아내는 나의 뒤통수만을 줄곧 응시했음이 분명했다. 가슴속에 뭉클 치밀어 오르는 무엇이 있었다. 하마터면 나는 눈물을 쏟을 뻔했다.

"이리 와서 좀 앉아요."

아내의 말에 따라 나는 침대 옆에 앉았다. 아내의 손이 내게로 뻗어 왔다. 나는 그 손을 잡았다. 핏기 한 가닥 없는 가냘픈 손. 울고 싶도록 슬픈 손이었다.

"당신을 이렇게 고생만 시키고…."

아내의 눈엔 연신 질벅하게 눈물이 고여 있었다.

"고생이 다 뭐요. 당신이 고생이지."

나는 이렇게 말할 수밖에 없었다. 우리들은 슬픈 부부였다.

결혼 이래 5년 동안 나는 아내의 병구완을 해왔다. 아내에 대한 남편으로서의 책임과 의무 때문만도 아니다. 여학교 때부터 폐에 약간의 이상이 있다는 말을 듣고도 나는 강요하다시피 청혼했다. 이를테면 아내가 그처럼 중태에 빠진 원인이 내게 있다고 해도 과언이 아니다.

"이젠 내 걱정일랑 말고 당신 하고 싶은 대로 해요."

내게 잡혔던 손을 빼 그 손으로 나의 손등을 문지르면서 아내가 말했다.

"걱정을 왜 할까? 이 병원에만 오면 당신 병쯤이야 염려가 없는

데…. 저어기 섬이 하나 있지? 당신이 나으면 저 섬까지 배 타고 소풍하러 갑시다."

"내 병이 나을까?"

아내는 한숨을 내쉬면서 중얼거렸다.

"낫고말고. 이제부턴 쓸데없는 건 일체 생각하지 말아요. 빨리 병을 고쳐야 하겠다는 것만 생각하면 돼. 의사 선생님 말씀 잘 듣고…. 다른 잡념이 나면 훨훨 털어버리고 저 바다나 봐요. 한 없이 넓고 한 없이 깊은 바다 아뇨? 저 바다 속에 무엇이 살고 있을까. 갈치는 어떻게 헤엄치고 낙지는 어떻게 헤엄칠까. 그런 것만 상상하란 말이오."

"그런 것만 생각하고 있으면 어떻게 되죠?"

"박사가 되지. 바다 박사가 된단 말이오."

아내의 입언저리에 살큼 미소가 번졌다. 나는 힘을 얻었다.

"또 이렇게 생각해 봐요. 저 바다는 어디까지 이어져 있을까. 뉴욕에도, 리우 데 자네이루에도, 부에노스아이레스에도, 시드니에도, 골드 코스트에도, 리스본에도, 지브롤터에도, 코펜하겐에도 이어진 바다거든. 눈을 딱 감고 지금쯤 리스본에선 무슨 일이 일어나고 있을까. 지금쯤 코펜하겐에선 무슨 일이 일어나고 있을까. 그런 것을 상상해 보란 말이오. 언제든 병이 나으면 우리 같이 세계를 한 바퀴 돌아야 하지 않겠소? 그때의 상상을 미리 해보는 것도 좋고…."

너무나 허황한 소리들. 나는 말을 끊었다. 입맛이 썼다.

"나는 아무것도 생각하지 않겠어요."

힘없는 말이 아내의 입에서 흘러나왔다.

"당신 생각 외엔 아무것도 생각하지 않겠어요. 당신만을 생각하고 있겠어요."

나는 헝클어진 아내의 머리칼을 쓰다듬어 주었다. 그리곤 이마를 짚어 보았다.

언제나 느끼는 그 희미한 온도가 손바닥을 타고 내 가슴에 와 닿았다. 떠나야 한다는 간호사의 재촉이 왔을 때 아내는 벽을 향해 돌아누워 버렸다. 방을 나가는 나의 뒷모습을 차마 보고 있을 수 없다는 뜻이었다. 나는 이마에 댔던 손으로 아내의 귓전을 가볍게 만지면서 아내에게 대해서라기보다 내게 타이르는 마음으로 조용히 말했다.

"걱정하지 말아요. 우리 곧 행복하게 살날이 올 게요. 이 다음 일요일엔 재미나는 이야기를 한 보따리 싸 올게요."

그 다음의 일요일.

병원의 검사를 통과할 만한 먹을 것을 한 꾸러미 싸고 그밖에 구할 수 있는 대로의 외국 그림엽서를 모아 진주에서 새벽에 떠나는 기차를 타고 마산에 있는 아내를 찾았다.

내가 들어서니 아내는 벌떡 침대에서 몸을 일으키더니 두 팔로 나의 목을 힘껏 껴안았다.

여느 때는 병균이 옮을 염려가 있다고 해서 얼굴을 가까이 대기조차 꺼리던 아내가 반가움에 겨워 몸둘 곳을 몰랐던 탓이었다.

맥을 잃고 누워 있을 모습을 상상하고 왔던 나는 얼핏 원기가 있어 보이는 아내의 동작이 무척 반갑기는 했으나 과도한 흥분은 환자에게 해롭다는 것을 알기에 아내의 팔을 풀어 침대 위에 눕혔다.

"보고 싶었어요. 당신 생각만을 했어요."

아내의 눈은 벌써 눈물로 글썽거렸다. 아내의 말에 의하면 병원에서 하는 처사에는 나무랄 데가 없는 모양이었다.

다만 외로운 게, 그리고 내가 보고 싶은 게 가장 큰 탈이라고 했다.

그리곤 대뜸 이렇게 말을 걸어왔다.

"당신, 그저께 저녁 때 뒷집 박 선생과 바둑을 두었지요?"

"그래, 두었지."

뒷집 박 선생과는 곧잘 바둑을 두는 사이니까 그만한 추측쯤은 있을 수 있어 별반 놀랍지는 않았다.

"바둑을 두곤 두부가게 옆에 있는 술집에서 술을 마셨지요?"

아내가 이렇게 말하자 나는 되묻지 않을 수 없었다.

"어떻게 그걸 알았소?"

두부가게 옆 술집은 내가 잘 가는 곳이 아니었기 때문이다.

"그뿐만이 아녜요. 그 술집에서 마시다가 중국집으로 옮겼지요? 그리고 돌아와선 아버지에게 꾸중을 들으셨지요?"

나는 얼떨떨했다. 이 여자가 병원을 슬쩍 빠져나와 그 근처에 숨어 있었던 것이나 아닐까 하고 의아한 눈초리로 아내를 쳐다봤다. 아내는 기분이 조금 좋을 때면 하는 버릇으로 장난꾸러기처럼 눈을 치켜뜨며 말했다.

"그거 보세요. 여기 이렇게 누워 있어도 당신이 하는 것을 죄다 알고 있으니까요."

"도대체 어떻게 알았소?"

"제가 점을 쳤지요."

"점?"

"그래요. 점이에요."

"이러다간 퇴원할 무렵이면 세계적인 점쟁이가 되겠구면."

"세계적인 점쟁이가 돼서 돈을 많이 많이 벌어 실컷 당신을 호강시켜 드릴게요."

"고마운 말이긴 한데 도대체 어떻게 된 거요?"

"가만히 이렇게 누워 있지 않아요? 당신만을 생각하고 있거든요. 그러면 지금쯤 뭘 하고 계실까 하는 것이 다음 다음으로 상상되거든요."

"그렇더라도 두부가게 옆집은 이상하지 않아? 내가 잘 가는 곳도 아닌데."

"그 집은 지저분하지만 술값이 싸다고 하지 않았어요? 요즘 당신은 돈이 궁하지 않아요? 그래서 거길 갔을 거라고 추측했고, 마시다가 보니 싱거워 못 쓰겠다고 배갈 마시러 중국집에 갔을 것이고…. 그런 거지 뭐. 게다가 꿈도 그렇게 꾸었고…."

성격을 알고 환경을 알고 거기다 사랑이 있으면 그럴 수도 있을 것이란 짐작이 가기도 하지만 나는 아내의 나에 대한 사랑을 새삼스럽게 느꼈다.

"이거나 먹어 보지."

꾸러미를 풀어 보였더니 아내는 그 내용물을 한번 훑어보고는 이제 막 식사를 한 뒤이니 이따 먹겠다면서 꾸러미를 침대 곁에 있는 탁자 위로 밀쳐 버렸다.

"그럼 이거나 볼까."

나는 그림엽서 뭉치를 꺼냈다. 맨 처음에 집힌 것은 템스 강변에 웅장하게 자리 잡은 영국 국회의사당이었다.

"이런 그림은 전에도 보았지?"

아내는 고개를 끄덕였다.

다음 엽서에는 런던에 있는 하이드 파크가 찍혀 있었다.

"이것이 그 유명한 하이드 파크. 여기 사람들이 모여 있지? 연설을 듣고 있는 광경이오. 하이드 파크에서는 토요일과 일요일이면 누구든 연설을 할 수 있대요. 백인이건 흑인이건 무정부주의자이건 파쇼이건 제멋대로 떠들어 댄다는 거요. 언론자유의 견본 같은 데지."

"당신도 가시면 한바탕 하시구려."

"빨리 낫기나 해요. 그러면 당신을 데리고 가서 내 옆에 세워 두고 멋진 연설을 할게."

"어떻게?"

"신사 숙녀 여러분! 보십시오. 여기에 서 있는 이 여인이 바로 내 아내올시다. 내 아내는 몇 억의 티비(TB, *결핵) 군(軍)을 무찌르고 여기에 당당하게 그 승리의 모습을 나타내고 있습니다. 알렉산더 대왕보다도 위대하고 시저보다도 대담하며 잔다르크보다도 용감한 이 여인에게 여러분, 아낌없는 박수를 보내 주시기 바랍니다. 여러분! 로마는 함락시킬 수 있어도 TB군은 함락시키기 어려운 것입니다. 히틀러의 악당을 굴복시킬 수는 있어도 TB군은 굴복시킬 수 없었습니다. 그 야만적이고 강력하며 끈덕진 TB군을 무찌른 이 위대한 동시에 내게 행복을 주는 정숙한 부인이라는 점을 잊어서는 안 될 것입니다. 나의 행복에 대해서도 여러분, 박수가 있어야겠습니다. 어때요? 이쯤이면…."

아내는 넋을 잃은 듯 나를 바라만 보더니 울먹이는 소리로 말했다.

"당신, 정말로 나를 사랑하우?"

"사랑하고말고. 새삼스럽게 그런 건 왜 묻소?"

나는 다음 엽서를 꺼냈다.

"야! 이건 스페인의 세비야. 여기 보이는 이 탑은 황금의 탑이오. 1,200년 전에 지은 거라는데 아름답고 장엄하지 않아요? 세비야는 오페라 〈세비야의 이발사〉, 〈카르멘〉의 무대로서도 유명한 곳이오. 세비야는 또 플라멩코 춤의 본원지. 하늘 가득히 별들이 찬란한 여름밤, 세비야의 광장에서는 밤 새워 플라멩코 춤을 춘다나…."

이렇게 해서 다음다음으로 그림엽서를 꺼내며 나는 어설픈 해설을 붙였다.

스웨덴의 그림이 나오면 스트린드베리를 들먹이고, 헬싱키 그림이 나오면 대작곡가 시벨리우스를 들먹였다. 얄팍한 지식을 있는 대로 휘둘러 자기를 위로하려고 서두르는 남편을 바라보며 아내의 심중에 오고 간 상념들은 어떠한 것이었을까.

몇 장의 그림엽서를 보는 것만으로도 피로해진 것 같았다. 아내는 멍하게 눈을 뜨고만 있었다. 그 방향은 창 너머 하늘일 수밖에 없었으나 아내는 하늘조차 보고 있지 않는 것 같았다.

나는 아내의 마음으로 그 하늘을 보려고 했다. 그저 허허하기만

한 푸른 빛, 짐바리에 얽매인 스스로를 보잘것없는 버러지 같이만 생각게 하는 걷잡을 수 없이 망막한 하늘!

금시에 수척해 뵈는 아내의 얼굴에 시선을 돌리면서 나는 생각했다.

'결핵균! 병균 가운데서도 폐결핵균은 질투가 강한 병균이다. 잘 때나 깨어 있을 때나 자기들만을 상대로 해야 한다. 자기들만을 생각하고, 자기들과만 어울리고, 자기들만을 응시하고 있어야 한다. 그러지를 않고 딴 곳에 눈을 팔든지 딴짓을 하기만 하면 결핵균은 환자를 괴롭힐 계교를 당장에 꾸미는 것인가 보다. 병균 가운데서도 가장 질투가 강한 병균이 결핵균이라면 나나 아내는 모진 적을 만난 셈이다.'

간호사가 들어왔다. 침대 위에 흐트러진 그림엽서를 보더니 질색을 한다.

"이거 뭡니까? 한두 장도 아니고. 약간의 흥분이라도 금물입니다. 환자에겐. 피로하게 해서도 안 되고요. 얘기를 듣는 것만으로도 환자는 피로를 느낍니다. 한때의 흥분이 끼친 영향을 복구하자면 한 달이 걸립니다. 한 번의 기침엔 하루가 걸리고요."

무슨 죄인에게 하는 것 같은 말투가 비위에 거슬렸지만 그 간호사의 말이 옳은 데야 나는 어떻게 할 도리가 없었다. 간호사는 아내의 몸에서 빼낸 체온계와 체온표를 번갈아 보더니 다시 한 번 신경질을 부렸다.

"이거 보세요. 이렇게 달라졌어요. 근래 와서 최악의 체온이에요. 면회를 제한하고 그 시간을 제한하는 이유쯤은 아실 것 아녜요?"

간호사가 나가고 난 뒤 나는 그 간호사가 나간 도어에다 울분 섞인 눈초리를 쏟았다. 나의 감정을 알아차렸는지 아내는 나를 위로하듯 말했다.

"싹싹하고 좋은 분인데 면회 온 분에게는 항상 저래요."

"대강 얘기해도 될 게 아냐? 지나치지 않나 말이야. 자기가 그런 말 하는 건 환자에게 자극이 안 되나?"

나는 그 간호사의 태도가 나에 대한 것이라기보다는 아내를 얕잡아 보는 것 같아서 좀처럼 성이 풀리지 않았다.

"당신도 참. 그이는 올드미스예요. 자기처럼 싱싱한 사람에겐 남편이 없고 나처럼 이렇게 몹쓸 병에 걸린 여자에겐 당신과 같은 멋지고 훌륭한 남편이 있다고 생각하니 공연히 질투가 난 것이에요. 무의식의 질투라는 것도 있잖아요?"

"당신은 점점 심리학자가 되어 가는가 보지. 어떻게 그처럼 사람의 마음을 잘 알아?"

"이렇게 누워 남의 호의에만 기대어 연명하고 있으면 사람들의 마음 한 가닥 한 가닥이 맑은 시내의 바닥에 깔린 돌처럼 또렷이 뵌답니다."

그럴는지도 모르지, 하는 생각이 들었다. 그러나 한 주일에 한 번, 그것도 두세 시간밖에 안 되는 아내와의 면회마저 그토록 부자유스럽다면 앞으로 어떻게 살아야 하나. 아내는 이미 나의 아내가 아니라는 운명의 계시일까.

우울해진 표정을 통해 나의 마음속에 오가는 생각들을 짐작했음인지 아내는 멍청하게 천장을 바라본 채 이렇게 말을 시작했다.

"여보. 나 퇴원하고 싶어요."

"그건 또 왜?"

"여기 있으나 집에 있으나 마찬가지일 것 같아요."

"그럴 턱이 없지."

"아무래도 낫지는 않는 병 아녜요?"

"그럴 리가 있소. 의사는 마음가짐만 단단하고 지시대로만 한다면 곧 나을 거라는 얘기던데."

"의사는 으레 그런 말을 하는 것 아녜요?"

"의사라고 해서 무책임한 소리를 할 턱이 없잖소."

"내 병은 내가 잘 알아요."

병원에 오기 전에도 몇 번이고 되풀이된 얘기들이다. 새삼스러운 얘기를 다시 또 해본들 무슨 소용일까. 나도 피로를 느꼈다.

"잠자코 있어요. 아무 생각일랑 말고."

"이왕 죽을 바엔 집에서 죽고 싶다는 말입니다."

"죽다니?"

"죽을 수밖에 없잖아요?"

"여기 있으면 살고, 여기서 나가면 죽는 거요."

"여기 있으면서 좀더 살아 보아도 당신과 떨어져 있으니 그래서 뭣해요. 당신 곁에 있다가 그대로 죽는 것이 훨씬 나을 것만 같아요."

"내 시키는 대로만 해요. 내 생각도 좀 해줘요. 자꾸만 그런 소리를 하면 나는 어쩌란 얘기요?"

아내는 눈을 감아 버렸다. 무거운 침묵이 창밖으로 움직이는 흰 구름에 묻혀 흘러갔다. 나는 흐트러진 그림엽서를 주워 모아 가지

런히 하면서 아내의 얼굴에 시선을 돌렸다.

종잇조각처럼 흰 바탕 위에 길게 내뻗은 속눈썹이 애처로웠다. 양쪽 뺨 언저리에 알록달록한 반점이 거기에만 붉게 보이는 것이 불쌍하도록 흉했다.

'이 여자는 이미 나의 마누라가 아니다. 온몸을 결핵균이 차지해 버렸다. 그 결핵균에게서 나는 나의 마누라를 도로 찾아내려고 이렇게 무진 애를 쓰고 있다. 그런데도….'

나는 우연히 맨 위로 올라온 바르셀로나의 그림엽서에 시선을 떨구었다. 평야를 배경으로 첨탑들이 솟아있는 그 그림엽서에서 풍기는 엑조티시즘(*exoticism, 이국정서)이 강렬하게 느껴지자 나는 그림엽서를 가져온 행위를 뉘우쳤다.

죽음 가까이에 있는 사람에게 엑조티시즘을 느끼게 하는 행위란 죽음을 재촉하는 것이나 다름없다는 생각이 든 것이다. 가벼운 병자에겐 좋은 방향에로의 자극이 되는 것도 무거운 병자에겐 유독할 수 있다는 건 간단한 상식 아닌가. 나는 이러한 뉘우침과 더불어 어떻게 해서든 아내의 병을 고쳐야겠다는 마음을 다지고 또 다졌다.

떠날 시간이 다가왔다.

"꼭 나을 수 있어. 걱정 말고 수양이나 하오."

내가 들어도 공허하게 들리는 이런 말을 남겨놓고 나는 아내의 병실에서 나왔다. 휘청휘청거리며 계단을 내려 언제나 약 냄새가 절어 있는 긴 복도를 걸어 현관으로 나왔다. 현관에서 밖으로 나갔을 때 나는 병원 문으로 들이닥치는 택시 하나를 봤다.

나는 조금 비껴 선 거리에서 그 택시를 바라보았다. 택시에서 먼저 내린 사람은 젊은 부인이었다. 아직 서른에는 먼 기품(氣品) 있는 옆얼굴을 지닌 청초한 여인. 그녀는 내려서자 손을 안으로 뻗어 젊은 남자를 일으켜 세웠다. 차에서 내리는 젊은 남자의 얼굴엔 벌써 사상(死相)이 깃들어 있었다. 나는 사상을 본 나의 감상만으로도 그들에게 죄책감을 느꼈다.

움푹 팬 눈두덩, 굶주린 짐승에서 볼 수 있는 휘황한 눈빛, 튀어나온 관골, 양복을 입은 품이 대(竹)로 만든 틀 위에 옷을 걸친 것 같이 앙상했다. 죄책감을 느끼면서도 나는 그 사나이는 죽음 바로 일보 전에 있다는 불길한 예감을 지울 수 없었다.

그들은 부부임이 분명했다. 여인은 다정스럽게 "여보"라고 타이르듯 속삭이면서 그를 부축하고 현관 쪽으로 걸어갔다. 그러는 사이 어떤 동기에선가 나와 그 여인의 시선이 부딪친 찰나가 있었는데 그녀의 시선은 아무것도 보지 않는 시선이었다.

절망도 아니고 애원도 아니고 하물며 체관도 아닌 망막한 감정이 그냥 반영된 듯한 그때 그 정경에서의 그 여인의 눈빛을 지금도 나는 기억한다. 나는 나와는 거꾸로 된 그들의 경우와 나의 경우를 비교하면서 석양 속에 고독한 그림자를 끌고 신마산역으로 향해 걸었다.

그 여인의 애처로움이 남의 일 같지 않았다. 만일 내가 병들어 입원하는데 아내가 따라왔다고 하면 저렇게 애처로운 여인의 모습을 닮았을 것 아닌가 하고 생각하니 아내가 병들고 내가 건강한 것이 되레 다행스러웠다.

게다가 나의 아내는 중태이긴 하나 그 남자에 비하면 훨씬 희망

적이었다.

'그런데 차림이나 뭣을 보아도 곤란한 집 사람들 같지는 않은데 저 정도에 이르도록 왜 내버려 두었을까.'

분명 그 사나이는 입원하기를 완강하게 거부했을 것이다. 나의 아내처럼. 저렇게 예쁜 부인을 두고 혼자 입원한다는 건 죽기보다 싫었을 것이다. 죽음이 임박하자 겨우 입원하기를 동의한 것인지도 모른다. 죽음보다도 강한 사랑이라지만 막상 죽음이 눈앞에 와 닿으면 도리가 없다.

그러나 그 남자의 경우 때는 이미 늦은 것 같았다.

'저 남자가 죽으면 그 여인은 슬퍼하겠지. 그러나 세월이 가면 그 상처도 아물 테지. 불쌍한 것은 병든 사람, 그리고 죽는 사람!'

나는 다시 아내를 생각했다. 만일 아내가 죽어, 그리고 세월이 흐르면 나의 상처도 아물 수 있을까. 안 될 말이었다.

'나는 아내를 죽게 할 수 없다. 어떤 수단, 어떤 방법을 써서라도 나는 아내를 구해야 한다.'

돌아오는 기차 안에서 나는 마른 오징어를 안주로 소주를 마시면서 아내를 생각하곤 속으로 눈물을 흘렸다. 그런데 웬일일까. 초췌한 아내의 얼굴에 겹쳐 그 사상(死相)을 지닌 사내의 부인이, 그 얼굴이 자꾸만 망막에 어렸다.

꽃의 계절이 지나고 신록의 계절이 왔다. 자연은 새롭게 치장한 푸르름 덕분에 선명하고 활기에 찼다. 그러나 이 계절이 폐를 앓는 환자들에겐 달갑지 않은 모양이었다. 신록에서 풍기는 그 싱싱한 공기가 쇠약해진 폐장(肺臟)엔 부담이 지나친 것 같았다. 영양분이 많은 음식은 병든 위장에 부담이 되는 이치와 같다고 의사는 말했다.

"이 계절을 잘 넘겨야 합니다. 계절이 좋으면 병균의 힘이 왕성해집니다. 그 대신 환자의 체력은 약해집니다."

그럴 것이다. 병이란 본래 반(反)자연적인 현상이니까. 계절이 좋으면 그만큼 병자에겐 불리하게 되는 이치가 성립될 수도 있다.

나는 아내를 찾을 때마다 가벼운 이야기를 하나씩 장만해서 웃기기로 했다. 적당한 웃음은 폐에 알맞은 수축운동을 시킬뿐더러 병자에겐 금물인 우울증을 가시게 할 이점이 있다는 것이었다.

"참새 3마리가 전선 위에 앉아 있었더래. 어떤 소년이 공기총으로 그걸 쏘았거든. 그랬더니 한 마리는 맞아 땅에 떨어졌는데 한 마리는 훨훨 날아가 버렸어. 그런데 한 마리는 그냥 그 자리에 남아있었어."

무슨 대단한 얘기처럼 하니까 아내는 말끄러미 나를 쳐다보며 물었다.

"그게 얘기예요?"

"아냐. 아직 끝이 나지 않았소. 알아맞혀 봐요. 남아 있는 놈은 왜 남아 있고 날아간 놈은 왜 날아갔는가."

"빨리 얘기해 봐요. 왜 그랬는지."

"생각을 하라니까."

"생각을 하면 병에 나빠요. 그러니 어서!"

"잘 들어둬요. 날아간 놈은 말야, 경찰에 신고하러 갔고…."

"남아 있는 새는?"

"증인으로 서려고 남아 있었나는 거야."

아내는 깔깔대고 웃었다. 모처럼 들어보는 웃음이었다.

"싱거운 얘기, 그런 게 이야기예요?"

"그처럼 쾌활하게 웃어놓고 남 얘기 트집 잡기야?"

"얘기가 우스운 게 아니라 변변찮은 얘기를 듣고 와서 나를 웃기려는 시늉이 우스워서 웃었지 뭐…."

"마찬가지야. 이렇게 웃으나 저렇게 웃으나 하여간 나는 기분이 좋아. 당신의 웃음소리를 오랜만에 들었으니까 기쁘단 말이오."

"요담엔 좀 멋진 얘기를 들어오시든지, 꾸며 오시든지 해요."

"그러지."

"멋진 얘기를 준비해 오시면 나 상을 줄게."

"무슨 상?"

"당신이 들어서 가장 기쁘게 느낄 웃음을 웃어줄게."

"상 중엔 최고의 상인걸."

"상중상(賞中賞)… 왕중왕(王中王)이라더니."

계절의 탓으로 몹시 수척해 뵌 얼굴이 이때는 활짝 핀 꽃과 같았다. 그 반가움에 나는 저번 날 본 부부의 얘기를 했다. 그 남자에 비하면 아내는 경환자에 속한다고도 말했다. 그랬는데 여인의 얘기가 나오자 아내의 눈빛이 순간 반짝이는 듯하더니 이렇게 물었다.

"그 여자, 예쁘던가요? 인상도 좋고요? 몇 살쯤이나 돼 뵈던가요?"

"예쁘면 어떻고, 몇 살이면 뭣해?"

"그저 물어보고 싶었을 뿐이에요."

나는 예쁘긴 해도 당신만큼은 못하더라고 말하려 했으나 청초한 그 여인의 모습이 뇌리에 떠오르는 바람에 꿀꺽 그 말을 삼키고 다음과 같이 말했다.

　"나는 그 부부를 보고 당신과 나의 처지가 바뀌었으면 어떻게 되었을까, 하고 생각해 보았소."

　"어처구니없는 말씀일랑 하지도 마세요."

　아내는 깊은 한숨을 내쉬었다.

　"그건 그렇고… 신록의 계절을 잘 지내야 한다고 의사가 말했어."

　나는 화제를 바꾸려는 심산으로 이렇게 말했더니 아내는 나의 속셈을 꿰뚫어 보는 눈빛으로 무언가를 말하려 머뭇거리더니 그만두자는 양으로 입을 다물었다.

　나는 그런 양을 그저 보아 넘길 수 없었다.

　"뭣인가 말하고 싶은 모양인데 속 시원히 얘기를 해요."

　"아무 말도 할 게 없어요."

　"그러지를 말고…."

　"……."

　"당신이 내 마음을 잘 알 듯 나도 당신의 마음을 잘 알아요. 아까 뭐라고 말하려고 했지?"

　아내는 수줍은 웃음을 띠었다.

　"요즘 당신 눈에 젊은 여자들이 예뻐 보이지 않아요?"

　"그거 무슨 뜻이오?"

　"기차에서나 거리에서나 젊은 여자를 만나면 이상한 감정이 들지 않아요?"

"당신도….."

"똑바로 말해 보세요. 무슨 말씀을 해도 나 놀라지 않을게."

"여보, 내겐 당신밖에 없소. 그런 소리를 하지도 말고 그런 상상은 하지도 말아요!"

"저, 꿈을 꾸었어요. 어떤 영문인지 당신을 전송하러 병원 바깥까지 나가지 않았겠어요? 병원 문에 기대어 서서 멀어져 가는 당신의 뒷모습을 바라보는데 언제 어디서 나타났는지 어떤 여자와 나란히 걸어가는 당신이 보이더군요. 뛰어가 보고 싶었지만 그럴 수도 없고… 그저 울기만 했지요. 울다가 울다가 지쳐서 깨어 보니 꿈이 아니겠어요? 그러나 꿈은 깨었어도 가슴떨림은 좀처럼 사라지지 않더군요. 그래, 당신이 오시기를 기다려 동정을 살필 참이었는데…."

"그래 나의 동정이 이상했단 말이오?"

"아녜요. 무슨 예감 같은 것이 있었어요."

"하늘이 무너져도 당신이 걱정할 그런 일은 없을 것이니 안심하고 있어요."

"그럴까요?"

"그럴까요가 뭐요?"

"그런데….."

"그런데?"

"당신이 아까 얘기하지 않았어요. 남편을 입원시키러 온 젊은 여자…."

나는 어이가 없었다.

"터무니없는 연상을 하는군."

"아녜요. 당신은 이때까지 내게 다른 여자에 대해 얘기해 본 적이 전혀 없잖아요. 그런데 그 꿈을 꾸고는 당신이 여자 얘기를 할 거라는 예감을 가졌단 말이에요. 그 예감이 들어맞지 않기를 바랐는데 적중하고 말았으니 하는 말이에요."

아내의 그런 말을 터무니없는 망상의 소치라고 일소에 부칠 수도 있었으나 그렇게 간단히 처리할 수 없는 무엇을 느끼고 나는 섬뜩했다.

아내의 말을 들으면서 나는 그 여인을 보았을 때의 가슴 설렘을 기억해 낸 것이다.

'그 설렘은 어떤 성질의 것이었을까. 여태까지는 불행한 동류(同流)를 보고 느낀 단순한 동정이라고만 생각했는데 터무니없이 뵈기는 해도 심각한 아내의 말, 말이라기보다 냄새를 맡으니 그 설렘은 결코 단순한 것이 아닌 것 같으니 이상도 한 일이 아닌가.'

나는 불순한 생각을 내 스스로의 뇌리에서 지워 버릴 요량으로 단호하게 말했다.

"그 예감이라는 것이 사람을 잡는 거야. 예감에는 반드시 선입관념이 작용하는데 우선 그 선입관념을 지워 버려야 해요. 쓸데없는 선입관념을 지니니까 터무니없는 꿈을 꾸곤 황당한 예감을 꾸며대는 것 아냐? 그러니까 선입관념을 버리도록 해요."

"예감이 적중했다고 해서 저는 비관하지 않아요. 당신을 믿어요. 그러면서 난 이런 것도 생각해요. 내 병은 낫는다 해도 오래 가지 않겠어요? 그동안 당신은 적당하게 여자들과 교제라도 하면 제 마음의 부담이 훨씬 가벼워지겠다고요."

"당치도 않은 소리는 작작해요."

아내는 야릇한 표정을 지었다. 그 뜻을 나는 안다. 아내는 자기의 예감에 집착하면서도 그 예감에서 해방되려 애쓰는 모순 때문에 그런 야릇한 표정을 짓게 된 것이 분명했다.

이런저런 미묘한 감정의 엇갈림도 있고 해서 그날 나는 기차시간에 간신히 맞출 수 있는 시간까지 아내 곁에 머물렀다. 그러한 행위 자체가 벌써 부자연스럽다는 걸 느꼈고 병적으로 예민해진 아내의 신경이 그런 부자연스러움을 알아차릴 것을 뻔히 알면서도 나는 그러한 무리를 하지 않을 수 없었다.

상호간 심리를 탐색하며 주고받는 대화처럼 사람을 피로하게 하는 일이란 없다. 상대가 사랑하는 남편이며 아내라는 데서 피로는 더했다. 나는 병원 문을 나서며 고역에서 해방된 사람처럼 안도의 숨을 내쉬는 스스로를 발견하고 놀랐다. 아내에 대한 측은한 감정이 뭉클 솟았다.

걸음을 재촉했기 때문인지 역에 이르니 아직 기차는 도착하지 않았다. 나는 대합실의 붐비는 틈을 비벼 자리를 마련하곤 앉았다.

땀을 닦고 눈을 들었더니 바로 건너편에 그 여인이 앉아 있었다.

하늘색 블라우스에 다갈색 스커트를 입은 그녀는 무슨 골똘한 생각에 잠긴 사람처럼 고요한 얼굴을 하고 있었다. 슬픔은 이미 넘기고 체관(諦觀)의 빛깔이 서린 표정이었다. 나는 실례인 줄도 잊고 그녀를 바라보고만 있다가 무심결에 돌린 그녀의 시선에 부딪치자 당황해서 얼굴을 떨구었다. 공연히 가슴이 두근거렸다. 아내의 예감에 생각이 미치자 와락 공포감에 사로잡혔다.

회한을 남겨서는 안 될 일이었다. 아내가 죽을 경우를 상상하면
이편에서 회한의 씨앗을 장만해서는 안 될 일이었다.

'그러자면 그 여인에게 마음을 두거나 한 눈을 팔아서는 안 된다.'

그 다음 일요일. 신마산역에 내려섰을 때 나는 몇 번이나 다짐한
이 마음을 다시 한 번 되씹고 다짐했던 것이다.

벌써 초여름. 햇살은 뜨거웠다. 신마산역에서 요양소까지 2㎞
남짓한 길을 걸어가기엔 너무나 더운 날씨였다. 나는 택시를 잡을
요량으로 역 건너편에 있는 그늘진 곳으로 걸음을 옮겼다.

거의 10분 동안이나 서성거린 끝에 겨우 택시를 잡았다. 그리고
막 택시에 들어가 앉으려 할 때 역에서 걸어 나오는 그 여인의 모습
이 내 눈에 띄었다. 방금 부산에서 들어온 기차에서 내린 것 같은
그녀는 양쪽 손에 하나씩 짐꾸러미를 들고 있었다.

출발하려는 운전기사에게 나는 잠깐 기다리라고 일렀다. 무의식
중에 한 말이었다. 그리고는 곧 후회했다. 그러나 그녀가 든 짐꾸
러미를 나 스스로에 대한 변명거리로 삼았다.

'더운 날씨이고 여자가 저런 짐꾸러미를 들고 요양소까지 걷자면
힘들 일이고 어차피 차는 나 혼자만 타고 가기엔 넓으니….'

"요양소에 가시는 분이지요?"

그녀가 가까이 오자 나는 그렇게 물었다. 뻔한 질문이었지만 그
렇게밖에 말을 건넬 수가 없었다.

"예."

대답하는 그녀의 눈에는 의혹의 빛이 서렸다.

"제가 잡은 차입니다만 같이 모실까 해서 여쭈어 본 것입니다."

"고맙습니다. 저도 택시를 잡을 생각이었어요."

나는 그녀를 뒷자리에 앉히고 나 자신은 운전기사 옆자리에 앉았다.

운전기사도 말이 없었고, 나도 말하지 않았고, 그녀도 묵묵했다. 자동차는 말 없는 사람들을 태우고 신마산 거리를 빠져 나갔다. 길가는 사람들의 차림도 여름의 옷차림, 길가에 늘어선 가게의 차림도 여름의 차림, 아스팔트 도로 위엔 눈부신 여름의 햇빛.

나는 아직 겨울의 황량함이 가시지 않았던 이른 봄, 아내와 더불어 이 길을 달렸던 때를 기억하곤 세월의 빠름을 실감했다.

'이처럼 빠르게 흐르는 세월이 아내에겐 어떤 의미일까. 병이 낫는 방향일까, 죽음의 방향일까?'

나는 또 아내가 나와 그녀가 같은 택시를 타고 왔다는 사실을 알면 어떤 반응을 보일까, 상상하지 않을 수 없었다. 아내에게 숨겨야 할 일을 저지르고 말았다는 죄의식 같은 느낌까지 일기 시작했다.

'같은 처지의 사람끼리 택시에 합승하는 게 뭐 대단한 일은 아니지.'

이렇게 생각해도 마음은 꺼림칙했다. 뒷자리에 앉은 여인의 마음속에 오가는 상념은 어떤 것일까. 손끝 한 번 움직이지 않는 듯 뒷자리에서는 아무 소리도 들리지 않았다. 눈을 감고 있는 것일까. 바깥 풍경을 보고만 있을까.

"……."

뒷자리에서 무슨 말이 들려오는 것 같은 느낌에 나는 몸을 움찔했다.

"선생님께서도 가족을 요양소에 두고 계십니까?"

편리를 보아준 사람에 대한 인사가 없을 수 없다는 일종의 의무감으로서 그렇게 물어봤다고 추정했다. 나는 당황한 마음을 안정시키느라 조금 사이를 두었다가 대답했다.

"예, 그렇습니다."

"누구십니까?"

물어서는 안 될 말을 묻는 것처럼 목소리가 떨렸다.

"제 아내입니다."

"부인께서요?"

한숨 소리가 들렸다. 이렇게 되니 내 편에서도 묻지 않을 수 없었다.

"요양소에 계시는 분은 누구시지요?"

"제 남편입니다."

꺼져 버릴 듯한 말소리였다. 나는 사상(死相)이 엿보인 그녀 남편의 모습을 일순 눈앞에 그려 보았다.

"중태이신가요?"

"예."

"걱정이 크시겠습니다."

"선생님 부인께서는?"

"역시 중태랍니다."

등산길을 떠나는 듯한 젊은 남녀 한 무리가 차창 밖을 스쳐 갔다. 거무스레한 얼굴들에 송이송이 굴러 떨어지는 땀방울이 순간의 지나침인데도 선명하게 시야에 들어왔다.

'건강하다는 건 좋은 일이다.'

저런 건강한 세상을 외면하고 넓고 커다란 요양소 건물 가득히 병균에 시달린 채 창백한 병자의 군상들이 애달프게 제각기의 생명을 달래고 있는 것이다.

"선생님 부인이 입원하신 지는 오래되셨어요?"

"다섯 달쯤이나 됐는가 봅니다."

"다섯 달!"

그녀는 혼잣말처럼 중얼거렸다. 자기 남편이 입원한 헤아리는 모양이었다. 의례적으로 나도 그의 남편이 입원한 날을 물어볼까 했지만 뻔한 노릇 같아서 그만두었다. 나는 그 여인의 남편이 입원하던 날, 병원 문간에서 그녀와 시선이 마주친 적이 있는데 그때 기억을 그녀가 잊지 않고 있을까 하고도 생각했다. 그 실신한 듯한 망막한 눈빛엔 아무것도 보이지 않았으리란 짐작도 했다.

내 기억이 정확하다면 그녀의 남편이 입원한 지도 이미 두 달이 넘었다.

답답한 기분이어서 나는 운전기사에게 이렇게 물었다.

"저 요양소에서 나아 나오는 손님을 태워본 적이 있습니까?"

운전기사는 한참동안 기억을 더듬는 것 같더니 짤막하게 답했다.

"없는데요."

운전기사의 그 말이 무슨 선고처럼 느껴졌다. 그러한 반응을 알아차렸는지 운전기사는 다음과 같이 말을 고쳤다.

"나아 나오시는 분이야 많겠지요. 공교롭게도 제가 태워드린 손님이 없다 할 뿐이지요."

병원 문이 보였다. 지옥의 문에 쓰여 있다고 단테가 적은 문구가 뇌리에 떠올랐다.

'이 문을 들어가는 자(者), 모든 희망을 버려라!'

"당신 얼굴, 행복해 보여요."

아내의 침대 곁에 가 앉자 아내가 내게 던진 첫말이었다. 나는 아내가 그 여인과 내가 같은 택시를 타고 온 사실을 알고 비꼬아 하는 말 같아서 섬뜩했으나 그렇지는 않은 것 같아서 마음을 놓았다.

"당신의 건강이 나아진 것 같아서, 그래서 내 얼굴이 행복해 뵈는 모양이지."

"별반 나아진 것 같지는 않은데 당신이 오실 시간이 되니 기뻐서 그런가보지요."

"아냐, 나아진 것 같아요. 이대로 나가면 완쾌할 날도 멀지 않겠어."

"뻔한 소리는 하지 말고… 오늘은 무슨 이야기를 준비해 오셨지요?"

"오늘도 굉장한 이야기를 준비했지."

"요 전번 것은 낙제였어요. 두고두고 생각해도 재미나는 것이어야 할 텐데 그러지 못한 것은 낙제야."

"그럼 얘기할게, 들어 봐요."

기대감에 빛나는 아내 눈은 아름다웠다. 누구든 기대에 벅차 있을 때의 눈은 아름다운 것일까.

"쥐새끼가 술통에 빠졌어. 그래 흠뻑 술을 마시고 통에서 기어 나왔지. 그 쥐가 뭐라고 했겠소? 알아맞혀 봐요."

"또 시시한 얘기군요. 쥐가 술통에 빠졌으면 그대로 빠져 죽시 어떻게 술통에서 기어 나올 수가 있었겠어요?"

"기어 나왔으니까 기어 나왔다는 거지. 하여간 뭐라고 했겠소?"

"어이 취한다 취해. 기껏 그따위 소리겠지 뭐."

"상상력이 그래 가지고서야 어디 쓰겠어? 다시 한 번 생각해 봐요."

"상상력이 빈약해서 미안합니다. 그래 풍부한 상상력을 가지신 어른의 얘기나 들읍시다."

"잘 들어. 그 쥐가 술통에서 나오더니… 고양이 새끼들 다 나와! 이랬다는 거야."

"뭐라고요?"

"고양이 새끼 다 나와!"

아내는 비로소 깔깔대고 웃기 시작했다.

"술에 취해 간이 커졌단 말씀이지요? 그래 고양이 새끼들 다 나와, 하고 외쳤군요."

"한 번 상상해 봐요. 쥐새끼가 술에 잔뜩 취해서 고양이 새끼 나오라고 호통을 치는 꼴을. 두고두고 우스울 거야."

"얘기는 그뿐?"

"그렇지."

"아이구 싱거워. 고양이 새끼들이 나왔을 때까지 꾸며야 이야기가 되잖아요?"

"그럼 한 번 꾸며볼까. 고양이들이 나와 보니 쥐가 그 모양이거든. 그래 고양이가 쥐를 보고… 자, 나왔다. 어떻게 할래? 했더니 쥐는 달달 떨면서… 자, 자 잡아먹으라고 나오랬어요, 하면 얘기가 될까?"

"그랬다면 고양이는… 술 취한 쥐는 안 먹어!… 했어야 할 것 같아요."

"당신의 상상력은 그러고 보니 대단한데. 어때, 여기 누워 있는 동안 소설이나 하나 꾸미시지."

"그럴 기력이 있을 것 같아요? 당신도 참… 그런데 당신에겐 그런 시시한 이야기밖엔 없수?"

"얘기야 많지. 짤막한 걸 고르니까 그런 이야기가 되는 거지."

"긴 얘기, 좋아요. 되도록 유식한 이야기 말이에요. 허풍선이 재담 같은 얘기일랑 그만두고…."

그러나 긴 얘기가 환자를 더욱 피로하게 하지는 않을까 하고 망설이던 참이었다.

"그럼 길고 유식한 얘기를 하나 할까."

아내는 옛날이야기를 기다리는 어린이 같은 표정을 지으며 나를 쳐다보았다. 그 표정에 남은 어린 티가 안타까웠다.

"무덤에 부채질 하는 얘기, 혹시 들은 적이 있소?"

"없어요."

"그럼 그걸 하겠소. 조용한 시골에 장자(莊子)라는 학자가 살고 있었지. 장자란 학자의 이름은 들은 적이 있을 거야. 장주(莊周)라고도 하는…. 장자는 이곳저곳 산수 구경 다니기를 좋아했는데, 하루는 길을 걷다가 길가에 새로 만든 무덤과 그 무덤 앞에 앉은 어떤 젊은 여자가 부채질을 하는 것을 보았거든. 이상하지 않아? 무덤에 부채질을 한다는 건…. 그레 장지기 그 여자에게 뭣을 하느냐고 물어보았다는 거야. 그랬더니 그 여자가 하는 말은 다음과 같았어.

무덤은 자기 남편의 무덤인데 남편이 죽을 때 그 여자는 무덤이 마르기 전에는 개가(改嫁) 하지 않겠다고 약속했대. 그 여자는 며칠 동안을 기다렸는데도 무덤이 좀처럼 마르지 않자 무덤을 빨리 말리려고 부채질을 하고 있었대. 이렇게 말하는 그 여자의 태도가 너무나 솔직하게 보였고 말하면서 쳐다보는 모습이 너무나 애처로워 장자는 그녀의 일을 도와주기로 작정했지. 당신의 팔이 아플 테니 내가 대신 부채질을 해주마고 했지. 여자는 부채를 장자에게 건네주며 남편의 무덤을 빨리 마르게만 해주면 그 은혜는 평생토록 잊지 않겠다고 했어. 장자에겐 도술이 있었거든. 부채질을 몇 번만 하니 무덤 위의 습기가 말끔히 말랐어. 그러자 그 여자는 기뻐 날뛰면서 은혜에 대한 보답의 표적으로 그 부채와 자기 머리에 꽂고 있던 옥잠 하나를 뽑아 장자 앞에 내놓았어. 장자는 부채는 그냥 받았으나 옥잠만은 사양했지. 자기 마누라가 그것을 보고 뭐라고 할까 두려웠던 거야.

집에 돌아온 장자는 우울했어. 부채를 보고 있으니 여자의 마음의 덧없음이 느껴져 자기도 모르게 한숨을 내쉬었지. 곁에 있던 장자의 마누라는 무슨 까닭으로 한숨을 쉬는가 하고 묻다가 남편의 손에 있는 그 부채가 어디서 나온 것이냐고 따졌어. 장자는 무덤을 말린 얘기를 하지 않을 수 없었지. 장자는 그 얘기를 끝맺고는 사람의 얼굴을 보고는 그 속을 짐작할 수 없다고 탄식했지. 이 얘기를 듣자 장자의 마누라는 노발대발하곤 그 몹쓸 여자를 보고 모든 여자를 그렇게 보면 안 된다고 떠들었다는 거야. 자기는 결단코 그런 여자가 아니라는 것이지. 그러면서 남편 손에서 부채를 빼앗아 찢어 버렸대요."

"그뿐이에요?"

"아냐. 이건 시작이오."

나는 이야기의 다음을 이었다.

　장자의 마누라는 그 부채를 찢어 없애고도 분이 풀리지 않는 양으로 "그래 그 몹쓸 년의 일까지 도와줬단 말이에요?" 하고 장자에게 덤볐다.

　장자는 조용히 말했다.

　"왜 법석을 떠는 거요? 그럼 내가 죽고 난 뒤 여전히 젊고 매력이 있는 그대가 5년, 아니 3년 동안이나마 과부로 그냥 살 수 있겠소?"

　이 말을 듣자 장자의 마누라는 펄펄 뛰었다.

　"충신은 두 임금을 섬기지 않고 정절한 부인은 두 남편을 거느리지 않는다는 말이 있지 않아요? 만일 내 팔자가 당신을 여의야 한다면 5년, 3년이 다 뭐예요? 나는 평생토록 수절할 거예요. 개가(改嫁)란 어림도 없는 얘기예요."

　"어려운 일이지, 어려운 일이야."

　이렇게 장자가 말하자 마누라는 더욱 흥분했다.

　"여자는 사내와 다르단 말이에요. 사내는 마누라가 죽으면 예사로 다른 여자와 두 번, 세 번 결혼하지만 여자는 그렇지가 않아요. 어려운 일이라니, 그건 내게 빈정대는 얘기인가요?"

"조용히 하시구려. 원컨대 그런 일이 있을 땐 당신이 지금 한 말이나 기억하고 있으슈."

이런 일이 있은 뒤 얼마 안 가 장자는 중병에 걸렸다. 임종이 가까워지자 장자는 자기의 마누라를 머리맡에 불러 다음과 같이 일렀다.

"내 최후가 가까워졌소. 당신에게 이별을 고할 때가 왔소. 지금 생각하니 당신이 그 부채를 찢어버린 것은 대단한 잘못이었소. 그 부채로 내 무덤을 말릴 수도 있을 텐데…."

"여보, 부탁이오. 지금 이런 순간에 나를 의심하는 것 같은 말씀은 하지 마세요. 나는 예의를 배운 여자예요. 하나의 남편, 단 하나의 남편을 섬겨야 한다는 예의를 배운 여자란 말이에요. 만일 당신이 나의 정절을 의심한다면 나는 지금 당장 당신 앞에서 죽겠어요. 그럼으로써 제 말의 진실을 증명하겠어요."

"좋소. 그 말만 들어도 만족이오."

이렇게 말하고 장자는 눈을 감았다. 그리고는 다시 눈을 뜨지 않았다.

남편의 죽음을 확인하자 장자 부인은 큰소리로 통곡하면서 시체를 안았다. 며칠 동안 끼니를 굶고 통곡했다. 장자와 같은 대학자가 숨지면 이웃 사람들이 와서 위로도 하고 장례를 치르기 위한 일을 돕기도 하는 풍습이 있었다.

이런 문상객들도 모두 돌아가고 난 후의 어느 날이었다. 그림 같이 잘 생긴 용모를 지닌 어떤 젊은 학자가 장자의 집을 찾았다. 그는 자줏빛 비단옷을 입고 검은 모자를 쓰고 아름다운 수가 놓인 띠를 매고 진홍색 구두를 신고 있었다. 그의 하인은 그 청년 학자가 초나라의 왕자라고 일렀다. 왕자 자신은 다음과 같이 자신을 소개했다.

"수 년 전 저는 장 선생님께 제자가 되겠노라고 편지를 쓴 적이 있습니다. 이제 그 숙망을 이루려고 이곳에 와 보니 선생님은 돌아가시고 안 계십니다. 이렇게 원통한 일이 또 있겠습니까? 이렇게 슬픈 일이 다시 있겠습니까?"

애도의 뜻을 나타내기 위해서 왕자는 곧 상복으로 갈아입고 장자의 관 앞에 엎드려 절하고 호곡했다.

"유덕하신 장 선생님, 면대해서 가르침을 받을 수 없게 되었으니 저에겐 더 이상의 불행이 있을 수가 없습니다. 제 존경의 염과 선생님의 덕을 길이 간직하기 위해서 저는 선생님의 관을 모시고 백일 동안을 여기에서 머물 작정입니다."

그리고는 장 선생님의 사모님을 뵙고 경의를 표하겠다는 뜻을 전했다. 장자의 부인은 3번 사양한 뒤 왕자를 만나기로 했다. 옛날부터 전해 온 습관에 따라 남편의 제자가 면회를 청하면 거절할 수 없었다.

눈을 아래로 깔고 왕자의 인사말을 듣던 장자 부인은 흘긋 곁눈으로 왕자를 훔쳐봤다. 그리고는 그의 잘생긴 얼굴과 품위 있는 동작에 충격을 받았다. 호기심 이상의 감정이 그녀의 가슴속에 넘쳤다. 장자 부인은 자기 집에서 숙식(宿食)을 같이 하도록 왕자에게 권했다.

매일처럼 접촉하는 동안 서로의 시선이 마주치기도 하고 짤막한 말들이 오가기도 했다. 어느덧 서로를 위로하는 감정보다도 애정 비슷한 감정이 싹트기조차 했다. 그녀에 대한 왕자의 감정도 애정으로 바뀌어갔다. 왕자에 대한 그녀의 감정은 열렬한 연정으로 변했다. 어느 날 밤 장자 부인은 왕자의 하인을 자기 방에 불러 술을 대접하면서 넌지시 물었다.

"당신 주인은 결혼하셨나요?"

"아직 결혼하지 않았습니다."

"그럼 당신 주인은 어떤 여자를 부인으로 삼을 작정인가요?"

"부인과 같은 아름다운 분을 얻을 수만 있다면 행복하겠다는 주인의 말씀이 있었습니다."

"참으로 그런 말씀을 하셨어요? 그것이 참말이에요?"

"소생같이 늙은 놈이 뭣 하려고 거짓을 말하겠습니까?"

"그렇다면 당신이 중신아비가 되어 주시구려."

"주인은 말씀합디다. 당신이 돌아가신 선생님의 사모님만 아니라면 또 제자가 사모님과 결혼했다고 해서 일어나는 악평만 없다면 결혼할 수 있을 건데 하고요."

"사실 왕자님은 제 죽은 남편의 제자는 아니지 않아요? 그런데 어찌 제자가 사모님과 결혼했다는 악평이 있을 수 있겠어요?"

그렇다면 자기 주인과 의논해서 그 결과를 그날 밤 안으로 통지해 주겠다고 하인이 약속했다. 하인이 가고나자 장자 부인은 애가 탔다. 남편의 관이 놓여있는 방 앞으로 왔다 갔다 하다가 하인과 왕자가 무슨 말을 주고받고 하는지를 엿들으려고 왕자가 묵고 있는 방의 창가에 귀를 대보기도 했다. 그러나 너무도 조용하기 때문에 장자 부인은 남편의 관이 놓인 방으로 들어갔다. 그 방을 통해야만 왕자가 있는 방으로 갈 수 있기 때문이다. 관이 있는 방에 들어서자 장자 부인은 깜짝 놀랐다. 무거운 숨소리가 관이 놓인 쪽에서 들려왔다.

"죽은 사람이 도로 살아나는 일이 있을 수 있을까?"

장자 부인은 불을 켜보고 난 뒤에야 안심했다. 장자의 관 위에 왕자의 하인이 누워 있었던 것이다. 다른 때 같으면 고인의 유해를 업신여기는 그런 짓을 보아 넘길 성미는 아니었지만 사정이 사정이고 보니 장자 부인은 아무 말도 하지 않기로 했다.

다음 날 아침 장자 부인은 지난밤의 무례에 대해서는 아는 체도 하지 않고 그 하인을 가까이 불러 다시 간청했다. 장자 부인의 간청에 못 이겨 하인은 지난 밤 부인이 제안한 원칙 문제엔 왕자가 승낙하겠지만 세 가지 조건 때문에 망설인다고 했다.

"세 가지 조건이라뇨?"

"첫째 제 주인이 말하기를 시체를 객실(客室)에 둔 채 결혼식을 올리는 것은 관습에 어긋나고, 둘째는 고명(高名)하신 장자의 깊은 사랑을 받은 여인이므로 다음 번 결혼한 남자에게 주는 애정이 부족할까봐 두렵고, 셋째는 짐을 가지고 오지 않아 신랑 노릇을 하는 데 필요한 돈도 없고 옷이 없으니 안 되겠다는 것이었습니다."

이렇게 하인이 말하자 장자 부인은 가쁜 숨을 헐떡거리며 다음과 같이 주워섬겼다.

"그런 조건쯤은 우리 결혼엔 문제도 되지 않아요. 첫째, 시체는 집 뒤뜰에 헌 창고가 있거든요. 그리로 옮기면 될 게고, 둘째 조건도 문제 될 게 없어요. 그이는 유명한 도학자였는지는 몰라도 행실은 좋지 못했거든요. 그의 첫째 부인이 죽자 곧 다른 여자와 결혼했고, 그 여자와는 얼마 안 가 이혼했어요. 그리고 보세요. 그가 죽기 얼마 전만 해도 저쪽 산언덕에서 무덤에 부채질하는 여자를 꾀려고 했답니다. 그런 남편이었어요. 그런 남편을 내가 사랑한들 얼마나 사랑했겠어요. 젊고 미남자인 당신 주인이 그런 것을 의심하다니 이상한 일이군요. 당신 주인에 대한 나의 사랑을 의심하는 사람이 있다면 천벌을 받을 거예요. 셋째 조건에 대해서도 염려하시지 말라고 하세요. 제가 전부 부담하겠습니다. 지금 저는 은 20냥을 갖고 있어요. 신랑 옷을 만든다면 지금 당장에라도 내놓지요. 자, 빨리 돌아가셔서 지금 제가 한 말을 당신 주인에게 전하세요. 그리고 지금과 같은 좋은 기회는 없을 것이고 바로 오늘 밤이 혼사(婚事)를 치르는 데 가장 좋은 밤이라고 일러 주세요."

은 20량을 가지고 주인에게로 간 하인은 곧 다음과 같은 주인의 말을 받아 장자 부인을 찾아왔다.

"제 주인은 그렇다면 좋다고 말합디다. 오늘 밤 식을 올리도록 준비하겠다고 말씀했습니다."

이 말을 듣고 장자 부인은 기뻐서 날뛰었다. 장자 부인은 재빨리 상복을 벗어 던지고 신부(新婦)의 의상으로 갈아입었다. 얼굴에 분을 바르고 양 뺨에 연지를 찍고 입술을 빨갛게 칠하곤 마을 사람들을 불러 장자의 시체가 들어있는 관을 뒤뜰 창고에 옮기고 결혼식 준비를 서둘렀다. 객실에 촛불을 켜고 장자 부인은 신랑이 들어오기를 오마조마하게 기다렸다.

드디어 신랑이 들어왔다. 높은 지위를 표시한 가문(家紋)이 새겨진 윗옷과 찬란하게 수놓인 바지를 입고 있었다. 닦아놓은 구슬처럼 광채가 아름다운, 광채가 아름다운 황금과 같은 두 남녀는 사랑이 그득한 표정을 지으며 마주보고 섰다. 식이 끝나자 왕자는 신부의 손을 잡고 신방으로 들어갔다. 바야흐로 신방으로 들어가 앉으려 할 때 돌연 왕자는 발작을 하며 신음을 냈다. 온몸을 비틀어 꼬는 그의 얼굴이 일그러지며 눈은 뒤집혔다. 방바닥에 넘어진 그는 주먹으로 가슴을 치기 시작했다.

장자 부인은 슬픔과 놀람으로 몸을 떨며 미친 듯이 그를 안아 일으키고 그의 가슴을 쓰다듬었다. 그러나 이 모든 방법이 아무런 쓸모가 없자 그녀는 왕자의 늙은 하인을 불렀다.

"당신 주인은 전에도 이런 발작을 일으킨 적이 있나요?"

황급하게 묻는 부인의 질문에 하인은 이렇게 대답했다.

"종종 이런 일이 있었지요. 아무 약도 소용이 없답니다. 단 한 가지밖엔…."

"그 단 한 가지란 게 뭐지요?"

"사람의 뇌수를 술에 넣어 끓여 먹으면 낫지요. 고국에서 이런 발작에 사로잡혔을 때는 왕자의 아버지인 국왕께서 범죄인들의 머리를 베어 뇌수를 꺼내서 왕자에게 먹였지만 지금 여기에선 어떻게 그런 약을 얻을 수 있겠습니까."

"자연히 죽은 사람의 뇌수라도 효과가 있을까요?"

"그럼요. 죽고 난 뒤 49일만 경과하지 않았다면 그 뇌수도 효험이 있습니다."

"그렇다면 죽은 내 남편의 뇌수로도 되겠군요. 죽은 지 아직 21일밖에 안 됐으니까. 관을 열고 뇌수를 뽑아내는 건 쉬운 일입니다."

"그러나 어떻게 그런 것을 당신이 할 수 있겠습니까?"

"천만의 말씀! 나와 왕자는 이미 부부가 된 사이에요. 아내는 자기 몸으로 남편 시중을 드는 게 의무 아닙니까? 곧 썩어 흙이 될 시체 때문에 내 남편을 위하는 방법을 포기할 수 있겠어요?"

이렇게 말하면서 장자 부인은 하인에게 주인을 돌보라고 이르고는 자기는 도끼를 들고 장자의 관이 놓인 창고로 갔다.

알맞은 곳에 불을 켜 달고는 소매를 걷어 올려 이를 악물고 두 손에 힘을 주어 관 뚜껑 위에 도끼를 내려쳤다. 31번째의 도끼질에 관 뚜껑은 열렸다. 헐레벌떡 가쁜 숨을 쉬면서 부인은 관 속에 누워있는 장자를 보았다. 다음의 작업은 도끼로 장자의 두개골을 쪼개는 일이었다.

부인이 한숨 돌리고 두개골 어느 편에다 도끼질을 해야 할까 하고 눈가늠을 하는데 바로 그 눈 밑에서 장자는 길게 숨을 두 번 내쉬었다. 그러더니 눈을 뜨고 점잖게 일어나 앉았다. 부인은 비명을 지르며 뒤로 물러섰다. 경련을 일으킨 손으로부터 도끼가 떨어졌다.

부인은 공포와 현기증으로 그 자리에 쓰러질 것만 같았다. 숨이 가쁘고 가슴은 답답하고 전신은 와들와들 떨렸다.

'이 무슨 괴변이란 말인가!'

"사랑하는 마누라여!"

관 속에 앉은 채 장자는 점잖게 말했다.

"나를 좀 일으켜 세워 줘."

공포에 지쳐 순종할 수밖에 없었던 부인은 장자를 부축해 일으켜 세웠다. 그리곤 한 손에 등불을 들고 방으로 장자를 이끌었다. 방 안에 펼쳐진 광경을 곧 장자가 보게 될 것을 생각하니 방문이 가까워 오자 온몸이 와들와들 떨렸다.

그런데 방에 들어서니 다행히도 왕자와 하인은 어디론지 사라지고 없었다. 부인은 적이 안심했다. 이렇게 증거가 없어진 것을 확인한 부인은 여자가 지닌 간교한 수단을 죄다 쓸 양으로 어조를 부드럽게 하며 장자에게 말했다.

"당신이 돌아가시고 난 뒤 저는 밤이고 낮이고 당신 생각만 하고 있었습니다. 바로 아까 관 속에서 무슨 소리가 들리는 듯하기에 영혼이 다시 돌아오는 경우도 있다는 옛날 얘기가 생각났어요. 그래 당신의 경우가 그렇게 되지 않을까, 당신은 덕이 높으신 어른이니 꼭 그렇게 될 수 있으려니 하고 믿었지요. 그래 도끼로 당신의 관을 열어보았답니다. 그랬더니 하늘과 땅의 은혜로 당신이 다시 살아나시지 않겠어요? 나의 지성(至誠)이 통한 거예요. 나는 다시 당신 곁에 살 수 있게 되었으니 행복해요."

"고맙소, 부인!"

장자는 마누라의 얼굴을 바라보면서 이렇게 말을 이었다.

"당신의 깊은 애정과 정절, 정말 고맙소. 그런데 무슨 까닭으로 당신은 지금 그처럼 화려한 옷을 입고 있는 거지요?"

"아까 말씀드리지 않았어요? 내가 당신이 누워 있는 관을 열어보려고 했을 때 제게 행운이 찾아올 것 같다는 예감이 들더라고요. 당신이 꼭 도로 살아나실 것만 같았어요. 당신이 도로 살아나실 때 저는 상복을 입고 당신을 맞이하고 싶지는 않았어요. 그래서 화려한 옷을 골라 입었습니다."

"음…."

장자는 잠시 망설이더니 다시 물었다.

"또 한 가지 당신의 설명을 듣고 싶은 게 있소. 왜 내 관이 방에 있지 않고 그 빈 창고에 버려둔 채 있었지요?"

이 질문에 대해서는 부인도 납득이 갈 수 있는 대답을 꾸며 댈 수 없었다.

장자는 결혼잔치를 위해서 준비해 둔 술이며, 술잔이며를 둘러보았다. 그러나 그런 것에 대해서는 아무 말도 하지 않고 식은 몸을 따뜻하게 해야겠으니 술을 한 잔 달라고 일렀다. 부인은 온갖 아양을 떨며 남편이 미소를 짓도록 애썼다. 장자는 그러한 아양엔 거들떠보지 않고 손가락으로 부인의 뒤를 가리키며 외쳤다.

"당신 뒤에 사람이 둘 서 있는데 그들은 누구요?"

필연코 뒤에 왕자와 그의 하인이 있는 것이라고 알고 부인은 뒤를 돌아보았다. 상상한 대로 그 두 사람이 서 있는 것을 보고 기겁을 하곤 남편 쪽으로 시선을 돌렸다. 그러나 장자는 어디엔지로 사라지고 없었다. 다시 뒤를 돌아보니 왕자도 그 하인도 어디엔지로 사라져버리고 난 후였다.

"그래 다시 앞을 바라보았더니 장자가 나타나 있지 않아? 그때야 부인은 자기 남편이 도술을 써서 죽은 척했고 아까의 왕자며 하인이며 모두 장자의 분신임을 알아차린 거야. 어떠한 수단을 써도 자기의 행실과 속셈을 속일 수 없다는 것을 알아차렸지. 그래 장자 부인은 치마끈을 풀어 대들보에 달고 목을 매 죽었어. 장자는 그 부실하고 부정한 마누라를 자기가 누웠던 관에다 넣고 집에다 불을 질러 버렸대… 어때, 유식한 얘기지요?"

눈을 지그시 감고 듣던 아내는 눈을 뜨며 내게 미소를 보냈다. 긴 이야기를 해준 노고에 대한 인사치레의 미소라는 느낌이 들었다.

"어때, 유식한 얘기지?"

멋쩍어 나는 다시 한 번 이렇게 물었다.

"유식한 이야기였어요. 그러나 기분 좋은 이야기는 아니었어요."

"기분이 좋고 나쁘고가 어디 있겠어. 그저 얘기인데…."

"여자에겐 가혹한 얘기 아녜요?"

"한 가닥쯤 진실이 있으니까 여자란 여자가 모두 다 그렇다는 얘기는 아니지 않소?"

"한 가닥이나마 진실이 있으니까 가혹하다는 뜻이에요. 그런데 그 뒤 장자는 어떻게 되었지요?"

"얘기의 끝은 이래요. 그 후 장자는 서쪽을 향해 길을 떠났다. 어느 곳에 정착하고 살았는지는 아무도 모른다. 다만 한 가지 사실만은 확실하다. 그것은 장자는 그 뒤 다시 결혼하지 않고 여생을 홀아

비로서 보냈다는 사실이다."

"홀아비로서 여생을 보냈겠지요. 그건 확실할 게요."

"그건 또 왜?"

"여자에게 그런 꼴을 당하고 다시 여자를 곁에 둘 생각이 나겠어요?"

"어느 산엔가 호랑이가 있다는 것을 알고 모든 산에 가지 않는단 말이오?"

"하여간 장자는 불쌍한 사람이군요."

"여복, 아니 처복이 없대서?"

"아녜요. 사랑하는 마누라를 그렇게 시험해 보지 않을 수 없는 마음의 탓으로도 불쌍하고 실제로 시험한 행동도 불쌍한 노릇이구요."

나는 이렇게 말하는 아내의 얼굴을 놀란 마음으로 들여다보았다. 아내의 말대로였다. 장자의 불행은 그처럼 부박한 마누라를 가졌다 하는 데 있는 게 아니라 자기 마누라를 그처럼 가혹하게 시험해 보지 않을 수 없었던 마음과 상황에 불행이 있었던 것이다. 몇 해를 병상에 누워 있으면 인간인식의 눈도 저처럼 맑아지는 것일까 싶었다.

"당신은 자꾸만 철학자가 되어가는가 보지?"

"언제는 심리학자라고 하더니….."

"모든 길은 로마로 통한다고 하듯이 모든 지혜는 철학으로 통하는 거니까. 당신은 심리를 통해 철학자가 되어가는 모양이오."

아내는 쓸쓸하게 웃었다.

"철학자가 안 되어도 좋으니 당신의 아내가 되고 싶어요. 아내다운 아내가 되고 싶어요. 당신의 무덤에 부채질을 해도 좋으니 살아 있는 동안만은 당신의 아내다운 아내가 되고 싶어요."

"지금도 아내다운 아내가 아니오? 부부의 형태는 여러 가지가 있는 법이오. 병상에 아내를 눕혀 둔 남편의 경우, 교도소에 남편을 가둬 둔 아내의 경우, 외국에 남편 또는 마누라를 보낸 경우, 그런 경우여서 더욱 애정이 신선할 수도 있고 밀도가 짙을 수도 있고 말이오."

"나는 당신의 그 꾸며대는 말이 싫어요. 왜 엉뚱한 경우를 열거하는 거예요? 우리의 부부관계는 불행하다는 사실에 눈을 감으려고 하시지요? 여편네가 병상에 누워 있으니 그러니까 애정이 더욱 신선할 수 있다는 얘기는 뭐지요? 밀도가 짙다는 얘기는 또 뭐지요? 남편다운 남편, 아내다운 아내가 되고 싶지? 왜 그렇게 물어보지 않아요? 왜 우리들은 슬픈 부부라고 똑바로 인식하고 이 슬픔에서 하루 빨리 벗어나야겠다고 발버둥치지 않아요? 왜 당신은 내게 짜증을 내지 않지요? 빨리 병이 나아 아내다운 아내 노릇을 하든지, 그렇지 않으면 빨리 죽어 없어져 청춘을 되찾는 방법을 열어주지 않느냐고 내게 왜 짜증을 내지 않지요? 내가 불쌍해서 그저 동정만 하는 거예요?"

아내의 신경질이 또 발작하기 시작했다. 이럴 때면 나는 그저 웃으면서 그러한 아내를 지켜만 보고 있으면 되는 것이었다.

"왜 웃지요? 나도 그런 경우가 되면 장자 부인인가, 장자 마누라인가 그 여자처럼 당신이 들어 있는 관 위에다 도끼질을 할 거예요. 그래도 당신은 웃고만 계시겠어요?"

"도끼질은 이따 하고 나이프나 포크쯤이라도 휘두를 수 있도록 병을 고치기나 해요."

"화제를 엉뚱한 데로 끌고 가지 마세요. 나는 장자 부인보다 더 악랄했으면 했지 덜하지는 않을 테니까, 당신도 좀 악랄하게 굴란 말씀입니다."

"장자 부인이 자꾸만 마음에 거슬리는 모양이지요?"

"거슬리긴? 왜요? 남편이 죽고 난 뒤 멋지고 아름다운 왕자가 나타나 봐요. 여자 열 가운데 일곱쯤은 그렇게 행동할 거예요. 나도 그 축에 든다니까."

"그러한 상황설정이란 게 좋지 않다는 얘기를 이제 막 당신이 해 놓고서 그래요? 가령 사람이 이런 생각을 하면 어떻게 되겠소? 지금 이 여자가 내 마누라로 내 곁에 있지만 결혼하기 바로 직전 나보다 얼굴도 잘 생기고 지위도 높고 돈도 많은 남자가 나타나 구혼을 했더라면 나는 거절당했을 것 아닐까. 그러니 괘씸하다, 이런 식의 사고를 해봐요. 어디 사람들이 견디어 내겠는가."

나는 장자 이야기를 한 것을 후회해야 하나 하고 생각하며 아내에게 물었다.

"그처럼 반응이 강할 줄 알았더라면 그 얘기를 하지 않았을걸 그랬지?"

"아녜요. 앞으로 또 그런 얘기를 많이 들려줘요. 쥐새끼가 어떻고, 참새가 어떻고 하는 시시한 얘기는 그만두고…. 두고두고 생각을 자아내게 하는 얘기가 좋아요. 이 다음에 또 좋은 얘기 준비해 와야 해요. 동시에 나를 미워할 준비도 해놔야 해요. 어떤 일이 있어도 견뎌낼 만한 힘을 미리미리 가꾸어 놓아야 하잖겠어요?"

병원 문을 나서니 택시가 한 대 길 건너편에 서 있는 것이 눈에
띄었다. 퇴원환자라도 기다리는 것일까 하고 그 곁을 지나치려고
할 때 차 안에서 소리가 있었다.

"선생님!"

소리를 쫓아 시선을 옮겼더니 병원에 올 적에 같이 타고 왔던 그
여인이 차 안에서 손짓을 했다.

"나오실 시간이 되었기에 이왕 택시를 잡은 김에 기다리고 있었
어요."

사양하려고 했으나 모처럼의 호의를 이유 없이 물리칠 수도 없어
택시를 타기로 하고 운전기사 옆 자리에 앉았다.

"죄송합니다."

"아녜요. 아까는 선생님이 택시 요금을 내시지 않았어요?"

"꼭 그 신세를 당장에 갚겠다는 뜻인가요?"

"그런 것은 아녜요. 그저….."

긴 여름 해는 아직 하늘 높이 남아있었다. 앞에 펼쳐진 길은 백도
(白道)의 인상으로 눈이 부셨다.

"주인 되시는 분의 차도는 어떻습디까?"

잠깐 답이 없더니 한숨 섞인 말이 들려 왔다.

"그저 그렇다고 말씀드릴 수밖에 없어요. 그런데… 부인께서는?"

"조금 나아진 것 같기도 한데 어디 대중을 잡을 수가 있어야지요.
조금 나아졌다 싶다가도 다음에 와보면 도로 악화돼 있고….."

침묵이 흘렀다. 차는 어느덧 신마산 거리에 접어들고 있었다. 병원에 갔다 올 때마다 느끼는 상념을 신마산 거리에 즐비한 집들을 보고 다시 한 번 느꼈다.

'저 집들에는 행복이 살고 있을까?'

하필이면 신마산 근처에서 그렇게 느끼는 것이 이상했다. 병원 근처라는 데서 오는, 관념의 자극일까. 화장장(火葬場) 근처의 집에서 악착같은 생(生)에의 집착을 느끼듯.

그대로 정거장에까지 가면 기차시간엔 상당한 여유가 있었다. 나는 대합실에서의 따분한 기다림보다 음악이 있는 다방에서의 기다림이 낫지 않을까 해서 신마산에서는 제일 크다는 Y다방 앞에 택시를 세워 달라고 운전기사에게 일렀다.

"이 근처에 볼일이 있습니까?"

차에서 내리려고 하자 그녀가 물었다.

"별로 볼일이란 없습니다. 기차시간까지는 아직 여유가 있어서 다방에서나 기다릴까 해서요."

"그럼 저도 여기서 내리겠어요."

낯선 곳의 다방이어서 주위의 눈을 경계할 필요도 없었다. 나와 그 여인은 옛날부터 친숙했던 사이의 남녀처럼 나란히 다방에 들어섰다.

'외교구락부'라는 당당한 이름을 가진 그 다방은 그 이름에 손색이 없을 정도로 육중하게 꾸며져 있었다. 스테인드글라스에 그려진 그림에는 엑조티시즘(*exoticism, 이국정서)이 있었고 갈색 커튼을 통한 간접 채광이 진한 빛깔의 벽과 값진 가구들과 어울려 일종의 클래식한 분위기를 이루고 있었다.

　나는 구석진 곳에 자리를 잡아 그 여인에게 먼저 사리를 권했다. 마주한 그 여인의 얼굴이, 모습이, 몸가짐이 클래식한 분위기 속에서 한층 더 청아하게, 품위 있게 나의 망막에 비쳤다.

운명의 문

열차 도착시간이 가까워졌다.

나와 방근숙은 나란히 신마산의 거리를 걸어 정거장에까지 왔다.

그러는 사이 일요일마다 문병하러 오는 둘의 경우가 같으니 올 때마다

정거장 앞 다방에서 만나 택시를 타기로 하든, 걷기로 하든,

요양소까지의 지루한 길을 같이 가기로 약속했다.

한산한 다방의 공기 속에 권태로우면서 달콤한 음악이 담배연기처럼 서렸다가 흩어지다가 하며 아른거렸다. 나는 마주 대한 여인에게로만 쏠리는 시선을 어떻게 처리해야 할지 몰라 어색해하면서 귀로 들려오는 음악에다 관심을 쏟으려 했다. 틀림없이 이미 들은 적이 있는 음악인데 곡명이 떠오르지 않았다. 나는 그 곡 이름이 무엇인가 하고 생각을 집중시켰다. 그러나 기억나지 않았다. 무심결에 중얼거렸다.

　　"무슨 곡이더라? 알 듯 말 듯한데….."

　　엉뚱한 소리를 하는 사람에게 대하는 의아한 표정이 그 여인의 얼굴 위로 스쳤다. 나는 당황했다.

　　"지금 들리는 이 음악 말입니다. 그 곡명을 알 듯 알 듯 한데도 생각이 나지 않아서….."

　　"드뷔시의 〈목신의 오후〉 같은데 저도….."

　　공연히 아는 척했다는 듯이 그녀는 수줍게 눈을 아래로 깔았다.

　　"맞습니다. 드뷔시의 곡입니다."

나는 눈이 크게 뜨이는 느낌으로 그녀를 바라보았다. 곡명 하나를 안다고 해서 대단해할 것은 없었지만 불행에 지친 듯한, 그리고 청초하기만 한 그녀의 입에서 드뷔시란 이름을 듣는 것은 또 다른 새로운 감명이었다.

주문한 차가 왔다. 나는 그 찻잔에 손을 대려다가 우리들은 아직까지 통성명을 하지 않았다는 사실을 문득 상기했다. 그래서 가볍게 고개를 숙이며 나를 소개했다.

"실례 했습니다. 정식으로 인사도 드리지 못하고… 저는 윤태호라고 합니다."

"저는 방근숙이라고 합니다."

아직도 낯선 곳, 아는 사람 하나 없는 다방에 알지 못하는 여인과 이렇게 앉아 있으니 외국을 여행하다가 도중에 길동무를 만난 듯한 이국정서 비슷한, 여정(旅情) 비슷한 감회가 돋아났다. 병원에 두고 온 사람에 대한 관념은 이상하게도 떠오르지 않았다.

"방 여사께서는 음악에 조예가 깊으신 모양이지요."

서투른 찬사에 어떻게 대답해야 할지 망설이는 모습으로 방근숙은 찻잔을 만지작거리고 있었다.

"드뷔시를 좋아하십니까?"

"특별히 좋아하지도 않습니다."

"그런데?"

내가 되묻자 방근숙은 마지못한 듯 대답했다.

"직업이니까요."

"직업? 그러면 음악가이십니까?"

"음악가랄 수도 없습니다. 음악 교사입니다."

"음악 교사….”

"부산 어떤 여학교에서 음악을 가르치고 있습니다."

"음악을 가르치는 교사라… 퍽 재미있겠습니다."

"그렇지도 않지요."

"그럴까요?"

"의무적인 시간을 거듭하면 되레 음악에 대한 신선한 애착을 잃어가는 것만 같습니다."

나는 그 말의 뜻을 이해할 것 같았다. 가르치려 노력하다 학문에 대한 매력을 잃은 내 체험이 있었기 때문이다.

"저도 교사 노릇을 하고 있습니다."

내가 교사라는 말을 듣자 방근숙은 한결 마음이 놓이는 모양이었다. 같은 직업을 가졌다는 사실은 뭐니 뭐니 해도 친근감을 더하고 유대감(紐帶感)을 강하게 하는 것이다.

"뭘 가르치십니까?"

이렇게 묻는 방근숙의 말소리는 밝았다.

"사회과목이지요."

"사회과목 가운데도 전문분야가 있잖아요?"

"있지요. 그러나 저는 전문분야를 가지지 못했습니다. 역사, 지리, 일반사회… 뒤죽박죽 하고 있습니다."

"겸손의 말씀을….”

"저는 겸손이란 것도 모릅니다. 하여간 사회과목 교사 가운데 엉터리가 제일 많은데 저는 그 엉터리 가운데 하나일 뿐입니다."

"그럴 리가 있겠어요?"

"그럴 리가 있지요. 과목 내용이 워낙 광범위하니 자연히 공부가 산만해지지 않을 수 없거든요. 가령 어떤 문제는 학자가 일평생을 두고도 해명할 수 없는 것을 한 시간쯤으로 해치워야 하니 우선 수업 내용과 형식에서 엉터리가 되지 않을 수 없는 객관적 조건의 탓도 있지요."

"그만한 자각을 가지신 교사이면 훌륭한 지식인이라고 할 수 있잖겠어요?"

"잘 봐 주셔서 감사합니다."

방근숙은 조용하게 웃었다. 입술 사이로 살큼 비쳐진 새하얀 이, 눈꼬리가 조금 치켜 올라간 느낌으로 어울린 방근숙의 웃는 얼굴엔 새로운 인상이 고였다.

"선생님이 주로 관심을 가지신 학과는?"

"역사이지요. 아까 방 선생께서 의무적으로 가르치는 부담감 때문에 음악에 대한 생생한 애착을 잃어간다는 말씀을 하셨는데 동감입니다. 저도 역사를 가르치려고 자료를 모으고 정리해 한 시간 단위로 요리하는 과정에서 역사에 대한 흥미를 잃어가고 있습니다."

나와 방근숙은 이와 같은 말을 주고받음으로써 뜻하지 않은 교육론을 전개하기에 이르렀다. 학문을 하는 학자와 학문을 가르치는 사람은 별개다, 예술을 하는 예술가와 예술을 가르치는 사람은 별개다, 이런 결론에 서로의 의견은 합치되었다.

아무런 거리낌 없이 교육에 관한, 예술에 관한, 학문에 관한 의견을 털어놓은 것은 참으로 오랜만의 일이었다. 속된 일들에 쫓기고 아내의 병에 쫓겨 자기 자신을 상실한 세월을 새삼스럽게 되뇌어 보았다.

방근숙도 역시 나와 같은 감상이었는지 모른다. 그래 다음과 같은 탄식이 있었으리라.

"스스로 뜻한 일에 몰두할 수 있다는 건 좋은 일이 아니겠어요? 그런데 그렇게 할 수 없으니 딱한 일이지요."

"딱한 일!"

나는 중얼거렸다. 어디 그런 것만이 딱한 일이냐고 말하고 싶었지만 삼가기로 했다. 그 대신 나는 다음과 같이 말해 보았다.

"저는 운명론자가 되어 버렸답니다. 만사를 운명에 맡긴다는 뜻이지요. 그렇다고 해서 가만히 운명만을 기다린다는 뜻은 아니고요."

운명이라는 말을 꺼내자 방근숙의 표정은 일순 굳어지는 것 같았다. 잡담에 넋을 잃었다가 돌연 자기의 원위치에 돌아온 사람처럼 방근숙은 고칠 필요도 없는 옷매무새를 고쳤다.

나도 지금쯤 침대 위에서 나만을 생각하고 있을 아내의 얼굴을 마음의 표면 위에 떠올렸다.

'만일 아내가 지금 나와 방근숙이 이렇게 마주앉은 것을 안다면 어떤 생각을 할까?'

방근숙의 심리도 그렇게 움직이는 것 같았다. 나는 화제를 병원에 누운 사람들에게 돌리는 것이 이 자리에서 구원되는 길이라 생각했다.

"주인 되시는 분은 입원하시기 전에는 무엇을 하셨습니까?"

"입원하기 전에도 2년 동안 병석에 있었습니다."

"2년 동안! 제 아내는 5년 동안 누워 있었지요."

"5년이나?"

"그렇습니다. 결혼하자 곧 발병했으니까요."

"수고가 많으셨겠습니다."

병자들에 관한 이야기가 나오고 보니 마주 앉은 우리들은 그림자처럼 느껴졌다. 실체는 병원에 있고 그림자가 이렇게 앉아 있는 것이구나, 하는 생각이 들어 안타까웠다. 그러나 나는 실례를 무릅쓰고 다시 한 번 물었다.

"주인 되시는 분의 직업은?"

"은행원이었습니다."

"좋은 직업이었군요."

나는 이렇게 말하곤 극히 의례적인 발언을 한 데 대해 후회했다.

방근숙은 긴 한숨을 쉬었다.

"우리는 결혼한 지 1년 만에, 아니 정상적인 생활을 한 것은 1년이 될까 말까 했어요. 그리고 그 결혼생활이라는 것이…."

나는 그 다음 말을 기다렸지만 방근숙은 그 이상 말을 잇지 않았다.

"의사는 뭐라고 하십니까?"

"희망이 없다는 얘기였어요."

방근숙의 어두운 표정 앞에 나는 할 말을 잊었다. 드뷔시의 〈목신의 오후〉에 이어 가벼운 탱고가 흘렀다. 그 곡명은 쉽게 알 수 있었다. 〈검은 눈동자〉.

드뷔시의 곡 다음인데도 〈검은 눈동자〉는 제 나름의 감동을 호소했다. 감미롭고 애상적이면서 리드미컬하게….

"선생님의 부인은?"

나는 뭐라고 대답해야 할지 몰랐다. 아내의 경우 의사는 결코 희망이 없다고는 말하지 않았다. 그렇다고 해서 희망이 있다고도 말하지 않았다.

"본인의 마음먹기에 달렸다고 의사는 말합디다만….."

"본인의 마음먹기?"

"예."

방근숙은 그 이상 되묻지 않고 묵묵히 시선을 탁자 위에 떨어뜨린 채 앉아 있었다.

"그런데 아내의 신경이 어찌나 예민한지… 이편의 신경이 말라 붙을 지경입니다. 섣불리 말 한마디 잘못했다간 진땀을 빼야 하니까요."

"환자는 모두 마찬가지인가 보죠. 제 남편도 그래요. 몸이 쇠약해질수록 신경만은 예민해지는 모양이에요. 의식도 또렷또렷해지고…."

"그래 저는 문병 갈 때마다 얘기를 하나씩 준비해 가기로 했습니다."

"무슨 얘기를 준비하십니까?"

"그저 황당한 얘기들이지요. 얘기나 해서 기분풀이를 해야지, 이런저런 말들을 주고받다간 어느 국면에서 비위를 상하게 할지 모르니…."

"그럼 오늘도 얘기를 하셨겠군요."

"그렇지요."

방근숙은 무슨 큰 실례나 범하지 않을까 두려워하는 눈치를 보이면서 말했다.

"무슨 얘기를 하셨는지, 그 얘기를 제게 들려줄 수 없나요? 이 다음에 제가 남편에게 얘기할 수 있도록 말이에요."

"장자의 얘기에 어떤 과부가 죽은 남편의 무덤에 부채질하는 것이 있잖아요?"

"저는 모릅니다."

나는 그 이야기를 대충 하지 않을 수 없었다. 이야기가 끝나자 방근숙은 퍽 재미있는 얘기이긴 한데 남편에게 들려줄 수는 없겠다고 말했다. 문병을 올 때마다 이야기를 하나씩 준비해 온다는 것은 좋은 일이라면서 그때마다 자기에게도 그 얘기를 들려줄 수 없느냐고 물었다. 나는 거절할 이유를 찾을 수 없어 그렇게 하마고 약속했다.

열차 도착시간이 가까워졌다. 나와 방근숙은 나란히 신마산의 거리를 걸어 정거장에까지 왔다. 그러는 사이 일요일마다 문병하러 오는 둘의 경우가 같으니 일요일마다 정거장 앞 다방에서 만나 택시를 타기로 하든, 걷기로 하든, 요양소까지의 지루한 길을 같이 가기로 약속했다.

방근숙은 부산행을 타고 나는 진주행을 탔다. 신마산역은 묘하게 되어 있다. 부산으로 가는 기차, 진주로 가는 기차가 거의 같은 무렵 들어왔다가 떠날 때엔 같은 방향으로 가다가 1㎞쯤 달린 지점에서 오른쪽과 왼쪽으로 갈라지는 것이다.

나는 달리는 차창 밖으로 무르익은 성록(盛綠)의 산야를 바라보면서 병상에 누운 아내보다 이제 막 헤어진 방근숙에 대해 더 많이 생각하는 스스로를 발견했다. 이상하게도 이때까지 느껴왔던 죄의식 같은 것은 떠오르지 않았다.

그것도 먼 빛으로 보았을 때는 망상의 불순함이 작용했지만 막상 마주 앉아 시간을 같이 보내며 서로의 고민을 나누는 동안, 망상의 불순함이 사라지고 깨끗한 교우관계가 시작되었다는 점 때문에 그렇게 된 것인지 모르겠다.

나는 드뷔시의 권태롭지만 기품이 있는 음악과 감미롭고 감상적인 〈검은 눈동자〉의 멜로디가 서린 분위기를 바탕으로 청초하게, 고요하게, 우아하게 부각되어 오는 방근숙의 모습이 나의 심상 위에 뚜렷한 자리를 잡는 대로 내버려두었다.

아내의 창백한 얼굴이 방근숙이 자리를 잡은 심상 위로 가끔 스쳐가는 토막이 있었으나 나는 당황하지 않았다.

아내와 방근숙은 별개의 사안이라고 단정하는 마음의 소리가 있었다. 방근숙이 있기 때문에 아내를 더욱 사랑할 수 있다는 의식의 소리도 높았다. 모처럼 느껴보는 황홀한 기분이었다.

그 다음 일요일.

나는 깨끗하게 이발을 하고 옷도 단정하게 차려 입고 신마산역에 내려섰다. 1주일 만에 아내를 만난다는 의식과 방근숙을 만난다는 기대 가운데 어느 편이 더 많이 내 생각을 차지하느냐고 따지면 나는 난처해질 것이다. 그러나 그때까지는 의식분열 따위는 느끼지 않았다.

부산에서 온 기차가 먼저 도착해 있었기에 나는 개찰구를 빠져나와 서슴없이 약속한 다방으로 발길을 돌렸는데 대합실 쪽에서 뒤쫓아 오는 소리가 있었다.

"윤 선생님!"

뒤돌아보니 방근숙이 대합실에서 나에게로 걸어오고 있었다.

"왜 다방에서 기다리시지 않고…."

"혼자 다방에 들어가기가 어쩐지 쑥스러워서…."

진주에서 오는 손님들 쪽을 바라보며 대합실에 앉아 있었다는 방근숙의 대답이었다. 그런데 나는 방근숙의 화려한 옷차림에 눈을 동그랗게 뜨지 않을 수 없었다. 분홍색 투피스에 연한 빛깔의 하이힐. 이때까지 보아온 방근숙의 머리는 아무렇게나 빗어 올린 머리였는데 그날의 머리는 공손하게 빗질을 하고 양 귀 언저리에 가볍게 컬을 한 머리모양이었다. 수수한 옷차림의 청초한 여인의 이미지가 화려한 옷차림 때문에 귀부인으로 변신하긴 했으나, 어느 편이 더 어울린다고 판단하기 어려울 정도로 그날의 방근숙은 우아하고 아름다웠다.

탁자 하나를 사이에 두고 나는 아름다운 사람은 어떻게 차려도 아름답다는 감상을 마음속에 되뇌고 있었는데 방근숙은 그러한 내 시선을 느꼈음인지 변명하듯 말했다.

"남편이 입원해 있다고 너무 누추한 차림을 해서는 안 된다고 남편이 푸념했어요. 아무렇게나 입고 다니니까 그게 보기 싫었던 모양이지요."

나도 이발소에 다녀온 흔적이 뚜렷한 머리에 손을 대며 말했다.

"제 아내도 그랬어요. 몸가짐과 옷차림에 신경을 좀 쓰라고."

이런 말을 주고받고 나니까 어쩐지 자리가 어색해졌다. 덤덤히 앉아 입맛에도 맞지 않는 차를 약 먹듯 하고 있으려니까 방근숙이 물었다.

"오늘은 무슨 이야기를 준비하고 오셨지요?"

"마키아벨리의 소설입니다."

"마키아벨리?"

"권모술수에 관해서 《군주론》이란 책을 쓴 이탈리아 사람 있잖습니까?"

"마키아벨리가 소설도 썼나요?"

"쓰다뿐입니까. 썩 잘 썼답니다."

"권모술수의 정론가(政論家)로만 알았는데요."

"물론 그의 대표적인 업적은 정론에 있지요. 그러나 그는 정치가, 정론가, 음모가일뿐더러 극작가이기도 하고, 소설가이기도 했어요. 다재다능한 인물이었던가 합니다."

"그 얘기, 제게 해주실 수는 없으세요?"

"얘기해 드리지요. 소설의 제목은 〈벨파골〉이라고 합니다. 이야기 형식은 피렌체에 있는 고문서(古文書) 속에 다음과 같은 기록이 있다는 식으로 쓰인 것인데 대충 이야기의 골자만 말해 보지요."

죄를 짓고 지옥에 떨어진 죄인들이 다음과 같은 진정서를 상제 앞에 제출했다.

"우리에게 잘못이 있다면 마누라를 가진 어리석음을 범한 죄밖엔 없습니다. 우리가 지은 죄는 모두 여자 때문이었습니다. 그러니 진상을 밝혀 우리들을 용서해 주셔야겠습니다."

미노스, 라다만티스를 비롯한 재판관들은 당초 이런 진정을 묵살하기로 했으나 연거푸 들어오는 진정 소동을 방치할 수 없게 되자 하는 수 없이 최고의 신인 플루토 앞에 이 문제를 내놓기로 했다.

플루토는 유지들을 중심으로 심사위원회를 구성했다. 그 심사위원회 석상에서 플루토가 한 연설은 다음과 같았다.

"친애하는 악마들이여. 천상의 섭리와 거역할 수 없는 운명의 작용으로 나는 이 왕국을 장악하게 되었도다. 그래 나는 천상의 명령을 수행하는 동시에 지상의 책임도 완수해야 하는 것이다. 그러자면 법률을 준수하고 많은 사람들의 의견도 들어야 한다. 그런데 나날이 우리 왕국으로 죽어 들어오는 인간들은 한 놈도 빠지지 않고 그들의 죄를 마누라에게 전가하고 있다. 도저히 있을 수 없는 일이라 생각하지만 하여간 그 진상을 규명하지 않을 수 없다."

이 말이 떨어지자 의견이 백출했다. 이들 의견 가운데 다음과 같은 것이 있었다. 그 하나.

"위원 중에 한두 사람을 선정해서 지상으로 보내자. 그리고는 사랑의 형태로서 지상에 생활하며 모든 인간의 죄가 여자에게서 비롯된다는 진정서가 진실인지 거짓인지 확인하도록 하자."

다른 하나는 다음과 같았다.

"그런 번거로운 짓을 할 필요는 없다. 인간들을 몇 놈 끌고 와서 고문해서 실토하도록 하면 될 것 아닌가?"

이 두 의견이 맞서다가 드디어 인간계로 위원을 파견해서 실지 답사하도록 하자는 결론으로 낙착되었다. 그런데 아무도 그런 임무를 맡으려는 악마가 나타나지 않아 제비를 뽑아 결정하기로 했다. 그 결과 벨파골이란 악마가 인간계로 보내졌다.

그는 자기가 맡은 임무를 완수할 것을 엄숙히 서약하고 동시에 다음과 같은 조건을 보장받았다.

첫째 10만 금을 가지고 갈 것이며, 둘째 인간계로 가는 데 최대한 편의를 제공할 것이며, 셋째 인간계에 가서는 곧 결혼할 것이며, 넷째 그 결혼생활은 10년 동안 계속해야 한다. 그 기한이 지나면 죽음을 가장하고 돌아와 그가 체험한 바를 보고해야 한다. 그 10년 동안에 벨파골은 인간이 겪는 모든 고난을 다 겪어야 하며 자기 스스로의 힘으로 그 모든 고난을 이겨내야 하는 것이었다.

벨파골은 드디어 인간계(人間界)에 들어섰다. 그리고는 많은 하인을 거느리고 피렌체로 갔다. 그가 이 도시를 택한 것은 돈놀이를 하는 데 가장 적당한 곳이라 판단했기 때문이다. 그는 카스티야 출신의 로데리고라는 이름으로 교외에 집을 장만했다. 그는 자기의 사명을 밝힐 수 없었기에 스페인에서 사업에 실패하고 시리아로 가서 돈을 번 상인이라고 소문을 냈다.

로데리고는 30세 전후의 미남자였다. 그는 풍족한 재산을 가진 부자로 행세했고 마음씨 곱고 아량 있는 성품이란 인상을 주었다. 덕분에 딸은 많고 재산은 적은 귀족들의 주목을 끌었다. 드디어 로데리고는 아메리고 도나티의 딸 오네스타와 결혼하게 되었다. 아메리고 도나티는 오네스타 외에 이미 장성한 아들 셋과 혼기에 이른 딸 셋을 가지고 있었다.

귀족으로서 피렌체에서 평판이 높은 집안이었지만 그는 가난했다. 그런 까닭에 결혼식 비용은 모두 로데리고가 부담해야 했다. 로데리고는 결혼식을 빛내기 위한 것이면 어떤 것이든 하나도 빼놓지 않았다. 그가 영원한 세계, 즉 저승에서 이승으로 떠나올 때 모든 지상적인 허영과 정열을 남김없이 감수할 것을 서약했기 때문에라도 그렇게 해야 했다.

이윽고 그는 지상의 번잡한 일들에 휘말리게 되었고 적잖은 재물을 써서 허명(虛名)을 얻으려는 짓까지 하게 됐다. 뿐만 아니라 그는 자기 아내의 걱정과 불안을 잠시도 견딜 수 없게 되었다.

오네스타는 관대한 남편에게 온갖 모욕과 고통을 주는 걸 예사로 여겼다. 로데리고는 장인, 처남, 처형, 처제, 아내 친척 및 친구들을 위해 아내가 원하는 대로 해주었을 뿐 아니라 이로 인한 모든 고통을 성자의 인내로 견뎠다. 로데리고가 아내의 의상을 위해서, 새로 유행하는 가구를 위해서, 그녀의 사교생활을 위해서 얼마나 엄청난 돈을 쓰고 신경을 썼는가에 대해서는 샅샅이 기록할 필요조차 없다.

그러나 로데리고는 아내와 평온하게 살기 위해서는 그 이상 가는 짓도 해야 했다. 처제들의 지참금을 마련해 주어야 했고, 처남들의 사업도 도와주어야 했다. 이렇게 해서 로데리고의 재산 대부분은 탕진되었다.

그 무렵 사육제의 계절이 다가왔다. 이 준비 때문에 온 시가가 들끓었다. 귀족들은 어느 집의 잔치가 가장 훌륭할 것인가에 대해서 신경을 곤두세웠다. 오네스타는 누구 집의 잔치보다도 멋진 잔치를 벌여야 한다고 남편에게 일렀다. 로데리고는 가정의 평화를 위해 자기의 재정형편을 돌보지 않고 최선을 다했다.

이 때문에 로데리고는 막대한 빚을 졌고 마침내 채권자들에게 시달리게 되었다.

그런데도 아내의 거만함과 허영심은 날이 갈수록 더해만 갔다. 하인과 하녀들은 집안의 궁색함과 마님 오네스타의 성화를 견디지 못해 잇달아 집을 나가 버렸다. 로데리고는 속수무책, 고립무원의 처지에 놓였다. 아무도 그를 도와주지 않았다. 심지어는 그를 이 지상에까지 데리고 온 마신(魔神)들까지도 그의 곁을 떠나버렸다.

드디어 로데리고는 도망칠 궁리를 하지 않을 수 없게 되었다. 어느 날 아침 그는 말을 타고 집을 빠져나왔다. 그의 도주는 곧 탄로가 났다. 채권자들이 법석을 떨고 그를 관청에 고발했다.

관청에서는 즉시 수색대를 동원해 로데리고를 뒤쫓았다. 1마일도 채 가지 못해서 추적하는 소리를 들은 로데리고는 공도(公道)를 버리고 들판으로 들어섰다. 그는 말을 버리고 가시덤불의 길을 헤매야 했다. 그리고 겨우 마테오라는 농부의 집에 이르렀다.

마테오는 부지런히 가축사료를 장만하고 있었다. 로데리고는 마테오에게 살려 달라고 간원했다.

"나를 살려 주기만 하면 당신을 이 세계에서 제일가는 부자로 만들어 드리겠습니다. 만약 그렇게 하지 못할 때는 나를 적의 손에 넘기십시오."

마테오는 시골사람이긴 하지만 용기가 있는 사나이였다. 그는 이 모험에서 손해 볼 것이 없음을 알자 로데리고를 구해 주기로 했다. 그는 로데리고를 풀덤불 밑에 숨겼다. 추격대는 마테오에게서 한 가닥의 단서도 얻지 못하고 돌아섰다.

추격대가 돌아가고 난 뒤 마테오는 로데리고를 나오라고 하고 아까의 약속을 지킬 것을 요구했다.

"당신에게 커다란 은혜를 입었소. 꼭 은혜를 갚으리라. 그리고 당신이 나를 믿게 하기 위해서 내 정체를 밝히겠소."

로데리고는 특수한 임무를 띠고 이 세상에 나타났다는 것과 결혼했다는 것과 도망하지 않으면 안 되게 된 연유를 알렸다. 이어 어떻게 해서 부자가 될 수 있는가에 대해서 대강의 설명을 했다. 그 방법은 다음과 같은 것이었다.

"조금 있으면 이 근처의 어떤 숙녀가 귀신에게 홀렸다는 소문이 날 겁니다. 그 숙녀를 홀린 귀신은 로데리고, 바로 나입니다. 나는 그 숙녀 속에 있으면서 당신이 와서 떠나라고 하기 전에는 떠나지 않을 것입니다. 당신은 그 숙녀 집에 가서 당신이 만족할 수 있을 정도의 돈을 청구하십시오. 그리고 나서, 귀신이여! 숙녀의 몸에서 떠나라고 외치면 나는 숙녀의 몸에서 나올 것이며 따라서 그 숙녀의 병은 낫게 됩니다."

이렇게 말하고 로데리고는 떠났다.

며칠이 지나자 피렌체의 부자 아메디의 딸이 귀신에게 홀려 병이 났다는 소문이 돌았다. 그 병을 고치려 온갖 수단을 다 써 보았지만 차도가 없다는 소식이 뒤따랐다. 성 요한이 입은 외투를 두르면 병이 나을 것이라고 서둘렀지만 로데리고의 조소(嘲笑)를 살 뿐이었다.

이 소식이 마테오에게 전해지자 마테오는 아메디를 찾았다. 마테오는 아메디에게 500 프로린을 낼 조건이면 당신의 딸을 고쳐 주겠노라고 했다. 500 프로린이면 피렌체 근처에서 꽤 큰 농장을 장만할 수 있는 금액이었다. 아메디는 이 조건을 수락했다.

마테오는 우선 미사를 올리도록 이르고 의식에 권위를 세우기 위해서 몇 개의 행사를 덧붙였다. 그리고는 병들어 있는 숙녀 곁으로 가서 그 귀에다 대고 속삭였다.

"로데리고. 내가 왔다. 마테오가 왔단 말이다. 그리고 흥정도 끝났다. 그러니 나오너라."

로데리고가 답했다.

"그렇다면 좋다. 그러나 그 정도로서는 너를 부자로 만들었다고 할 수는 없다. 나는 지금 여기서 떠나 나폴리 왕의 딸에게 들어갈 참이다. 거기서 너를 기다리마. 그때는 네가 부자로서 이만 했으면 됐다고 할 정도로 요구해라. 그리고는 다시 나를 이용할 생각을 말아라."

이렇게 말을 끝내고 로데리고는 그 숙녀의 몸에서 빠져나왔다. 동시에 숙녀의 병도 나았다. 피렌체의 온 시가가 이 기적을 보고 놀란 것은 물론이다. 얼마 지나지 않아 나폴리 공주가 귀신에게 홀려 병이 났다는 소문이 퍼졌다. 승려와 의사를 총동원해도 아무런 효과가 없었다. 마테오의 명성을 들은 적이 있는 나폴리 왕은 피렌체에까지 마테오를 데리러 사람을 보냈다.

나폴리에 도착하자 마테오는 몇 개의 의식을 행한 뒤 공주의 병을 고쳤다. 공주의 몸에서 나오며 로데리고는 마테오에게 일렀다.

"보라! 마테오. 나는 내 약속을 지켜 너를 부자로 만들었다. 이제 나는 내 책임을 다했다. 앞으로는 내가 무슨 짓을 하든 네가 나서서는 안 된다."

이 말을 들은 마테오는 나폴리 왕에게서 5천 듀캇이란 큰돈을 받자 곧 피렌체로 떠났다. 그리고 로데리고가 나타나리라고는 꿈에도 생각하지 않았다. 그랬는데 그가 피렌체로 돌아오자마자 프랑스의 공주가 귀신에게 홀려 병들었다는 소문을 들었다.

마테오는 당황했다. 왕의 권위를 생각한 동시에 로데리고의 마지막 말이 기억 속에 떠올랐기 때문이다.

다른 치료는 효과가 없었다. 이미 마테오의 평판을 들어 아는 왕은 즉시 마테오를 불렀다. 마테오는 갖은 변명을 꾸며 나가지 않으려 했지만 도리가 없었다. 언짢은 기분으로 파리에 도착한 그는 왕 앞에서 기왕 악마를 쫓아내서 명예를 얻은 것은 사실이지만 그 악마들이 대단히 끈질기기 때문에 탄원한다고 해서 이번에도 성공할 수 있을지 예상할 수 없으나 폐하의 각별한 분부가 계시니 한 번 해보겠습니다. 그러나 성공하지 못했다고 해서 심히 꾸짖지 마시옵소서 했다.

왕은 이번 말에는 아랑곳없이 고함을 쳤다.

"경우가 어떻든 실패하기만 하면 네 목숨은 없는 줄 알아라."

마테오는 겨우 용기를 되찾아 병든 공주를 모셔 오도록 했다. 그리고는 왕녀의 귀에다 대고 간원했다.

"로데리고여. 기왕 내가 당신을 위해서 한 일을 잊지는 않았을 게다. 이런 곤경에 놓인 나를 구해 주어야겠다. 옛날의 의리를 생각해서라도 이 공주에게서 나와 다오. 나를 살리는 셈 치고 나와 다오. 다시는 이런 일이 없도록 앞으로는 조심할게."

"이 배신자야!"

로데리고는 성난 소리로 부르짖은 다음 말을 이었다.

"너는 내 일에 참견할 테냐? 넌 내 덕분에 부자가 되지 않았나? 그렇다면 좋아. 이 세상에 내 힘을 보여줄 테다. 너희들에게 행복을 주기도 하고 빼앗기도 하는 나의 힘을 말이다. 나는 네놈이 목을 매죽는 꼴을 구경해야겠다."

불쌍한 마테오는 방법이 없음을 알았다. 더 이상 아무 말도 하지 않고 어떻게 하면 악마를 추방할 수 있을까 하는 방법만 골똘히 궁리하기 시작했다. 그러면서 왕에겐 다음과 같이 아뢰었다.

"폐하! 제가 걱정한 대로 공주에게 깃든 악마는 대단히 완강합니다. 그러나 저는 최후의 수단을 써 보겠습니다. 그리고 이 수단은 기필코 성공하리라고 믿습니다. 만일 성공하지 못한다면 처분대로 하옵소서. 최후의 수단을 쓰기 위해선 첫째 광장 한가운데 무대를 설치하고 모든 시민들이 볼 수 있도록 하셔야겠습니다. 무대는 비단과 금으로 장식하고 그 가운데 제단을 하나 만들어야겠습니다. 그리고 내일 아침 폐하께서는 문무백관을 거느리고 참석하셔야 합니다. 장엄한 미사를 올리고 난 뒤 병든 공주께서 무대에 나타나시도록 하되, 미리 북, 나팔, 뿔피리, 심벌즈와 다른 악기란 악기를 모두 준비해 놓으셔야 합니다. 그때 제가 모자를 벗으면 이 악기가 한꺼번에 울려 퍼져야 합니다. 그래 놓고 제가 주문을 외우면 악마는 도망치고 말 것입니다."

왕명에 따라 모든 준비가 이뤄졌다. 미사는 끝나고 두 명의 사제에 이끌려 병든 공주가 많은 귀족들을 거느리고 무대 위에 나타났다. 로데리고는 수많은 군중과 화려한 무대를 보고 놀라면서 중얼거렸다.

"그 비겁한 놈이 뭣을 생각하고 있는 거지? 그 녀석은 이만한 구경을 내가 아직 해본 적이 없다고 생각하는 모양인데 어디 두고 보자. 그놈이 후회하지 않고 배기는가."

마테오는 그에게 가까이 가서 어서 공주의 몸에서 나와 달라고 간청했다. 그러나 로데리고는 쌀쌀맞게 대답했다.

"너는 잘한 짓이라고 믿고 이처럼 꾸몄나? 이렇게 법석을 떨어 어떻게 할 텐가? 넌 내 힘에서 벗어날 줄 알았나? 임금의 보복을 피할 셈인가. 이 고약한 놈 같으니… 이 때문에라도 나는 네가 교수형 당하는 꼴을 보아야 하겠다."

마테오는 계속 간청했지만 로데리고의 태도는 변하지 않았다. 마테오는 이때를 놓칠 수 없다고 생각하고 모자로 신호를 했다.

그러자 이미 준비해 둔 악기가 일시에 소리를 내기 시작했다. 로데리고는 그 엄청난 소리를 듣고 무엇을 생각해야 옳을지 당황했다. 그리고는 엉겁결에 "이게 무슨 소리야?"하고 마테오에게 물었다. 이 물음에 대해 마테오는 자기도 놀라는 표정을 지으면서 당황해하는 어조로 답했다.

"로데리고, 큰일 났군. 자네의 마누라가 자네를 찾아온다."

마누라가 자기를 찾는다는 소리, 아니 '마누라'라는 단어만을 듣자 로데리고는 그런 일이 가능한지 분별할 겨를이 없어 공주 몸에서 뛰어나와 버렸다.

'마누라'라는 말만 들어도 겁이 났다. 이 지상이 싫어졌다. 로데리고는 그 길로 저승으로 도망쳤다. 저승으로 간 로데리고, 즉 벨파골은 다음과 같이 보고했다.

"지상에 사는 남자들은 불행합니다. 그들의 죄는 모두 여자들 때문에 지은 것입니다. 그러니 지상의 모든 죄악은 일체 마누라라는 족속에 연유한다고 단언할 수 있습니다. 그 증거로 우선 제 꼴을 보십시오. 혼비백산하고 마누라를 피해 도망쳐 온 이 꼴을 보시면 알 것 아닙니까."

"그게 끝인가요?"

"예, 그렇습니다."

읽었을 때는 재미있게 느꼈던 얘기도 말로 전달하고 보면 멋쩍게 되는 법이다. 나는 내 장광설을 부끄럽게 여겼다.

"마키아벨리는 여자에게 대단히 가혹하군요."

방근숙이 혼잣말처럼 중얼거렸다.

"……."

"선생님도 마키아벨리와 같은 사상입니까?"

방근숙은 이렇게 묻고 나의 눈을 들여다봤다.

"천만에요."

"그럼 어찌 그런 이야기를 ….."

"그저 재미가 있다는 이유죠."

"그럴까요? 선생님은 결혼하신 데 대해 후회하지 않으세요?"

"후회는 안 합니다. 그렇다고 해서 잘했다고도 생각하지 않지 만….."

나는 뒷말에 거짓이 있다고 생각하고는 얼른 덧붙였다.

"병든 아내라도 아내가 있다는 건 좋다고 생각해요."

방근숙은 자기 심중에 일고 있는 상념과 내 발언을 비교하는지도 몰랐다.

"아내가 빨리 죽기를 원하지 않는 남편은 없을 것이란 글을 어디 에선가 본 적이 있는데, 그런 감정이란 어떤 것일까요?"

"일종의 패러독스 아닐까요. 너무나 가까이 있으니까 못 느끼는 혐오. 그러니까 자기혐오에 대한 표현을 그렇게 해보는… 그러니 그따위 말이 진실일 수 있다면, 자기 마누라가 죽을까 봐 겁을 먹어 보지 않는 남편은 없을 것이란 말도 진실이 아니겠어요?"

이렇게 말하면서 나는 방근숙의 눈이 빛을 잃고 있음을 알았다. 이 여자도 사랑의 의미, 특히 부부간의 사랑이 지닌 의미를 찾고 있 음이 분명했다.

사랑의 의미를 찾는다는 건 사랑과 멀어진 증거가 아닐까. 행복 에 멀어져 있는 사람이 행복의 의미를 찾듯.

"선생님의 부인은 행복한 분입니다."

방근숙의 말은 조용하고 진지했다. 스스로의 내면을 골똘히 들여다볼 줄 아는 사람만이 할 수 있는 그러한 말과 어조가 있는 것이다. 나는 굳이 그 말에 이견을 달아볼 생각을 하지 않았다. 그렇다고 해서 회의가 없었던 것은 아니다.

"가 보실까요?"

방근숙은 자리에서 일어섰다.

눈부신 여름의 태양이 거리에 깔려 있었다.

"택시를 탈까요? 걸을까요?"

다방 문을 나서며 이렇게 묻는 나에게 방근숙은 답했다.

"선생님 좋으신 대로…."

망설이는 나의 표정을 보자 방근숙은 이 여름의 거리를 걸어 보자고 했다. 나도 좋다고 했다.

둘이는 나란히 길 왼편을 걸어갔다. 한낮이라 거리엔 사람의 그림자가 띄엄띄엄 보일 뿐이다. 군데군데 가로수가 다소곳한 그림자를 펴 놓고 있었으나 시원한 감촉이라고 하기보다 여름 태양의 광선을 더욱 강렬하게 느끼게 하기 위한 장난처럼 보였다.

얼마 걷지 않았는데도 땀이 셔츠에 배어 왔다. 방근숙의 얼굴에서는 구슬땀이 굴러 내리고 있었다. 나는 웬만하면 자동차를 타자고 하겠는데 방근숙의 의향엔 그런 생각이 전혀 없어 보였다. 하잘것없는 사나이와 어울려 다방에서 시간을 보낸 스스로에게 고행을 가함으로써 속죄라도 하려는 것일까 하고 생각해 보았으나 그건 당치도 않은 추측인 것 같았다. 생각하니 우리는 성장(盛裝)을 하고 걷는 중이었다.

뙤약볕 속엔 어울리지 않게 차려입은 성장, 그리고 꼭 걸어야 하겠다는 마음의 작용….

뭔가 모르지만 각기 업고(業苦)를 짊어진, 타생(他生)의 연분인 남녀가 날씨로 보나 처지로 보나 어울리지 않는 성장을 하고 여름의 거리를 걷는다는 상념은 더운 열기 속에서도 한 가닥의 한기를 느끼게 하지 않는가.

"선생님은 여름의 이런 눈부신 길을 오래도록 걸어 보신 적이 있어요?"

이렇게 말하는 것을 보면 방근숙도 성장을 하고 이처럼 눈이 부신 뜨거운 길을 걷고 있는 자신에 대한 어떤 상념을 키우고 있는 것이었다.

"있고말고요."

"어떤 때인데요?"

"일제 때의 행군이라든가…."

"그런 경우 말고요."

"자발적으로 걸어 본 적은 없습니다."

조금 있다가 방근숙이 말했다.

"저는 가끔 이런 길을 걷는답니다. 걷다가 걷다가 지치도록, 그 밖엔 아무런 목적도 없이 여름 길을 걸은 적이 한두 번이 아니었어요. 여름 길뿐만이 아니라 겨울에도…. 차가운 바람이 불고 진눈깨비가 내려도 무작정 걷고 싶은 때가 있어요."

나는 방근숙의 옆얼굴을 훔쳐봤다. 그저 청초하게만, 그저 조용하게만, 그저 아름답게만 생긴 얼굴이 아니었다. 강철의 의지가 콧

날에서, 입언저리에서, 턱에서, 귀에서 턱으로 흘러내리는 선에서, 구슬땀을 흘리면서도 더위에 겨워 보이지 않는 얼굴 전체에서 심상하지 않게 강직한 의지가 풍겨 나왔다.

방근숙에 비하면 나는 박약한 의지의 사나이라고 판단할 수밖에 없었다. 아직도 3분의 2가 넘는 노정을 남겨 놓고 나는 거의 더위에 지쳤다. 지친 몸 때문인지 나는 방근숙이 자기 남편을 사랑하고 있지 않다는 추측을 하고 있었다.

'남편을 사랑한다면 이 여름 길을 걷자고 할 까닭이 없다.'

아내의 병실에 들어섰을 땐 나는 거의 기진맥진한 몰골이었다. 윗옷을 벗으니 소낙비에 맞은 것 같은 와이셔츠가 나타났다. 넥타이를 푸는 동작이 유달리 번거로웠다. 나는 러닝셔츠 차림이 되어 한숨을 돌리고 나서 아내의 침대 곁에 앉았다. 그때야 겨우 의아한 표정을 하고 나를 쳐다보는 아내의 얼굴을, 그 윤곽을 볼 수 있었다.

"……."

아내의 입은 다문 채 있었지만 눈은 묻고 있었다. 도대체 어떻게 된 셈이냐고.

"차를 타고 오시지 않았어요?"

이렇게 아내가 물은 것은 내가 병실에 들어와 앉은 지 상당한 시간이 흐른 뒤였다.

"걸어왔소."

"차가 없어서요?"

"아니…."

"그런데?"

나는 어떻게 설명할지 몰랐다.

아내는 내 얼굴을 말끄러미 바라보다가 걸어 놓은 와이셔츠, 침대 위에 풀어 놓은 넥타이에다 섬세하게 시선을 옮겼다.

"당신도 이발을 하니 꽤 미남자이신데요."

"미남자? 더위에 지쳐 있는 사람보고, 인사말 하나 없이 대뜸 그렇게 비꼬기요?"

"비꼬기는… 왜 그렇게 생각하시죠? 헌데 이 더위에 와이셔츠며 넥타이며 상의까지 갖추어 입었으니 대단한 신사가 되었지 뭐유?"

"너무 허술하게 차리고 다니니까 기차간에서 스리꾼(*소매치기)으로 오해를 받을 염려도 있잖겠소?"

"누가 허술하게 입지 않았다고 뭐라고 합니까? 이 더위에 어찌 된 일이냐고 물었을 뿐이에요."

나는 마누라의 시선이 부셨다.

"여기는 시원한데. 아무래도 바닷바람은 다르군."

나의 이런 말도 아내에겐 공연한 수선을 떠는 것같이 보이는 모양이었다.

"정장을 할 필요가 있었수?"

"정장은 또 뭐요?"

"넥타이를 매고 상의를 입는 것 말이에요."

"아까 말하지 않았소? 복장을 단정히 해야 기차간에서 터무니없는 오해를 받지 않는다고…."

"그렇다면 외투까지 입으시지."

"······."

병적으로 민감한 아내가 벌써 무슨 냄새를 맡은 것이 분명했다.

"그래, 혼자서 여기까지 걸어오셨어요?"

"혼자지, 그럼 누굴 데리고 왔겠소?"

나는 아차, 하는 소리를 입 밖으로 낼 뻔했다. 불필요한 거짓말을 하지 않아야 할 것 아닌가. 그러나 수정하기엔 이미 때가 늦었다.

"긴 여름 길을 와이셔츠에 넥타이까지 매고 상의를 입고 걸어가는 꼴을 누가 봤더라면 뭐라고 생각했을까?"

아내는 내게 묻는다기보다 자신의 상상을 정돈하는 느낌으로 중얼거리면서 시선을 내 얼굴에서 천장으로 옮겼다.

단도직입적으로 솔직하게 묻고 싶은 그 무엇이 아내의 입언저리에 맴도는 것 같았다. 그런 건 모두 오해라고 앞질러 말하고 싶은 충동을 간신히 참으며 나는 화제를 바꿀 계기를 초조하게 찾고 있었다.

그러나 아내는 그 이상 추궁할 생각을 포기했음인지 평온한 표정으로 돌아갔다. 나는 사촌동생이 쌍둥이를 낳았다는 얘기를 꺼냈다.

"쌍둥이? 산모와 아기들은 충실해요?"

아내는 중얼거리듯 물었다.

"충실하고말고. 워낙 건강한 사람들 아냐? 애들도 피둥피둥해. 둘 다 사내아이인데···."

"당신도 아이의 아버지가 되고 싶지요?"

"······."

"미안해요."

"천만에… 아직 젊지 않아? 우리는… 앞으로 다스로 낳을 수도 있을 건데 뭐."

"다스로?"

"그럼."

"제게 그런 것을 기대하지는 않을 테고…."

"그것 무슨 소리요?"

"생각해 보세요. 이 꼴을 한 제가 언제 병을 고치고 언제 아이를 다스로 낳겠어요."

다시 따분한 공기가 돌았다. 나는 잠자코 창밖을 바라볼 수밖에 없었다. 여름의 하늘이 있었다. 여름의 바다가 있었다.

"의사의 승낙만 있으면 같이 바닷가로 가서 헤엄은 치지 못하더라도 발이나 담그고 있으면 좋을 텐데."

"당신은 자꾸만 내가 할 수 없는 일만 들먹이는군요. 바닷가로 가자느니, 아이를 다스나 낳겠다느니…."

"당신, 신경과민인가 보오. 무의식적으로 한 말에 일일이 의미를 찾으려는 것을 보면…."

아내는 뭐라고 말하려다가 꿀꺽 참는 것 같았다. 고요한 시선으로 나를 지켜만 보고 있었다. 이럴 때면 애정이 나의 가슴속에 불길처럼 인다.

"오늘도 재미나는 얘기를 준비해 왔소. 그 얘기나 할까?"

아내는 고개를 끄덕였다.

나는 벨파골의 이야기를 시작했다. 그랬는데 내 이야기엔 정열이 깃들지 않았다. 방근숙에게 전할 때는 무슨 충실감 같은 것을 느꼈는데 아내에게 되풀이하니 이야기에 열이 섞이지 않는 것이다.

나는 대강 얘기를 간추리고 설거지하고 있음을 자각하자 아내에게 미안한 마음까지 들었다. 소상한 부분을 빼고 줄거리만 얘기하면 재미가 있을 턱이 없다. 화법(話法)을 고치려 해도 결과는 마찬가지였다. 듣고 있는 아내의 태도에서도 의무적인 것이 느껴졌다. 아니나 다를까, 그럭저럭 이야기를 끝맺고 나니 아내는 억지웃음을 띠우며 말했다.

"그토록 하기 싫은 얘기라면 애써 하지 않아도 좋을 텐데….."

"재미없었소?"

"재미가 없진 않았지만요. 헌데 당신은 왜 꼭 그런 이야기만 고르지요?"

"그런 이야기라니?"

"여자를 깎아내리는 얘기 말이에요."

"여자를 깎아내린다?"

"그렇잖아요? 먼젓번 장자 마누라 얘기도 그렇고, 이번 얘기도 그렇고…. 무슨 목적을 가진 얘기 같아요."

"목적을 가진 얘기라고?"

"그런 생각이 들 만하잖아요? 먼저 것은 아내의 부정에 관한 얘기고, 이번 것은 남자를 못살게 구는 여자에 관한 얘기고…."

"우연히 그렇게 된 거지, 거기에 무슨 목적이 있겠소?"

"그 우연이란 게 이상해요. 당신이 그런 얘기에만 흥미를 느낀다는 사실 자체가 이상하지 않아요?"

"우연은 우연일 뿐이지, 우연에 무슨 이상한 게 있단 말이오?"

"당신은 또 저를 심리학자라고 비꼬시겠지만… 그런 얘기에만 흥미를 느낀다는 건 여자에게 지친 당신 마음의 바탕이 작용한 탓이라고 볼 수 있잖겠어요?"

"나는 여자에게 지쳐본 일이 없는 걸…."

"여자 경험이 적은 당신이니까 더욱 이상해요. 분명 여자에게 지쳤는데 그런 경험은 없다… 그러면 어떻게 되는 거죠? 제게 지쳤다는 얘기가 아니겠어요? 제게 지친 그 마음이 여성 전반에 대한 혐오로 번지고 그 감정이 밑바닥에 깔렸기에 하필이면 여자를 업신여기는 얘기에 관심을 갖는단 말씀이에요."

"비꼬는 것이 아니라 참으로 훌륭하신 심리학자이시군."

이렇게 말하면서 나는 아내의 추측이 전혀 얼토당토않다는 사실을 내 스스로 다짐했다.

'여성에 대한 혐오라니!'

나는 이런 상념과 더불어 방근숙의 모습이 뇌리를 스치는 것을 느꼈다.

"여성 전반에 대한 혐오에까진 이르지 않았을지 모르죠. 그러나 아내라는 존재에는 확실히 지쳐 있는 증거라곤 할 수 있겠죠?"

아내의 이런 추측은 어느 정도 사실에 가깝지 않을까 생각했다. 그러나 그것도 꼭 맞다고는 할 수 없다. 아내의 병에 지쳐 있긴 해도 나는 아내에게 지친 것은 아니기 때문이다.

'그러나 아내의 병에 지친 것과 아내에게 지친 것이 어떻게 다르단 말인가?'

나는 다시 생각해 보았다. 아내의 병에도 나는 지쳐 있지 않다. 아내와의 쓸모없는 대화에 지쳐 있는 것이라고….

자신의 병 이외에 지켜볼 것이 없는 아내는 때로는 날카로운 감수성에 의한 관찰, 때로는 터무니없는 억측을 토대로 정치(精緻)한 판단을 꾸며내 그걸 사실인 양 그대로 믿어 버리고는 나를 대한다. 그럴 때 전혀 무방비 상태인 나는 그때그때 변명과 해명을 하려다가 뜻하지 않게 발목을 잡히기가 일쑤였다.

"언젠가 당신, 여자는 자기가 옷을 썩 맵시 있게 입었다고 생각하기만 하면 겨울철에 얇은 옷을 입어도 감기에 걸리지 않는다고 어떤 소설가가 말한 걸 제게 얘기한 적이 있지요?"

나는 그랬다고 수긍하지 않을 수 없었다. 그랬더니 아내는 암호를 해독하려는 듯 내 얼굴을 바라보며 말했다.

"남자도 마찬가지인가 보죠. 더운 여름철에 와이셔츠를 입고 넥타이를 매고 게다가 상의까지 걸쳐도 자기가 썩 맵시 있게 보일 것으로 생각하면 더위도 문제가 되지 않을 게 아녜요?"

심리전을 방불케 하는 아내와의 응수는 일종의 고통이었다. 사랑하는 감정이 없다면야 문제는 간단하다. 사랑이 있으니까 번거롭고 고된 것이었다.

이러한 응수에서는 질 수 없다. 지면 아내의 터무니없는 추측을 긍정하는 결과가 된다. 그렇다고 해서 이길 수도 없다. 결론은 틀렸다고 할 수 있으나 그 결론에 이르는 과정 전부를 틀렸다고 할 수가 없기 때문이다. 놀랄 만한 관찰이 있고 추어올려 주고 싶은 정당한 추측도 있으니 말이다.

그나저나 막무가내로 아내의 심리작전을 분쇄할 수도 있지만 그러면 아내의 자존심을 심하게 훼손할 우려도 있었다. 이길 수도, 질 수도 없는 싸움처럼 지겨운 일도 없다. 부부 싸움이란 대강 이런 것이겠지만 그것이 병든 아내를 상대로 한 것일 때는 사정이 더욱 딱하기만 하다.

그러니 나의 경우 면회시간의 제한은 때로는 구원이 될 수 있다.

나는 벗어 놓은 와이셔츠를 입고 넥타이를 단정하게 매며 아내에게 조용히 일렀다.

"당신의 표현대로 내가 정장을 했다면 그건 당신을 위해서고, 당신의 비위를 거슬러 놓았는지는 몰라도 그런 이야기를 준비한 것도 당신을 위해서 한 짓이란 건 잊지 마시오. 그 밖의 이유란 있을 수가 없잖소."

내가 떠날 때 아내의 태도는 퍽이나 부드러워져 있었다. 그리고 다음과 같이 말할 줄도 알았다.

"마음에 새겨선 안 돼요. 그저 이러쿵저러쿵 어리광을 부려본 거니까요. 쌍둥이 엄마에게 안부 전해 줘요. 장한 일 했다고 하더라고…."

나는 아내의 병실을 빠져나오자 해방된 듯 안도의 숨을 내쉬었다. 아내에겐 미안한 감정이었지만 이것은 숨길 수 없는 나의 고백이다. 만일 아내가 나의 의식을 꿰뚫어 본다면 어떤 생각을 할까, 하는 측은한 마음도 없지 않았다.

더위 때문에 병실의 문은 죄다 열려 있었다. 그 병실마다 환자들은 부서진 인형처럼 누워 있었다. 긴 골마루를 걸어 나오면서 곁눈에 띤 병실 광경은 모두들 살아나오기 위한 요양보다는 죽음에 대기한다는 인상이 더 짙었다.

담요 틈으로 노출된 여원 다리들, 헝클어진 머리칼 틈으로 드러나 보이는 땀이 밴 이마들, 죽음을 응시하는 것 같은 안타까운 눈물… 소독액의 냄새가 강렬하게 풍기는 공기 속에 펼쳐진 이런 군상(群像) 사이에서 백의가 터져 나갈 듯한 젖가슴을 가진 간호사를 보는 것은 어색한 느낌이었다.

죽어가는 환자의 눈에 비치는 건장한 간호사의 젖가슴은 생(生)에의 자극이 될까, 죽음에의 독촉이 될까. 하여튼 환자와 간호사는 같은 땅 위에 살지만 같은 종류가 아닌 것이다. 같은 지붕 밑에 살아도 같은 족속이 아닌 것이다. 이런 생각을 하며 걷다가 나는 문득 어떤 상념에 부딪쳤다.

'병원은 환자를 위해서 있는 기관이라기보다는 의사와 간호사가 살기 위한 기관이 아닐까. 그렇다면 환자는 의사와 간호사의 수단이 아닌가!'

병원의 현관 앞에 택시 한 대가 서 있었다. 가까이 가보니 택시 안에 방근숙이 타고 있었다. 방근숙은 나를 보자 차에 오르라면서 저편으로 비껴 앉았다.

"마침 들어온 차가 있기에 잡아두었지요."

나는 고맙다고 말했다. 사실 나는 뜨거운 오후의 태양 속을 2㎞ 남짓한 길을 걸을 생각을 하며 한편 우울해져 있었다.

택시는 먼지를 내며 달렸다. 병원 안에서는 그다지 느끼지 못한 더위를 차창으로 훅, 훅 하고 쏟아져 들어오는 열기로 느꼈다. 찌는 듯한 풀냄새도 그 열기 속에는 섞여 있었다.

나는 방근숙의 옆얼굴을 훔쳐봤다. 입을 꼭 다문 채 앉은 근숙에게서 풍기는 인상이 아까와는 전혀 딴판이었다. 침통하고 심각한 고민의 흔적이 너무도 역연했다. 병원으로 올 때만 해도 약간의 수색(愁色)은 있었으나 그처럼 침통한 표정은 아니었다.

'남편의 병이 갑자기 악화된 탓이 아닐까?'

이렇게도 추측했으나 왠지 물어볼 마음이 내키지 않았다.

'그밖에 무슨 사고가 있었을까?'

궁금하긴 했지만 방근숙이 뭐라고 입을 열기 전에 이편에서 물어볼 수는 없었다. 그러나 방근숙은 입을 열려고 하지 않았다.

자동차는 신마산의 시가에 접어들었다. '외교구락부'라는 다방에나 가자고 권하고 싶었지만 참았다. 나는 곰곰이 방근숙의 신변에 생긴 사건이 무엇인가를 상상해 봤다.

'어떤 사건이 있었음은 분명했다!'

나 자신의 일은 잊고 방근숙의 일만을 알고자 하는 모순도 미처 깨닫지 못할 정도로 궁금했다.

자동차가 신마산역 앞에 도착했을 때에야 겨우 나는 말문을 열었다.

"시간이 있으니 대합실에서 기다리는 것보다 저쪽 다방으로 가십시다."

방근숙은 말없이 내 뒤를 따랐다. 우선 냉커피 두 잔을 시켜 놓고 나는 물었다.

"오늘 병원에서 무슨 일이 있었습니까?"

그녀는 망설이는 눈치만 보이면서 선뜻 대답하지 않았다.

"남편께서 병환이 악화되셨어요?"

악화되셨어요, 라는 그 어색한 표현이 우스웠던지 그녀는 엷은 웃음을 입언저리에 띠었다. 그러나 그 웃음은 순식간에 사라지고 다시 침통한 표정으로 되돌아갔다. 그러니 내가 되묻지 않을 수 없었다.

"제게 말씀하실 수 없는 사건이었습니까?"

"대단한 사건이라곤 없었어요."

"그렇다면?"

"남편이 저에게 문병 오는 거냐, 소풍 오는 거냐고 따졌지요."

"소풍?"

"제가 너무 화려한 옷을 입었던가 봐요."

"화려하다니요?"

"전번에 남편은 아무렇게나 옷을 입은 저에게 좀 몸치장에 신경 쓰라고 권했어요. 지저분하니까 기분이 나쁘다고요. 그래 그이가 시키는 대로 한다고 이 옷을 입고 온 건데 병실에 들어서자마자 신경질을 부리지 않겠어요? 병든 남편 핑계로 소풍 다니느냐고…."

방근숙의 그 말을 듣고 나는 나의 경우를 돌이켜 봤다. 입장만 바뀌었다뿐이지 나의 경우와 같은 장면이 방근숙에게도 나타났구나 하고 생각하니 한편 우스웠다. 그러나 웃을 순 없는 일이었다.

"그래 어떻게 했어요. 방 선생은…."

"어이가 없어서 아무 말도 하지 않았어요."

"그 정도로 끝냈어요?"

"줄곧 세 시간 동안 냉전을 했지요."

나는 나의 경우도 얘기하는 것이 방근숙에 대한 위안이 되지 않을까 생각했지만 잠자코 있기로 했다. 하지만 우울한 얘기라고 아니할 수 없었다.

"우울한 얘긴데요."

"우울한 얘기지요."

둘이는 한참동안 덤덤히 앉아 제 나름의 생각을 쫓고 있었다.

"사랑하니까 그런 트집도 잡아보는 거겠지요."

"사랑? 사랑한다면 상대편의 마음을 상하지 않도록 하는 마음씨도 있어야 할 게 아니겠어요?"

또 말은 뚝 끊겼다.

선풍기가 윙윙 울리고 있었다. 하지만 시원한 바람은 일지 않았다. 그저 윙윙거리는 선풍기의 소리가 더욱 더위를 더하는 것 같았다.

"참 부인께서는 좀 나으시던가요?"

하마터면 인사치레를 잃을 뻔했다는 듯이 방근숙이 물었다.

"그대로지요. 좋아지지도 나빠지지도 않은 그 상태입니다."

"오늘은 무슨 말씀들을 하셨지요?"

"아까 그 얘기를 했지요. 그랬더니 아내에게 지친 심리상태가 여자를 업신여기는 얘기만 가려낸다고 투덜대었어요."

"그럴듯한 말씀 아녜요?"

"그럴듯하다는 것과 그렇다는 것과는 다르니까."

"선생님의 부인은 행복해요. 선생님 같은 좋은 남편을 가졌으니…."

"전 선생님의 남편 되시는 분이 행복하다고 생각합니다."

"천만에요. 우린 둘 다 불행하다고밖엔 말할 수 없어요."

행복하다니 불행하다니, 이 모두 건성으로 하는 말들이었다. 나는 글라스 안에 남아 있는 얼음덩어리를 하나 입에다 털어 넣고 바싹 깨물었다.

"선생님은 오늘 제가 입은 옷이 너무나 화려하다고 생각하세요?"

"아뇨. 아주 잘 어울린다고 생각합니다."

"그럼 말씀을."

"아닙니다. 방 선생은 그 정도로 치장을 하셔야겠습니다. 그러지 않아도 품위가 있으시지만 사람은 스스로에 알맞은 몸가짐이 필요하다고 저는 생각하는데요."

방근숙의 얼굴엔 생각하는 빛이 돌았다. 그리고는 말했다.

"옷이란 남에게 불쾌감을 주지 않을 정도로 추하지 않으면 되겠지요. 그러나 선생님의 오늘의 차림은 참 좋아요. 더운 가운데서라도 갖출 것은 다 갖춘 단정한 옷차림이란 좋다고 생각해요. 단정한 옷차림을 하면 윤곽이 뚜렷해지지 않아요? 존재가 뚜렷해지지 않아요? 저는 너절한 걸 싫어합니다. 너절한 건 죽어도 싫어요. 그러한 제가 차츰 너절한 것에 익숙해가거든요."

방근숙의 말이 나를 상대로 하는 것이 아니라 스스로의 마음을 다짐하는 노력이었음을 나는 곧 알아차렸다. 그녀는 너절한 것에 익숙해가는 스스로에게 공포를 느끼게까지 되었다고도 말했을 때

분명히 남편에 대한 불만을 토로하는 것이었다.

'병자가 있는 곳은 너절한 환경이다. 병자에게 시중을 들자면 너절한 일들을 치러야 한다. 이 여자는 병든 남편을 책망하는 것이다. 그렇다면 청초하고 정숙해 뵈는 외모와는 딴판으로 경박하고 야비한 여자다. 그러나 경박하고 야비하다고 볼 수 없는 것은 어떠한 영문일까.'

나는 직설적으로 물어보지 않을 수 없었다.

"방 선생은 남편 되시는 분을 사랑하지 않습니까?"

방근숙은 이 당돌한 질문에 당황한 것 같았다. 그러나 곧 침착을 되찾고는 또박또박 말했다.

"사랑하려고 노력하고 있어요."

"그렇다면 지금은 사랑하지 않는다는 건가요?"

그녀는 잠시 생각하는 빛이더니 이렇게 말했다.

"사랑하지 않는다는 것은 아니지요. 그러나 너무도 복잡한 감정이 돼서 사랑한다는 말이 좀 어색할 따름입니다."

나는 방근숙의 이 대답을 솔직하고도 정직한 것이라고 생각했다. 나의 감정도 똑바로 말하면 그렇게 되는 것이 아닐까.

"저희 결혼은 사랑을 통한 결혼이 아니었습니다. 단순한 중매결혼이었지요. 그런 결혼은 결혼 후에 사랑을 가꾸어야 하지 않아요? 그런데 그럴 겨를이 없었습니다. 둘이 다 직장에 나갔기에 서로 마음을 털어놓을 여유가 없었어요. 휴일이 있었다고는 하나 피로에 지쳐 활용도 못했고요. 그러던 참에 남편은 자리에 눕게 되었습니다. 그 다음은 남편과 아내의 관계라기보다 병자와 간호사와의 관계가 되어버렸지요. 학교에서 학생들에게 시달리다가 돌아오면 병자를 간호해야 하고, 그렇다고 해서 학교를 그만두긴 싫었고⋯ 제가 남편에게 느끼는 것은 사랑보다도 오히려 동정심이라는 게 옳을지 모르죠."

나도 내 경우를 생각해 보았다. 나의 경우는 사랑한 결과로서 결혼했다. 내 아내에 대한 간호는 환자와 간호사란 관계에 앞서는, 사랑하는 사람의 사랑하는 사람에 대한 뭐든 희생해도 좋다는 감정으로 이뤄진 것이었다. 그런데도 긴 간호생활 동안 증오와 저주에 가까운 감정을 감당하기 힘겨운 일이 한두 번이 아니었다.

이러한 경험에 비춰 볼 때 아직 사랑이 익지 않은 남녀의 사이에서 부부라고 하는 관계에 있다는 사실에 강요되어 스스로의 청춘을 바쳐 병든 상대를 긴 세월 보살펴야 한다는 일이 어떤 것일까는 나만이 짐작할 수 있는 사실이다.

그러나 '사랑하려고 노력한다'는 마음과 노력은 대단한 일이 아닐 수 없다. 행복에 대한 갈망이 강하고, 행복할 수도 있었던 방근숙이 뜻하지 않게 불행한 길을 걷는 사정을 진정으로 동정했다.

"이 편의 호의와 정성을 그대로 받아주기만이라도 했으면 좋겠어요."

그녀는 가슴속에 답답하게 누적된 불만을 속 시원히 털어버렸으면 하는 충동을 이기지 못하는 것 같았다. 그러한 심정이 자기와 같은 처지에 있는 나를 발견하자 분출구를 찾은 셈이었는지 모른다.

"과일을 사 갖고 가면, 누구와 같이 먹다가 남긴 것을 갖고 왔느냐고 따지고요⋯."

"……."

"밝은 표정으로 병실에 들어가면 무슨 좋은 일이 있었느냐고 캐묻고… 우울한 표정으로 들어가면 문병 오는 것이 그렇게도 싫으냐고 투덜대고… 아무렇게나 옷을 입고 가면 궁색을 떨어 자기에게 빈정대는 거냐고 하고, 조금 나은 옷을 입으면 어떤 놈 하고 어울릴 작정이냐고 꼬집고…."

방근숙의 말을 들으면서 나는 이미 사상(死相)이 깃든 그 남편 얼굴을 뇌리에 떠올렸다.

"이렇게도 저렇게도 할 수 없단 말이에요. 앉지도 서지도 못할 사정이에요. 문병 가는 것이 무슨 재판이나 받으러 가는 심정이에요."

나는 그럴 것이라고 짐작했다. 아내와 나와는 사랑하는 처지다. 그래도 매섭게 트집을 잡으려고 들면 견디기 어려운 심정이 되곤 했다. 그러나 나의 경우는 피차간에 얽힌 절대적인 사랑의 실재를 믿기에 이 편에서 앙칼진 일갈(一喝)을 해버리고 지저분한 분위기를 일종의 파르스(*farce, 익살극이라는 프랑스어 단어)로 돌릴 수도 있었다.

방근숙의 경우는 그렇겐 되지 못할 것이다. 절대적인 사랑을 확증할 수 없으니 사태는 수습하기 어려웠다.

"어떻게 하면 마음에 드실 수 있겠는가 하고 솔직하게 물어보시면 어떨까요?"

"그렇게 물어보기도 했어요. 그랬더니 그런 걸 묻는 마음보가 벌써 틀려먹은 증거라는 거예요."

"……."

나는 암담한 표정을 지을 수밖에 없었다.

"때로는 병자이면 그것이 특권이냐고 반발하고 싶은 적도 있었어요. 그러나 어디 그렇게 할 수야…."

"참는 겁니다. 견디는 겁니다. 어린 아이의 어리광이라고 봐 치울 수밖에 없는 겁니다."

"그러니까 참는 거지요. 하지만 이런 나날이 얼마나 계속될 것인가 하고 생각하면… 무례한 말입니다만 죽어버릴까도 싶어요."

"천만의 말씀을!"

"죽고 난 뒤에야 제 심정을 알아주지 않을까, 죽기 전에는 어떻게 해도 알아주지 못할 거다, 이런 생각이 자꾸만 들어요."

"그런 감정이 사랑일지 모르죠. 그러나 그건 대단히 어리석고 이기적인 사랑입니다. 알아주면 어떻고, 알아주지 않으면 어때요. 어떻든 최선을 다하는 거지요."

방근숙의 심각한 고뇌 앞에 나의 이런 말은 공소하게만 울렸다. 이미 서늘한 바람을 만들기를 단념한 선풍기가, 돌고 있다는 형태만 보이려고 그저 돌고만 있으면서 자아내는 윙윙 하는 소리를 닮은 것이었다.

"오늘 일만 해도 그래요."

이러한 서두로 시작한 방근숙의 얘기를 간추리면 다음과 같다.

방근숙이 남편 병실에 들어서자 남편은 날카로운 눈으로 한참동안 쏘아보는 바람에 그녀는 인사도 제대로 하지 못했다. 그래 얼떨떨한 자세로 서 있는 그녀에게 남편은 쏘아붙였다.

"남편 문병하러 온 것이 아니라 어떤 놈과 어울려 소풍 다니는 거냐?"

"……."

"바른대로 말해 봐!"

"뭐를 바른대로 말하라는 거죠?"

방근숙은 겨우 이렇게 되물었다.

"내 눈은 못 속여요. 바른대로 얘기해 봐요."

"……."

"어떤 놈하고 어울리는지 말하란 말이오."

"그렇게 나를 모욕해야만 속이 시원합니까?"

"뭣이?"

"터무니없는 일을 만들어서 트집을 잡으니 저는 모욕으로밖에 느끼지 못하겠어요."

"어떤 놈하고 어울려 놀다가 시간이 되니까 헐레벌떡 뛰어온 것이 분명하지 뭐. 그 땀이랑 붉게 홍조된 얼굴만 봐도 안단 말이야."

"더운 날씨이고 역에서 여기까지는 멀어요. 그 길을 걸어왔으니 땀도 날 게 아녜요? 얼굴이 홍조될 게 아녜요?"

"그 옷은 또 뭐야. 화려한 빛깔! 미장원에도 갔다 오셨구먼."

"너절한 차림을 하지 말라고 당신이 말하지 않았어요?"

"그렇다고 화냥년처럼 꾸미라고 하던가?"

"화냥년?"

"화냥년이지 뭐야?"

병에 시달려 우선 자기 몸을 가눌 기력은 없으면서도 하는 말에는 가시가 돋쳤고 앙칼진 힘이 있었다. 방근숙은 그것이 측은해서 그냥 참으려 했다. 그러나 남편은 흥분하기만 하면 끝나는 데를 몰랐다.

"나 오늘이라도 퇴원해야겠어. 계집이 놀아나도록 기회를 만들어 주는 꼴밖엔 안 되니까."

언제나 이와 비슷한 일이 있긴 했지만 오늘은 좀 심했다. 그녀의 마음도 냉혹해지지 않을 수 없었다.

"마음대로 하세요. 퇴원을 하건 말건 당신이 알아서 하세요."

"볼장 다 봤으니까 이젠 됐다는 마음보로구먼. 내가 여기 오기 싫다는 것을 억지로 끌고 온 것은 하루라도 바삐 나를 생매장할 셈이었지? 그래 지금 내 힘으로 보행도 잘 못할 정도가 되니까 마음대로 하라는 건가?"

"마음대로 하랄 수밖에. 제가 뭐라고 하겠어요?"

"그것이 아내로서 할 말인가?"

"당신은 나를 화냥년이라고 하지 않았어요? 그건 남편으로서 할 수 있는 말인가요?"

"이젠 반항조로 나오는구먼. 그래 내가 하고 싶은 대로 할 거니까 당신도 마음대로 해요. 어떤 놈과 어울려 쏘다니든지 무슨 짓이라도 하든지 알아서 해요. 나도 그냥 죽지는 않을 테니까. 당신이 나를 사랑하지도 않고 사랑한 적도 없고 앞으로도 그럴 것이란 사실을 나는 똑똑히 알았단 말이야."

"이렇게 어처구니없는 소리를 듣고는 저는 입을 다물어 버렸습니다."

"……."

나는 뭐라고 위로의 말을 해야 할지 알 수 없었다. 부부간의 싸움은 칼로 물 베기라는 말이 있다. 서툰 참견은 쑥스런 결과밖에 낳지 않는다.

"앞으로는 면회도 오지 말라고 하더군요. 면회뿐 아니라 일체의 관심을 쓰지 말라고도요."

"그래 앞으론 면회하러 오시지 않을 겁니까?"

"그렇게야 할 수 있겠어요?"

그녀는 내게보다는 자기에게 타이르는 어조로 힘없이 말했다.

"겉으로 하시는 말씀과 속마음은 다른 겁니다. 이 다음에 오시면 달라져 있을 겁니다. 반성도 하실 거고요."

"저는 그런 건 기대하지 않습니다. 언제까지나 계속될 지옥이겠지요. 그분이 돌아가실 때까지는 어쩔 수 없지요. 제가 짊어진 업고(業苦)가 아니겠어요?"

업고라는 말은 무서운 말이다. 나는 그런 단어를 발음하는 그녀의 입언저리를 바라보았다. 꼭 다문 입술과 턱에서 귀로 이어진 야무지고 뚜렷한 윤곽이 새삼스럽게 인상적이었다.

그리고 죽을 것을 확신하며, 죽기를 원하기까지 하는 마음으로 병자를 돌보아야 하는 상황이란 바로 지옥일 것이라고 생각하며 나는 방근숙을 동정했다.

다른 경우 같으면 나는 그런 여자를 무서운 여자, 아니꼬운 여자라고 생각했겠지만 그녀는 그러한 감정을 자아내게 하는 여자와는 먼 거리에 있었다.

그런데 이런 말을 방근숙이 불쑥 꺼냈다.

"저 같은 여자를 아내로 한 그분이 불쌍하기도 해요."

"그건 또 무슨 뜻입니까?"

"저는 제 개인에 대한 희망을 버리지 않고 있거든요."

"개인에 대한 희망?"

"저는 음악가로서 대성하고 싶거든요. 훌륭한 음악가가 되는 것이 소녀시절부터의 제 희망이었어요."

"장하신 희망인데 어떻게 그것이 그분의 불행이 됩니까?"

"아내로서 전력을 다하지 못하니 그게 항상 그분의 불만이었거든요. 그래서 언제 자기를 사랑한 적이 있느냐는 말도 나오게 된 거예요. 따지고 보면 제가 나쁘지요."

"지금도 계속 음악공부는 하십니까?"

"이런 상황이니 어찌 정신이 집중될 수 있겠어요?"

"이런 가운데서라도 노력을 하셔야지요."

"공부를 게을리 하는 탓도 있겠지만 제게는 천분(天分)이 있는 것 같지 않아요. 그래서 그만둘까 합니다."

"거, 안 됩니다. 계속 하셔야지요. 사람은 뭔가 자기가 의지하는 것을 가져야 합니다."

"훌륭한 음악가도 못 되고 참다운 아내도 못 되는 이 엉거주춤한 상황에서 빨리 벗어나야겠어요."

나는 이에 대해서는 아무 말도 할 수 없었다. 음악을 계속하라는 권고가 나쁜 아내가 되어도 좋다는 뜻으로 바뀔 염려도 있었기 때문이다. 그녀는 오늘의 일에 적잖은 충격을 받은 모양이었다. 그러나 그녀는 조용하게 자기 마음을 타이르듯 말했다.

"좋은 아내가 되도록 애써 볼 작정이에요. 그분이 뭐라고 하든….."

방근숙의 얘기만을 듣는 것이 고통스러워 나도 내 고민을 털어놓았다.

"저는 역사학자가 돼 보았으면 했습니다. 겸손하게 옛날을 내 나름대로 정리해 나가는 그런 학자 말이지요. 우리나라의 운명이 너무나도 기구하기 때문에 그 기구한 운명을 소상하게 챙겨 볼 작정이었지요. 그러나 아내가 앓아 드러눕고 보니 모든 정력을 거기 다 빼앗긴 셈이지요."

"아쉽다는 감정은 나지 않습니까?"

"원래 제 자신에 대한 포부랄까, 자신이 약한 존재였으니까 아쉽다는 생각 같은 것은 없었지요. 다만 이렇게만 시간이 흐르고 나면 어떻게 될까, 하는 불안감은 종종 느낍니다."

"선생님은 너무나 겸손하시군요."

"겸손과는 좀 다르지요. 평범한 사람이 지니는 그런 정도의 감정이지요."

"어떻든 한번 지녔던 희망이 뜻하지 않은 일 때문에 좌절된다는 것은 슬픈 일 아니겠어요?"

"우리는 좌절에 익숙해진 것 같네요. 민족적으로나, 개인적으로….."

"좌절에 익숙함으로써 무기력하게 된다면 이건 만만치 않은 일 아녜요?"

"그렇지요. 하지만 민족적으로나 개인적으로 우리는 좌절의 연속 속에 살아왔기에 좌절하지 않는 것이 도리어 이상하게 느껴진다는 말입니다."

"그럴까요?"

"방 선생은 아직 순진하시니까 이런 좌절에 대해서 충격이 클 겁니다. 더욱이 음악에 천품(天稟)이 있고 보니 그걸 중도에 포기해야 한다는 건 여간한 타격이 아니겠지요."

"그렇지도 않아요. 만일 제게 음악에 대한 천품이 있다는 자신감만 있으면 세상 사람이 뭐라고 해도 저는 소신대로 하겠어요. 그런데 제겐 천품이 없다는 것을 알았어요. 그럴 바엔 좋은 아내로서의 길을 걸어야겠다고 마음을 먹어야 하지 않겠어요?"

"두 가지를 양립시킬 수는 없을까요?"

"선생님의 경우는 어때요?"

"저야 뭐 단념한 지가 이미 오래니까…."

"뭣을 단념하셨는가요?"

"학자 되기를 단념했지요."

"결국은 양립시킬 수 없다는 뜻 아녜요?"

"아까도 말씀드렸지만 제게는 원래 재능이 없으니까요."

"저도 마찬가지예요."

따분한 말들이 오고갔다. 그러나 그것이 방근숙의 침울한 기분을 푸는 데는 효과가 있었던 것 같았다.

그녀는 마산으로 직장을 옮기도록 서둘러야겠다고도 했다. 시간과 거리를 두고 생각하면 남편에 대한 애정이 솟는 모양이다. 이런 점에서도 나의 경우와 비슷했다. 마주 대하고 있으면 짜증이 나는

데도 떨어져 있으면 애달픈 감정이 솟았다.

마산으로 전근하도록 서둘러야겠다고 한 방근숙의 말을 듣고 나는 대답했다.

"드디어 장기작전 계획을 세우실 작정이군요."

"우선 내 마음부터 가볍게 해야겠어요. 터무니없는 오해도 풀어야겠고요."

이렇게 말하는 그녀의 얼굴은 활짝 갠 하늘처럼 밝아졌다.

1주일 단위로 세월은 흐른다.

그 다음 일요일, 나는 아내를 문병하러 떠나면서 옷차림에 대해 망설였다.

'남방셔츠 바람으로 갈까, 와이셔츠를 입고 넥타이를 맬까.'

사소한 일에 망설이는 자신이 우스웠으나 일종의 딜레마임은 틀림없었다.

'방근숙은 단정한 옷차림이 좋다고 했다. 아내는 점잖게 차린 나를 의혹의 눈길로 봤다.'

이와 같은 상념이 떠오르자 나는 방근숙의 시선을 참작해야 할 것인가, 아내의 비위를 맞추어야 할 것인가의 양자택일(兩者擇一)의 기로에 놓였다.

'아내에겐 정장을 입어야 한다는 설명을 누누이 했었다. 그랬는데 차림새를 금방 바꾸면 전날의 의혹을 더욱 짙게 할 염려가 있다. 방근숙은 단정한 차림이 좋다고 했다. 그랬는데 허술한 차림으로 가면 자기 뜻을 일부러 어긴 것 같은 느낌을 줄 것이다.'

이렇게 판단한 나는 새로 산 와이셔츠에 역시 새로 산 넥타이를 매고 기차를 탔다. 그리고 기차간에서 나는 엉뚱한 공상을 했다.

'방근숙의 차림은 전번 일요일처럼 화려할까, 그 앞날의 상태로 되돌아갔을까. 만일….'

만일이라고 한 다음의 생각은 말로서 고쳐 보기도 쑥스러운 노릇이었다. 그러다가 선뜻 내가 마산으로 가는 것은 아내의 병문안이 목적인지 방근숙과의 짧은 시간을 즐기는 것이 목적인지 하는 의혹이 뇌리를 스쳤다.

어떤 책에서 다음과 같은 글귀를 읽은 적이 있다.

부부 가운데 한 사람이 폐병으로 입원할 경우 '아내 3년, 남편 1년'이란 말이 있다는 것이다. 풀이하면 여자가 1년 남짓 입원하고 있으면 아무리 충실한 남편이라도 바람이 나고, 남자가 3년쯤 입원하면 정절한 아내라도 바람을 피운다는 얘기다.

불쾌한 얘기임엔 틀림없으나 세상일은 그럴 수도 있으려니 하고 그저 보아 넘겼는데 방근숙에 대한 나의 의식이 이런 기억을 되살려 냈다면 더욱 불쾌하다.

'그렇다면 나는 방근숙에게 무슨 불순한 야망을 품고 있다는 것인가.'

나는 아내에 대한 나의 애정을 새삼스럽게 다짐해 봤다. 조금도 금간 데가 있는 것 같지 않다. 그런데 어이한 일일까. 방근숙의 청초하고 건강한 모습이 떠오르자 시들어가는 병자에 대한 동정과 측은한 감정만이 전면에 나타나고 그 동정과 측은지심을 빼 버리면 아무것도 남지 않을 것 같은 허망한 예감조차 들었다.

'음악에 대한 희망을 포기하고 좋은 아내가 되겠다고 하던 방근 숙이 아닌가. 나도 좋은 남편이라야 하겠다. 일체의 유혹을 뿌리치고 성심껏 아내를 돌봐야 하겠다.'

그런데 신마산역에 내릴 때는 이런 상념은 말쑥이 꺼져 버렸다. 나의 모든 신경은 방근숙이 와 있는가 없는가를 살피는 눈이 되어 개찰구에서 대합실로 빠져 들어갔다. 찾을 필요는 없었다. 방근숙 은 저번 일요일보다도 더욱 화려한 빛깔과 무늬의 원피스를 입고 반가움에 겨운 웃음을 띠고 내 곁으로 다가섰다.

우리들은 별반 수다스러운 대화도 없이 대합실을 빠져나왔다. 그러면서 나도, 방근숙도 얼굴을 붉혔다. 내가 얼굴을 붉힌 이유는 옷차림에 관한 한 나는 아내보다 방근숙의 눈을 택했는데 그 속셈 을 방근숙이 알아차리지 않았을까 하는 데 있었다.

그러면 그녀가 얼굴을 붉힌 까닭은? 소상하게 알 수 없으나 나는 뭔지 그녀와의 사이에 암묵적인 양해 같은 것이 성립된 것처럼 느 낀 흐뭇한 감정이었다.

택시에서 내려 병원 문을 나란히 걸어 들어가면서 나는 어찌 된 까닭인지 '운명(運命)의 문(門)'이란 단어를 입안에서 중얼거려 보 았다.

"운명의 문!"

그 문을 들어서면서 나는 하필이면 그날따라 '운명'이란 말을 자 꾸만 되뇌었는지 모른다.

아내는 나를 보자 구김살 없는 웃음으로 반갑게 맞아주었지만 내 마음 탓인지, 차곡차곡 쌓인 하고픈 말을 하지 않기로 결심한 사람의 체관(諦觀) 같은 것을 느끼게 했다.

"아무래도 당신은 그렇게 얌전하게 옷을 입는 편이 훨씬 훌륭하게 보여요."

"또 옷을 가지고 시비요?"

아내는 고개를 설레설레 흔들었다.

"아뇨. 시비가 아녜요."

"그렇다면 훌륭하게 보이느니 어쩌느니 할 필요가 없잖소."

아내는 침대에서 반신을 일으킨 채 내가 벗어 놓은 윗도리를 조심스럽게 들어 침대 뒤 탁자 위에 놓고 내가 맨 넥타이 자락을 만지기 시작했다.

"이거, 당신이 골랐어요?"

"그렇지."

"좋은 빛깔에 좋은 천이에요."

"뭐, 아무렇게나 고른 건데….."

아내는 그 넥타이의 빛깔 배합과 무늬를 죄다 외워 버리려는 듯이 응시하더니 또박또박 다음과 같이 말했다.

"이젠 안심했어요. 내가 없어도 맵시 있게 깔끔하게 멋진 옷차림을 할 수 있다는 걸 알았으니 이젠 안심했어요."

이 5년 동안 아내가 내 옷차림에 관여한 적이 없었던 터라 나는 언제 당신이 입혀 주어서 옷을 입었나, 하고 한마디 하려다가 그만두었다.

"언제나 허술한 차림만 하고 있는 당신에게 저는 너무나 익숙해져 있었어요. 그래 제 손이 가지 않으면 언제나 그와 같을 것이라고

만 생각했지요. 제 병이 나으면 당신을 곱게 멋지게 꾸며 주겠다는
게 제 꿈이었어요. 그랬는데 당신은 제 손이 가지 않아도 이처럼 멋
지게 옷을 입을 줄도 아니 꼭 병을 낫게 해야겠다고 기를 쓸 필요도
없고….”

나는 가슴속이 뭉클함을 느꼈다. 그러나 아내는 악의라고는 티
끌만큼도 없는 소녀와 같은 미소를 머금고 재롱을 부리듯 말을 이
었다.

“이처럼 맵시도 좋고 마음씨도 아름다운 남자를 남편으로 하고 그
사랑을 받으며 살았다면 그것이 아무리 짧은 시간이라고 해도, 못
나고 악한 남편과 백년을 같이 산 것보다 행복한 일이 아니겠어요?”

나는 이런 말을 하는 아내의 모습을 지금 눈앞에 선명하게 그려
볼 수가 있다. 그러나 그때는 한갓 푸념으로 치고 그렇게 대할 수밖
에 없었다.

방근숙의 남편도 이상하다고 생각할 만큼 변해 있었더라고 한다.

지난번보다 더하게 화려한 옷을 입었으니 무슨 심한 소리가 터져
나올까 잔뜩 신경을 곤두세워 병실로 들어갔는데 의외로 부드러운
남편의 표정과 말에 부딪쳐 되레 당황하기조차 했다는 것이다. 그
뿐만 아니라 그녀의 남편은 사과까지 하더라는 것이다.

“지난번도 그렇고, 그 전번에도 그렇고, 마음에도 없는 소리를
해서 미안하오. 당신에게 엎드려 절이라도 해야 할 형편인데 욕설
을 하다니 내가 나쁜 놈이오. 내가 나쁜 것이 아니라 내 병이 나쁘
다고 생각하고 용서해 주오.”

강한 말에 반발을 느끼던 방근숙도 이처럼 풀이 죽은 말엔 눈물을 흘리지 않을 수 없더라고 하기에 나는 이렇게 말했다.

"그거 보십시오. 지난 일요일, 제가 뭐라고 합디까. 남편 되시는 분도 반성하실 거라고 말하지 않았나요?"

그러나 그녀는 오늘처럼 남편이 행동하는 것보다 전처럼 트집을 잡으려고 드는 편이 훨씬 마음이 편할 것 같다고 말했다.

나는 이런 말의 의미를 찾으려고 애썼다. 방근숙의 그러한 심리를 어떻게 해석해야 좋을지도 궁금했다. 이런 나를 보고 방근숙은 물었다.

"선생님은 뭘 생각하고 계시죠?"

"아무것도 생각하지 않습니다."

그녀는 자기의 생각으로 되돌아가는 모양이더니 내 눈치를 살피며 물었다.

"참, 부인께서는?"

"제 아내는 이젠 안심하겠다고 말합디다."

"안심한다구요?"

"자기의 손을 빌리지 않아도 단정하게 옷차림을 할 수 있으니 이젠 기를 써서 병을 고칠 필요도 없다고요."

마음의 탓일까. 방근숙의 눈이 커다랗게 일순 빛났다. 그리고는 잠깐 사이를 두곤 말했다.

"부인께서는 선생님을 지성껏 사랑하시는 모양이지요?"

새삼스러운 물음이었다. 아니 물음도 아닌 그저 건성으로 하는 말이었다. 이렇게 생각하면서 엉뚱한 말이 나의 입에서 굴러나왔다.

"지겹도록…."

방근숙은 반문했다.

"사랑이 지겨우세요?"

그녀의 물음에 나는 당황하며 다른 말로 둘러댔다.

"일종의 반어적(反語的) 표현이지요. 예쁜 아이를 보고 밉다고 하지 않습니까?"

그날 이상과 같은 대화를 신마산역 대합실에서 주고받았다.

오전에 만났을 때와 오후 헤어질 때와 각기의 가슴속에 인 감정은 전혀 빛이 달랐다. 수줍은 체관을 소녀와 같은 미소에 담아 보인 아내를 나는 생각했고, 돌연 풀이 죽어 용서를 비는 남편을 방근숙은 생각했기 때문이었을 게다.

"이것도 운명의 문 아닐까요?"

개찰구를 지나면서 방근숙은 아침결 내가 병원 문을 들어서면서 한 말을 모방해 보았다. 그러나 그것은 농담으로서가 아니었다. 자기 나름의 골똘한 상념에 잠겼다가 거기서 깨어나며 하는 말이었다. 방근숙과 거리를 두어야겠다고 나는 다짐했다. 그녀도 역시 마찬가지 생각을 하는 것 같았다.

태풍의 밤

거센 바람에 우산은 되레 방해물이 되었고 눈으로, 코로, 귀로
마구 휘갈기는 빗방울을 감당할 겨를이 없었다. 시야가 막힌 길을
방근숙이 따로 걷게 내버려 둘 수 없었다. 그녀의 왼팔을 내 오른팔로 꼭
끼고 길 왼쪽인 성싶은 곳을 어림잡고 걸어야만 했다.
그녀의 팔을 꽉 끼면서부터 내 의식은 분명하게 움직였다.

다음 면회일엔 아내의 어머니를 대신 보냈다. 그 다음 면회일엔 불가피한 일이 생겨 마산으로 가지 못했다. 아내에게 미안했으나 방근숙과의 거리를 두어야만 되겠다는 마음 다짐이 공교롭게도 연거푸 두 번이나 면회일을 어기게 했다.

　그러나 이것은 공연한 수작이었다. 공연하다기보다는 유해한 짓이었다. 면회일을 두 번 넘긴 탓으로 나는 방근숙에게로 쏠린 내 마음의 경사(傾斜)를 똑똑하게 확인하는 결과가 되었고, 동시에 정신을 차려야 한다고 마음먹은 방근숙의 마음을 더욱 격심하게 흔들어 버린 결과가 된 것이다.

　그날은 아침부터 줄기차게 비가 내리고 있었다. 두 번이나 면회를 가지 않은 일이 없었더라면 마산에까지 갈 생각을 내지 못할 만큼 강한 바람을 낀 비였다. 나는 만류하는 사람들에게 기차가 갈 수 있다면 가야 한다고 서두르고 떠났다.

　세찬 빗줄기가 기차의 유리창을 두드리며 스쳐가는 모양은 일종의 경관(景觀)이었다. 태풍이 남해안을 휩쓸 것이란 얘기가 차내 이곳저곳에서 들렸다.

　신마산역에 내려 개찰구로 가기까지에 옷이 흠뻑 젖을 정도로 마산에서도 우세(雨勢)는 줄지 않았다. 개찰구를 빠져나가자 두건이 달린 레인코트를 입고 서 있는 방근숙을 만났다. 그녀는 반색했다.

　"어찌 된 일이었어요?"

　이렇게 묻는 그녀의 얼굴은 2주일을 보지 않는 동안에 수척해졌다.

　"불가피한 일이 있었습니다."

　"불가피한 일? 저는 앓아누우시지나 않았나 하고 걱정했지요."

　"앓아눕는 것쯤은 우리들에겐 대단한 사건이 아닐 텐데요."

　"선생님도… 앓아눕는 게 왜 사건이 아니겠어요?"

　역 앞 광장엔 발꿈치 이상을 적셔야만 건널 수 있을 정도로 물이 고였고, 그 고인 물 위로 줄기차게 빗발이 내리쏟고 있었다. 건너편 자동차 타는 곳까지 가기 위해서도 빗줄기가 약해지기를 기다려야만 했다.

　"이런 빗속에도 면회를 오시니 방 선생님의 성의도 대단하십니다."

　"성의요?"

　방근숙은 다음 말을 하려고 머뭇거리다가 고쳐 말했다.

　"선생님의 성의도 그러니 대단하단 말씀 아녜요?"

　나는 계면쩍게 웃었다.

　"방 선생!"

　"예?"

　"이렇게 어깨를 맞대고 비가 쏟아지는 것을 보고 있으니 생각나는 것이 있습니다."

"뭔데요?"

"선생님도 보셨겠지요? 프랑스 영화감독 르네 클레르의 〈파리축제〉란 영화…."

"봤습니다."

"그 비와 이 비는 다르지만… 소낙비가 오니 길 가던 사람들이 죄다 처마 밑으로 기어들어 가서 이렇게 하늘만 쳐다보는데 거리 한복판에 만발한 꽃을 가득 실은 꽃장수 수레가 비를 맞고 있는 장면이 있었잖아요."

"있었죠."

"그 장면을 잊을 수가 없어요. 이곳엔 꽃수레는 없지만 그러나 이처럼 줄기찬 비란, 구경거리가 되잖아요?"

"선생님은 비를 좋아하세요?"

"대단히 좋아합니다."

"이유가, 아니 무슨 연유가 있으세요?"

"있지요. 그러나 선생님 같은 예술가가 들으시면 웃으실 겁니다."

"뭔데요?"

"일제 때 전쟁 말기에 저는 징용에 끌려갔거든요. 비행장을 만드는 일이었는데 참으로 힘겨웠어요. 그러나 비만 오면, 그것도 가랑비 같은 건 안 되지만, 비가 오면 쉴 수 있었습니다. 그러니까 그땐 비만 오면 석달 열흘만 내려라 하고 빌었지요."

"저는 비를 좋아하지 않아요. 가랑비 맞으면서 산책할 수 있는 정도라면 좋아하지만 이렇게 심한 비는 싫어요. 그러나 지금부턴 좋아해야 되겠어요."

"그건 또 왜요?"

"선생님이 좋아하시니까…."

나는 방근숙에게로 시선을 돌렸다. 장난꾸러기처럼 치켜뜬 내 눈과 마주치자 방근숙은 황망하게 아래로 시선을 떨구었다. 비는 조금도 위세를 죽이지 않고 계속 쏟고 있었다.

"방 선생은 빗속을 걷는 것을 좋아하신다고 하셨죠?"

"좋아해요. 그러나 이런 빗속은…."

"이것도 경험이니 우리 한 번 걸어 봅시다."

방근숙은 선뜻 동의하지 못했다.

"눈보라 속에 알프스를 넘는 모험은 못할망정 평생의 기념으로 이 폭우 속을 걸어볼 만도 하잖아요?"

방근숙은 들고 있는 보자기를 매점 주인에게 맡겨 놓고 오겠다고 말했다.

그녀는 두건이 달린 레인코트를 입기는 했으나 안면에 비를 마구 맞았고 아랫도리를 마구 적셔야 했다. 나는 우산을 펴들긴 했으나 비를 가릴 수도 없거니와 바람 때문에 되레 짐이 되어 아예 우산을 접어 들었다.

빗속을 걷겠다는 마음은 비를 맞으며 무슨 생각이라도 해보자는 것이었는데 워낙 강한 비바람이어서 눈코를 뜰 수가 없었다. 겨우 역 앞 광장을 지나고서는 버스를 탔다.

당시 버스는 요양소 앞까지 가지를 않았다. 신마산의 거리가 끝나는 곳이 종점이었다. 버스에서 내렸을 때는 다행히 비바람의 위세가 약간 수그러져 빗속을 무릅쓰고 겨우 요양소에 다다를 수 있었다.

아내는 웅덩이에 빠진 생쥐 꼴로 흠뻑 젖어 들어서는 나를 보고 놀랐다. 병자답지 않은 동작으로 침대에서 내려서는 젖은 옷을 받아 짜고 수건으로 내 몸을 닦기 시작했다. 나는 수건을 아내의 손에서 빼앗듯 하고 아내를 도로 침대에 눕혔다.

"날씨가 좋을 땐 오시지 않고 하필이면 이 빗속에⋯."

"날씨가 좋은 날 오지 못했으니까 이런 빗속에도 온 것 아니오?"

아내는 넋을 잃고 나를 바라보았다. 빗소리를 들으며 누워 있으려니 한없이 슬프더란 얘기도 했다. 빗속인데도 와주니 한없이 기쁘다고도 했다.

"영영 오시질 않을 것 아닌가⋯" 하고 생각했더란 얼굴 위로 번개빛이 지나고 천둥소리가 울렸다.

부산 방면의 열차는 불통이라고 했다. 삼랑진에서 물금에 이르는 선로가 태풍 때문에 파괴됐다는 것이다.

이와 같은 장내 안내방송을 들은 방근숙은 울상이 되었다.

대합실은 혼잡을 이루었고 부근의 여관을 찾는다고 했지만 좁은 바닥에 열차가 서 버렸으니 쉽사리 방을 구할 수 있을 것 같지 않았다.

대합실의 붐비는 사람들 틈에 끼어 밤을 새울 수밖에 없게 된 방근숙을 두고 나는 그냥 떠날 수가 없었다. 그렇다고 해서 어떻게 할 도리도 없어 진주로 가는 손님은 빨리 나가라는 재촉을 받고 플랫

폼까지 나왔으나 기차를 탈 수 없었다.

이럴까 저럴까 망설이는 동안에 기차는 떠나버렸고 나는 도로 대합실 안으로 들어왔다. 방근숙은 매점 가까운 구석 벤치에 가까스로 자리를 하나 얻어 초라하게 앉아 있었다. 내가 앞으로 가 서자 그녀는 영문을 몰라 하는 표정으로, 그러나 기쁜 감정을 가누지 못하는 몸짓으로 일어섰다.

"기차가 떠났을 텐데 어찌 된 일인가요?"

나는 바른대로 댈 수가 없었다.

"조금 늦게 나갔는가 봅니다. 부산에 못 간다 하니까 진주에서 온 사람들이 도로 탔는지 만원이 돼서 도무지 설 곳도 없고 해서….."

뻔한 소리를 한다는 사실을 알아차린 모양으로 방근숙은 난처하다는 듯이, 그러나 목소리는 밝게 말했다.

"차를 못 타셨으니 어떡하지요?"

"선생님은 어떡하실 작정이었나요?"

"저는 도리가 없으니 그냥 여기에….."

"저도 도리가 없으니 그냥 여기서 하룻밤을 새우는 거지요."

"그래서 되겠어요?"

"선생님 같은 숙녀가 견디는 일을 사내가 견디지 못할 것으로 보입니까?"

"미안해서 드리는 말씀이에요."

"미안해서?"

"저 때문에 일부러 차를 타지 않은 것 아녜요?"

"제가 그런 기사도(騎士道)의 소유자처럼 뵙니까?"

"하여간 이리로 좀 앉으시지요."

방근숙이 자기가 이제까지 앉아 있던 자리를 가리켰다.

"방 선생 자리를 뺏어 앉으려고 한 짓은 아닙니다."

"교대로 앉으시면 되잖아요. 저는 이때까지 앉아 있었으니 잠깐 앉으세요."

둘의 얘기를 엿들었는지 방근숙 곁에 있던 할머니가 저편으로 자리를 옮겨 앉았다.

"그러실 것 없이 젊은 양반들 둘이 다 앉으소."

나와 방근숙은 그 할머니에게 고맙다는 인사를 하고 벤치에 앉았다. 할머니의 호의는 고마웠으나 둘이서 앉기는 비좁았다. 그녀와 나는 젖은 옷을 통해 피부를 맞대고 앉아야만 했다. 나는 그대로 오래 앉아 있을 수가 없었다.

"나, 먹을 것 좀 사 가지고 오지요."

매점 앞에 선 나는 물었다.

"방 선생, 뭐가 좋지요?"

대합실에서 그냥 버틸 수가 없다고 판단한 손님들 가운데는 여관으로 찾아나간 사람도 있는 모양이어서 조금 있으니 자리의 여유가 생겼다.

나는 방근숙에겐 카스텔라와 사이다를 권하고 나 자신은 마른오징어를 안주로 소주를 마셨다.

"방 선생은 이렇게 비에 갇혀 예상치도 못한 곳에서 밤샘한 적이 전에도 있었습니까?"

"없었지요. 헌데 선생님은?"

"예사로 있는 일이지요. 해방 직후엔 김천에서 사흘을 꼬박 갇힌 적이 있습니다. 그때도 여름이었는데 영동(永同) 근처의 선로가 홍수 때문에 파괴되었다더군요."

"사흘이나 갇혀 있었다면. 낯선 곳에서… 여간 고생이 아니었겠습니다."

"여관방이 모두 만원이라 생면부지한 사람들이 비좁은 방에서 5, 6명씩이나 같이 잤지요."

"어머나!"

"재미있었어요. 그때 사귄 사람과 아직도 편지 내왕을 하고 있지요."

"뭣 하는 사람인데요?"

"그땐 나와 똑같은 훈장이었는데 지금은 무슨 사업을 하나 봅니다."

"유(類)가 아니면 어울리지 않는 모양이지요. 어떤 환경에서도…."

"대강 그렇게 되는 거지요. 그런데 그 가운데 사기꾼이 하나 있었습니다. 그러니까 사기당한 사람이 있게 됐지요."

"어떤 사기인데요?"

"미군물자를 헐값으로 돌려준다고 꾀어선 술대접은 물론 여관비까지 물게 하고 드디어는 돈까지 뺏어간 거지요."

"어떻게 그렇게 간단히 넘어갈 수 있었을까요?"

"그때 경험한 일인데 나는 이렇게 생각합니다. 사기꾼이 있기 전에 사기를 당할 사람이 미리 있는 것이라고. 무슨 얘긴가 하면 사기를 당하고 싶어서 환장한 사람이 있단 말입니다."

"아무리….."

방근숙은 그렇게 말하며 웃었다.

"아닙니다. 들어보십시오. 사기 당한 자를 을(乙)이라고 합시다. 그 乙이 입버릇처럼 미군물자를 맡기만 하면 큰돈 번다더라 하고 떠들었지요. 그것을 보고 사기꾼 갑(甲)이 생겨난 것이랍니다. 자꾸만 乙이 미군물자를 들먹이니까 甲이 해방 바로 직후엔 미군물자를 빼돌리면 3배 장사는 되었지만 지금은 2배 장사가 될까 말까 한다면서 그따위 이문은 박하고 위험한 장사를 누가 하겠는가 하고 뱉듯이 말했어요. 그러니까 乙이 2배 장사면 대단하지 않는가 하고 덤비지 않았겠습니까. 이 말을 들은 甲은 자기는 미군물자를 얼마든지 빼돌릴 수 있지만 그따위 짓을 하지 않는다는 겁니다. 이런 응수가 아마 시초가 되었는가 보지요. 그 뒤부터 乙이 甲에게 술을 산다, 담배를 산다 야단이더구먼요. 그 후 서울서 돌아올 때 우연히 또 乙과 같은 차를 타게 되었지요. 나를 보자 대뜸 하는 얘기가 甲에게 돈을 먹혔다는 하소연이었습니다. 그래 말을 해주었지요. 당신은 사기에 걸리고 싶어 환장한 사람 같습니다, 하고…."

"너무 지나친 말씀을 하신 것 아녜요?"

"지나친 게 뭡니까? 그 친구, 가만히 듣고 있더니 제 말에 전적으로 동감하던데요."

"그분은 썩 호인이었던가 보지요?"

"그렇지도 않은 것 같았어요. 쬐그마한 사기꾼이 큰 사기꾼에게 걸린 거지요."

"그럼 그 사람도 사기꾼이었단 말예요?"

"그렇죠. 2배의 이윤을 노리고 미군물자 빼돌려 먹으려는 사람이 사기꾼 아니고 뭡니까?"

"그렇기도 해요."

"그래 저는 하나의 결론을 얻은 겁니다. 사기에 걸린 사람은 거의 사기꾼의 요소가 있는 사람이라고…."

"그거 너무한 결론 아녜요? 저는 잘 모르긴 하지만…."

"저도 잘 모릅니다. 사실은… 아무튼 그때의 경우 말하자면 사기 사건의 표본 같은 것을 보고 느낀 거지요. 사기를 당하고 싶어 하는 사람이 있기 때문에 사기꾼이 나타난다, 사기를 당하고 싶은 사람은 뭔가 남을 속일 수 있는 그런 미끼가 없는가 하고 찾는 동안에 수가 높은 사기꾼에게 걸려드는 거다, 이렇게 생각했단 말입니다."

방근숙은 알아들었는지 알아듣지 못했는지 분간 모를 표정을 지었다. 나는 여기서 술기가 돌기 시작한 어설픈 눈으로 주위를 돌아보았다. 젖은 옷들이 각자의 체온에 의해 마르기 시작했다기보다 절기 시작했다는 표현이 옳을 것 같이 대합실 안은 퀴퀴한 냄새로 가득 찼다. 뚫린 창을 통해 간혹 비 섞인 바람이 들어오지 않으면 견딜 수 없을 성싶었다.

젖은 짐짝처럼 벤치 위에 웅크린 사람들, 공연히 서성거리는 사람들, 그 가슴마다에 어떤 고귀한 사상이 깃들어 있는지, 또는 그들의 경력 가운데 어떤 훌륭한 덕행이 있는지, 또는 그들의 장래에 어떤 영광이 기다리고 있는지는 몰라도 무슨 이유이건 태풍이 부는 여름의 한밤을 정거장의 대합실에서 새워야 한다는 상황만은 따분한 것이라고 말하지 않을 수 없다.

이러한 따분함을 메우기 위한 속셈으로 끄집어냈다는 게 사기꾼 애기고 보면 나와 방근숙의 처지는 짐작이 가고도 남는다.

"이 따분한 처지를 로마네스크한 상황으로 만드는 재미나는 얘기가 없습니까?"

방근숙은 어이가 없다는 듯이 웃었다.

"제게 그런 재간이 있겠어요?"

"예술가이시니까."

"예술가란 말씀하지 마세요. 부끄러워요."

"부끄럽긴… 방 선생은 틀림없는 예술가일 겁니다."

그녀는 급속히 내용물이 줄어가는 소주병을 들여다보고는 조심스럽게 물었다.

"선생님, 그처럼 술을 마셔도 괜찮으세요?"

"이까짓… 아직 멀었어요. 태풍이 부는 어느 여름의 긴 밤을 방 여사와 더불어 신마산역 대합실에 앉아 소주를 마셨다… 슬픈 얘기지만 나의 경력엔 아직도 이만큼 영광스럽고 매력이 있는 시간은 없었습니다. 이것도 운명의 시간이겠지요. 손때가 묻었지만 운명이란 말 좋잖아요?"

"세상엔 여러 가지 일들이 있는 것이지요?"

"35억 인구가 있다니까 줄잡아 35억 종류의 인생이 있지 않겠습니까? 거기다 사람과 사람과의 관계에 얽혀 사건이 일어나는 법이니까 35억의 제곱한 수의 사건이 있다고 보아야 하지요."

"35억의 제곱….."

"굉장히 큰 상상의 세계가 아닙니까?"

"사람의 두뇌란 참으로 신비스러운 것이지요?"

"이와 같은 인식의 세계가 불교에는 있습니다. 예를 들면 항하사(恒河沙)의 제곱을 한 수의 부처님이 있다는 둥… 항하(恒河)란 인도 갠지스를 말하지요. 그 갠지스강의 모래알을 제곱한 수의 부처님이 있다는 뜻이지요. 엄청난 사고(思考) 범위가 아닙니까?"

그녀는 이렇게 말하는 나를 놀란 표정으로 바라보았다.

"선생님은 불교에도 조예가 깊으신가 보지요?"

"조예가 다 뭡니까. 모두가 들은 동냥이지요."

"불교에 관한 얘기를 더 듣고 싶습니다."

"제가 뭐 아는 게 있습니까."

"겸손하시지 말고…."

나는 시간을 넘기는 수단으로 그런 얘기를 하는 것도 무방하다고 생각했다. 그러나 워낙 아는 것이 모자랐다.

"불교라는 건 종교이기에 앞서 철학이지요. 엄밀히 말하면 기독교를 종교라고 하는 의미에 있어선 종교가 아니지요."

"그 뜻은?"

"기독교에서는 신의 은총을 빌고 신의 용서를 빌어 구원을 받는다고 하지 않습니까. 그러나 불교에서는 그렇지 않지요. 우리나라에 들어온 불교엔 지옥이니 극락이니 속죄니 하는 관념이 있어 흡사 기독교 같은 신앙형태를 이루지만 그건 불교가 통과해 온 지역의 미신을 수반하고 온 데다가 우리나라 고유의 샤머니즘이 혼합된 거지요. 불교의 순수한 교리는 스스로가 성불(成佛)하는 데 있습니다. 성불이란 각자(覺者), 즉 깨달은 사람이 된다는 뜻입니다. 그러니 불교에서는 석가여래가 기독교에서의 예수와 같은 위치는 아니지요. 선각자 또는 모범이 되는 위치라 할 수 있습니다. 그러니까 기독교에서는 신앙이 핵심을 이루지만, 불교에서는 대오일번(大悟一番)하기 위한 수도(修道) 또는 수행이 핵심이 됩니다."

"갠지스강의 모래를 제곱한 수만큼의 부처님이 있다는 건 도대체 무슨 뜻이지요?"

"그게 바로 누구나 부처님이 될 수 있다, 다시 말하면 성불할 수 있다는 뜻이지요. 저도 부처님이 될 수 있고, 방 선생도 부처님이 될 수 있고…."

"부처님이 된다는 건 매력 없는 얘기 아녜요?"

방근숙은 이렇게 말하면서 화사하게 웃었다.

"방 선생은 절에 모셔 놓은 불상과 결부해서 부처님을 생각하시니까 그런 말씀을 하시는 거지요? 그 불상은 어느 시대의 특정한 관념이 상상한 소산에 불과한 겁니다."

"매력 있는 부처님도 가능하다는 말씀입니까?"

방근숙이 물었다.

"방 선생에게 매력 있는 게 어떤 것인지는 모르겠습니다만 현대적으로도 매력 있는 부처님은 가능합니다. 가령 알로하셔츠와 맘보바지를 입고 지르박을 춤추는 부처님도 가능할 겁니다."

"알로하셔츠나 맘보바지, 그리고 지르박 춤에 제가 매력을 느낀다고 생각하세요?"

그녀는 뜻밖이라는 듯이 약간 볼멘소리를 했다.

"예를 들면 그렇다는 거지요. 방 선생과는 관계없는 얘깁니다."

"그렇다면 선생님께서 매력을 느끼시는 부처님을 한 번 얘기해 보세요."

"글쎄요. 그것보다 갖가지의 부처님을 상상할 수 있다는 데 흥미가 있지 않습니까? 불교에서는 인생의 길이면 어떤 길을 통해서라도 성불할 수 있다고 하거든요. 모든 길은 로마로 통한다는 말 그대로 모든 길은 성불로 통한다는 겁니다. 미륵불이라는 게 있잖습니까? 그 부처는 나는 결단코 성불하지 않으리라는 마음의 길을 통해 부처가 되었다고 합니다. 현대식 표현을 빌리자면 부정을 통한 긍정이 되겠지요. 멋있잖아요? 이런 사상…."

"맘보춤을 춰도 성불할 수 있으니 병원에 오고 가는 길로서도 성불할 수 있겠구먼요."

"그렇고말고요."

"길은 있으되 수양 또는 수도를 해야 한다는 것 아닙니까?"

"그렇지요. 그런데 수도라고 하고 수행이라고 하면 케케묵고 완고하고 금욕적인 그런 고행을 상상하기 쉬운데 그런 것만도 아닙니다. 이런 얘기가 있습니다. 어떤 청년이 수도할 목적으로 어떤 보살을 찾았더랍니다. 보살이 그 청년을 위해서 산중에 암자를 지어거기서 수도하라고 일렀지요. 5년쯤 그곳에서 정진했는데 어느 날밤 예쁘게 생긴 처녀가 그 청년을 찾아왔습니다. 그러나 청년은 처녀를 보고 한마디 말도 건네지 않고 묵묵히 돌처럼 앉아 있었지요. 밤이 새자 처녀는 말없이 떠나 버렸는데 잠깐 뒤에 보살이 나타났습니다. 보살이 청년에게 어젯밤 여기에 처녀가 오지 않았느냐, 그처녀를 보니 어떤 느낌이 들었느냐고 물었습니다. 이에 대한 청년의 답은 한암(寒巖)에 고목(枯木)이란 것이었습니다. 말하자면 마른 나뭇가지가 찬 바위를 스치는 것처럼 무감각하다는 뜻이지요. 이 대답을 듣자 보살은 청년을 밖으로 나오라고 하더니 그 암자에 불을 질러 태워버리곤 너는 법기가 아니니 수도할 필요가 없다면서 청년을 추방했다고 합니다. 법기가 아니란 말은 성불할 수 있는 자질이 없다는 말이지요."

"그게 무슨 뜻일까요? 아름다운 처녀의 유혹을 물리칠 수 있었다는 건 수도가 잘 되었다는 증거가 아니겠어요?"

"인습적으로 불교를 이해한 상식으로서는 그렇게 되지요. 그러나 그런 것이 아니라는 데 불교의 묘미가 있다는 얘깁니다."

불교의 사고(思考)엔 화홍유록(花紅柳綠)이란 게 있다. 나는 이것을 아는 대로 설명할 수밖에 없었다. 그래야만 암자를 불태운 이야기를 이해할 수 있는 것이다.

"아름다운 것은 아름다운 것으로 보아야 한다는 겁니다. 꽃은 붉고 수양버들은 푸르른 대로 보아야 한다는 게 화홍유록의 사상입니다. 도를 통한다, 또는 깨닫는다는 것은 이 세상의 아름다움을 누구보다도 민감하게 절실하게 느낄 줄 안다는 뜻으로 해석할 수도 있습니다. 도를 통한 사람은 그러니 누구보다도 이 세상의 아름다움, 이 세상의 깊은 뜻을 아는 사람 아니겠습니까. 보살이 청년을 추방한 것은 꽃처럼 예쁜 처녀를 마른 나무에 비하고 자기의 심정을 찬 바위에 비했기 때문입니다. 아름다운 것은 아름답게 느낄 줄 모르는 마음을 가진 사람은 도를 통하지도 못하고 깨닫지도 못한다는 뜻이지요. 수도한다는 것은 자연을 또한 인생을 회색화하고 무감각화한다는 뜻이 아니거든요."

"그렇다면 그 청년이 처녀의 사랑을 받아주어야 했었나요?"

"그런 것도 아니지요. 다만 처녀의 아름다움을 아름답다고 느꼈으면 되었지요. 아름다움을 느꼈지만 유혹을 당하지 않는다, 이것이 중요한 겁니다. 아니 유혹을 당하고 안 당하고는 문제가 되지 않아요. 자연과 사람의 아름다움에 개안(開眼) 한 흔적이 있었으면 됐지요."

"조금 이해하기가 어려운데요."

"제 설명이 모자란 탓입니다. 이것을 상식의 차원에까지 끌어내려 놓고 생각해 봅시다. 교양이 있는 사람과 없는 사람과는 자연과 인생을 보는 눈이 다르지 않겠습니까? 교양이 있는 사람의 눈이 훨씬 날카롭고 잘 보며 느끼는 감정의 깊이와 폭도 월등하지 않겠습니까? 그런 상태를 높여가면 바로 깨달은 사람의 상태가 되지 않겠습니까? 그러니 불교에서의 대오일번(大悟一番) 한 각자(覺者) 란 곧 더욱 슬기로운 귀를 가진, 더 맑은 눈을 가진, 더 깊은 마음을 가진 사람이겠지요. 다시 말하면 수도를 하고 수양을 할수록 그렇게 되어야 하는데 고목에 한암(寒巖) 식으로 경화되어 가면 안 된다는 말이지요."

"그러면 불교에서의 공(空) 의 사상이란 어떤 거지요? 이제 말씀하신 화홍유록과 어떻게 관련되지요?"

"이것, 어려운 질문이 나왔습니다. 바로 그것이 불교의 핵심을 이루는 문제인데 제 힘으론 벅찹니다."

"그렇게 무책임한 선생이 어딨어요?"

방근숙은 장난꾸러기 같은 표정을 지었다.

"제가 언제 선생이 되겠다고 했습니까?"

나는 병에 남은 소주를 마저 종이컵에 따랐다. 그리고는 한숨 돌릴 겸 그것을 들이켰다.

"술 한 병 더 사올까요?"

방근숙이 일어서려고 했다.

"아닙니다. 제가 가지요."

이렇게 말했을 땐 방근숙이 벌써 매점 앞에 서 있었다.

"불교의 공(空)은 서양사상에서의 니힐(*nihil*)과도 다르고 수학의 0(零) 개념과도 다르죠. 이렇게 말하니 대학의 철학과 교수 같은데요?"

"훌륭한 철학교수이십니다."

"그렇게 사람을 놀리시면 이야기 않겠소."

"약간 비싸게 구시는 건가요?"

"방 선생께서 훌륭한 철학교수라고 인정하셨으니까 비싸게 굴만도 하잖습니까."

둘이는 어린 애인들처럼 쾌활하게 웃었다. 지저분한 대합실에 앉아 있는 것을 잊을 정도로 나는 유쾌했다.

"서양사상에서 니힐이란 일체의 가치체계를 함몰시키는 심연을 말합니다. 절망의 빛깔로 물들인 관념이지요. 구원이 없습니다. 어떻게 견디느냐 하는 문제만이 있지요. 수학의 0은 하나의 추상적인 개념이고요. 때에 따라서는 간접적인 유(有)가 되지요."

"그 간접적인 유라는 것이 뭐예요?"

136

"간단하게 말하면 숫자를 나열할 때 0을 가운데다 두고 왼쪽엔 정수(整數)가 있고 오른편엔 소수(小數)가 있잖습니까. 이럴 때 0의 존재는 소수를 정수와 대비해서 있게 하는 역할을 하지요. 그러니 0은 그 자체로선 없는 거지만 그것에 의해서 다른 수를 있게 하는 것이니까 간접적인 유라고 말할 수 있지요."

"잘 알았습니다."

방근숙은 말끝의 '다'에다 강점을 주며 웃었다.

"그런데 불교의 공(空)은 천상천하 시방세계(十方世界)의 삼라만상이 각기의 실상대로, 가치 그대로 존재하기 위한 객관적인 자리이며 주관적인 마음의 바탕입니다. 어렵지요?"

"어려운데요."

"공은 서양철학적으로 말하면 존재(存在)의 형식이며 인식의 이법(理法)으로 되는 것입니다."

"자꾸 더 어려워지는데요."

"조금만 기다리십시오. 쉽게 풀이하면 이 대합실을 붐비고 있는 그대로 이 안에 있는 모든 사람의 슬픔 그대로 보아주는 눈이기도 하고 그 실상이기도 합니다. 극단적으로 말하자면 가치개념으로 따지자면 일체가 공이 됩니다. 정(正)도 없고 부정(不正)도 없고 미(美)도 없고 추도 없고 생(生)도 없고 사(死)도 없다는 것인데…."

나는 여기서 일단 말을 끊었다. 말하는 내 자신도 뭐가 뭔지 모르게 되었기 때문이다.

대합실 밖엔 아직도 비바람이 휘몰아치고 있었다. 어둑어둑한 그림자가 창밖의 풍경을 에워싸기 시작했다. 나는 소주를 한 잔 더

비우고 그녀에게 말했다.

"조금 기다려 주십시오. 학생이 너무 총명하니까 선생이 약간 위축되는 겁니다. 방법을 달리 해야겠습니다."

"제 이해력이 모자라서 못 알아듣는 것이지 선생님 탓은 아니에요."

방근숙은 이렇게 말했으나 나는 어떻게 해서라도 공의 개념을 멋지게 설명하고 싶었다.

불교에서의 공(空)은 여러 가지의 의미가 복합된 사상의 에센스 같은 것이다.

첫째, 그것은 일체의 현상이 제대로의 실상(實相)을 가지고 나타나 있는 바탕이다.

둘째, 그 실상이 인과관계 및 기타 갖가지의 관계 속에 본질적인 의미를 가진 바탕이며 이 의미가 증유된 형식이다.

이러한 실상을 관조하는 마음의 상황이기도 하다. 말하자면 '노에시스'(noesis)와 '노에마'(noema)가 융합된 경지라고나 할까.

그러니 니힐이 지닌 절망감과는 멀며 수학의 0과도 무관(無關)하다. 일상적인 용어를 빌리면 '그저 그렇고 그런 것이다'라고 달관하는 마음 먹이와 통하며, '그렇고 그런 것이니 얻었다고 해서 날뛰지 말고 잃었다고 해서 절망할 필요가 없다'는 체관과도 통하는 것이다.

이상과 같은 뜻을 나는 예를 들어가며 설명하고 다음과 같이 이었다.

"그런데 일체개공(一切皆空)이란 깨달음에 이르려면 변소에 떨어진 쌀 한 톨, 길에 뒹구는 돌맹이 하나도 소중히 여기는 마음과 실천이 있어야 합니다. 변소에 떨어진 쌀 한 톨을 소중히 하는 마음먹이와 일체를 공(空)이라 생각하는 깨달음은 모순되는 것 같으나 그렇지는 않습니다. 그 쌀 한 톨을 아끼는 마음이 일체개공을 깨닫게 하므로 의미가 있지 않습니까? 일순(一瞬)의 시간을 아끼는 사람이 생명마저 공이라고 생각하는 데에 보람과 의미가 있는 것이 아니겠습니까? 물질이나 시간을 아낄 줄 모르는 사람이 일체개공을 들먹여 봤자 의미도 없고 소용도 없는 일 아니겠어요?

이 산하의 아름다움을 알며 산하를 하직하는 마음이 갸륵한 것입니다. 산하의 아름다움을 모르는 사람이 산하를 하직한다고 해보았자 거기에 무슨 사상, 무슨 감정이 있겠습니까? 그러니 '공'이란 개념은 티끌만 한 것도 아낄 줄 아는 마음의 바탕에서만 파악됩니다. 관조의 면에서 말하면 생(生)도 아니고 사(死)도 아닌 경지, 미(美)에서 추(醜)를 보고 추에서 미를 볼 수 있는 감각, 스스로에겐 엄격하며 다른 사람의 죄는 용서하는 심덕(心德)… 공에 관한 어설픈 설명을 하자면 대충 이렇게 되지 않을까 합니다."

"대강 알 것 같습니다."

"고맙습니다."

"고맙다는 말은 제가 할 말 아닐까요?"

"천만에… 뭐가 뭔지 아리송한 이야기를 끝까지 들어주셔서 고맙다는 겁니다."

"그러고 보면 불교란 퍽 현대적인 종교 같은데요?"

"2천 년 남짓 살아온 사상이니 영원한 사상이라고 할 수도 있지요."

"헌데, 선생님은 언제 그런 공부를 하셨지요?"

"공부랄 게 있습니까. 아까도 말했지만 들은풍월이지요."

비바람은 조금도 그 세(勢)가 멎지 않았다. 대합실에 전등이 켜졌다. 중생(衆生)이란 말귀가 나의 뇌리를 스쳤다.

서양 사람은 불교를 행복의 철학이라고 한다. 아닌 게 아니라 인생의 행복에 관해서 불교처럼 철저하게 사고(思考)한 사상도 없을 것이다. 너무나 철저했기에 무색무미(無色無味)한 상태로 증류되어 버린 사상….

나는 불경의 그 어려운 문자를 팔만대장경이 되도록 쌓아올려 놓고 49년 하증설(何曾說)일까 하고 술회한 석가의 태도에 머리를 숙이지 않을 수 없었다. 석가여래로서 대표되는 두뇌의 집단이라고 고쳐 말해도 마찬가지다.

나는 이 이야기도 방근숙에게 했다.

"불교란 제가 볼 땐 우리의 인생을 어떻게 하면 가장 잘 활용할 수 있을까를 탐구한 노력입니다. 짧은 인생을 가장 효과적으로, 가장 보람 있게, 가장 가치 있게 살자면 어떻게 해야 옳을까 하고 쌓아올린 사고의 퇴적이지요. 사랑하라고 해놓곤 그 사랑을 잃었을 경우엔 어떻게 해야 하나, 그러니 집착하지 말도록 해야겠다, 이런 식으로 진행되는 사고가 그 패턴의 하나지요."

"그러면 그 사상엔 발전이 없는 것 아닙니까?"

"발전이 없는 대신 머리칼에 홈을 파는 것 같은 치밀함이 더해 가지요. 그러면서 이러한 사고의 결과를, 일거에 포기해 버리는 혁명도 감행하지요. 선(禪)이라는 게 바로 그겁니다."

"선생님은 불교를 신봉하십니까?"

"신봉하는 것도 아니고, 신봉하지 않는 것도 아니지요."

"그게 무슨 말이죠?"

"이게 바로 불교적 말버릇입니다. 워낙 융통무애(融通無涯) 한 사고의 훈련을 받아 놓으니 소위 사이비 승려들은 이런 화술을 써서 혹세무민(惑世誣民) 하는 경우도 있지요. 그러나 그러한 말버릇에 인생의 진실이 있다면 어떡합니까."

"그럼 선생님은 불교를 믿고 싶은 생각은 있습니까?"

"글쎄요. 외람된 얘기지만 저는 교양으로서는 앞으로 더욱 불교를 연구하고 싶습니다. 그러나 종교로서는 지금의 제 마음 같아서는 어렵지 않을까 합니다. 불교가 사회의 추진력이 되고 생활인의 지혜가 되자면 이 현대를 이해하는 선각자가 나와야 합니다."

"선생님이 그 선각자가 되시면?"

"어림도 없는 말씀을 하지 마세요."

"왜요?"

"저는 번뇌를 졸업하고 싶지 않습니다. 집착하는 마음을 버릴 생각도 없습니다."

"그렇다면 선생님이 가진 불교의 교양은 뭐가 되는 거죠?"

"지리의 지식, 역사의 지식이 뭐가 되지요? 그와 마찬가지겠지요."

"종교를 가지면 좋다고 생각해요."

방근숙이 그 상냥했던 얼굴을 흐리며 독백했다.

"종교?"

나도 같이 중얼거리며 불교를 믿을 마음이 없다고 잘라 말한 건

술에 취한 탓이라기보다 경솔했던 탓이 아닌가 하는 뉘우침이 들었다. 나나 방근숙은 슬픈 인생의 국면 속에 지금 헤매는 것인데 이런 시련 가운데서도 종교를 원하는 마음이 없다면 너무 뻔뻔한 것 아닌가, 이런 생각도 들었다.

주책없이 지나치게 떠벌린 것 같다. 언제나 이야기를 한 뒤엔 뒷맛이 쓸쓸해지는 것은 어떤 까닭일까. 뭣 때문에 아는 척을 했을까. 뭣 때문에 똑똑한 척 했을까. 나는 스스로를 방근숙에게 과시하려는 의식이 마음 바탕에 깔려 있음을 인정하지 않을 수 없었다.

말이 멎자 방근숙은 내 얼굴을 들여다봤다. 돌연 얘기를 중단한 것이 자기의 탓이나 아닐까 생각했던 모양이다.

"왜 이야기를 계속하시질 않으세요?"

"재미도 없는 얘기를 너무나 길게 떠벌린 것 같습니다."

"천만의 말씀을… 참 재미있었어요."

대합실 안은 완전히 밤이 되어 있었다. 그나마도 희미한 전등불이 사람들의 몸에서 발산되는 수증기 탓으로 더욱 흐려 보였는데 더러는 부자유스런 채로 잠자리를 차리는 사람들도 있었다.

바깥의 비도 멎은 것 같았다. 창밖으로 어두운 광장 저편에 가로등이 조용히 빛나고 있었다.

"시장하지 않으세요?"

방근숙에게 이렇게 물으며 나는 그녀를 쳐다봤다.

"저는 시장하지 않지만 선생님은 어떠신지?"

"술이라도 마셨으니까 저는 괜찮지만 아무것도 드시지를 않고 이 밤을 넘길 수 있겠습니까."

나와 방근숙은 밖으로 나왔다. 비가 완전히 멎지는 않았다. 가랑비 정도로 내리고 있었기에 거리를 걸어 다니기가 곤란하지는 않았다.

　신마산 번화가 쪽으로 가보기로 했다. 거기서 둘이는 조금 깨끗해 보이는 음식점을 찾아 들어갔다.

　그 식당엔 손님이 거의 없었다. 텅 빈 홀 안 구석에서 나무 탁자를 사이에 두고 단출한 식사를 했다. 밥을 먹으면서 나는 유랑 신세가 된 남녀가 지향 없는 여로에서 서로를 위로하며 식사하는 듯한 착각을 했다.

　방근숙은 얼마 먹지도 않은 채 곧 젓가락을 놓았다.

　"왜 그러시죠? 음식이 입에 맞지 않습니까?"

　"아아뇨. 워낙 저는 적게 먹어요."

　"그거 좋은 경향이 아닙니다."

　"사람이 보는 데에선 많이 먹히질 않아요. 그 대신 혼자 있으면, 아니 집에서는 많이 먹지요."

　"나 같은 건 있으나 없으나 마찬가지로 생각하시면 될 텐데…."

　"선생님은 가끔 터무니없는 말씀을 잘 하셔."

　그녀가 식사를 끝냈는데 나만이 먹기가 어색해 나도 숟가락을 놓았다.

　셈을 하고 그 집을 나와서는 '컨티넨탈'이란 다방으로 갔다. 다방도 텅텅 비어 있었다.

　마호가니 벽판이 달린 벽 가까운 자리, 푹신한 의자에 앉아 커피 잔을 들고 있는 방근숙을 보자 나는 아까의 식당, 초라한 식탁 앞에 앉아 젓가락질하던 그녀의 모습을 염두에 떠올리며 역시 방근숙은 우아하게 징식한 빙에 앉아 커피를 마시는 품이 어울린다고 생각했다. 대중식당엔 어울리지 않는 여인이며 더더구나 정거장 대합실에서 밤을 샐 여인은 아니다.

망설이고 또 망설인 끝에 나는 겨우 용기를 얻어 방근숙에게 말하며 그녀의 눈치를 살폈다.

"대합실에서 밤을 새우시는 건 아무래도 안 될 것 같습니다."

"그럴 겁니다. 선생님은 어디 여관을 찾아드시죠."

그녀는 대합실에서 밤새우기가 곤란하다는 내 말을 내 사정인 양 오해한 모양이었다.

"아닙니다. 저는 어디서라도 밤을 새울 수가 있습니다. 저는 방 선생 얘기를 하는 겁니다."

그녀의 표정엔 난처하다는 빛깔과 당혹하다는 빛깔이 동시에 일었다. 나는 황급히 덧붙였다.

"저는 대합실에서 밤을 새우겠어요. 그러니 방 선생님은 어디 여관을 찾아서 편하게 쉬도록 하십시오."

그때야 방근숙은 내 의도를 알아차린 것 같았다.

"저도 아무 데서나 밤을 새울 수가 있어요. 설혹 대합실에서 밤새우기가 어렵다고 치고, 저 때문에 남으신 선생님을 두고 제가 여관에서 자요?"

이렇다 해서 같이 여관에서 쉬자는 말을 내놓을 수는 없다.

"도리 없구먼요, 그러면. 그렇다고 해서 나 혼자 여관으로 갈 수도 없고 함께 대합실에서 밤을 새웁시다."

이렇게 합의를 보고 다방을 나섰다. 얼마 안 가서 오른편 어떤 건물에서 울려 나오는 밴드 소리를 들었다.

"여기가 어딜까?"

나는 중얼거리며 걸음을 잠시 멈추었다.

"댄스 홀 아녜요?"

방근숙도 나를 따라 멈추었다.

우리는 다시 걷기 시작했다. 가랑비가 내리는 밤거리는 여름밤답지 않게 서늘했다. 이따금 바다에서 불어오는 바람이 한결 시원함을 더했다. 우산 하나 밑에 나와 방근숙은 애인처럼 나란히 걸어갔다.

"방 선생은 춤추실 줄 아세요?"

"춤은 못 춰요. 현대여성이 아니지요?"

"춤과 현대여성하고 무슨 관계가 있겠습니까만 음악을 가르치는 선생님이 춤을 못 추신대서야⋯."

"춤하고 음악하고 무슨 관계가 있어요?"

"대단한 관계가 있다고 생각했는데요."

"학교시절에 조금 배우긴 했어요. 그 후 통 추지 않았으니까 전혀 자신이 없어요. 그런데 선생님은?"

"저도 춤을 출 줄 모릅니다."

"그거 사실일까요?"

"사실입니다. 진주엔 댄스홀이란 것도 없어요."

"대단히 도덕적인 도시인 모양이지요?"

"도덕적인 곳이 아니라 그만큼 뒤떨어진 곳이지요."

"선생님, 춤을 배우고 싶으세요?"

"배우고는 싶지만 시간도 없고 기회도 없으니 어디…."

"배우지 마세요."

"왜요?"

"남자는 춤을 배우면 바람이 난다던데요."

"여자는 그렇지 않습니까?"

"여자는 남자 같지 않겠지요."

"여자가 그렇지 않으면 남자는 누구를 상대로 바람이 납니까?"

방근숙은 내 곁으로 바싹 다가서면서 소리를 죽여 가며 웃었다.

"서양에서는 댄스란 생활화된 하나의 풍습 아니겠어요? 그게 우리 한국에 들어와선 모험적인 오락으로 되었다는 데 의미가 있는 거지요."

"모험적인 오락?"

"그렇잖습니까?"

"그렇게 말씀하시니까 그럴 것도 같구먼요."

"서양에서도 댄스와 연애는 불가분한 관계에 있지만 우리 한국에서는 더욱 그 관계가 짙다고 생각합니다. 남자와 여자가 함께 껴안고 춤을 춘다는 건 서양에서는 사교의 뜻으로 통하지만 한국에서는 일종의 공범(共犯) 관계가 성립되는 느낌이거든요."

"공범이라니 같은 범죄자라는 뜻인가요?"

"그렇죠."

"그런 표현은 좀 심하지 않으세요?"

"약간 심한 표현일는지는 모르죠. 그러나 생각해 보십시오. 일상

생활에서는 남자와 여자가 모여 자연스럽게 춤을 추고 노는 기회란 없지 않습니까? 그러니 남자와 여자가 춤을 춘다는 건 은밀한 약속 위에 이루어지는 행위 아니겠어요? 그 은밀한 약속엔 약간의 죄의식이 따라 도는 것이지요. 죄라는 말이 또 과장된 표현일지 모르긴 하지만 반(反) 습관적 냄새라고 해도 좋지요."

"그렇게 세밀한 분석을 하며 사람이 행동할 수 있을까요?"

"그럼 방 선생은 댄스라고 하는 외래의 풍습에 대해서 그만한 정도로 생각하질 않으십니까?"

"별로 생각해보지 않았어요."

"그건 방 선생이 댄스에 대해서 관심이 없어서 그런 겁니다."

"그럴지도 모르죠."

둘이는 잠자코 걸음을 이었다. 방근숙이 길에 패인 물구덩이에 빠져 들릴락 말락 한 비명을 올렸다. 나는 웃으면서 그녀를 돌아보았다.

"우리나라 문자에 야백부답(夜白不踏) 이란 말이 있습니다."

"야백부답이라뇨?"

"밤에 흰 것은 밟지 않는다는 뜻입니다. 우리나라 사람들의 슬기는 기껏 그 정도이죠. 밤에 흰 것은 물이 아니면 이상한 물건임에 틀림없는 것 아닙니까?"

"참으로 시시한 얘기네요."

"그러니까 우리나라 사람들의 슬기는 기껏 그 정도라고 하지 않았습니까."

"그렇다고 해서 그렇게 딱 잘라 말씀하시는 건…."

"경솔하다는 뜻이겠지요? 그러면 들어보십시오. 비가 와서 길이 질면 서양 사람들은 도로를 포장할 생각을 했습니다. 그러나 우리나라 사람들은 기껏 나막신을 신었습니다. 나막신을 보셨습니까. 통나무를 파서 만든 굽이 높은 신발이죠. 좋은 길도 그걸 신고 걸으면 불편하기 짝이 없는데 비가 오는 날 신어 보세요. 어떻게 되는가. 그뿐인가요? 서양 사람들은 모기가 싫으면 DDT나 그밖에 약품을 사용해서 모기를 몰살할 생각을 했습니다. 그런데 우리 사람들은 기껏 방장이고 모닥불입니다. 푸른 풀을 베어 와서 연기를 피우는 게 아닙니까. 모기를 쫓기 전에 사람이 견디지 못합니다. 이런 조금씩 조금씩 다른 사고의 차가 서양과 동양의 격차를 만든 겁니다."

"흥분하지 마세요."

방근숙이 농담조로 말했다.

"제가 흥분했나요?"

계면쩍어 이렇게 반문한 나에게 방근숙은 대답했다.

"돌연 열변이 되니까 말씀드린 거예요."

"저는 그런 것만 생각하면 열이 납니다. 사람들은 어떻게 그렇게 인습적, 퇴영적, 고식적으로만 생각하고 살았는지 알 수 없는 일이거든요. 거창하게 말하면 민족적인 비애 같은 것도 느끼게 되지요."

"우리 선조가 모두 그렇게 퇴영적이고 고식적이었나요?"

"더러는 훌륭한 견식, 전진적인 사상을 가진 분도 있었지요. 그러나 맥을 추지 못했답니다. 신라, 고려 때는 그렇지도 않은 모양입니다만 조선에 들어와서는 엉망이지요. 학문을 예로 들면 그 많은 중국 학파 가운데서도 정주학 이외엔 도무지 용납을 안 했으니까요. 양명학(陽明學)도 사문난적(斯文亂賊)이라고 해서는 삼대(三代)를 죽이는 야료를 부렸으니 될 말이에요?"

나는 곁에서 걷고 있던 방근숙의 묵묵한 표정을 보자 곧 입을 다물어 버렸다. 또 아는 체하는 병이 되살아났구나 하는 뉘우침이 회환처럼 가슴속에 일어났다.

어느덧 경찰서 앞까지 와 있었다. 대합실의 불빛이 보였다. 그 속에 들어가야 할 생각을 하니 답답했다. 시계는 오후 10시를 조금 넘어 있었다.

나는 방근숙을 돌아보고 물었다.

"대합실로 돌아갈까요, 조금 더 걸을까요?"

방근숙도 그 답답한 대합실로 돌아가는 것이 싫은 눈치였다. 둘이는 다시 걸음을 이어 시청이 있는 쪽으로 향했다.

빗발이 조금 강해진 것 같은 느낌이었으나 어차피 옷은 젖어 있었고 조금이라도 시원한 공기 속에 있고 싶었던 까닭도 있었지만 방향도 지향도 없이 그저 방근숙과 더불어 한없이 걷고 싶은 충동이 강했다.

나는 문득 7, 8년 전 아내와 연애하던 시절 이러한 비 오는 밤길을 같이 걸었던 추억을 회상했다. 비가 오니 더욱 기쁘다는 감상을 서로 나눈 적이 있다는 기억도 새로워졌다. 그 아내는 지금 병석에서 죽을 날만을 기다리는데 나는 다른 여자와 더불어 비 오는 밤길을 거닐고 있으니 갑자기 우울한 감정이 엄습했다.

'아내에 대한 애정이 줄어든 것일까?'

아니다, 라는 힘찬 대답이 있다.

'그렇다면 방근숙은 일시적인 심심풀이 상대인가?'

이에도 아니다, 라는 대답이 나왔다.

'그러면 어떠한 마음, 어떠한 목적, 아니 어떻게 하자는 것인가?'

우울한 감정은 북받쳐 오르는 슬픔으로 변했다.

'아내에 대한 죄의식 때문에, 그러면 방근숙과 헤어져 나 혼자 여관으로 갈 수 있을까?'

어림도 없었다. 나는 방근숙을 내 곁에 인식함으로써 이처럼 우울하고 슬프면서도 뭔지 모르긴 하지만 일종의 보람을 느끼는 것이다.

건너편 시청 앞으로 가는 다리 위에서 방근숙과 나는 걸음을 멈추었다. 난간을 등지고 산비탈에 만발한 전등불을 보다가 다시 방향을 바꾸어 바다 쪽으로 보았다.

어두운 바다. 바다의 공간, 저편에 아슴푸레 첩첩한 산들의 윤곽이 불분명한 선으로 어두운 하늘과 어울려 있었다. 개구리 소리가 요란하게 들렸다. 바람과 더불어 뿌려지는 빗발이 뺨 위에 서늘했다.

방근숙의 시선이 어디로 향했는지 알 수가 없었다. 아까부터 계속된 침묵 속에서 내 심장이 고동치는 소리가 요란스러웠다. 그 소리가 방근숙에게 들릴까 봐 마음이 조마조마했다.

그녀의 마음도 병원에 있는 자기 남편 곁으로 가 있는지 몰랐다.

각기 가슴속에 소중한 사랑을 따로 따로 가꾸면서 여기 이처럼 친밀한 사이를 두고 밤하늘 밑에 선 남녀의 위치란 도대체 뭐라 해야 옳을까.

나는 '성실'이라는 낱말을 발음해 봤다.

'성실과 여기 이곳에 선 우리의 행동은 어떻게 관계되는 것일까?'

쉽사리 답안은 나오지 않았다. 우리의 행위와 성실과는 먼 거리에 있는 것 같기도 하면서 그렇다고 해서 성실하지 못하다고는 단정하기가 싫었다.

'습관과 도덕, 그리고 법률의 테두리는 넘어설 수가 있다. 그러나 인간으로서의 성실을 짓밟으면 인간으로서의 가치가 무너진다.'

성실해야 한다면 나는 방근숙과 이렇게 같이 있을 수는 없다. 동시에 성실해야 한다면 방근숙의 곁을 떠날 수 없다.

어깨에 손을 얹고 싶어도, 얹어서는 안 되는 어깨가 있다. 만져 보고 싶어도, 만져서는 안 되는 손이라는 것도 있다. 사랑한다는 말 한마디 못하는 사랑이 있고, 뜨거운 입김을 딴 데로 돌려야 하는 그러한 입술도 있다.

이런 한계를 자각하고 범하지 않는 것이 성실이라고 하는 인간의 품위일까.

"선생님!"

어둠 속에서 그 어둠의 빛깔에 젖은 듯한 음성이 솟아났다. 나는 대답할 것도 잊고 소리가 나는 방향으로 고개를 돌렸다. 어두운 바다를 향해 선 방근숙의 미동도 하지 않는 모습이 바로 곁에 있었다.

"선생님!"

다시 한 번 솟아나는 고요한 소리. 나는 예, 하고 대답하고는 마음을 떨었다. 그러나 다음의 말이 이어지지 않았다. 나는 밋밋하게 되물었다.

"뭡니까?"

"아무것도 아녜요. 그저 불러 보고 싶었어요."

둘러싼 어둠처럼 침묵은 다시 짙은 빛깔로 되돌아갔다.

밤은 소리도 없는 비와 더불어 짙어만 갔다. 밤은 개구리 소리와 더불어 소리를 내며 짙어만 갔다. 앞으로는 어두운 바다, 쳐다보면 별빛 하나 보이지 않는 어두운 하늘. 등 뒤로 간혹 자동차가 지나가고 사람도 지나가지만 나의 시간은 벌써 이 지상의 시간이 아니었다.

돌연 굵다란 빗방울이 연거푸 뺨을 스쳤다. 아연 빗발이 강해졌다.

"빨리 갑시다!"

나는 방근숙을 재촉해서 총총히 역 쪽으로 걸음을 빨리했다.

"또 한바탕 퍼부을 모양입니다."

마산일보사 앞쯤에 왔을 때는 비는 이미 본격적인 위세를 갖추기 시작했다. 거센 바람에 우산은 되레 방해물이 되었고 눈으로, 코로, 귀로 마구 휘갈기는 빗방울을 감당할 겨를이 없었다.

시야가 막힌 길을 방근숙이 따로 걷게 내버려 둘 수 없었다. 그녀의 왼팔을 내 오른팔로 꼭 끼고 길 왼쪽인 성싶은 곳을 어림잡고 걸어야만 했다.

그녀의 팔을 꽉 끼면서부터 내 의식은 분명하게 움직였다.

손을 얹어보고 싶어도 얹지 못하는 어깨가 있고, 끼고 싶어도 끼지 못할 팔이 있다고 생각한 아까의 의식을 다시 한 번 되뇌면서 지금의 행동을 분석하는 것이었다.

'폭우를 핑계 삼아 나는 방근숙의 팔을 꼈다. 그녀도 폭우를 핑계 삼아 내게 팔을 맡겼다. 이런 행동과 성실은 어떻게 유관(有關)할까?'

승용차 한 대가 헤드라이트 불빛을 번쩍이며 달려오더니 철썩, 하고 물벼락을 씌웠다. 눈을 뜰 수 없었다. 방근숙은 젖은 손수건을 짜서 내 얼굴을 훔쳐 주곤 자기 얼굴을 훔쳤다. 그리고는 그녀가 자기 팔을 내 팔 속으로 꼈다.

'이만한 폭우를 핑계로 스스로의 성실을 유린하는 데 이용할 수 있다면 이것은 분명히 간계(奸計)가 아닌가?'

나는 뭐든 방근숙에게 말하고 싶었지만 연거푸 퍼붓는 비 때문에 입을 열 수가 없었다. 우리는 이 광풍노도의 세상에서 오직 의지할 사람이라곤 우리 단둘뿐이란 감상(感傷)을 사실 이상으로 과장하며 서로의 몸을 지탱하며 한 걸음 한 걸음 걸었다.

신마산역의 대합실이 저만치 보였을 때는 그래도 안도의 숨을 내쉬었다. 우리는 끼고 있던 팔을 풀었다. 팔을 풀자 나는 뜻하지 않은 공허감에 사로잡혔다. 불과 몇 순간 전에 있었던 일이 꿈속의 일로만 느껴진 것이다.

대합실 앞 불 밑에 섰을 때 나는 고개를 들 수가 없었다. 무슨 대단한 죄를 지은 것 같은 죄책감과 수치감에 사로잡혔다.

옷에서 물이 줄줄 흘러내리고 있어 그냥 대합실로 들어갈 수 없었다. 우선 상의를 벗어 물을 뿌려야만 했다. 방근숙이 빠른 솜씨로 내 상의를 받아들곤 조심스럽게 물방울을 털었다.

대합실 안으로 들어가니 비 때문에 창문을 닫아 놓은 탓인지 숨이 막힐 것 같은 냄새가 와락 닥쳤다. 그러나 밖에 서 있을 수도 없었다. 손님 대부분은 아직 깨어 있었지만 더러는 짐 같은 데 기대서 코를 골고 있었다.

아까 앉았던 자리는 벌써 딴 사람이 차지했기에 우리는 앉을 수가 없었다. 우리를 보자 매점 문을 닫으려던 안주인이 매점 안에서 길다란 나무의자를 갖다 주며 거기서 쉬라는 호의를 베풀어 주었다. 나는 그 호의에 대한 사례를 겸해서 다시 소주 한 병과 오징어포를 샀다.

"또 술을 사세요?"

방근숙은 그렇게 말했지만 핀잔하는 어조는 아니었다.

"방 선생은 조금 주무셔야 할 텐데….."

"이런 형편에 어떻게 자겠어요?"

"그렇다고 해서 꼬박 뜬눈으로 새울 수야 없잖습니까?"

나는 술에 취한 눈으로 대합실을 둘러보았다. 희미한 전등불 밑에 펼쳐진 누추하고 난잡한 광경은 흡사 난민들의 상황을 방불케 하였다. 바로 몇 년 전 6·25 전쟁 때에 겪은 난민들의 상황을 연상했다. 또 그 몇 해 전에 있었던 귀환동포들의 딱한 사정도 뇌리에 떠올랐다.

민족의 20%에 이르는 인원이 난민 처지에 있었다고 하는 기록이 생각나기도 했다.

'불쌍한 민족….'

눈앞에 펼쳐진 광경과 취기 탓으로서의 감상도 곁들여 나는 불쌍한 민족의 수난을 연상했다. 나 스스로가 그 속에 끼이기도 했고 때로는 목격자가 되어보기도 한 민족의 수난. 그러나 이 밤은 내게 불행한 밤은 아니었다. 나 스스로가 그 곁에 있고 싶어 한 사람의 곁에서 지내는 고생이 아닌가.

"뭘 그렇게 생각하시죠?"

피로한 듯한 방근숙의 말소리가 들려왔다.

"아무것도….."

"뭘 궁리하는 모습인데요."

"비를, 바람을, 이 밤을, 이 대합실의 광경을 생각했지요."

"그래 어떤 결론이 있었나요?"

"그저 멍청하게 생각할 뿐이었어요. 그보다도… 방 선생의 얘기나 좀 하세요."

"제가 무슨 얘기가 있겠어요?"

"저만 실컷 씨부려서 어쩐지 밑진 것 같은데요."

"제가 무슨 얘기라도 하면 그 밑진 것 같은 기분이 가셔지겠어요?"

"그럴지도 모르죠."

방근숙은 한참동안 마음속을 뒤지는 것 같은 눈치였다.

"그럼 얘길 하나 하지요."

그녀는 자기 고모에 관한 얘기를 꺼냈다.

방근숙의 고모는 이미 예순 가까운 나이라고 했다. 그런데 묘하게도 3대째 과부이며 시조부와 시아버지, 남편도 모두 옥사(獄死)했는데 그 아들이 지금 중형(重刑)을 받고 옥에 갇혀 있어 고모는 외아들인 고등학생 손자를 데리고 아들 옥바라지를 하며 산다는 것이다.

"무슨 일이 그리 딱한가요?"

"그러니까 말이에요."

고모님의 시조부는 한말(韓末)에 한일합방에 결사반대하다가 일본 헌병에 끌려가 고문치사를 당했다고 한다. 시아버지는 3·1 운동에 참가했다가 15년 징역형을 받고 복역 중에 11년 만에 옥사했다. 남편은 2차 세계대전 말기에 경찰 유치장에서 사망했으며 아들은 1946년 10월 폭동에 가담한 죄로 현재 투옥된 채로 있다는 것이다.

"생활은 그럼 어떻게?"

"말이 아니죠. 아버지가 도와드리고 있는데 10월 폭동에 가담했다는 그 아들이 괘씸하다고 고모님을 만날 때마다 푸념하시죠."

"형기는 얼만데요?"

"무기(無期)랍니다."

"무기?"

나는 가슴이 서늘해짐을 느꼈다.

"따지고 보면 고모님의 아들, 그러니까 제겐 고종사촌 오빠의 죄는 대단하지도 않았다고 해요. 친구들의 죄를 혼자서 죄다 뒤집어 썼다는 겁니다."

나는 뭐라고 덧붙일 수도 없어 그저 잠자코 있었다.

"그런데 고모님이 참 장하셔요. 일언반구(一言半句)의 불평도 푸념도 없으시니까요."

"여장부이시군요."

"여장부라고 하기보다 무슨 운명 같은 게 있는 듯해요. 세상은 양지와 음지로 나뉘는데, 양지에서 살 사람과 음지에서 살 사람이 정해져 있다나요?"

"고모님은 달관한 숙명론자이시군요."

"자기 아들은 워낙 잘못을 저질렀으니까 언급하시지 않지만 시조부와 시아버지, 그리고 남편에 대해서는 이만저만 자랑스런 감정을 갖고 계신 게 아녜요."

"일부러라도 그렇게 하셔야 할 게 아니겠습니까?"

"일부러가 아녜요. 민족의 정수(精髓)를 지켜 내려온 집안이라 굳게 믿는답니다."

"아들에 대해서도 은근한 무슨 자부심이 있는 것 아닙니까?"

"그렇지는 않아요. 아들은 잘못했다고 분명히 말씀하십니다. 그러나 3대(代)에 걸쳐 민족을 위해 희생한 집안이니 1대쯤의 실수는 너그러이 봐줄 수 있지 않느냐는 소망은 가지신 눈치예요."

"그런데 며느리 되는 분은 어떻게 되었죠?"

"그 며느리가 또 대단한 분이었죠. 고종 오빠가 좌경(左傾)에 빠진 것도 그 며느리 때문이라는 말도 있었죠. 그분은 부녀동맹의 뭣인가를 하다가 폭동 때 죽었다고 합디다."

나는 속으로 하여간 대단한 집안이라고 느꼈지만 입 밖으로 내지는 않았다.

"우리의 주변은 이것을 살펴보면 엄청난 비극, 엄청난 불행으로 깔려 있는 셈입니다. 문학적으로 말하면 오늘날 우리의 생활 속에 행복 또는 그와 비슷한 것이 있다면 비극의 대양(大洋) 속에 산재한 점(点)과 같은 고도(孤島)라고 할 수밖엔 없지요. 그 대양에만 마음을 빼앗기다가는 염세주의자, 허무주의자가 되겠지요. 그러니 고도를 소중히 지켜야 하지요."

"선생님은 지켜야 할 행복의 고도를 갖고 계셔요?"

나는 얼떨떨했다. 내게 행복의 고도란 무엇일까. 과연 그런 것이 존재할까.

"그것보다도 방 선생은 왜 고모님 얘기를 꺼내신 거지요?"

"제 고모님의 일이라고 해서가 아니라 그 고모님의 존재와 제 운명이 밀접한 관계가 있으니까 얘기해 본 것입니다."

"밀접한 관계라니요?"

"아버지는 외동딸인 저를 어떻게 해서라도 고모님과 같은 처지로 만들어서는 안 된다고 생각하신 거지요. 그래서 사상에 경사(傾斜)를 가지거나 반항기가 있어 보이는 청년과는 접촉을 엄금한 것이지요. 남성적인 남성은 금물이었으니까요."

술을 조금 마셔볼까 하면서 방근숙은 내게서 술잔을 받아 입에다 갖다 대자 얼굴을 찌푸렸다.

"맥주 같으면 이만한 잔에 한 잔쯤은 할 수 있는데…."

그녀는 도로 잔을 내게 넘기며 말을 이었다.

"아버지의 생각으론 딸의 세속적인 평화만이 중요했던 거지요. 조금이라도 남성다운 점을 가진 사람은 언제 어디서 어떤 기회로 엉뚱한 짓을 할지 모른다는 거지요. 그래 현실에 순응하고 순종하며 자기 일과 가정의 일 이외엔 눈도 거들떠보지 않을 사윗감을 구하게 된 건데 직업으로서는 은행원, 성격으로는 온유하고, 체격은 여성적이라야 한다는 게 선발방침이었던 모양이에요."

"아버지의 태도를 그렇게 판단하시는 것은 좀 지나치지 않으십니까?"

"아녜요. 아버지 자신이 분명히 말씀하셨으니까. 제 사주엔 옥바라지를 해야 할 운명이 기록되어 있다나요? 아버지는 미신 추종자는 아닌데 딸과 아들에 대해선 온갖 미신을 다 믿는 모양이에요. 관상쟁이를 불러와서 제 사주에 있는 옥바라지 운명을 확인하기까지 했으니 알아볼 만한 게 아닙니까. 과부 신세에 옥바라지 신세… 말하자면 고모님의 팔자를 닮았다는 거예요."

"고모님과 방 선생의 얼굴이 서로 닮은 데가 있습니까?"

"모두들 닮았다고 그래요."

"그럼 고모 되시는 분도 퍽이나 미인이신 모양입니다."

"젊었을 적 고모님은 대단한 미인이었답니다. 그러나 저는 고모님과 약간 닮은 점이 있다 할 뿐이지 결코 미인은 아닌 걸요."

"유감스럽고 불행하게도 방 선생은 미인입니다."

"농담은 그쯤 해 두시고… 하여간 아버지는 저와 고모님의 사주와 관상이 닮은 데 질색한 겁니다. 그래서 고모부와는 성격이나 품행이나 체격이 정반대되는 청년을 선택해서 고모님의 운명과는 닮게 하지 않으려고 기를 쓰신 겁니다. 그런데 이런 점에는 어머니도 전적으로 동감이었거든요."

나는 이해가 가기도 하고 안 가기도 한 엉거주춤한 생각 속에서도 다음과 같은 결론을 내렸다.

아버지의 그러한 고심 때문에 방근숙은 지금 남편과 결혼했는데 옥바라지 신세만은 겨우 면하게 될지 모르나 과부될 팔자만은 피할 수 없는 모양이라고.

사주며 팔자며 관상이란 게 무얼까. 우연의 일치라고 할 수 있겠으나 방근숙의 경우 그 사주와 관상이 그럴 법하게 맞아 나가는 것이 아닌가.

"그런데 방 선생은 어때요? 사주며 관상을 믿습니까?"

"믿지는 않아요. 그러나 하도 그걸 중요시하는 공기 속에 자랐으니 거역할 수 없는 그런 위력을 느끼곤 하지요."

"그럼 방 선생도 반쯤 숙명론자이시구먼."

"반쯤이 아니라 100% 숙명론자일지도 모르죠."

"이런 말이 있지요. 지나간 과거는 섭리의 필연적 작용이고, 앞으로의 일은 자유의사로 개발할 수 있는 것이란…."

"마찬가지 아녜요? 그러면. 모든 것은 과거가 되니까요."

"……."

"이쯤 얘기를 했으면 선생님께서 밑진 것은 없겠죠?"

나는 그저 고개를 끄덕였다. 밑지기는커녕 커다란 것을 얻었다. 그러한 얘기를 통해 방근숙이 내게 마음을 열어 보인 셈이 아닌가.

우리는 사주팔자(八字)에 관한 얘기를 주고받았다. 그리고는 설혹 어떤 섭리의 작용을 인정한다고 치더라도 사주와 팔자로 표현하고 해석하는 태도와 방법은 터무니없는 것이란 결론엔 일치를 보았다.

그러나 조그마한 동기, 사소한 인연이 어떤 인생의 방향을 송두리째 바꾸어 버리는 일이 있음을 생각하곤 운명이란 작용에 공포를 느끼지 않을 수 없다는 얘기도 주고받았다.

그런데 어떤 달인(達人)의 경지를 상상하면 관상(觀相)이란 판단행위에는 지금 관상사 노릇을 하는 사람들의 의도와 목적과는 다른 의미에서 어떤 가치가 있을 것이란 의견은 공통적이었다.

　말을 더듬는 사람의 상(相)을 외워 두었다가 그 상과 비슷한 상을 지닌 사람을 보고 이 사람은 말을 더듬을 것이라고 판단해 보면 십중팔구는 들어맞으니 말이다.

　"하여간 자기의 뜻과 노력이 이르지 못하는 곳에서 작용하는 섭리의 힘에 우리의 운명이 좌우된다고 생각하면 유쾌하지는 않아요."

　"선생님도 그럼 숙명론자이신가요?"

　나는 방근숙의 이 질문에 동의하지 않을 수 없다.

　"링컨을 암살한 건 부스라는 사람 아닙니까? 그 부스가 없었더라면 그날 그때 그 자리에서 링컨이 죽지는 않았을 것 아녜요? 그러니까 링컨의 뜻과 노력이 이르지 못한 곳에서 링컨의 운명을 결정하는 작용이 있었다는 뜻이 되지요."

　방근숙은 다시 자기 고모 얘기를 하기 시작했다. 사주와 관상이 닮았다고 하는 바람에 더욱 친밀감을 느꼈다면서 고모의 탁월한 성품에 관해 언급했다.

　"고모님은 평생 동안 비단옷을 입지 않았습니다. 비단옷을 선사하는 사람이 있기도 하고 아무리 생활이 궁하기로서니 그만한 옷차림을 못할 처지는 아닌데도 평생을 무명옷과 삼베옷으로 일관했지요. 고모님이 입으시는 무명옷과 삼베옷은 보통 사람이 입은 비단옷보다 훨씬 맵시가 좋게 보이기도 했어요. 무명옷과 삼베옷을 비단옷 이상으로 품위 있게 맵시 좋게 입을 수 있다는 건 보통 일이 아네요. 저는 고모님을 자랑스럽게 느꼈고 대학시절 어쩌다 고모님이 기숙사에 오시면 친구들에게 사랑스럽게 소개도 했답니다. 가난해도 구차스럽지 않고, 소박하게 차려도 호사 이상으로 품위 있게 되는 고모님을 제 친구들도 감탄한 심정으로 우러러 보았지요."

고모를 소개하는 방근숙의 어조엔 어느덧 열기가 띠어 있었다.

"자기는 그러면서도 손자 아이는 보통 아이 이상으로 호사를 시키죠. 삯바느질한 돈으로 구두도 제일 좋은 것을 가려 신기고 스웨터도 고급품을 사고 시계도 남의 아이들 것보다 단 천 원이라도 비싼 것을 사서 채우는 등 빈틈없는 차림을 시키죠."

빗소리가 멎었다. 밤은 꽤 깊어진 모양이었다. 살큼 유리창을 열었더니 시원한 바람이 오랫동안 기다리던 반가운 손님처럼 불어 들었다. 방근숙은 어두운 바깥으로 얼굴을 내밀고 깊게 숨을 쉬었다.

"아아, 시원해요."

그녀의 살며시 감은 눈꼬리가 청순한 소녀와 같은 인상을 풍겼다.

"이젠 선생님께서 얘기를 하세요. 이왕 잠을 잘 수도 없는 형편이니 얘기나 하며 밤을 새워야 하지 않아요?"

나는 무슨 이야기를 할까 망설이다가 문득 생각나는 게 있어 물어봤다.

"방 선생이 읽으신 책 가운데 가장 감동적인 것은 뭡니까?"

"글쎄요. 워낙 둔한 센스가 돼서…."

"그런 겸손은 마시고요."

"선생님도 참 짓궂어요."

"짓궂다니?"

"묘하게 유도해서 제게 이야기를 시키거든요."

"아닙니다. 선생님을 알고 싶어서 그러는 겁니다."

"그럼 시험하시려는 의도가 아닙니까?"

"천만의 말씀을…."

방근숙은 한참동안 생각하더니 입을 열었다.

"제가 아주 어릴 때 그러니까 초등학교 4학년 때인가에 읽은 단편인데 작가의 이름은 잊었습니다만 제목은 〈꽃나무는 심어 놓고〉라는 것이 있었습니다. 아마 오빠가 읽고 있던 책을 우연히 읽게 된 거지요. 당시 초등학교에서는 한글을 가르치지 않았지만 저는 고모님에게서 한글을 배웠거든요. 비교적 짧은 것이었고 한글 책을 처음 읽어, 읽는 기분도 있고 해서 단숨에 읽어 버렸어요. 내용은 대강 이런 것이었습니다. 어떤 가난한 농부가 자기 초가집 뜰에 당국화를 심었습니다. 제법 잘 살아보자고 한 노릇이겠죠. 그런데 그 농부는 빚에 쪼들려 가을 추수를 다 해도 그 빚을 갚을 수 없게끔 됐답니다. 그래서 추수를 기다리는 벼를 그냥 논에다 버려두고 북간도로 야반도주해 버렸지요. 그랬는데 텅 빈 집의 뜰에 당국화만이 요연히 피어 있는 거예요."

나도 그 소설은 읽은 적이 있다. 그러나 그런 척하지 않고 말했다.

"듣기만 해도 가슴이 죄는 듯한 소설입니다."

그랬더니 방근숙은 당시의 감동을 다시 한 번 새롭게 해보는 모양으로 중얼거렸다.

"쓰러질 듯한 초가지붕, 텅 빈 뜰에 송이송이 피어 있는 당국화를 상상하며 저는 한없이 울었어요. 왜 우느냐고 어머니가 묻지 않겠어요? 그래도 바른대로 대답하질 못했어요. 그러나 고모님에게는 말했지요. 고모님은 제 머리를 쓰다듬으면서, 착한 아이라고 되풀이하시면서, 자기도 우셨어요. 비웃으시겠지만 저는 그만큼 감동한 책을 아직도 읽지 못했답니다."

"비웃다니요. 짤막하나마 우리 민족의 서러움을 잘 표현한 작품인 것 같군요."

그리고 나는 대합실 안을 가리키면서 아까 내가 느꼈던 민족 수난을 얘기했다. 북간도로 갈 적에, 또 거기서 쫓겨나올 적에 그 무수한 난민의 잠이 이 대합실 내 잠과 같았을 것이라고.

"이번엔 선생님 차례예요. 선생님이 가장 감동을 느끼신 책은 뭐지요?"

감동을 받은 한 권의 책을 골라내기란 힘든 노릇이다. 나는 얘기하기 쉬운 것을 고르기로 했다.

"전후(戰後)에 나타난 러시아 소설, 작자는 소련에서 망명한 사람인데 이런 것이 있더먼요."

이렇게 서두를 꺼내곤 나는 대충 다음과 같은 얘기를 했다.

블라디미르는 모범 공산당원이며 훌륭한 공장장이었다. 그에겐 아들이 하나 있었다. 미하일이란 이름이었다.

미하일은 독·소(獨蘇) 전쟁에 끌려 나간 후 행방불명되었다. 전쟁이 끝나도 돌아오지 않아 모두들 그가 전사했으리라 믿었다.

그랬는데 3년 후 어느 겨울에 미하일이 집으로 돌아왔다. 죽었다고만 생각한 아들이 돌아왔으니 블라디미르 부부는 한량없이 기뻤다. 블라디미르는 이제야 아무런 걱정이 없다고 생각했다. 지상에서 가장 행복한 사람이라고 자신에게 만족해했다.

그 이튿날 블라디미르는 행복감에 빛나는 의기양양한 모습으로 출근했다. 책상 위에 놓인 일과표를 대강 훑어보고는 기계실로 가려는 참인데 방문객이 왔다는 사환의 전갈이 있었다.

들어온 사람은 두 명인데 그 가운데 한 명이 앉으라는 권고에도 불구하고 선 채로 말했다.

"우리는 게·페·우에서 왔습니다. 어젯밤 당신의 아들 미하일이 돌아왔지요?"

"예, 돌아왔습니다."

블라디미르는 되도록 침착하려 애쓰면서 대답했다.

"바른대로 말하지요."

'게·페·우'는 굳은 표정으로 선언했다.

"당신의 아들은 독일의 스파이입니다. 즉시 체포했어야 했으나 당신이 모범당원이고 모범공장장이니 당의 체면과 당신의 체면을 위해서 당신의 아들에 관한 처리를 당신에게 일임하기로 했습니다."

그리고는 권총 한 자루를 책상 위에 얹어 두고 나가버렸다.

블라디미르는 넋을 잃었다. 너무나 짧은 순간의 행복이 원망스러웠다. 그동안의 행복감이 너무나 컸기에 절망감도 더욱 컸다. 블라디미르는 소용돌이치는 가슴속의 소란을 들으며 묵묵히 책상 위에 놓인 권총의 검고 싸늘한 감촉을 지켜보고만 있었다.

퇴근시간이 되자 블라디미르는 권총을 호주머니에 넣고 공장문을 나섰다. 집을 향해서는 발이 옮겨지지 않았다. 집과 전혀 반대편을 향해 걸었다. 숲속에서 어둠이 내리기를 기다렸다. 어둠이 내리고 난 뒤 블라디미르는 천천히 걸어 도로 시가 쪽으로 들어왔다. 자살을 함으로씨 이 사건의 결말을 내려 했으나 실천에 옮기지 못했다.

시가로 들어와서도 집으로 직행하지 못하고 이 거리 저 거리를 서성거렸다. 시베리아의 추위도 잊었다. 추위를 잊었기는커녕 구슬 같은 땀방울이 이마에서 굴러 내리고 있었다. 자정 가까워서야 그는 모종의 결심을 했다. 자기의 결심에 스스로가 놀라지 않을 수 없었다.

집에 들어선 그의 표정은 중병을 앓는 환자의 모습 그대로였다. 아내는 그러한 모습의 남편을 보자 깜짝 놀라면서 외쳤다.

"어쩐 일이죠? 블라디미르!"

"갑자기 몸이 이상해졌소."

그는 간신히 이렇게 답하고는 아내에게 약국에 가서 약을 사 오도록 일렀다. 되도록 시간이 오래 걸릴 먼 곳의 약국을 지정했다.

"나는 거기 약을 먹어야만 나을 것 같소."

아내는 총총히 집을 나섰다. 아내가 집에서 나간 것을 확인하자 블라디미르는 아들을 불렀다. 잠옷을 걸친 채 미하일이 아버지 앞에 섰다.

"미하일, 거기 앉아라."

블라디미르도 자리에 앉으면서 탁자를 사이에 두고 건너편 자리를 미하일에게 권했다.

아들도 자리에 앉았다. 블라디미르는 한참동안 고개를 떨구어 자기 발끝을 바라보다가 얼굴을 들고 아들을 응시하기 시작했다. 숨이 막힐 듯한 시간이 흘렀다. 조금 뒤 블라디미르는 침통한 어조로 말을 꺼냈다.

"미하일! 바른대로 말해라. 너는 독일의 스파이라며?"

아들의 얼굴이 단번에 경직되며 핏기가 사라져 가는 것이 눈에 보이는 듯했다. 블라디미르는 말을 이었다.

"오늘 게·페·우 요원이 왔더라. 당장 너를 체포할 것이지만 당과 나의 체면을 봐서 유예해 주니 내 손으로 너를 처치하라고 하면서 이것을 주고 가더라."

블라디미르는 권총을 왼편 호주머니에서 꺼내 보였다. 아들의 눈은 둥그렇게 뜨이고 얼굴은 창백하게 질렸다. 블라디미르는 마른침을 삼키곤 떨며 말했다.

"그러나 내 손으로 너를 쏠 수가 없다. 차라리 내가 네게 맞아 죽는 편이 낫겠다. 자, 이 권총으로 네 맘대로 해라."

아버지는 탁자 위의 권총을 아들 쪽으로 밀었다. 권총이 자기 손끝에 닿자 미하일은 그 권총을 집어 들기가 무섭게 아버지를 향해 방아쇠를 당겼다.

그러나 권총에서는 소리가 나지 않았다. 불발이었다. 아니, 장전이 되지 않은 권총이었다.

불발인 권총 방아쇠를 연거푸 끌어당기는 아들의 광란을 보자 블라디미르는 오른편 호주머니에서 또 하나의 권총을 꺼냈다.

"좋다. 그렇다면 나는 너를 쏠 수가 있다."

블라디미르는 지체 않고 방아쇠를 당겼다. 폭음이 나고 아들은 쓰러졌다. 블라디미르는 권총을 창밖으로 내동댕이치며 허황한 공소를 터뜨렸다. 발광해 버린 것이다.

이야기가 끝나도 방근숙은 한동안 멍청하게 나를 바라보고 있었다.

"그런 무서운 얘기가 어딨어요?"

그녀는 그렇게 묻고는 신음했다.

"애비가 아들을 그렇게 시험해 보지 않을 수 없는 환경, 그것이 바로 지옥이지요."

내가 말해 놓고도 뒷맛이 썼다.

아버지가 아들을 쏘아 죽인 이야기가 실마리가 되어 이와 비슷한 비극이 화제에 올랐다. 여호와의 명을 받아 이삭을 그을려 죽이려 했던 아브라함의 얘기도 나왔다. 질투 많은 신 여호와는 자기에 대한 아브라함의 신앙심을 그렇게 시험한 것이다. 기독교의 모태가 된 유대교는 그렇게 지독한 종교였다.

프로스페르 메리메의 소설 〈마테오 팔코네〉 얘기도 나왔다. 돈 몇 푼을 받고 범인을 밀고했다고 해서 마테오는 아직 어린 자기의 아들을 가차 없이 쏘아 죽였다.

육친이 아들딸을 죽인 경우, 아들딸이 아버지나 어머니를 죽인 경우는 뜻밖에도 흔한 사건이다. 비극 가운데서도 이처럼 처참한 비극이란 없다.

모든 사람이 행복을 위해서 몸부림치면서 그 행복을 추구하는 과정에서 빚어낸 그 엄청난 비극들을 헤아려 볼 때 인생이란 참으로 지겨운 것이라 아니할 수가 없다.

이런저런 얘기를 하다가 나와 방근숙은 서로의 얼굴을 새삼스럽게 쳐다보면서 어떻게 해서 이런 음산한 얘기를 하게 되었는가를 묻는 표정으로 웃었다.

깨어 있어야겠다는 마음에도 한도가 있는 모양이어서 나는 어느덧 졸기 시작하고 술에 취한 탓도 겹쳐 전후 지각없이 잠에 빠져든 모양이었다.

주위가 시끄러워 눈을 떴을 때는 아침 햇살이 대합실 안으로 흘러들어 그 태양의 광선 줄기를 따라 먼지가 부옇게 부동(浮動) 하는 것이 보였다. 비는 거짓말같이 그치고 늦여름의 아침이 상쾌했다.

그러나 나는 놀라지 않을 수 없었다. 짧은 시간이긴 했지만 전후 지각없이 잠이 들고는 나는 방근숙의 어깨에 기대어 자고 있었던 것이다.

"이거 죄송합니다."

나는 몸 둘 바를 몰라 하며 이렇게 변명했다.

"천만에요."

거의 뜬눈으로 밤을 새웠을 텐데도 방근숙의 얼굴은 상냥했다.

"방 선생은 한숨도 주무시질 않으셨지요?"

"……."

그랬음이 분명했다. 나는 사나이의 의지가 여자만 못한 데 대해서 우선 인격적으로 부끄러웠다. 밤을 새우기로 작정하고 나 혼자만 자 버렸다는 사실이 돌이킬 수 없는 실수를 저지른 것같이 느껴졌다.

"겟세마네 동산에 기도하러 가며 예수 그리스도가 제자들에게 깨어 있으라고 했지요. 예수는 십자가에 못을 박힐 자기의 운명을 예견하고 겟세마네의 동산에서 피땀을 흘리면서 기도를 올렸지요. 주여! 이 운명의 잔을 나의 입에서 떼 주십사 하고. 이와 같이 기막힌 기도를 하고 동산에서 내려오니까 제자들은 잠을 자고 있더래요. 스승이 절박한 정황에 놓여 잠 깨어 있으라고 일렀는데도 제자들은 그처럼 씨알머리가 없었단 말입니다. 저도 그 씨알머리 없는 족속에 낀 놈인가 보지요."

변명도 아니고 얘기도 아닌 내 말을 들으며 방근숙은 말쑥이 갠 하늘처럼 웃었다. 길고 긴 밤이었다. 이 긴 밤을 같이 새웠다는 의식이 내 마음속에 새로웠다.

가을

'아내가 지금 방근숙의 전화를 기다리며
안절부절못하는 내 처지를 안다면, 상상이라도 한다면?'
나는 뭐라고 표현할 수 없는 역겨움을 느꼈다.
지워 버리려고 애써도 떠오르는 아내의 얼굴,
거기에 겹쳐 나타나는 방근숙의 얼굴….
나는 통곡하고 싶은 충동에 사로잡혔다. 그때 노크 소리가 들렸다.

병원 뜰에 가득 코스모스가 피었다. 노랑, 파랑, 연지 분홍, 백색, 자색 코스모스의 꽃무리는 온갖 빛깔의 '온 퍼레이드'다. 가을꽃은 봄이나 여름의 꽃과 다른 기품과 아취를 지닌다.

봄과 여름의 꽃내음은 훈훈하지만 가을 꽃내음은 청아하고 초초하다. 봄꽃은 꽃내음새라고 할 수 있으면 가을꽃은 꽃향기란 말이 어울린다.

청아한 꽃 사이에 보이는 병원은 여느 때와는 다른 감상을 자아낸다. 가을꽃과 병원은 슬프리만큼 어울리기도 하다. '꽃처럼 시든다'면 비참하지만 가을꽃과 더불어 시들어 가는 병자에게는 퇴락해 가는 생명만이 지닌 아름다움이 있다.

나는 한 아름 코스모스를(병원 뜰에 있는 것이 아니라, 병원으로 가는 길가에까지 넘쳐 있는 코스모스) 따서 아내의 침대 위에 뿌려 주었다. 꽃 속에 파묻힌 아내의 얼굴은 가을밤의 달빛처럼 창백했다. 나는 아내의 죽음을 확신하지 않을 수 없었다.

아내는 이미 심리연구도 잊고 나의 방문, 나의 동작, 나의 말만

172

을 지켜보게 되었다. 일체의 질투가 다른 모든 의욕과 더불어 시들어 가는 모양이었다.

"내가 죽으면 관 속에 이처럼 꽃을 담아 주세요."

아내는 코스모스 한 송이를 들고 그 꽃잎을 가냘픈 손가락으로 매만지면서 이렇게 말했다. 입원할 당시만 해도 꽃에 일종의 반발을 느낄 정도로 생(生)에 집착했는데 이제는 체관밖에 없는 듯하니 아내가 측은하기만 했다.

그러나 이상하게도 슬픔이 끓어오르지는 않았다. 나는 아내를 문병하는 동안 슬픈 이별에 대한 예행(豫行) 연습을 하는 셈이었다. 함께 있는 시간이 짧고 떨어져 있는 시간이 길다는 사실이 이별 상태에 대한 면역작용을 한 것일까.

의사가 말하기를 폐를 앓는 환자에겐 절대적인 안정이 필요하지만 안정해야겠다고 노력할 필요도 없을 정도로 안정상태가 된 것은 나쁜 징조라 했다. 말하자면 병자는 병으로 인해서 죽기 전에 스스로 생명을 단념하는 경우가 많다. 그런 심정이 되어버린 환자는 무망(無望)하다는 것이다.

아내가 스스로 생을 포기하고 체관하게 된 데는 아내의 병 탓만이 아님을 나는 안다. 아내는 내가 이미 자기 남편이 아니라는 사실을 그 민감한 추측으로 알아차리고 제 나름으로 확인했으리라.

"당신이 뭐라고 해도 당신은 내게서 멀리 떠나간 사람이에요. 앞으로 내 병이 나아 보았자 나는 사랑하는 남편 곁에 돌아갈 수는 없을 거예요. 나는 그것을 잘 알아요. 물론 당신이 나를 내쫓지는 않으시겠죠. 그러나 마음이 텅 빈, 남편인 척하면서도 남편이 아닌 사람 곁으로 돌아가 봤자 무슨 소용이 있겠어요?"

이러한 아내의 말을 나는 언제나 하는 푸념으로 받아넘기고 대꾸도 하지 않았는데 그때의 그 침묵에 아내는 일종의 확인을 얻은 것이다.

"코스모스 피어날 때 맺은 사랑이 코스모스 시드니 그만이더라… 어릴 때 이 유행가를 잘 불렀죠. 그랬더니 어머니는 마구 야단이었죠. 건방지고 불길한 노래를 부른다고. 그리고는 저는 코스모스만 보면 이상한 생각이 들었죠."

"코스모스뿐이 아니겠지. 이상한 생각을 일으키는 건…. 구름을 보아도 이상하고 바람소리를 들어도 이상하고 벌레소리를 들어도 이상하고…."

이렇게 대꾸하는 나를 아내는 넋을 잃고 바라보았다. 자기 발언의 궤적을 따라오지 않고 엉뚱하게 화제를 확대시키는 내게 남을 느낀 그런 눈초리를 하고 있었다. 그러나 그런 것에 대한 푸념은 없었다.

"요즘이 밤나무에서 새 밤이 떨어질 무렵이죠? 새 밤을 까서 껍질을 얌전하게 벗기고는 빠드득 깨물어 보고 싶어요."

아내는 이렇게 슬쩍 말을 바꿨다.

"이 다음에 올 때 밤을 가지고 오겠소."

"그때까지 그 생각이 지탱하지 않을 겁니다. 지금 이 순간 그런 걸 생각했다 할 뿐이지 그때 가면 또 다른 생각이 날 거예요."

"여자의 마음은 항상 변하는가?"

"남자의 마음은 바위처럼 변하지 않겠죠."

아내의 입술에 싸늘한 웃음이 남았다. 아내는 자기의 이불 위에 흐트러져 있는 코스모스를 하나씩 하나씩 거두어 모으고는 쓰레기통에 버려 달라고 했다.

"너무 오랫동안 찬란한 빛깔을 보고 있으니 머리가 아파요."

나는 아내 손에서 코스모스를 거두고 침대에 흐트러진 꽃잎까지 조심스럽게 주워 꽁꽁 묶어서는 쓰레기통에 집어넣었다. 아내는 조심스럽게 꽃잎을 줍는 내 모습에서 일종의 항변을 느끼고 미안한 생각이 든 모양이었다.

"다른 뜻이 있어서 치우라는 건 아녜요. 정말 그 요란한 빛깔들을 보고 있으니 머리가 아파요."

아내는 변명하듯 말했다.

"나도 잘 알아요."

너무나도 민감하게 다듬어진 감각엔 아닌 게 아니라 코스모스의 빛깔은 부담이 될지 모를 일이었다. 그건 입원하러 오는 길에 매화꽃을 보고 느꼈던 상황과는 판이하게 다를 것이었다. 그래 나도 거듭 말했다.

"당신의 심정은 잘 알아요. 주책없이 꽃을 따 온 내가 나쁘지."

"아녜요. 얼마동안은 괜찮았는데 돌연 두통과 함께 현기증을 느끼잖아요. 그래서…."

"긴 여름이 지나고 가을이 되었으니 요양하기에도 훨씬 수월하지 않소? 언제나 하는 말이지만 마음 단단히 다잡고 빨리 나을 궁리나 해요."

아내는 또 쓸쓸하게 웃었다. 내가 건성으로 그런 말을 한다는 것을 잘 아는 것이다.

나는 다음에 올 때 감이랑 옥수수랑 가을 향기가 가득한 과일을
한 꾸러미 사 갖고 올 것을 약속하고 병실을 빠져나왔다. 미안한 심
정이지만 빠져나온 느낌이었다. 방근숙과 넉넉한 시간을 가지려
일찍 병원을 나와야 했다. 방근숙은 병원문 밖 코스모스 그늘에 앉
아 있었다.

방근숙과 나의 관계는 이상스럽게 발전되었다. 처음엔 동정을
하고 동정을 받는 남녀 사이였다.

다음엔 그런 관계가 일종의 공범관계처럼 되었다. 누구에게 대
해서도 아무런 죄도 짓지 않으면서 무슨 큰 죄나 지은 것처럼 전전
긍긍하지 않을 수 없었다. 그녀와 나의 관계는 이 공범적 의식으로
해서 굳은 유대로 맺어진 셈이 되었다. 그런데 이 공범의식에서도
벗어났다. 오랜 문병생활도 방근숙의 존재 때문에 수월하게 지낼
수 있었다.

진주에서 마산까지란 얼마 되지 않은 거리라고는 하나 매주 일요
일 새벽에 일어나서 기차를 타고 와서는 밤늦게 돌아가야 하는 일
을 병자에 대한 성의만으로서는 그처럼 오랫동안 감당하기 어렵다.

방근숙도 그러하리라. 우리는 당초 문병을 구실로 사귀는 기분
이어서 죄스러웠지만 지금은 우리들의 교제를 위해서 그들에 대한
계속적이고 성의 있는 문병이 가능한 것이라고 생각하자 우리는 활
달한 마음으로 서로의 우의를 가꿀 수 있게 되었다. 더욱이 태풍이
부는 밤, 마산역의 대합실에서 하룻밤을 같이 새운 뒤부터는 두 사

람의 사이가 훨씬 가까워졌다.

가을 경치 속에서 방근숙은 더욱 아름다웠다. 서늘한 바람을 만
나자 그녀는 더욱 발랄해졌다. 마음의 탓인지 몸의 무게도 약간 더
한 것 같았다.

"방 선생!"

"예?"

"천고마비(天高馬肥)란 문자 아시죠?"

"물론이죠."

"가을에 말이 살찐다는 얘기는 공연한 소리인 것 같소. 그보다 더
직접적인 표현이 있을 것 같습니다."

"뭔데요?"

나는 방근숙의 몸 전체를 머리끝에서 발끝까지 훑어보고 말했다.

"천고여비라 해야 옳지 않을까 해요."

"천고여비?"

"하늘이 높고 여자의 살이 찌고…."

방근숙은 한동안 영문을 몰라 하는 눈치더니 눈을 흘겼다.

"아이 참!"

그리고는 근심스럽게 자기 몸 둘레를 바라보며 말했다.

"제가 살찐 것 같아요?"

"한 번 체중을 달아보시지요. 아마 틀림없이 4, 5 킬로는 붙지 않
았을까요?"

"아이구 징그러워."

"방 선생은 앞으로 5 킬로쯤 더 살이 쪄도 여전히 스마트하다고

할 테니 걱정 마세요."

"코끼리가 스마트하다면?"

"어림도 없는 말씀!"

앞으로 5kg쯤 더 살이 쪄도 스마트하게 보일 것이란 내 말은 거짓이 아니다. 방근숙의 몸매는 그처럼 여위어 있었다.

"만일 제가 살이 쪘다면 그건 가을 탓이 아니에요."

"그럼 무슨 탓일까요?"

"한 번 맞혀 보세요."

나는 모르겠다고 했다.

"마음이 편해진 덕분이에요. 그 원인이 어디에 있겠어요?"

10월 들어 첫 주일, 부산에서 도내 고등학교 대항 운동대회가 열렸다. 나는 우리 학교 선수단을 인솔하는 교사 가운데 하나로 뽑혔다. 일요일, 마산으로 가는 길에 나는 선수단 일행에 한 걸음 앞서 부산으로 가서 선수와 교사들이 숙박할 여관을 미리 준비하는 책임을 맡았다.

그러나 방근숙을 만나도 그 일을 숨겨 두었다. 기차를 탄 뒤에 방근숙을 놀라게 해줄 참이었다.

병원에서 나와 우리 둘은 초가을의 길을 천천히 걸어 마산역에까지 왔다. 부산행 기차가 올 때까지 이런저런 얘기를 하다가 기차가 도착하자 방근숙을 전송해서 그 기차에 오르게 한 후 그녀와는 반대되는 입구에서 탔다.

기차가 움직이고 창원을 지나 덕산으로 향하는 무렵, 나는 그녀가 탄 기차간으로 들어갔다. 방근숙은 구석진 곳에 자리를 잡고는 하염없이 차창 밖을 내다보고 있었다. 상대편은 모르는데 이편에서 지켜보는 의식은 스릴이 있는 장난이 아닐 수 없다.

나는 조심스럽게 다가서서 한 손을 그녀의 어깨에 얹었다. 꿈틀 놀라는 의식이 전기처럼 내 손바닥에 느껴지더니 그녀의 놀란 눈동자가 나를 쳐다보았다.

"앗!"

방근숙은 나의 존재를 의심하는 것 같았다. 무슨 환각을 보고 놀란 사람처럼 외마디 비명을 지르고 놀란 시선만 쏟고 있었다.

"놀라셨소?"

내가 이렇게 말하자 그때서야 정신이 돌아온 모양으로 자리에서 일어났다.

"어떻게 된 일이죠?"

"저도 부산 갑니다."

그녀의 눈에는 힐난하는 빛이 감돌았다.

"왜 그렇게 보시죠? 저는 부산 가면 안 됩니까?"

일부러 능글맞게 말했다.

"진작 왜 말씀하시지 않으셨죠?"

방근숙의 눈에서는 아직도 힐난의 빛이 사라지지 않았다.

"한 번 놀래켜 줄 작정이었죠. 놀라셨죠?"

"정말 놀랐어요."

방근숙은 자리를 다잡아 우선 내가 앉을 자리를 만들어 주었다. 소파식으로 된 좌석은 세 사람이 앉을 수 있도록 돼 있었다. 나는 방근숙과 어느 할아버지 사이에 끼어 앉았다.

"선생님, 참 사람이 나빠요!"

그때야 약간 누그러진 목소리로, 거기에다 반가움을 섞어 말했다.

"저는 본래 나쁜 사람입니다. 이제야 제가 나쁜 줄을 알았어요?"

그러나저러나 신선한 기쁨이었다. 방근숙은 내 물음에 대꾸도 않았다.

"너무나 와락 닥친 반가움이어서 뭐라고 말할 수도 없는데요."

어느덧 기차는 진영역에 도착했다. 그녀는 재빠른 동작으로 바깥으로 나가더니 두어 꾸러미 단감을 사 들고 들어왔다. 진영은 단감으로 유명한 곳이다.

기민하게 손을 움직여 깎아 주는 단감을 와삭 베어 무니 달착지근한 맛과 더불어 상냥하고 섬세한 뭐라고 형언하기 어려운 미각이 혓바닥에 느껴졌다.

"정말 맛있습니다. 진짜 가을 맛인데요."

나는 이렇게 외쳤다.

"부산에 가시는 용무는 뭔가요?"

방근숙이 물었다.

"한 번 알아맞혀 보십시오."

"제가 어떻게 알아맞힐 수 있겠어요."

"방 선생이니까 알아맞힐 수 있지요."

"초조하게 만드시질 말고 빨리 말씀해 보세요."

"방 선생이 모르시겠다니 섭섭한데요. 저는 다만 방 선생과 같은 기차를 타고 싶어서 부산 가는 것뿐입니다."

방근숙의 얼굴엔 도저히 믿을 수 없다는 표정이 돋았다.

"엉뚱한 말씀으로 저를 놀리지 말고 바른대로 말씀하세요."

"제가 거짓말쟁이로 보입니까? 방 선생과 같은 기차를 타고 싶어서 탔다니까요. 너무나 급격한 충동이 돼서 미리 말씀을 드리지 못한 겁니다."

이쯤 말하자 방근숙의 표정엔 그럴까 하는 감정이 나타났다.

"내일 학교는 어떻게 하시려고요?"

그녀의 이 말에 나는 이 정도에서 실토해야겠다고 마음먹었다.

"사실은 학교 일로 갑니다."

"그거 보세요. 공연한 말씀만 하시더니…."

"학교 일로 가긴 해도 제가 방 선생과 같이 기차를 타고 싶은 생각을 하지 않았더라면 그 일을 맡지 않았을 것이니 결국은 마찬가지 아닙니까. 아까의 제 말엔 추호의 거짓도 없는 겁니다."

"구구한 변명은 안 하셔도 됩니다. 그런데 학교 일이라니 뭔데요?"

"모레부터 도내 체육대회가 있지 않습니까? 그 사전 연락으로 갑니다."

"그렇구만요. 선생님의 학교에서는 선수가 몇이나 오나요?"

"참가종목이 많으니까 50여 명 되는가 봅니다."

"그 뒤치다꺼리도 대단하겠어요."

"저는 운동부와 전혀 관계가 없으니 뒤치다꺼리 걱정은 없습니다. 여관이나 정해주고는 이곳저곳 경기장만 기웃거리고 돌아다니면 그만이고 기웃거리는 것조차 안 해도 그만이고…."

"무책임한 선생!"

"책임이 없는 자는 책임이 없는 것처럼 굴어야 합니다. 운동부에 각각 담당교사가 있는데 제가 열심히 날뛰다가는 되레 핀잔을 먹어요."

"그럴 수도 있겠죠. 그런데 선생님 학교 선수들의 질은 어떻죠? 운동선수라고 하면 어쩐지 제 인상은 나쁜데요."

"좋은 아이들뿐입니다. 그중에는 선수의식만 강해서 학업을 소홀히 하는 학생이 없지 않겠지만 대체로 순진한 편이지요."

"운동에서 기록이나 승부도 중요하겠지만 좀더 스포츠 정신에 철저했으면 좋겠어요. 도내 체육대회가 있을 때마다 거의 매년 불상사가 일어나지 않아요? 집단 싸움이 벌어지지 않으면 심판 구타사건이 있고… 올해엔 그런 일이 없어야 할 텐데…."

"동감입니다."

사실 그랬다. 운동대회가 있을 때마다 추잡한 사건이 발생했다. 부정행위로 승리하면 승리가 아닌 것이다. 추잡한 승리보다 오히려 명예로운 패배가 훌륭하다. 추잡한 수단으로서의 승리를 모교의 명예란 목적 밑에 정당화하려 하니 딱한 일이다.

낙동강을 지나고 있었다. 만만(滿滿)한 수량으로 흘러가는 강물을 보며, 그 강가에 펼쳐진 가을풍경을 보며, 나는 방근숙과 같은 기차를 탔다는 사실이 만족스러웠다. 나는 그러한 감회를 담고 말했다.

"강에는 무엇이 있지요?"

"무엇이라뇨?"

"이를테면 낭만적인 것….."

"낭만!"

이렇게 중얼거리는 방근숙의 시선은 먼 곳으로 뻗어 있었다.

"낭만이란 뭘까요?"

"낭만이란 빛깔 있는 의미 아닐까요?"

"빛깔 있는 의미라뇨?"

방근숙의 어조는 속삭이듯 부드러웠다.

"낙동강이 지닌 의미가 아름다운 빛깔을 띠고 가슴속에 새겨진다는 뜻, 말하자면 그런 거지요."

"빛깔 있는 의미가 낭만… 낭만은 빛깔 있는 의미! 선생님의 표현은 참으로 멋지네요."

나는 얼굴이 화끈거렸다. 이런 칭찬이란 참으로 듣기에 거북했다.

"그럼 방 선생은 낭만을 어떻게 이해하시죠?"

그녀는 생각을 해야겠다는 듯이 눈을 감았다.

"뭐라고 표현할 수가 없는데… 저는 이때까지 낭만을 아름다운 꿈 정도로 생각했어요."

"아름다운 꿈! 그렇죠. 낭만이란 그런 거죠. 꿈을 불러일으키는 풍경을 낭만적 풍경이라고 하고 꿈을 자아내는 사람을 낭만적 인물이라고 하고… 좋았어요. 방 선생의 표현은!"

"놀리지 마세요. 선생님, 저는 상식을 말했을 뿐이에요. 선생님은 빛깔 있는 의미란 멋진 말씀을 하셨잖아요?"

나는 아니라고 마음속에 생각했다. 낭만의 의미로서는 빛깔 있는 의미라고 하는 어수선한 것보다 아름다운 꿈이라는 해석이 훨씬 옳았다. 그러나 그 이상 말할 수 없어 낙동강에 사무친 얘기들을 들먹이기 시작했다.

"가야국(伽倻國)이 번성할 때 이 강이 어떠했는지, 신라가 영화와 쇠락의 곡절을 겪을 때 어떠했는지, 그건 알 길도 찾을 길도 없는 묻혀 버린 전설에 불과하게 됐지만, 6·25 동란에서 이 강의 의미는 수십만의 생명을 삼킨 사실 이상으로 엄청난 것 아니겠습니까."

"선생님도 6·25 때 희생을 당하셨어요?"

"당하고말고요. 가장 친한 친구가 죽었으니까요."

"오호! 6·25… 저는 생각하기도 싫어요. 그런 무서운 일이 또다시 일어날까 봐 겁나요."

나는 방근숙이 6·25를 괴로워하는 이유를 알고 싶었다. 그러나 자기 스스로 말하지 않는 것을 물어볼 수는 없다. 누구에게라도 남의 마음의 상처를 건드릴 권리는 없다.

"전쟁이라는 게 왜 일어나지요?"

그녀의 이 질문도 6·25 동란의 쓰라린 회상이 시킨 질문일 것이다. 하지만 어떻게 이 거대한 질문에 답할 수 있으랴. 나는 저녁노을 속으로 뻗은 낙동강을 바라보고 있었다.

낙동강의 낭만, 낙동강에 사무친 비애를 생각하다가 나는 문득 어떤 얘기가 뇌리에 떠올랐다. 우리나라 국토가 좁은 데 대한 일종의 자조(自嘲)가 만들어낸 것이겠지만 그런대로 흥미가 없지 않은 얘기였다. 갑자기 심각해진 방근숙의 마음을 풀기도 할 겸 나는 그 얘기를 하기로 했다.

청국(淸國) 강희(康熙) 황제 때다. 태평세월이라 강희황제는 이 평화시기를 기념하기 위해서 전국의 명사(名士)들을 표창하기로 하고 각 지방의 책임자들에게 그 뜻을 알렸다.

속국인 조선에서도 이 칙령이 전해졌다.

고을은 고을마다, 집안은 집안마다, 파(波)는 파대로, 당(黨)은 당대로 각기 명사로 뽑히려고 애썼다. 조정에서는 하는 수 없이 고을마다, 문벌마다 추천해 온 인물을 전부 강희황제에게 천거하기로 했다.

천거된 명사 이름을 적은 서류를 나귀 12마리에 실어 북경에 보냈다. 그 많은 짐이 명사 천거 서류임을 알자 강희황제는 조선의 산수도를 가져오라고 했다.

조선 산수도를 자세히 살핀 강희황제는 그 서류를 모두 치우라고 명하고 이런 말을 했다.

"내가 산수도를 보니 조선은 강불천리(江不千里) 야불백리(野不百里)한 나라다. 그런 나라에 그 많은 명사와 인물이 나타날 리 없다. 그러니 그 서류는 전부가 거짓이다."

강희황제의 말마따나 우리나라의 들판은 백리가 되지 않고 강 길이도 천리가 되는 것이 없다. 그렇다고 해서 훌륭한 인물이 나타나지 말라는 법은 없다. 그러나 작고 좁은 나라에 사는 민족의 자학과 자조에 이해가 가지 않는 바는 아니다.

"그렇지 않겠어요? 나는 링컨이 이 나라에 났더라면 어떻게 되었을까 하고 생각한 때가 있었지요. 대원군에게 붙들려 죽기가 고작이지 세계적 인물이 되기란 어림도 없었을 것 아닙니까?"

"선생님은 이 나라에 환멸을 느끼시는 모양이지요?"

방근숙이 나를 쳐다봤다.

"천만의 말씀. 저는 우리나라에 환멸을 느끼지 않습니다. 다만 약소국의 설움과 슬픔을 얘기했을 뿐이지요."

"그게 환멸 아닐까요?"

"우리들의 숙명인데 어떻게 합니까? 방 선생도 한번 생각해 보십시오. 세계적 인물들이 이 조선에서 태어났다고 치고 과연 그런 인물이 될 수 있었을까 하고. 우리나라에서도 소질에서나, 인격으로서나, 노력으로 세계적 인물이 될 수 있는 사람이 있었을 겁니다."

"선생님의 말씀이 옳습니다."

방근숙의 말에도 우울한 빛깔이 감돌았다.

"그렇다고 해서 실망하고 환멸을 느끼는 것은 아닙니다. 이러한 나라가 아니고서는 나타날 수 없는 특이한 인물이 앞으로 나타날 수 있겠지요."

"그런 인물이 바로 선생님 아니세요?"

"농담 마세요. 저는 얼간이 교사에 불과하지요."

기차는 구포역에 도착했다.

"부산 가시면 어디 묵으실 데가 있습니까?"

"있지요."

"그래요? 어디신데요?"

"부산에 있는 여관의 수효만큼 있지요."

"아이 참, 선생님도… 왜 그렇게 말씀을 삐딱하게 하세요?"

"제 말에 거짓이 있습니까? 사실 그대로 아닙니까?"

방근숙은 약간 화가 난 얼굴을 차창 밖으로 돌리고 있더니 그만 한 말쯤에 지나친 응수라고 생각했던지 다시 입을 열었다.

"그럼 어떤 여관에 들르실 거예요?"

"가 봐야 알지요. 되는 대로, 닥치는 대로 들어갈 참입니다."

"부산 지리는 잘 아세요?"

"잘 안다고까진 할 수 없지요. 그저 도청 있는 곳과 광복동쯤은 알고 있습니다."

"제가 도와드릴 일은 없을까요?"

"시골놈이라고 깔보지 마세요. 모르면 물어서 할 테니 방 선생 신세는 지지 않겠습니다. 부산에서도 한국말은 통하겠지요?"

"부산에서는 한국말이 통하지 않아요."

방근숙도 지지 않고 응석할 참이었다.

"지리산 골짜기에서 나온 시골뜨기를 돌봐 드리려 하니까 뭐라고 하셨죠? 깔보지 말라고요?"

"돌보신다면 어떻게 돌보실 겁니까? 시골뜨기가 자동차에 치여 죽지 않도록 손을 붙들고 다니실 작정입니까?"

"원하신다면 손을 붙들어 드리죠."

"그럼 그렇게 해주십시오."

어느덧 차창밖엔 어둠이 짙어졌다. 부산에 가까워옴에 따라 전등의 바다가 넓어져 갔다.

"이렇게 기차 안에서 보니까 부산도 제법 대도시 같은데요."

"제법 대도시가 아니라 대도시죠. 인구 백만이면 세계에서도 50등 안에 들어가는 대도시랍니다."

"그것도 애향심입니까?"

"애향심? 그런 건 제게 없어요. 사실을 말했을 뿐이죠."

"아닙니다. '대도시'라는 데 대단히 악센트를 두시니까 하는 말씀입니다."

방근숙은 미소를 지으며 말했다.

"재미나는 이야기, 하나 할까요?"

그녀는 잠시 후에 말을 이었다.

"부산을 보고 3번 놀란다는 얘기입니다. 처음으로 외국 선원이 밤에 부산으로 들어오면 전등의 바다를 보고 놀란답니다. 전등이 켜진 범위만 보면 뉴욕을 방불케 한다나요. 홍콩이나 리우 데 자네이루 같은 도시는 말할 것도 없고요. 극동의 야만국에 왔거니 했는데 그런 항구가 나타났으니 놀랄 만하지요? 그런데 낮이 되면 한 번 더 놀란다는 거예요. 밤엔 웅장한 대도시라 상상했는데 낮에 태양 밑에서 보니 형편없는 빈민 도시거든요. 산마루에까지 기어오른 판잣집이라든가, 부두 가까이에 있는 빈민굴이라든가, 놀라잖겠어요? 그런데 놀아 보고는 또 놀란다더군요. 온갖 술이 다 있고 미녀가 있고 기타 오락시설이 갖추어져 있어 문명국에서 내는 이상의 기분을 낼 수 있으니까. 그래 3번 놀란다는 거죠."

통행금지 시간까지 아직도 서너 시간이 있다고 했다. 그동안은 같이 행동하겠다고 그녀는 말했다.

"모처럼 부산에 오셨는데 그래야잖겠어요?"

다정한 연인들처럼 나란히 광복동을 걸었다. 광복동에 있는 K여관에 방을 잡아 놓고 난 뒤의 일이다.

가끔 부산에 오면 나는 할 일이 없어도 광복동을 잘 걸었다. 그럴 때마다 나의 감정은 엑조틱한 기분에 젖었다. 광복동에서 느끼는 엑조티시즘이란 얄팍해서 바닥이 없다. 그러나 산골 작은 읍에서 살다가 이곳을 거닐고 그만한 감상을 가져보는 것도 자연스런 일이다.

그런데 방근숙과 더불어 걷는 광복동의 기분은 달랐다. 엑조티시즘보다 진한 행복감 같은 것이 쇼윈도마다에 어려 있었고 낯모르는 사람들이 타향의 타인같이 보이지 않고, 이 편에서 인사만 하면 다정하게 웃어 줄 친구들 같이만 보였다.

방근숙이 끄는 대로 깨끗하게 차려진 뒷골목 음식점에서 맥주 두 병을 마시고 냉면 한 그릇을 먹었다. 그리고는 레코드 컬렉션이 풍부하다는 다방에 들러 커피를 주문하고 앉았다.

날카롭게 상재(商才)만 발달한 것 같은 손님들이 이 밤따라 모두가 예술적 문화적으로 세련된 사람처럼 보였다. 방근숙 같은 여성과 함께 앉았다는 사실이 자랑스러우면서도 한편 어색하기도 했다. 차를 나르는 여자 종업원이나 마담이라고 불리는 여성과도 방근숙은 친숙한 사이인 것 같았다.

"모두들 잘 아는 사이인 것 같은데요?"

"일이 있거나 우울할 때 자주 들르는 곳이니 자연히 알게 되었죠."

"저와 같이 밤에 이런 데에 나와 앉은 것을 지인들이 보면 어떻게 합니까?"

"어떻게 하다뇨?"

"무슨 오해라도 해서 소문이라도 퍼뜨리면 어떻게 하나 걱정돼서….."

"선생님은 별 걱정도 다 하시네요. 저는 이래 뵈도 성인이고 게다가 교사노릇을 하는 여성이에요. 이만한 데 출입한다고 해서 핀잔이나 오해를 받을 정도는 벌써 넘었어요."

나는 이렇게 말하는 그녀의 표정을 자세히 들여다봤다. 마산에서의 방근숙과 기차간에서의 방근숙, 여기 이렇게 앉아 그렇게 말하는 방근숙은 같은 사람이면서 달라 뵈는 점이 한두 가지가 아니었다.

활달하고 쾌활하고 구김살 없는 여성으로서의 방근숙이 눈앞에 출현한 것이다. 눈이 크게 뜨이는 놀람이었다. 이러한 나의 심리적 상황을 방근숙은 알아차린 듯했다.

"제 성격이 전혀 달라 뵈지요?"

나는 그렇다고 수긍하는 몸짓을 했다.

"그 이유가 뭔지 아세요?"

"……."

나는 도무지 알 수 없다는 듯한 표정을 지었다.

"알아맞혀 보세요."

나는 모른다는 표시로 고개를 흔들었다.

"다른 이유는 아무것도 없어요. 그 이유는 선생님께 있답니다. 선생님과 이렇게 같이 이곳에 앉아 있다는 그 사실에 있을 뿐이에요."

뒷말은 거의 들리지 않았다.

언젠가도 한 번 들은 말이었다.

"그 이유는 선생님께 있어요…."

그때는 반응을 나타내기를 주저했지만 지금은 그럴 수가 없었다.

"제가 요즘, 아니 오늘밤 더욱 행복해 보이지요? 그 이유를 아십니까? 그 이유는 선생님께 있어요."

감미롭고 기품 있는 음악이 흐르고 있었다. 귀에 익으면서도 제목을 모르는 음악이었다. 나는 그 감미롭고 환상적인 멜로디에 함몰함으로써 내 가슴의 뛰는 고동을 가라앉히려 애썼다.

방근숙의 화사한 얼굴에 잠깐 그늘이 서렸다.

고백! 그렇다. 일종의 고백이었다. 고백한 후의 후회 같은 감정, 아니 죄책감이 그 여인의 가슴에 스며든 것이 틀림없었다. 나는 그 분위기를 깨뜨려야만 했다.

"지금 흐르고 있는 음악은 뭐지요?"

"베를리오즈…."

혼잣말처럼 방근숙은 중얼거렸다.

"그렇군요. 베를리오즈의 〈환상교향곡〉이군요."

나는 애써 방근숙을 그러한 상태에서 끌어내리려고 했다.

나는 단도직입적으로 아까 그와 같은 말을 했기 때문에 후회하느냐고 묻고 싶었다. 그런 충동이 일었다. 그러나 간신히 참았다. 그래 겨우 다음과 같이 물었다.

"어디 기분이 나빠지셨어요?"

"아, 아뇨."

여전히 힘이 없는 말투였다.

"그러면 왜 갑자기 그렇게 우울해진 거죠?"

“우울한 게 아닙니다.”

“우울하지 않다면?”

“뭐라고 말할 수가 없어요. 행복한 기분에 잇따라 오는 이 어떻게 해야 옳은가 하고 묻는 이 망설임을….”

그럴 것이라고 나는 생각했다. 나 자신이 방근숙과 더불어 있는 시간의 황홀함에서 깨어날 때는 거의 반드시라고 할 만큼 어떻게 해야 하느냐는 문제로 힘겨웠던 것이다. 하지만 나는 그런 문제에 답하기 전에 포기하기로 했다. 될 대로 되라는 체관에 맡겨 버리는 것이다.

여자의 경우는 다를 것이다. 나는 자리에서 일어났다.

“자, 방 선생도 돌아가셔야 할 게고 저도 빨리 가서 자야겠습니다.”

방근숙도 따라 일어섰다.

거리로 나오니 광복동 일대에 펼쳐진 야시장은 3분의 2쯤이나 장사를 마쳤다.

“벌써 그런 시간인가요?”

방근숙은 자기 시계를 봤고 우리는 걸음을 빨리 해서 내가 묵어야 할 여관 앞에까지 왔다. 나는 악수라도 청할까 하고 망설이다가 말로만 작별인사를 했다.

“오늘은 저 때문에 여러 가지로 피곤하셨겠습니다. 고맙습니다.”

“그럼 안녕히 주무세요.”

방근숙은 내게 등을 보이고 걷기 시작했다. 그녀가 시야에서 사라질 때까지 뒷모습을 지켜보았다. 택시를 잡아 태워 주지 않은 것이 후회되지만 너무나 벅찬 감정 때문에 그럴 겨를이 없었다.

나는 여관방에 들어와 옷을 벗고 자리에 누웠다. 감기지 않은 눈이 천장에 방근숙의 모습을 되풀이하여 그렸다.

　눈을 떠 거기가 여관임을 알자 방근숙과 오늘 언제, 어디서 만날지 약속하는 것을 잊었음을 알았다. 학교로 전화하기도 뭣하고 나 자신도 바깥으로 나가 일을 봐야 할 것이니 잘못하면 오늘은 만날 수 없지 않을까 하는 걱정이 일었다.

　이런저런 생각과 함께 아직 이불 속에 드러누워 오늘 할 일을 대강 간추려 보고 있는데 손님이 찾아왔다는 전갈이 왔다.

　누굴까? 나는 이부자리를 대충 개고 옷을 주워 입고 아래층으로 내려갔다. 현관에 서 있는 방근숙을 보고 나는 당황했다. 이른 아침에 여관에까지 올 줄이야 정말 상상도 못한 일이었다.

　"이거 웬일입니까?"

　"어젯밤엔 편히 주무셨어요?"

　방근숙은 방긋 웃었다.

　"아직 이르지 않습니까? 그런데 여기까지…."

　여관 복도에 걸린 시계는 7시 조금 앞을 가리키고 있었다.

　"학교 가는 길에 들렀어요."

　"학교가 그렇게 일찍 시작합니까?"

　"시간을 넉넉하게 잡고 나온 거지요."

　나는 우선 방근숙을 현관에다 그냥 세워 둘 수 없었다.

　"하여간 좀 올라오시죠."

　그녀는 머뭇거리는 듯하더니 신발을 벗고 마루 위로 올라섰다.

나는 방근숙을 방에까지 안내해놓고 화장실에 들러 세면장으로 가서 세수를 하고 돌아왔다.

　그녀는 그 사이에 내가 대강 설거어 놓은 침구를 단정하게 개고 방을 깨끗이 치워놓고 방 한구석에 다소곳이 앉아 있었다. 꿇어앉은 무릎의 동그란 한쌍이 눈에 띄었다.

　"아닌 게 아니라 여관방은 쓸쓸해 보이지요?"

　"쓸쓸한 것을 넘어 너무나 삭막해요."

　방근숙은 주위를 살펴보는 시늉을 했다. 낮은 천장, 빈약한 벽지, 거무스레 때가 묻은 방바닥, 최저한도의 필요만큼, 아니 최저한도의 필요조차 충족하지 않은 여관방이란 거기에 앉은 사람을 빈약하게 만든다. 나는 방근숙과 방이 어울리지 않는다고 생각했다. 어울리지 않는 방에 그녀를 오래 붙들어 둔다는 것은 실례였다.

　"여행할 때는 다소 무리를 하더라도 일류 여관이나 호텔에 숙박할 필요가 있지요."

　나는 어색함을 커버하느라고 이렇게 말했다.

　"그럼 오늘부터 숙소를 옮기시도록 하세요. 여긴 너무해요."

　나는 불현듯 어떤 상념에 사로잡혔다. 이번 기회에 방근숙과 더욱 굳게 맺어지는 게 아닌가 하고. 더 굳게 맺어지는 형태가 어떤 것인지, 그것을 언어로 번역하기는 거북하다. 만일 그런 경우가 있다면 이런 누추한 방에서는 안 된다는 생각에 미치자 얼굴이 화끈거렸다. 나는 자리에서 일어나며 말했다.

　"방 선생! 우리 밖으로 나갑시다. 아침 거리를 걸어봅시다."

　벌써 시가(市街)는 하루의 일을 향해서 활동을 개시하고 있었다.

직장으로 가는 사람들이 거리에 붐비기 시작했다. 아침 거리를 산책한다는 건 공연한 말이었다.

"선생님, 아침식사를 하셔야 하잖아요?"

"그런데 어디 식사를 할 만한 곳이 있겠습니까?"

"찾으면 있겠죠."

둘은 남포동 선창가로 나갔다. 거기엔 아침식사를 파는 집이 있을 것으로 짐작했다. 식당들이 문을 열어놓고 손님이 드나들고는 있었지만 방근숙을 데리고 그런 데로 가기엔 주저할 수밖에 없었다. 그러나 방근숙은 내가 가면 어디에라도 따라갈 요량인 것 같았다. 그 마음 먹이가 고마웠다.

나는 가장 깨끗하게 보이는 집을 골라 들어가 구석진 곳에 자리를 잡았다. 선창가 식당이라 생선국을 특징으로 하는 성싶었다. 둘은 생선국을 시켜서 아침식사를 했다. 그녀도 아침을 먹지 않고 나온 것이다.

식사가 끝난 뒤 나는 그녀를 학교에까지 바래다주기로 했다. 방근숙은 등교하는 학생들의 눈에 어떻게 비칠까를 한편 걱정하면서도 그 제안을 사양하지 않았다.

버스를 타기도 안 됐고 그맘때의 시간이라 택시를 잡기도 어려울 것 같아서 둘은 걸어가기로 했다. 걸어서도 20분이면 갈 수 있다고 했다.

교문이 50미터 앞쯤으로 보이는 곳에서 나는 발을 멈추었다. 바로 교문 앞에서 헤어지면 학생들의 눈에 더욱 이상하게 비치지 않을까 해서였다.

그때 나는 처음으로 방근숙과 악수를 나누었다. 가냘픈 손가락이 내 손바닥 안에 몇 마리의 살아있는 은어를 쥔 것 같은 생동감을 주었다. 가냘프며 부드럽고 차가운 감촉, 놓치기 싫은 일종의 감정에 항거해서 잡았던 손을 빨리 놓아 버리긴 했지만 그 감촉은 오랫동안 내 손바닥에 남았다.

나와 방근숙은 오후 6시쯤에 어젯밤 들렀던 다방에서 만나기로 했다. 그때까지 내가 학교에서 맡아 온 일을 해치워야 한다.

여관은 운동장 근처에 두 군데를 잡았다. 운동대회본부 사무실에 가서 일정표며 종목표며 기타 관계되는 서류도 찾아두기로 했다. 만일의 경우에 대비해서 미리 병원과도 약속해 둬야 했다.

그런 일을 하고 돌아다니다 길에서 초등학교 동기생을 만났다. 그는 부산에 온 지 10여 년이 되는데 사업을 해서 꽤 성공한 모양이었다. 그는 자기 성공을 자랑도 할 겸해서 나를 자기 사무실로 데리고 갔다. 사무실 직원만 해도 십수 명이 되는 것 같았다.

"자네는 아직도 교사 노릇을 하고 있나?"

그의 질문엔 소위 훈장노릇을 하는 나에 대한 그의 우월의 빛이 풍겼다. 나는 그 우월하다는 의식 태도를 순진하게 받아들일 수 있었다. 시골에서 나와 이 부산이란 치열한 경쟁터에서 성공했다면 뽐낼 만도 하다고 생각했다. 그리고 옛날 동창생에게 뽐내지 않고 누구에게 뽐낸단 말인가. 나는 그가 내게 자랑할 수 있는 기회를 만들어 주는 것도 좋은 일이라고 생각했다.

성공한 친구는 기어이 나를 점심에 초대하겠다고 우겼다. 나는 그를 따라 남포동 어떤 일식집으로 갔다.

호기 있게 구는 양으로 보아 그 집은 친구의 단골인 것 같았다. 낮엔 술을 마실 수 없다고 해도 친구는 이편의 의향은 아랑곳없이 맥주를 주문했다.

그는 초등학교를 졸업하자 부산에 와 어떤 일본인 상점의 점원으로 들어갔는데 처음엔 호되게 고생했다고 한다.

그러나 참고 견디는 동안 8·15 광복이 왔다. 그 상점이 자기 것이 되었다. 그랬는데 관재국(官財局)이란 것이 생기자 어떤 사기꾼에게 하마터면 집을 몽땅 빼앗길 뻔했다. 그 싸움을 하느라고 기진맥진 서두르는데 6·25 동란이 났다.

6·25 동란이 나자 서울에서 온 사람을 알게 되어 그의 주선으로 군(軍) 용달(用達)을 하게 되었다. 간장, 된장, 두부, 김치 등 부식물을 용달하는 사업이었는데 삽시간에 거액을 벌었다.

"나도 모르는 사이에 돈이 엄청나게 벌려 있었단 말이다. 돈 번다는 건 얼마나 남았나, 얼마나 벌었나 하는 동안은 안 돼. 자기도 모르게 돈이 모여 있어야 비로소 돈 벌었다고 할 수 있는 거다."

단숨에 맥주 한 병을 거뜬히 비우고 나더니 친구는 자랑을 계속했다.

"군 용달을 하면서 해운대에서 미군 상대로 전당포를 시작하지 않았겠나. 이놈의 장사가 또 재미가 있었거든. 미군은 술이 취하면 뭣이든 가져온단 말이야. 권총도 가져오고 심지어 지프차를 갖고 와 잡아 달라고도 하고. 꽤 푸짐한 장사였지."

요컨대 6·25 동란에 편승해서 돈을 벌었다는 얘기인데 내겐 그다지 시원스럽게 들리지 않았다.

'수백만의 사람들이 갈팡질팡하고 일선에서는 젊은 병사들이 총탄에 죽어가는 마당에 그런 참화(慘禍)를 이용해서 돈을 벌었다는 것이 자랑이 될까?'

나는 어수선한 자리를 겨우 참으며 쓴 약처럼 맥주를 마셨다. 그리고는 점심을 재촉해서 먹고 바쁜 볼일이 있다는 핑계로 친구와 헤어졌다.

별로 놀랄 일은 아니다. 전쟁이란 것이 어떤 사람에겐 생명과 재산을 빼앗는 참화가 되기도 하지만 어떤 사람에겐 횡재하는 기회도 되는 것이다.

나의 6·25를 회상해 봤다. 악몽과도 같은 기억이었다. 그러나 다른 사람에 비하면 나는 훨씬 운이 좋았다. 그런데 6·25 때 상대방이 어떻게 지냈는지도 아랑곳없이 자기 돈 번 이야기만을 늘어놓는 심장이란 어떻게 되어 먹은 심장일까. 그러니까 상혼(商魂)이란 말도 생겨나는 것인지 모른다.

나는 그 일식집을 나와 광복동을 한 바퀴 돌고나서 어떤 극장에 들어갔다. 영화는 프랑스의 〈나의 청춘 마리안느〉라는 것이었다.

명장 뒤비비에의 솜씨엔 정말 탄복하지 않을 수 없었다. 현실과 꿈과의 어울림길에서 이루어지는 감미로운 멜로드라마는 감동적이었다. 나는 그 영화를 방근숙과 더불어 보지 않은 것을 후회했다. 방근숙과 다시 한 번 더 봐도 좋다고 생각했다. 극장에서 나와 서점을 돌아다니며 그녀와 만날 시간을 기다렸다. 한가한 시간이었다.

송도호텔에 방을 정했다. 다방에서 나와 밤길을 걷다가 나는 송도호텔에 방을 정해 두었다는 얘기를 했다.

"송도호텔?"

방근숙의 얼굴에 일순 긴장한 표정이 일었다. 조망도 좋고, 모처럼의 기회에 호사도 모방해 보고 싶고 해서 그곳으로 정했노라고 설명하니 그녀는 가냘픈 신음소리와도 같이 중얼거렸다.

"그거 잘 하신 일이군요."

나는 고단도 하니 일찍 숙소로 돌아가야 하겠다면서 그녀에게 인사를 했다.

"그렇게 하셔요."

이런 방근숙의 말에는 여전히 힘이 없었다. 왜 갑자기 그녀가 기운을 잃었는지 알 수 없었다. 물어볼 수도 없는 심정이었다.

택시를 타고 집 근처에까지 모셔다 드리고 가겠다니까 다른 데 들러 갈 곳이 있다면서 나만을 택시 안으로 밀어 넣었다. 그리고는 머뭇거리는 눈치로 말했다.

"혹시 연락할 일이 있을지도 모르니 방 호수나 가르쳐 주세요."

"205호입니다."

"그럼 편히 쉬세요."

호텔로 돌아온 나는 목욕을 하고 내의만 걸친 채 침대 위에 벌렁 드러누워 천장을 쳐다봤다. 호사를 모방한다는 말을 했으나 침대도 딱딱하고 천장도 지저분했다. 방 안의 비품들도 빛깔이 낡아 있었고 전체적으로 살풍경한 느낌이다.

나는 낮에 본 영화 〈나의 청춘 마리안느〉를 생각했다. 그러나 그것도 한동안이었다. 나는 아까 서점에서 산 책을 펴 들었다. 글이 눈에 들어오지 않았다. 맥이 풀린 듯한 방근숙의 모습이 눈앞에 어른거리기 때문이다.

그녀가 갑자기 기운이 풀려 버린 이유가 무엇일까, 하고 곰곰이 생각했다. 송도호텔에 숙소를 잡았다고 말했을 때부터 그랬던 것이 아닌가. 내가 이 호텔을 잡은 이유를 그녀가 눈치 채지 않았을까. 가슴이 철렁했다.

아침에 방근숙이 내 숙소로 왔을 때 느꼈던 야릇한 감정 때문에 혹시 무슨 일이 일어나더라도 추저분한 방이어서는 안 된다고 생각하고 이 호텔을 잡았다. 보기에 따라서는 불순한 동기였다고 자책하지 않을 수 없었다.

이런저런 상념에 사로잡혀 있는 판인데 전화벨이 울렸다.

"누구세요?"

묻는 말 저편에서부터 방근숙의 입김이 전해져 왔다.

"저예요."

"댁에서 거시나요?"

"아아뇨."

"그럼 어디서?"

"한번 알아맞혀 보세요."

그녀의 명랑한 목소리에 나는 우선 안심했다.

"댁에도 안 들어가시고 어쩐 일이지요?"

"오늘 집엔 들어가지 않기로 했습니다. 고모님 댁으로 가기로 했어요."

"고모님 댁에 무슨 일이 있었습니까?"

"고모님 댁에 무슨 일이 있는 게 아니라 제게 일이 있었지요."

"무슨 일?"

"알아맞혀 보세요."

방근숙의 억눌린 웃음소리가 들렸다.

"그럼 거기가 고모님 댁인가요?"

"지금부터 갈 참이라고 했는데 고모님 댁이라고 하세요?"

잠시 침묵이 흘렀다.

"선생님…."

방근숙의 소리가 잇달았다. 약간 떨리는 듯한 목소리였다.

"저, 거기에 놀러가도 될까요?"

나는 아찔했다. 가슴의 동계(動悸)가 갑자기 시작하는 바람에 대답이 얼른 나오지 않았다.

"밤이 늦었는데, 밤이…."

나는 어리둥절해서 말을 끝까지 이을 수가 없었다.

"밤이 늦었으니 거절한다는 말씀이세요?"

그녀의 굳은 목소리였다.

나는 언제나 만나는 데다 역 대합실에서 함께 밤을 새우기도 했는데 하필이면 이날따라 이처럼 그녀를 만나기가 두려울까 하고 망설였다.

"거절한다는 것은 아니지만…."

"거절하는 것이 아니면 뭐죠?"

방근숙은 다부지게 반문했다.

나는 가까스로 정신을 차리고 담박 다음과 같이 잘라 말했다.

"귀부인이 밤중에 호텔에 드나든다는 것은 좋지 못한 일로 압니다."

수화기 속에서 소리가 꺼졌다. 한참 듣고 있었지만 대꾸가 없었다. 나는 그녀가 전화를 끊어 버린 것은 아닌가 해서 "여보세요! 여보세요!"하고 불러보았다. 대꾸는 없고 깊게 쉬는 숨소리 같은 것이 들렸다. 아직 전화는 끊지 않았구나. 한편으로는 얼른 오라고 하고 싶은 충동, 빨리 오시라고 외치고 싶은 충동을 간신히 참았다. 조금 있다 방근숙의 말이 전해 왔다.

"잠깐이라도 좋아요. 드릴 말씀이 있습니다."

"내일 만나서 합시다, 얘기는. 오늘 밤은 돌아가 주무십시오."

감정과 반대되는 말을 해야 한다는 것처럼 고통스런 일은 없다.

"선생님을 다시 보게 됐어요."

방근숙의 퉁명스런 말투였다.

"다시 보다니 그게 무슨 말씀입니까?"

이것이 계기가 돼 방근숙과의 관계가 영영 끊어지지 않나 하고 초조해졌다. 그러나 끝까지 버틸 수밖에 없다.

"저는 지각없는 여자가 되고, 선생님은 고상한 인격자가 되시고…."

그녀는 분명 모욕을 느끼는 모양이었다.

'내가 근숙을 모욕할 수 있을까. 터무니없는 일이지.'

그렇다고 해서 어떻게 설명해야 하나. 변명을 해야 하나?

"내일 만나 뵙고 말씀드리지요. 지각없는 여자란 무슨 말이며 고상한 인격자는 또 뭡니까?"

"알겠어요."

나지막한 소리가 들렸다.

"그럼 안녕히 주무세요."

이어 수화기를 거는 소리가 짤각, 하고 들렸다. 그 짤각하는 소리가 얼음덩어리처럼 가슴을 쳤다.

'만사가 끝난 거다!'

저절로 한숨이 터져 나왔다.

그날 밤 나는 잠을 이루지 못했다. 방근숙에게 달려가고 싶은 마음이 끓었다.

이튿날 선수들을 숙소로 안내하는 등 기타 치다꺼리를 하느라고 뛰어다니다 보니 피곤했다. 선수들을 따라온 동료교사들과 대폿술을 마시고 나는 다른 곳에 일이 있다고 핑계를 대고는 호텔로 향했다. 호텔로 오는 도중에 하루 종일 방근숙과 연락할 수 없었던 불안을 다시 느꼈다. 마산에서 만나겠지만 나는 그 전에 방근숙을 만나지 못하면 그때 엄습할 불안을 이겨 낼 것 같지 않았다.

'어젯밤의 내 행동이 조금 지나치지 않았을까. 그러지 않고도, 방근숙의 비위를 상하지 않고라도 처리할 수 있지 않았을까.'

나는 나 자신의 심리를 파헤쳐 보았다. 어젯밤 방근숙이 놀러 오겠다는 것을 단호히 거절한 마음의 바닥엔 어제 낮, 생각하기만 해도 얼굴이 붉어지는 어떤 사건을 예상하고 호텔에 방을 정한 스스로의 불순함에 대한 일종의 반발이 작용하고 있었다.

나는 스스로를 치사한 인간이라고 탓하지 않을 수 없었다.

'오늘 밤에 전화가 온다면? 나는 서슴없이 근숙에게 사과하고 내가 간원해서까지 놀러오라고 하리라.'

그러나 그런 전화가 올 것 같지 않았다. 호텔 방에 들어서니 아침에 방을 나갈 때 보지 못했던 것이 눈에 띄었다. 한 아름 국화꽃이 꽂힌 커다란 꽃병이 방 한가운데의 탁자 위에 놓여 있었다.

'호텔 측에서 갖다 놓았을까.'

그런데 꽃다발이며 꽃을 꽂은 품이 호텔이나 여관집에서 베푸는 상술 섞인 호의 이상의 것임을 나타냈다.

나는 종업원을 불러 물었다.

"이 꽃, 자네들이 가져온 거야?"

"아닙니다. 낮에 어떤 여자 손님이 오셔서 205호로 안내하라면서 그 꽃을 꽂아 놓고 가셨습니다."

"알았어."

방근숙의 행위임이 틀림없다. 나는 돌연 휘파람이라도 불고 싶을 정도로 유쾌해졌다.

창을 열어젖히니 밤의 바다가 보였다. 띄엄띄엄 불꽃이 해변을 수놓은 송도의 환락가도 훤히 내려다보였다. 멀리 들리는 파도소리, 어두운 하늘에 빛나는 별들, 아까까지는 눈에 보이지도 않았고 눈에 보여 봤자 마음을 우울하게만 하던 풍경이 갑자기 생기를 띠고 가슴에 파고들었다.

나는 전화가 오기만을 기다렸다. 전화는 틀림없이 오리라. 책도 손에 잡히지 않아 다시 창가에 서서 어두운 바다를 바라보기 시작했다.

'연정을 느끼게 되면 사람은 이처럼 안절부절못하는 걸까. 다른 사람도 그럴까. 내가 너무나 경솔한 탓일까.'

나의 뇌리에 문득 병원에 있는 아내의 얼굴이 스쳐갔다.

'아내가 지금 방근숙의 전화를 기다리며 안절부절못하는 내 처지를 안다면, 상상이라도 한다면?'

나는 뭐라고 표현할 수 없는 역겨움을 느꼈다. 지워 버리려고 애써도 떠오르는 아내의 얼굴, 거기에 겹쳐 나타나는 방근숙의 얼굴…. 나는 통곡하고 싶은 충동에 사로잡혔다.

그때 노크 소리가 들렸다. 가벼운 소리였으나 노크 소리엔 틀림이 없었다.

"들어오십시오."

나는 도어 쪽을 주시했다. 나타난 사람은 방근숙이었다.

나는 후닥닥 자리에서 일어났다. 뭐라고 해야 할지 방도를 찾을 수가 없었다. 그녀도 어쩔 줄 모르는 모습으로 얼굴을 붉힌 채 방 입구에 서 있었다.

"왜 서 계세요? 이리로 앉으세요."

방근숙은 얼어붙은 듯한 표정을 풀지 않은 채 걸어 들어와 내가 내민 의자 위에 앉았다. 경직한 것 같은 몸가짐, 눈엔 나무람을 기다리는 아이의 공포 같은 빛깔조차 있었다.

나는 무슨 계기를 찾을 요량으로 그녀 무릎 위 핸드백을 집어서 꽃병이 있는 탁자 위에 놓았다. 이런 나의 동작을 눈으로 좇던 그녀는 어렵게 말을 뱉었다.

"제가 여기 온 건 잘못일까요?"

"잘못이란 또 왜요? 잘 오셨습니다. 반갑습니다."

나의 음성도 약간 들떠 있었다.

"체면도 없는 여자죠?"

그녀는 시선을 아래로 떨구었다.

"천만의 말씀을!"

나는 이렇게 말하곤 머리를 숙여 사과했다.

"어젯밤엔 제 결례가 컸습니다."

그래 놓고 보니 정말 내가 큰 잘못을 범했다는 실감이 났다. 사실 방근숙은 어젯밤 단순한 호의, 단순한 동정심으로 놀러오겠다고 말했을지 모른다. 그것을 나의 치사스런 추측으로 터무니없는 사태를 예상했던 것이다.

나는 방안 분위기를 바꾸기 위해서 어제 본 영화 〈나의 청춘 마리안느〉의 얘기를 시작했다. 한창 신을 내서 설명하고 나니까 방근숙은 비로소 웃음을 띠우곤 말했다.

"저는 그 영화를 벌써 봤어요."

나는 약간 무안해했다.

"그러나 선생님의 말씀은 참 재미있었어요. 제가 보지 못한 것을 보셨으니까요. 선생님은 영화평론을 하셔도 거뜬하실 것 같아요."

이것이 실마리가 되어 나는 내가 가장 인상 깊게 본 영화 얘기를 다음다음으로 연거푸 하게 되었다.

〈페페 르 모코〉의 얘기, 〈무도회의 수첩〉 얘기. 방근숙은 〈무도회의 수첩〉 얘기에 더욱 감동한 것 같았다.

"사람은 저마다 무도회의 수첩을 갖고 있지요."

"선생님의 무도회 수첩을 공개해 보세요."

"나의 무도회 수첩? 빈약하기 짝이 없습니다."

"그러시지 말고 첫사랑부터 차근차근 얘기해 보세요."

나는 지나가는 말투로 얼버무려 넘기려 하는데 그녀는 그 꼼수에 넘어가지 않았다.

"듣고 싶어요. 선생님의 첫사랑 이야기를…."

그녀는 조르기 시작했다.

"제게 첫사랑이라는 게 있었겠습니까? 삭막한 청춘에 불과한 내게 말이오."

"거짓말 마시고 빨리 해보세요."

"제가 하면 방 선생도 하시렵니까?"

드디어 나는 항복하고 말았다. 그녀는 서슴없이 "하겠다"고 나섰다.

"그럼 방 선생이 먼저 하세요."

"그런 게 어딨어요? 선생님이 하시면 저도 한다고 했지."

나는 난처하게 되었다.

"그렇다면 둘 다 그런 얘기 하는 건 그만두기로 합시다."

방근숙은 안 된다고 우겼다.

"별 도리 없으니 거짓말을 하나 꾸미죠."

내가 이렇게 말하자 방근숙은 거짓말은 안 된다고 다그쳤다.

"거짓말 안 하겠다고 하면서 거짓말을 하면 어떻게 되오?"

방근숙은 오른손 새끼손가락을 세워 내밀면서 말했다.

"그럼 맹세를 시켜야죠."

부득이 나도 새끼손가락을 내밀어 맹세하는 시늉을 하지 않을 수 없었다.

"이래 놓고도 거짓말을 하면 어떻게 하오?"

"선생님의 인격을 믿으니까 괜찮습니다."

"내 인격은 그다지 믿을 게 못 되는데…."

방근숙은 속이 타는지 조급증을 부렸다.

"거짓말이라도 좋으니 빨리 하세요."

나는 피할 도리가 없음을 느꼈다. 그래서 내놓은 것이 다음의 얘기다.

중학교 3학년인가 되던 해 상급학교로 갈 준비를 미리부터 해두어야겠다고 생각한 나는 여름방학에 책을 짊어지고 진주에서 50리쯤 떨어진 D라는 절간에서 지냈다. 자취를 하며 공부를 해보자는 심산이었다.

그러던 어느 날 나는 양초, 과자 따위를 사려고 절에서 5리쯤 아래에 있는 동네로 내려갔다. 얼만가의 양초와 과자를 사서 돌아오다 동구 밖에서 어떤 처녀를 만났다. 어린 아이를 업고 동구 밖 저자나무 밑에 홀로 서 있었는데 열대여섯 살 되는 그 처녀가 나에겐 선녀처럼 보였다. 오랫동안 그 또래의 소녀를 보지 못한 까닭과 내 나이 사춘기에 접어든 무렵이었기에 사실 이상으로 미화되어 보이기도 했겠지만 참으로 아름다운 소녀였다.

잘 빗어 땋아 늘어뜨린 머리칼을 앞가슴 쪽으로 돌리고 아이를 업고 있는 모시옷차림의 그 둥근 눈을 가진 소녀의 인상은 아직도 선명하다.

나는 정자나무 밑에 있는 돌 위에 앉아 잠깐 쉬면서 실례를 무릅쓰고 그 소녀를 바라보았다. 소녀는 간혹 시선을 내게 보내다가 눈이 마주치면 황급히 고개를 돌리곤 하면서도 그곳을 떠나려 하지는 않았다. 무슨 말이든 걸고 싶었으나 그런 용기는 나지 않았다. 나는 들일에서 돌아오는 사람들의 그림자가 보이기 시작하자 뒤돌아보며 절로 향해 걸었다.

그 이튿날 나는 가만히 절에 앉아 있을 수가 없었다. 그 소녀를 만난 무렵의 시간이 되자 펼쳐 놓은 책을 그냥 두고 밖으로 뛰어나와 그 정자나무가 보이는 곳까지 단숨에 달렸다. 정자나무가 보이는 곳까지 왔으나 그곳엔 소녀의 그림자조차 없었다. 나는 실망했다. 그러나 실망한다는 것 자체가 곧 우스운 일이라는 것을 깨달았다. 어떻게 그 무렵 그 소녀가 거기에 나와 있겠는가. 그런데… 보였다! 그 소녀의 모습이! 소녀는 개울을 건너 정자나무 쪽으로 가고 있었다.

"이 얘기는 이 정도로 집어치웁시다."

이렇게 말하고 나는 담배를 피워 물었다.

"뭐라고요?"

방근숙은 발깍 놀라는 시늉을 했다.

"지금부터라는 대목에서 얘기를 끊어요?"

"쑥스럽지 않아요?"

나는 딴전을 피웠다.

"쑥스럽다뇨? 재미있어요. 얼른 계속하세요."

"그만하렵니다."

방근숙은 자리에서 일어나 내 등 뒤로 와서 내가 앉은 의자를 흔들며 말했다.

"어서요. 빨리요!"

"이러는 방 선생은 어린 아이 같네."

"어린 아기라도 좋아요."

"철없는 선머슴애 같고…."

"선머슴애라도 좋아요."

"이것 야단났는데…."

"이야기를 하다가 중도에서 끊으면 뭐라 하더라? 죽어 버러지가 된다고 하지 않아요?"

"버러지가 되는 건 섣달 그믐날 자는 사람이지요. 어떻게 이야기를 중단했다고 버러지가 됩니까?"

"아이구 기가 막혀. 어쨌든 빨리 얘기나 계속하세요."

"치사스러워 못하겠는데요."

"치사스럽다니… 죽으면 곰이 되겠어요. 그런 고집 가지곤…."

"죽어 곰이 되었으면 되었지 얘기는 못하겠는데요."

이에 이르자 방근숙은 화를 냈다.

"선생님은 저를 대단히 무시하는군요."

이런 말이 나오는데도 이야기를 중단할 수는 없었다. 나는 다시 얘기하기 시작했다.

개울을 건너 정자나무 쪽으로 가는 소녀를 보자 나는 쏜살같이 달렸다. 정자나무를 50∼60m 앞으로 하고는 걸음을 늦춰 숨을 고르며 천천히 걸었다.

소녀는 정자나무에 기대섰다가 나를 보자 방긋 웃었다. 어제와 같이 아이를 업었는데 그 아이도 무심하게 웃는 얼굴이었다.

그 소녀도 내가 지나가는 것을 기대했음이 분명했다. 서로가 반기는 웃음을 주고받았으니 말이다. 그렇게 되자 자연스레 대화가 오갔다.

나는 공부하러 절에서 자취하는 중학생임을 밝혔다. 소녀는 초등학교를 나와 중학교에 가지 못하고 집에 머무는 신세인데 이곳 이모집에 놀러와 있는 중이라 했다.

"더 공부하고 싶지만 뜻대로 되지 않는다"는 소녀의 불평을 듣고, 나는 "학교에 가야만 공부를 하는 건가?"하고 제법 어른스런 훈계를 하기도 했다. 소녀는 수줍어하면서도 또렷또렷 이야기를 잘 했다.

침묵이 끼이기도 하고 대화에 열중하기도 하는 동안에 어느덧 해가 서산에 저물었다. 나는 용기를 내서 절에 한번 놀러오라고 말해 보았다. 소녀는 가볍게 고개를 끄덕였다. 나는 부푼 가슴을 안고 석양길에 절로 향해 걸었다. 내 앞에 돌연 새로운 세계가 펼쳐지는 것 같았다. 하늘도 들도 풀도 나무도 이제까지와는 전혀 다른 빛깔로 나타났다. 그런데 불안이 생겼다. 아까 고개를 끄덕인 것이 승낙의 뜻인지 그저 하는 버릇 또는 수치를 느낀 표정과 동작인지를 분간하지 못하겠다.

이튿날 점심 무렵이었다. 누가 나를 찾아왔다기에 산문 밖으로 나갔더니 소녀가 조그만 바구니를 들고 소나무에 기대어 내겐 등을 보이고 서 있었다.

"오셨군요."

나는 반가워했다. 소녀는 얼굴을 붉힌 채 말문도 열지 못했다.

나는 소녀를 내 방으로 들어오게 했다. 겨우 한다는 말이 산나물을 캐러 간다는 핑계를 대고 왔다는 것이었다.

소녀는 내 방에 흐트러진 자취도구를 보자, 아직 점심을 먹지 않았느냐고 물었다. 그렇다고 대답했더니 소녀는 쌀을 들고 우물가에 가서 씻고 불을 지피는 등 밥을 짓기 시작했다.

반찬이래야 젓갈과 된장, 북어 등속이었는데 소녀는 그 빈약한 재료로도 제법 깔끔하게 밥상을 차렸다. 시끄럽게 울어대는 매미 소리를 들으며 소녀와 나는 방문을 열어놓은 채 함께 점심을 먹었다. 나는 그런 장면을 상상조차 한 일이 없었으면서도 언젠가 꿈속에서라도 있을 거라는 착각에 사로잡혔다.

식사하는 동안에도 말은 없었다. 말은 없었지만 말 이상의 어떤 정회(情懷) 같은 것이 침묵 속에서 가쁜 숨소리와 더불어 오갔다.

식사가 끝나자 소녀는 그릇을 죄다 챙겨 깨끗하게 씻고는 잘 정돈하고 방안을 치우기까지 했다. 처음 시집온 신부 같구나, 하는 생각도 했다.

그리고 나서는 둘은 다시 우두커니 앉아 있었다. 그날따라 매미 소리가 왜 그렇게도 시끄럽게 들렸는지 모르겠다.

그렇게 멍청한 자세로 말 한마디 없이 몇 시간을 앉아 있었는지 모른다. 어느덧 해가 저물기 시작했다. 소녀는 뭔지 아쉬운 표정으로 자리에서 일어났다. 몇 포기 산나물이라도 캐서 이모집으로 돌아가야겠다고 한다.

나도 따라 일어섰다. 같이 산속으로 들어가 소녀가 가리키는 대로 수리취 등 여러 먹음직한 산나물을 캐서 소녀의 바구니에 담았다. 이 소녀와 함께 살 수만 있다면 이런 산속에 숨어 살면서 매일처럼 산나물을 캐도 좋겠다는, 소년에겐 어울리지 않는 공상도 했었다.

나는 소녀를 따라 산을 빠져 내려와 들길 입구까지 왔다. 땅거미가 깔릴 무렵이었다. 또 만나자는 얘기를 그때 꺼냈는지 어쨌는지는 기억할 수 없지만 하여간 요령부득한 얘기를 하고 헤어졌다.

땅거미가 깃든 저녁노을 속으로 사라져 가는 소녀를 나는 오랫동안 바라보고 서 있었다. 소녀는 두세 번쯤인가 뒤를 돌아보았다.

그것이 그 소녀와의 마지막 작별이었다. 방학이 끝나 집으로 돌아올 날까지 나는 매일 그 동네 앞 정자나무 밑에서 한동안 기다렸지만 영영 그 소녀를 못 보았다. 이모집을 떠나 자기 집으로 돌아간 것이 분명했다. 그 무렵의 내 허전한 기분이란 이루 형언할 수 없었다. 소녀의 집 주소와 이름을 알아 두지 않은 것이 한없는 후회로 가슴을 아프게 했지만 돌이킬 수 없는 일은 어떻게 할 수 없었다. 인연이 있으면 다시 만날 날이 있겠지 하고 기대했지만 아직껏 그 소녀의 소식을 알 수 없다. 아마 좋은 어머니로 지금 잘 지내고 있으리라. 나는 지금도 그곳을 지나면 그 소녀를 떠올린다.

이렇게 이야기를 끝내자 방근숙은 긴 한숨을 내쉬었다. 그리고 말했다.

"대단히 아름다운 얘긴데요."

"뭐가 아름다워요? 그저 유치할 뿐이지."

나는 그때의 감정을 다시 한 번 회상해 봤다. 그 일이 있자 나는 어른이 된 것이었다. 그 일이 계기가 되어 나는 하이네를 알게 되고 바이런, 괴테를 알게 되었다. 미숙하나마 인생이란 것의 의미, 운명이란 것의 의미를 알게 된 것이다.

"지금 그 소녀가 선생님의 눈앞에 나타나면 어떻게 하시겠어요?"

방근숙의 이 말에 나의 회상은 일단 중단되있다.

"글쎄요."

고개를 갸우뚱할 수밖에 없었다. 지금 그 소녀가 중년부인 모습으로 나타난다고 해봤자 아무 일도 없을 것 같았다. 그래 다음과 같이 대답했다.

"저에게 그 소녀는 소녀 모습 그대로의 존재이니 지금 만난다고 해 봤자 저와는 상관없는 사람을 만나는 셈이지, 별 게 있겠어요?"

"그럴지 모르지요."

방근숙은 자리에서 일어나 창가로 갔다. 나도 따라 일어서서 그녀와 나란히 창밖을 내다보았다. 소리 하나 들리지 않는 호젓한 시간. 아슴푸레 검은 바다가 보이긴 했으나 나는 바다를 보는 것이 아니고 그 바다를 닮은 내 마음을 들여다보는 느낌이었다.

"이번엔 방 선생 차례 아녜요?"

이렇게 말하고 나는 방근숙의 어깨에 가볍게 손을 얹었다.

"제겐 그런 아름다운 추억이란 없어요."

"아름답지 않은 추억이라도 좋습니다. 아까 약속하시지 않았나요?"

"약속은 했지요. 그러나 로맨스가 있었으면 하겠다는 약속이었어요. 없는 것까지 하겠다는 약속은 하지 않았어요."

"방 선생도 꽤 약삭빠르시군요."

"제겐 어제도 없고 내일도 없는 이 순간의 감정으로 꽉 차 있을 뿐이에요."

방근숙은 얼굴을 내 가슴에 갖다 댔다.

　나는 어리둥절하면서도 그녀를 안은 자세가 되어 버렸다. 가슴이 심하게 울렁거렸다.

　"이대로 먼 곳으로 가 버릴 수 없을까요?"

　얼굴을 내 가슴에 묻은 채 방근숙은 울먹거렸다.

　'먼 곳으로, 이대로….'

　나는 마음속으로 그녀의 말을 따라 외웠다.

　'그렇다. 이대로 먼 곳으로 가 버릴 수 있다면!'

　나는 나도 모르게 방근숙을 꼭 껴안았다. 경련하는 방근숙의 육체 리듬이 내 팔에, 내 가슴에 전류처럼 흘러들었다.

　말이란 이런 경우 어설픈 방해밖에 되지 않는다. 나는 그녀를 껴안은 팔 하나를 풀어 방근숙의 어깨 위로 흘러내린 머리칼을 쓰다듬었다. 릴케는 잠자는 여인의 머리칼이 아름답다고 했지만, 남자 가슴에 얼굴을 묻고 서 있는 여자의 머리칼도 아름다운 것이다. 나는 닥쳐오는 순간이 둘이 이룩할 행복의 절정이 될 것일지, 일체를 와해(瓦解) 시키는 카타스트로프가 될 것인지 하고 전율했다.

　실오라기 하나 걸치지 않은 방근숙의 육체가 내 팔 속에 안겨있다는 사실. 그 육체와 더불어 운명까지 내게 맡겨 버린 듯한 이 사실.

　이 사실의 의미를 나는 전등을 끈 어두운 방의 천장을 바라보며 찾으려고 했다. 분명 방근숙은 잠들지 않았으면서도 한마디 말도 건네지 않았다. 말을 내기만 하면 오염해 버릴 것이 확실한 정회(情懷). 말을 하기만 하면 산더미로 화할 문제들의 퇴적(堆積).

이러한 착잡한 사정이 몇 해를 두고 억눌린 정열을 부채질해서 내가 구하고 빙근숙이 구하는 바람에 완전히 광란을 이루는 육체가 되어 버렸다. 이상하게도 지칠 줄 모르는 육체, 샘솟듯 솟는 정염. 그렇다고 해서 이성(理性)이 한순간도 그 움직임을 멎은 것은 아니었다.

팔에 힘을 넣기만 하면 불붙는 육체. 차라리 생명의 불꽃이 완전히 꺼질 때까지 이 밤을 낭비했으면 하는 초조조차 있었다.

나는 욕정의 사이사이에서 방근숙의 남편과 처량하게 병상에 붙들어 매인 내 아내의 모습을 상기했다. 그러나 그것이 양심에까지 미치지는 못하고 욕정에 대한 자극이 될 뿐이었다.

앞으로 이 사태가 어떻게 전개될 것이며 어떻게 대처해야 옳은지도 생각에 떠오르지 않았다.

방근숙에 대한 애착이 그 육체에의 집착으로 더욱 강화되리라는 확실한 예감만이 뚜렷할 뿐 그 밖의 일은 아무것도 생각하기가 싫었다.

이 행복을 유지하기 위해선 천만 명에게 돌팔매질을 당해도 견뎌 낼 수 있다는 엉뚱한 용기마저 솟았다.

'사람은 저마다 자기 나름의 행복을 추구할 권리가 있지 않은가.'

'아내의 발병도 운명이며, 방근숙과 만나게 된 것도 운명이 아닌가.'

'운명은 이를 거역하는 자는 끌고 가고, 순종하는 자는 태우고 간다는 말이 있지 않은가.'

'신(神)의 섭리(攝理)로 나와 방근숙은 만나게 돼 있다. 총각과 처녀로 만날 수 없었던 것은 신이 질투한 까닭이다. 그러한 질투도 섭리는 어떻게 할 수 없다. 신은 갖은 계교를 부렸지만 도리가 없었다. 나의 아내나 근숙의 남편은 그 계교의 도구에 불과했다. 그들에겐 미안하지만 운명은 왕왕 그러한 희생자를 내게 마련이다.'

나는 방근숙과 말이 오갈 때를 대비해 이런 논리를 준비했지만 그 과정에서 불현듯 어떤 상념에 사로잡혔다.

'우리가 할 일은 지금 병원에 있는 사람들을 어떻게 해서라도 구해내는 일이다. 그들의 병이 완쾌되지 않으면 우리의 행복도 없다. 어떻게 하든 그들이 병이 낫도록 최선을 다하자. 완쾌한 날, 떳떳이 말하자. 나와 근숙과의 관계는 신의 섭리라고!'

이 상념이 구원(救援)이었다. 그렇게만 되면 떳떳이 이혼할 수 있다. 이혼을 막을 윤리란 이 세상에 존재하지 않는다. 나는 비로소 안도의 숨을 쉴 수 있었다. 이 안심이 더욱 열렬하게 방근숙의 육체를 구하게 했다. 이번에도 그녀의 육체는 나의 욕정에 순응했고 드디어는 내 욕정을 압도하기에 이르렀다.

새벽녘에야 깊은 잠이 들었다. 잠에서 깨어났을 때 방 안은 훤한 대낮이었다. 당황해서 주위를 둘러보았다.

방근숙이 단정한 옷차림으로 침대 머리맡에 앉아 나를 지켜보고 있었다. 내가 눈을 뜨자 근숙은 눈이 부신 듯 얼굴을 숙였다. 얌전히 빗어 넘긴 머리칼 위를 햇빛이 후광처럼 서렸다.

"빨리 출근하셔야 하지 않습니까?"

이렇게 말하자 근숙은 학교를 쉰다고 대답했다.

"체육대회에 경기장으로 학교를 빌려 주었기 때문이에요."

나도 운동부와는 관계가 없어 서두르지 않아도 됐다. 토스트와 커피로 가볍게 아침식사를 때우고 근숙과 나는 베란다에 의자를 내놓고 바다를 향해 앉았다.

역사가 지난 뒤의 고요함이라고 할까. 그러나 나는 지금 곁에 단정히 앉아 있는 방근숙이 지난밤 내게 몸과 운명을 맡기고 광란한 바로 그 여인이라고 상상할 수가 없었다.

청초한 얼굴, 고요한 눈빛, 얌전히 다문 입술!

나는 뭐라고 말을 꺼내야 할까 하고 망설였다. 말을 꺼내기만 하면 오염될 것 같은 문제의 위구감(危懼感)이 앞섰다.

'내가 당신을 맡았다고 할까? 이것도 쑥스럽다.'

'앞으로 우리의 행복을 설계합시다. 이것도 쑥스럽다.'

지난 밤 그처럼 준비한 말들이 이 백일하엔 시든 꽃처럼 추하게 될 것만 같다. 방근숙의 말을 기다릴 수밖에 없었다. 그런데 방근숙은 입을 열지 않았다. 나는 그녀의 심중에 어떤 상념이 오가는지 상상하려 애썼다. 그러나 짐작할 수 없었다.

'하룻밤의 실수라고 씻어 버릴 작정일까. 그럴 리야 없다.'

그처럼 강렬하게 정염을 불태운 그 기억을 그렇게 간단하게 처리할 수는 없으리라. 근숙도 너무나 벅찬 문제를 저질러 놓고 어떻게 해야 할지 엄두를 내지 못하는 것이 분명하다. 그러던 차에 방근숙이 말했다.

"고백해야겠어요."

물방울이 한 방울 똑, 하며 떨어지는 것 같은 어조였다. 나는 말

뜻을 알아차릴 수 없었다. 그런 눈치를 근숙은 파악한 것 같았다.

"이 일을 남편에게 고백하고 이혼을 청해야겠습니다."

나는 아연(啞然) 했다.

"선생님과는 관계없는 일이에요. 선생님도 그렇게 하라는 말이 아닙니다. 도저히 그냥 지나쳐 버릴 순 없어요. 그분에겐 타격이 크겠지만 거짓을 그냥 지탱하는 것보다 낫지 않을까요?"

나는 우선 "안 됩니다!"하고 강하게 말하곤 다음과 같이 타일렀다.

"최선을 다해 지금 병원에 있는 분들의 병이 낫도록 노력합시다. 그래서 병이 나아 퇴원하면 그때 고백하고 용서를 빌며 이혼을 청합시다. 설혹 병을 완쾌시킬 수 없더라도 우리가 최선을 다했다는 점만으로도 우리의 결합은 떳떳하게 될 것이 아닙니까? 지금 섣불리 고백했다간 병자를 죽이는 결과가 되지 않겠어요? 그렇게 되면, 그렇게 되면!"

"그렇게 되면 어떻게 된다는 거죠?"

방근숙의 눈이 싸늘하게 빛났다.

"우리는 병자들을 위해 희생만 해야 하나요?"

"그런 게 아니고 그들을 완쾌시켜만 놓으면 우리는 떳떳하게 결합할 수 있는 겁니다."

"그럼 지금 우리의 결합이 떳떳하지 않다는 말씀입니까?"

나는 방근숙의 날카로운 말에 적이 당황했다. 그녀는 말을 이었다.

"저는 각오했습니다. 사람은 스스로의 행복을 위해서 살아야 한다고. 선생님은 어떻게 생각하실지 모르지만 저는 평생 최대의 결심을 한 것입니다. 저는 제 정성을 모두 선생님께 바칠 생각을 했습니다. 그렇다고 해서 선생님도 그와 같이 하라고 요구하지는 않습니다. 저는 제가 진심으로 사랑할 수 있는 사람을 위해서 살 작정을 했습니다. 그게 나쁜 생각입니까? 그 생각으로 된 결합이 떳떳하지 못한 결합입니까?"

방근숙의 흥분을 우선 가라앉혀야 했다.

"우리 차분하게 생각합시다. 우리들의 희생을 좀더 참아 보자는 얘깁니다. 만일 그들이 병자가 아니라면 문제는 간단합니다. 병자이니 문제가 복잡하지요. 이렇게 말하면 방 선생은 제가 아내에 대한 애정을 청산하지 못한 탓으로 생각하실지 모르겠으나 그런 것은 아닙니다. 정직하게 말합니다. 저는 방 선생을 알게 된 그 순간부터 아내에 대한 감정은 동정 이외엔 아무것도 없게 됐습니다. 건방진 추측을 용서하십시오. 방 선생도 역시 마찬가지라 생각합니다. 그런데 이 동정심을 끝까지 가지자는 것입니다. 최선을 다해 그들을 보살피자는 것은 동정하는 감정을 억지로 끊음으로써 평생 뉘우치는 재료를 만들지 말자는 뜻입니다. 제가 떳떳한 결합이라고 말한 것은 지금 우리의 결합이 떳떳하지 못하다는 뜻이 아닙니다. 그들에 대한 동정을 끊음으로써 때때로 뉘우침을 느끼는 그런 결합이되지 말도록 하자는 겁니다."

"깊은 뜻을 가진 말씀입니다."

방근숙은 그렇게 말하고 한 줄기 쏟아지는 눈물을 황급히 손수건으로 닦았다.

"앞으로 몇 해가 더 걸릴지 모르는데 그 긴 세월동안 없는 사랑을 가장하고 어떻게 살 수 있을지 그게 겁나지 않아요?"

정직한 마음, 깨끗한 마음, 결벽이 있는 성격이면 참으로 감당하기 힘든 노릇일 것이다. 없는 사랑을 있는 것처럼 꾸며야 동정의 보람도 있을 것이니 방근숙의 말마따나 겁나는 일이 아닐 수 없다.

"그러니까 방 선생, 도리가 없는 일 아닙니까? 우리의 사랑을 키우기 위해서라도 이 벅찬 일을 감당하기로 합시다. 우리의 사랑을 살릴 셈으로 그들을 살리도록 합시다. 만일 우리의 노력이 모자라 그들이 죽었다고 합시다. 평생 동안 우리는 죄의식에서 벗어나지 못할 것이니 우리의 행복이 그만큼 흐려지는 것 아니겠습니까? 방 선생!"

행복에의 의지

보퉁이를 들고 들어오는 나를 보자 아내는 안절부절못하고
침대 위에서 상체를 일으켰다.
"아이고 미안도 해라. 그 보퉁이를 들고 왔어요?"
아내의 눈에는 이슬까지 맺혔다. 아내는 침대 위에 보퉁이를 놓고
끄르려는 판인데, 보퉁이를 싼 다음 쑤셔 넣은 것 같은
핸드백을 꺼내 들었다.
"이거 뭐지요? 누구 핸드백이지요?"

나와 방근숙은 세밀한 계획을 세웠다. 근숙은 남편의 병구완을 더 철저하게 하려고 마산으로 전근운동을 하기로 했다. 나는 방근숙과 단 한 시간이라도 더 많은 시간을 갖기 위해 부산으로 전근하기로 했다. 같이 마산으로 전근했으면, 하는 의견도 나왔으나 남의 이목을 경계해야 했기에 삼가기로 했다.

　두 사람을 완쾌시키는 것이 우리들의 행복을 마련하는 가장 건전한 길이란 것을 근숙도 납득했기 때문에 우리는 머리를 맞대고 지혜를 짜낼 수 있었다.

　제스처면 어떻고 연극이면 어떠랴! 싶었다. 그러나 '죄'(罪)라는 의식 없이 방근숙과 나와의 관계를 생각할 수 없는 것이 한없이 괴로웠다. 이 괴로움으로 해서 양심의 가책을 이겨 나갈 수 있다면 사람의 감정이란 심연(深淵)은 그 깊이를 측량할 수 없을 것이다.

　방근숙과 나는 의사를 찾아가 치료비를 갑절로 늘리더라도 가장 좋은 약을 써 달라고도 하고 병원 규정상 특별취급할 수 없다면 우리가 의사 지시에 따라 어떤 고가의 약이라도 사겠다고 말했다.

보호자의 성의 있는 제안은 의사를 감동시켰던 모양이다. 그렇다고 해서 다른 환자와 차별해서까지 특별취급을 할 수는 없다고 하면서도 최선을 다하겠다고 확약했다.

　또 환자의 옷을 완전히 새것으로 바꾸기로 했다. 가능한 한 영양가 높은 음식물도 마련하기로 했다. 환자를 위한 일거수일투족을 조심하기로 했다. 나는 근숙에게 말했다.

　"이것이 행복에의 의지입니다."

　코발트 빛깔의 하늘이 연일 계속되었다. 아내의 얼굴도 한결 맑아졌다. 동작 하나하나에 성의가 넘쳐 보이는 내 태도를 아내는 의심스러운 눈으로 보면서도 마음속의 기쁨이 표정으로 나타났다.

　"당신의 얼굴이 퍽이나 정다워 보여요."

　머리칼에 국화꽃을 꽂아 주는 나를 쳐다보며 아내는 이렇게 말했다.

　"가을이 오면 사람은 누구나 정다워지지."

　나는 이런 대답을 하면서 아내를 측은해했다.

　"가을이 지나면 다시 가혹해지나요?"

　"내가 언제 가혹할 때가 있었소?"

　"한동안 당신은 제가 무슨 말을 하기에도 겁이 났어요. 거친 눈을 하고 거친 표정을 하고…."

　그랬던가, 하고 나는 생각했다. 내 딴에는 눈치를 뵈지 않으려고 애썼는데 사람은 쉽사리 감정을 숨길 수가 없는 것이었다. 그러나 나는 말했다.

　"내가 변한 게 아니라 당신이 변한 거지. 당신의 용태가 나빠졌을 땐 나를 보는 눈이 가혹해지고, 당시의 용태가 조금 나으니 당신의 마음이 정다워지고….”

“내 용태가 나아졌는가요?”

“누구에게 묻고 있소? 당신 자신이 잘 알 텐데.”

“나는 조금도 나아진 것 같지 않아요.”

“거울을 봐요. 거울을! 아주 해맑게 건강하게 보여요.”

거짓이 아니라 아내의 용태는 육안으로 그 차도가 보일 만큼 현
저하게 나아진 것 같았다. 미국에서 개발된 좋은 약이 근래 들어온
덕분이기도 하고 신선한 과일즙이며 간, 고기 같은 고단백 식품을
계속 먹었기도 하지만 내 정성의 보람이 나타난 것이 틀림없었다.

방근숙의 남편의 차도도 뚜렷하다고 한다.

“거짓말 같아요. 주일마다 혈색이 좋아오거든요.”

그녀는 복잡한 표정을 하고 이렇게 말하기도 했다.

방근숙은 종전엔 남편이 자기의 신경을 건드리기만 하면 발끈 화
를 내며 표정이 굳어졌는데 요즘은 춘풍(春風)에 수양버들처럼 너
그럽다는 것이다. 내가 좋은 경향이라고 말하자 웃으며 대답했다.

“이게 행복에의 의지인가요?”

하여간 두 병자의 용태가 나아진다니 좋은 일이었다. 그 용태 호
전과 정비례해서 우리 행복도 커 가는 것 같았다.

해가 짧아져 어둠이 일찍 깃든 길을 우리는 주변을 두리번거리면
서도 손을 잡고 걷기도 했다. 병원으로 갈 때도, 병원에서 돌아올
때도 둘은 쾌활했다.

남의 불행 위에 쌓인 행복의 성(城)은 모래의 성이다. 어디에선
가 누구에겐가 들은 적이 있는 이런 말귀가 불길한 파문을 가슴속

에 불러일으키기도 하지만 삼십몇 년의 세월, 가시덤불의 길을 걸어 겨우 만난 사랑이란 상념에 이르자, 그런 감정도 아침햇빛에 녹는 이슬이었다.

그러나 길은 아직도 아득했다. 죄의식을 없애고 떳떳한 결합을 이룰 수 있기까지엔 아직도 험준한 고개가 첩첩했다.

방근숙의 전근운동은 의외로 빨리 효과를 거뒀다. 근숙은 10월 초순 마산의 Y학교로 부임했다. 우선 하숙을 하다가 곧 알맞은 집을 사 들기로 했다.

나와 근숙은 병원에 가는 길, 돌아오는 길로 틈을 타서 집을 보러 다녔다. 방은 세 칸쯤은 있어야 하겠고, 약간의 뜰도 있어야 하겠고, 수도나 전기사정이 좋아야 하겠고, 그러면서 값은 헐해야 하니 그런 집을 찾기가 쉽지는 않았다.

그러나 근숙과 더불어 집을 보러 다니는 일 자체가 즐거운 행락처럼 되었다. 마산(馬山)이란 도시는 그 골목골목을 샅샅이 다녀 보면 뜻밖의 매력을 가진 곳이다.

촌스럽다고 생각하고 걸으면 뜻하지 않은 곳에서 세련된 품위 같은 것을 느끼기도 하고, 자질구레한 집들에 끼여 제법 아담한 집이 나타나기도 한다. 비탈길을 기어오르다가 문득 뒤돌아보면 바다가 바로 눈앞에 깔려 있기도 하니 얼핏 보면 단조롭지만 변화가 많았다. 나는 근숙과 어울려 이 골목 저 골목을 돌아다니는 바람에 마산에 대한 애착이 더욱 짙게 느껴졌다.

"어디 한적한 곳에 집을 짓고 평생 살면 원도 한도 없겠어요."

길가에 만발해 흩어진 코스모스 꽃잎을 만지작거리면서 근숙은 말했다.

"그럴 수도 있겠지요. 나도 그와 같은 생각을 종종 해봅니다만, 마산은 사람을 너무나 퇴영적으로 만들지나 않을까 해요."

"선생님은 아직도 대단한 야심을 가지신 것 같은데…."

"대단한 야심이란 게 있을 턱도 없지요. 그런데…."

"그런데?"

"방 선생을 만난 이후에 일종의 희망 비슷한 것을 느꼈지요. 그 희망을 제 분수로는 대단한 야심이 될지 모르긴 하지만…."

방근숙은 화사하게 웃었다. 진정 행복한 감정이 가슴에 넘치는 것 같은 표정이었다.

그러나 우리는 그러한 환상 속에서만 살 수는 없었다. 현실로 돌아와야 했다.

"그런데 그분의 차도는 어때요?"

'그분'이란 방근숙의 남편을 그렇게 부르게 된 것이다. 방근숙이 '그분'이라고 할 때는 내 아내를 말하는 것이고….

"놀랄 만큼 좋아졌어요."

"그분은 방 선생의 전근을 어떻게 생각하시죠?"

"대단히 환영해요. 자기를 위한 충성으로만 알고…."

방근숙의 말끝이 흐려졌다.

"그분에 대한 충성임은 틀림없지 않습니까? 우리는 병원에 있는 사람들을 위해서 최선을 다하기로 다짐했으니까요."

"집을 사겠다고 하니 역시 기뻐하더군요."

그 문제에 대해서는 나는 잠자코 있을 수밖에 없었다. 마산에서 사는 집은 근숙의 남편과는 무관(無關)한 돈으로 사기로 우리끼리 약속했기 때문이다.

"그래 집에 관해서는 앞으로 되도록 말을 안 할 작정이에요. 자기와 같이 살아갈 집도 아닌데, 그 집 얘기를 어떻게 하겠어요."

딱한 문제라고 아니할 수 없다. 그러나 우리는 이미 곤란한 길을 택하기로 한 것 아닌가.

"방 선생, 과하게 고민하지 마세요. 우리는 그들에게 건강을 돌려드리는 겁니다. 아니 생명을 찾아주는 겁니다. 그 대가로 우리의 행복을 존중해달라고 요구할 뿐입니다."

나는 이같이 말하면서도 어쩐지 허황하게 느껴지는 것을 어떻게 할 수가 없었다. 딱 잘라 말하면 건강한 사람들의 독선이 아닌가. 하지만 독선이라고 해서 누가 감히 우리를 비난할 수 있을까.

사랑은 희생일 수 없다. 남의 마음을 위해서 본의 아닌 방향으로 스스로를 끌고 가는 것은 자기 자신에 대한 모순이다. 몇 번이고 되풀이하는 감정이지만 사람은 저마다 행복에의 의지를 가져야 하고 행복에의 권리를 가진 것 아닌가.

"선생님, 제가 무슨 고민을 한다고 생각하시면 오해입니다. 제가 짐작하기론 제 생각은 선생님 생각과 꼭 같아요."

나는 고맙다고 했다.

"그런데 선생님은 자꾸 저를 위로하고 격려하시니… 그게 저에 대한 신뢰가 부실한 탓이 아닌가 하고 생각하지요."

돌부리가 많은 길이어서 하이힐을 신은 근숙의 걸음걸이가 불편해 보였다. 나는 그의 손을 잡아 주려다가 얼른 주위를 살폈다.

이러한 나의 동작을 눈치 챘는지 근숙은 자기 손을 내 팔 안으로 맡겨 오면서 말했다.

"제겐 각오가 서 있어요. 선생님과의 관계 때문에 제가 학교를 그만두게 되더라도 좋다고까지 각오하고 있어요."

"그건 나도 마찬가집니다."

"지금의 제 심정으론 선생님과 저와의 관계가 중요하지 다른 일은 일체 무관심합니다."

"그렇다고 해서 고의로 남의 이목을 자극할 필요는 없겠지요."

"저는 그와 반대예요. 남의 이목을 되레 자극해 보고 싶어요. 그래야만 선생님의 각오를 확인할 수 있을 게 아녜요?"

"그럼 아직도 확인하지 못했단 말씀입니까?"

"농담이에요. 그럴 리가 있겠어요?"

"가슴이 뜨끔해지는 얘기는 앞으로 삼가도록 하세요."

"예."

진주로 가는 기차는 떠난 지 오래였다. 나는 새벽차를 타고 진주로 갈 작정을 했던 것이다. 근숙은 내가 기차를 타나 안 타나 지켜본 모양이었다.

"진주 가는 기차가 떠나버렸는데 어떻게 하죠?"

"그거 큰일 났군요. 근숙 씨 하숙집에 신세를 끼쳐야 하겠는걸."

"저는 환영해요. 그러나 선생님의 각오가 아마 그렇게 되어 있지는 않을 것 같은데요."

그것은 사실이었다. 나는 근숙과의 관계에서 가능한 한 절도를 지키려 했다. 같이 있는 시간은 길게 가지려 애쓰면서도 하숙집에 갈 용기는 없었다. 이와 같은 나의 태도를 근숙도 이해하고 있었다.

그 다음 일요일.

나는 아내가 겨울을 나는 데 필요한 옷들을 한 꾸러미 싸들고 마산역에 내렸다.

기다리고 있던 방근숙은 그 보따리가 뭐냐고 물었다. 사실을 말했더니 그녀의 얼굴빛이 약간 달라지는 것 같았다.

'근숙의 질투도 대단하네.'

나는 속으로 당황했다. 아내에게 최선을 다한다고 약속했어도 그런 시늉을 근숙에게 보여서는 안 된다고 생각했기 때문이다.

그러나 근숙은 보따리를 남자가 들고 다니면 흉해 보인다면서 한사코 내 손에서 그 보따리를 뺏어 갔다. 택시에 타서도 근숙은 그것을 자기 무릎 위에 얹어 놓았다. 그런데 그 보퉁이를 끌러 보려 하지는 않았다.

그와 같은 것이 보통 여성과 다른 점이어서 나는 감동했다. 방근숙과 나와의 관계에 놓였을 때 대개의 여자는 질투 반, 농(弄) 반으로 그 속에 뭣이 들었는가 하고 뒤져 보기 마련일 것이다.

병원 현관에서 나는 보퉁이를 받아들었다.

보퉁이를 들고 들어오는 나를 보자 아내는 안절부절못하고 침대 위에서 상체를 일으켰다.

"아이고 미안도 해라. 그 보퉁이를 들고 왔어요?"

아내의 눈에는 이슬까지 맺혔다. 아내는 침대 위에 보퉁이를 놓고 끄르려는 판인데, 보퉁이를 싼 다음 쑤셔 넣은 것 같은 핸드백을 꺼내 들었다.

"이거 뭐지요? 누구 핸드백이지요?"

나는 와락 겁에 질렸다. 그것은 방근숙의 핸드백이었다. 아까 정거장에서 내게서 보퉁이를 빼앗듯 해서는 자기가 들었는데 그때 핸드백이 짐스러워 보퉁이 한 귀에 쑤셔 넣었던 것을 병원에 이르자 이를 잊고 그대로 둔 것이 분명했다.

삽시간에 핸드백의 연유를 둘러댈 수 없었다. 아내는 입을 꼭 다물고 있었으나 눈빛은 날카로운 질문을 쏟고 있었다.

'누구 거냐고?'

나는 겨우 한다는 말이 기차간에 같이 앉은 여자가 있었는데 단단히 하노라고 내 짐에 넣어둔 것일 거라고 말했다. 세 살 난 아이도 속아 넘어가지 않을 거짓말이라고 생각하고 나는 등골에 식은땀을 느꼈다.

그러나 아내는 내 말을 그대로 믿어주었다. 아니 믿어주는 척했다.

"빨리 돌려주어야 하지 않아요?"

아내는 태연스럽게 말하면서 그 핸드백을 열어볼 생각도 없다는 듯이 내게 건네주는 것이 아닌가.

그런 아내가 고맙다기보다 무서웠다. 그 가슴속에 소용돌이 칠 거창한 태풍이 짐작되기 때문이다. 나는 할 말을 잃었다. 아내도 말을 하지 않았다. 아내를 안심시키는 무슨 변명을 꾸며 보려고 진땀을 빼는 마음이었지만 섣불리 무슨 소리를 꺼냈다가는 가슴의 내

벽 속을 소용돌이치는 태풍이 어떻게 폭발할지 두려웠다.

사형을 기다리는 사형수처럼 입안이 바싹바싹 타는 느낌이었다. 드디어 아내가 입을 열었다.

"공교롭게도 낯선 여인의 핸드백을 가져왔다고 해서 그처럼 미안 해할 건 없어요. 아무리 병들어 있는 나의 신경이로서니 터무니없 는 추측은 안 합니다."

"고맙소."

나는 겨우 이렇게 발성했다. 진정 고마운 일이 아닐 수 없었다. 털끝만 한 것으로도 한 편의 소설을 꾸미는 상상력을 갖고 트집을 잡고 하던 바로 그 여자가 엄청난 단서를 잡고도 그처럼 스스로를 억제한다는 건 놀라운 수양이라고 아니할 수 없다.

분명 아내는 어떤 위기를 피부로 느낄 것이다. 자칫하면 깨어지 는 물건 앞에서 사람은 최대한 조심을 한다. 그런 것일까. 까딱하 면 꺼지는 호롱불 앞에서 사람은 숨도 크게 쉬지 못한다. 아내의 태 도는 바로 그런 것일까.

아내에게 나라는 존재를 새삼스럽게 생각해 보았다.

'애인, 남편, 보호자… 절대자!'

그렇다. 나는 아내에게 절대자이며, 하늘이며, 땅이다. 그 절대 자가 그 하늘이 그 땅이 무너질 위기에 있는 것이다. 사실은 이미 무너진 것이나 마찬가지지만…. 아내는 그런 각박한 순간을 예감하 고 스스로 하늘을 무너뜨리는 동작을 하지 않으려는 것이다.

아내는 얼마나 그 핸드백을 열어보고 싶었을까. 그러지 못한 아 내는 내 손으로 그 핸드백을 열어 보이며 참으로 나와는 무관하다는 변명과 행동을 해줄 것을 얼마나 기다렸을까.

그러나 나는 그럴 수가 없다. 그렇다고 해서 이 답답한 분위기를 그냥 견뎌 낼 수도 없었다.

"무슨 애기나 하세요. 오늘의 당신은 참으로 이상하셔."

이렇게 말하며 아내는 스스로의 태연함을 꾸며 보이는 것이었지만 나는 그 말소리가 떨리고 있음을 알았다.

'사랑하는 아내여!'하며 부르고 '나를 용서해 주오!'라고 울부짖고 싶은 충동이 솟았다.

얼마나 사랑하던 아내냐. 얼마나 섬기던 아내냐. 그 아내를 나는 나의 사랑의 세계에서 추방하고 말았다.

'이것이 될 말인가? 가능한 일인가?'

내 마음의 가닥가닥, 내 마음의 조각조각, 그 움직임을 죄다 알고 있는 것 같은 눈빛으로 나를 바라보며 아내는 미소마저 지었다.

"오늘의 당신은 참으로 이상하셔."

나는 통곡이 터지려는 것을 간신히 참았다. 고백하고 용서를 빌려는 충동도 겨우 참았다. 나는 방근숙의 얼굴을 내 눈앞에 그려놓고는 요동도 하지 않고 앉아 있었다.

안타까움과 사랑과는 다르다. 지금 항복해버리면 만사는 영원히 끝난다. 나는 주문을 외우듯 이런 말을 두서도 없이 내 마음속에서 되씹고 있었다.

나는 자리에서 일어섰다. 견딜힘이 극한에까지 온 것이었다.

"어쨌든 오해는 마시오. 당신을 살리기 위해, 당신을 건강하게 하기 위해 나는 사력을 다할 테니까."

그 핸드백을 집어 들고는 밖으로 나왔다.

사람은 어떤 흥분, 어떤 긴장 속에서도 간계(奸計)를 부리기를 잊지 않는다. 나는 아까의 말이 여러 겹으로 통용할 수 있다는 것까지 계산하고 있었다.

병원 문을 나와 맞은 편 풀밭에 앉아 핸드백을 열어보았다. 백을 열자 한 장의 낯익은 사진이 시야에 들어왔다. 근숙과 나와 나란히 해변에 서서 찍은 사진.

이심전심(以心傳心)이라고나 할까. 병원을 떠날 예정시간을 3시간이나 앞두고 나와 버렸는데 방근숙도 마침 병원 문을 나서는 것이 아닌가. 근숙은 풀밭에 앉은 나를 보더니 손을 흔들며 내려오라고 했다. 둘은 신마산 쪽을 향해 천천히 걸음을 옮겼다. 나는 핸드백 이야기를 대강 간추려 했다.

"그래서 어떻게 됐어요?"

근숙이 황급히 물었다.

"기차간에 같이 앉았던 어떤 여자의 것이라고 했지."

"그 말을 그대로 믿던가요?"

"믿은 척은 하더만…. 그러나…."

"그러나?"

"자기 자신과 싸우는 눈치였소."

"……."

"핸드백을 열어 내용물을 챙기며 한번 따져 볼까, 그저 속아 줄까 하고 망설이는 모양이었소. 저도 견딜 수가 없더군요. 그래 뛰쳐나왔답니다."

"지금은 대단히 고민하고 계실 거예요."

"그런데 그 핸드백을 열었더리면 큰일 날 뻔했소."

"왜요?"

"방 선생과 내가 송도 해변에서 찍은 사진이 핸드백을 열자마자 나타났거든."

"그 사진을 부인께서 보셨다면 큰일이 났을 거란 말씀인가요?"

"그렇지요."

방근숙은 시무룩해진 얼굴이 곁눈으로 보였다.

"그럼 당신은 그 사진을 내 아내가 보도록 트릭을 쓴 것이었소?"

"어머나!"

방근숙은 놀라 소리를 지르고 길 한복판에 서 버렸다.

"아니오. 아니오."

나는 다급하게 변명을 하고는 얼버무렸다.

"핸드백 때문에 당황한 이유를 번연히 알면서 당신이 그렇게 되물으니까 해본 이야기지요."

다시 걸음을 시작했지만 착잡한 감정이었다. 방근숙도 같은 감정일 것이 뻔했다.

들켜서는 안 된다는 생각과 들키면 들킨 대로 결딴날 게 아닌가 하는 생각으로. 병자에게 건강으로 되찾아 주려고 최선을 다하자고 약속했고 그렇게 실천도 하지만, 언제나 마음 한구석에는 단번에 일을 결정하고 싶은 조급함이 이글이글 타는 것이다.

"그런데 근숙 씨 편은 어땠어요?"

"핸드백을 거기에 꽂아 놓았다는 사실을 알고 안절부절못하였지요. 그 사람은 이상한 눈초리로 나를 바라보더군요. 그래 돈이 든 핸드백을 마루 위에 그냥 놓고 나온 모양이라고 하고 얼른 가 봐야 겠다고 했죠. 그랬더니….”

“그랬더니?”

“무슨 유감 같은 게 있나 보더군요. 사고는 났다, 사고는… 하고 중얼거리지 않겠어요? 그 무슨 말이냐고 물었더니 핸드백을 잃은 것이 사고 아니냐고 더듬거리더군요. 그러나 쏘아붙이고 싶은 말이 있었던 것 같아요. 요즘은 그런 말을 내지도 않는데….”

“제 아내도 그래요. 사태를 결렬시킬 것 같은 얘기는 참더군요. 이상하죠. 이편에서 그런 사태를 기다리는 무슨 위험신호 같은 것을 느끼나 보지요? 오랫동안 병원에 있으면 마음도 약간 비굴해지고….”

“그래 안타깝다는 말이지요?”

방근숙이 나를 쳐다봤다. 내 마음을 꿰뚫어 봐야겠다는 눈빛이었다. 나는 아까 아내 앞에서 그 고백하고 싶었던 충동이란 도대체 어떤 것일까, 하고 생각해 봤다. 방근숙을 향한 사랑의 방향은 확실한데, 그럼에도 불구하고 아내에게 그런 충동을 느낀다면 사람이 지닌 모순이란 참으로 풀기 어려운 수수께끼다. 만일 내가 그 순간 뛰쳐나오지 않았다면 바로 그 직후 나는 아내를 얼싸안고 눈물을 흘리며 내 잘못을 참회할 것이다. 만일 그렇게 되었더라면 적어도 이 순간의 방근숙과의 이런 응수는 있을 수 없다.

사람의 운명이란 묘한 것이다. 머리카락 한 가닥쯤의 마음먹이의 동요(動搖)와 동작과 시간으로 중대한 일이 결정되고 만다. 그

때 아내의 얼굴에 한 가닥 눈물이라도 흘러내렸더라면 나는 그 문을 박차고 뛰어나오지 못했을 것이다. 반면 만약 아내가 그 핸드백을 열어봤더라면 만사는 끝났을 것이다.

나는 내 태도를 분명히 했을 것이며 아내도 자기 태도를 분명히 했을 것이다. 약간 불쾌한 말이 오갔겠지만 아내와 나 사이는 그로써 일단 종지부를 찍었을 것이다. 다음 남은 문제는 구질구질한 처리문제, 법률문제뿐이었을 것이다. 내 마음속에 한 가닥 죄의식은 심어져도 그것으로 인해 다시 남편이 되고 다시 아내가 되는 계기는 영영 사라질 것이었다.

말하자면 핸드백 하나로 인해서 영원한 결별이 이루어질 수 있었고 영원한 화해가 이루어질 수도 있었다. 그것이 분위기의 탓, 한 가닥 심리의 탓으로 이렇게도 저렇게도 되지 않고 지금 들국화가 핀 이 길을 방근숙과 나는 걷고 있는 것이 아닌가.

"뭘 그렇게 골똘하게 생각하시죠?"

"별로…."

"아녜요. 뭔가를 골똘하게 생각하셨어요."

그렇다. 그러나 나는 그런 말을 방근숙에게 할 수는 없었다.

"운명에 관해서 생각했소."

그렇게 둘러댔다.

"운명?"

"그렇소. 나와 당신이 만날 수 있었다는 것도 운명, 지금 이 길을 걷는 것도 운명…."

"선생님!"

근숙의 얼굴을 돌아보지 않을 수 없을 만큼 긴장된 어조였다.

"뭔가 지금 숨기시죠? 숨기신 걸 다 털어놓으라고 하지는 않겠습니다. 그럴 수도 없고요. 그러나 저는 선생님이 생각하는 것에 대해서 불안을 느껴요. 이 불안만 없다면 선생님의 내면생활이야 어떻든 알고 싶어 하지도 않을 겁니다."

"불안한 건 저 역시 마찬가집니다. 우리 처지에서 불안을 느끼지 않는다면 그건 사람이 아니겠지요. 우리가 갈 길은 어떻게 이 불안을 극복하느냐를 시험하는 길입니다. 그 시험을 통해서 우리의 생활을 굳건하게 건설해 나가야 하는 거지요. 불안을 겁낼 필요는 없다고 봅니다. 불안을 이겨 내는 힘이 있느냐, 없느냐가 문제지요."

"그러니까 그 불안을 이겨 내는 힘을 얻기 위해서 선생님이 지금 뭘 생각하는가를 알고 싶다는 겁니다."

방근숙의 심정에 이해가 갔다. 그래 나는 아내에게 참회하고 싶었다는 얘기만 빼놓고 아까의 순간이 지닌 의미가 얼마나 컸던가를 설명했다. 영원한 결별이 있을 수 있었던 순간이 극히 우연한 일로 그렇게 되지 않았다는 얘기다. 더불어 그런 순간도, 극히 우연한 사건도, 핸드백 때문에 생겼다고 덧붙이고 그래서 아까 운명을 들먹였노라고 했다.

방근숙은 조용히 고개를 끄덕였다. 화창한 날씨, 하늘엔 흰 구름이 시원했다. 나는 침울해지려는 심리에서 벗어나려 다른 화제를 찾고 있었는데 문득 어떤 이야기 하나가 뇌리에 떠올랐다.

"방 선생!"

"예?"

"나, 얘기 하나 할까요?"

"하세요."

"그런데 핸드백이란 제목으로 모파상 류(類)의 단편이 하나 될 듯도 하구먼요. 〈목걸이〉라는 모파상의 단편소설이 있잖아요. 가짜 목걸이 때문에 평생을 망쳐 버린… 그런 아이디어를 참고로 해서 핸드백을 둘러싼 아까의 얘기 같은 것을 꾸미면…."

"선생님께서 그런 여유가 있어요?"

"재능이 있느냐는 말입니까?"

"아녜요. 그런 생생하고 절실한 사건을 객관화해서 소설을 꾸밀 수 있을 만큼 마음의 여유가 있나요?"

"마음의 여유? 있기도 하고 없기도 한데요."

"그런 무성의한 대답이 어딨어요?"

"핸드백으로 얽힌 사연을 따로 꾸미는 여유가 있기는 해도, 그것을 미끼로 바로 제 자신에게 일어난 사건을 쓸 수 있는 여유는 없지요."

"헌데 선생님은 마음 한구석에서라도 제가 일부러 핸드백을 옷꾸러미 속에 끼워 넣었다고 생각하셨죠?"

"그렇진 않았는데요."

"아까 그 비슷한 말을 하시지 않았나요?"

"글쎄, 그건 말을 주고받는 도중에 미끄러져 나온 말이라니까요."

"그럼 제 생각을 솔직하게 말씀 드릴까요?"

"그렇게 하세요."

"저는 그 핸드백이 옷 보퉁이에 들어 있다는 걸 알아차렸을 때 그 순간은 당황했어요. 그랬는데 그 다음 순간부터는 어떤 사건을 예상했지요. 반드시 무슨 사건이 일어나리라고 믿었지요. 한편 불안하고 한편 기대도 했어요. 선생님이 그 사건을 어떻게 처리하시나, 그 결과가 무척 기다려졌어요. 겁도 나고요. 사실은 그래서 안절부절못했던 거예요. 남편에게 거짓말을 꾸며놓고 뛰어나온 것도 무슨 사건이 생겨, 제게 유리한 방향으로 결과가 지어졌으면 선생님이 그때쯤 밖에 나와 계실 거고, 그렇지 않다면 아직 안 나와 계실 거다, 이런 추측 때문이었지요. 나와 보니 선생님이 거기에 계시잖아요. 가슴이 울렁했어요. 눈앞이 아찔해지는 느낌이었지요. 여자란 참 간교한 동물이죠? 그랬는데."

"그랬는데?"

"아무 사건도 일어나지 않았다니!"

"사건이야 일어났지요. 다만 진전이 없었달 뿐이지."

"그분은 핸드백도 열어보지도 않았다면서요?"

"그렇지요."

"그러니까 사건이 없었던 거나 마찬가지 아녜요?"

사건이 없었던 것도, 진전이 없었던 것도 아니다. 사실상 드라마는 시작한 것이다. 사건의 발단(發端)은 있었다. 그러나 나는 그 말은 하지 않았다.

그 대신에 이렇게 물었다.

"사진을 핸드백 윗켠에 넣어둔 의도는 뭐죠?"

"제 마스코트니까요. 저는 항상 사진을 거기에다 넣어 두고 매일 몇 번이고 들여다봅니다. 그러면 용기가 나요. 어떤 고통이라도 이겨낼 것 같은 용기가 솟는답니다."

"당신의 남편이 그것을 알았을 경우를 상상한 적은 없습니까?"

"고의로 보이려 하지는 않아요. 그러나 꼭 보이지 않도록 작용하기도 싫어요."

"만일 당신 남편이 그것을 본다면 어떻게 되지요?"

"그땐 끝장이겠죠. 스스로 일을 폭로해서 해결할 용기는 없어도 그런 사건으로 일이 벌어진다면 저는 해결할 수 있다고 생각해요. 그런 각오까지를 하고 저는 사진을 핸드백 속에 넣어 다니는 거예요."

그렇다면 방근숙이 일부러 핸드백을 옷 보따리에 넣었음이 틀림없을 거라는 의혹이 솟았다. 남편의 건강을 찾아준 후에 사태를 해결하자는 마음도 사실이고, 어떤 우연을 이용해서라도 빨리 사태를 해결하고 싶은 마음도 사실이라면 근숙과 나의 생각은 일치하는 셈이다.

나는 근숙의 어깨를 가볍게 안았다가 놓으며 중얼거렸다.

"우리는 행복할 수 있을 거야."

그러나 다시 생각은 병원에 누운 아내의 마음속에 전개되고 있을 드라마로 되돌아갔다.

사람이란 스스로의 행복을 위해서 이처럼 가혹할 수 있을까. 희생에는 미덕이 있지 않은가. 그 희생의 미덕으로서 속된 행복쯤은 따라올 수 없는 진실되고 아름다운 행복의 성을 쌓을 수 있지 않을까.

"선생님!"

근숙이 부르는 바람에 나는 그런 상념에서 깨어났다.

"선생님의 부인, 참 훌륭한 분인가 봐요."

"왜?"

"어떤 여자라도, 어떤 처지에 있는 여자라도 그런 경우 핸드백을 열어보지 않고 순순히 넘겨주지 않을 겁니다. 보통의 교양과 수양 가지고는 어림도 없는 일입니다."

"그럴까요?"

"그렇지요."

나와 방근숙의 말엔 모두 힘이 빠져 있었다. 라이벌인 여자에게 커다란 장점을 발견하고는 다시 한 번 불안해지는 방근숙의 마음의 동요가 그대로 표정에 나타났다.

"그런 훌륭한 분을⋯."

방근숙의 이 말엔 내게서 확신을 얻어 내려는 뜻이 사무쳐 있었다.

"훌륭한 사람은 존경하면 되지."

이런 정도의 말로는 근숙의 불안이 해소되지 않은 것 같았다.

"존경할 수 있는 여자를 사랑할 수 있다는 것도 대단한 일 아녜요?"

"근숙 씨. 당신과 나를 제외하고는 사랑이란 말을 쓰지 맙시다. 나는 근숙 씨 외엔 아무도 사랑하지 않습니다. 아내에 대한 것은 이미 사랑이 아닙니다. 몇 번을 되풀이해야 알겠습니까? 다만 우리의 행복에 어두운 그늘이 끼치지 않도록 그들에게 우리가 할 수 있는 최선을 다해 주자는 것 아닙니까? 안타까움도, 동정도, 심지어 존경도 사랑과는 별개의 감정입니다."

"그러나 저 때문에 그처럼 훌륭한 분을 희생시켜야 한다고 생각하니 겁이 나네요."

"사실이 그렇다 하더라도 그만큼 당신에 대한 나의 사랑이 크다는 증거가 되는 거지요."

"그런 분의 자리를 제가 감당할 수 있을까, 불안하기도 하고…."

"제가 보기엔 당신이 그 사람보다 몇백 배 훌륭합니다."

"그건 그분이 지금 병석에 누워 있으니까 그렇게 보이겠죠. 일단 건강해지기만 하면 선생님의 생각이 어떻게 변할지…."

"그건 근숙 씨의 경우를 말씀하시는 겁니까? 지금 남편이 병석에 있으니까 그렇지, 낫기만 하면 마음이 변할 수 있다는 그런 뜻입니까?"

근숙은 대꾸할 말도 나오지 않는다는 듯이 숨을 몰아쉬고 무섭게 나를 노려보았다.

"그러니까 하는 말 아닙니까. 마음에도 없는 소리일랑 하시지를 말라고…."

근숙은 자기 손을 내 손에다 걸어 왔다. 둘은 그런 자세로 한참동안을 걸었다.

"선생님, 자신 있으세요?"

"또 그런 소리를!"

"선생님이 너무나 좋아서 그래요. 이런 분을 제가 알게 되다니 얼마나 행복한 일인가고 밤새워 생각할 때도 있어요."

"그런데 근숙 씨. 우리 서로 무조건 믿읍시다. 믿어야 합니다. 한두 번 결혼에 실패한 사람들은 그 과거 때문에 서로를 완전히 믿지를 못해서 다시 실패한다고 합니다. 먼저의 실패는 그야말로 불가피한 원인 때문인데도 재혼자들은 상대방의 실패를 인격 결함으로 의심하는 바람에 대수롭지 않은 일로도 그렇게 의심한다는군요.

244

그 남편, 그 아내를 싫어하고 나를 좋아하게 되었으니까, 언제 나를 싫어하고 다른 사람을 좋아할 수 있겠구나 하는 심리가 작용한다는 거죠. 그러니까 우리는 그런 점을 조심하자는 겁니다. 생각해 보세요. 우리의 결합이 얼마나 절실했던가를. 우리가 놓인 상황이 어떤가를. 아까부터 근숙 씨가 자꾸만 보채는 이야기를 하시니까 이런 생각이 든 것입니다. 커다란 방천(防川)이 무너지기 시작하는 것도 조그만 흠으로부터라고 합니다."

"그럼 믿어도 좋죠?"

"또 그런 말씀을…."

"아녜요. 맹세하시죠."

"몇 번이라도 맹세하지요."

"그럼 우리는 절대로 신뢰하기로 하죠."

"의심하지 않기로 하고. 의심할 재료가 생기면 엉뚱하게 추측하고 터무니없이 상상을 하지 말고 단도직입적으로 물어 서로의 설명을 구하도록 합시다."

"그렇게 하기로 해요."

방근숙의 맑은 미소를 보는 것처럼 황홀한 시간이란 없다. 나는 그녀를 와락 껴안고 싶은 충동을 겨우 참았다.

"아까 단편소설 얘기를 했잖소. 엉뚱한 방향으로 빗나갔는데 들려주고 싶은 얘기가 있어요."

"하세요."

방근숙의 얼굴이 어리광을 피우는 소녀의 표정이 되었다. 맑고 윤곽이 단정하고 청초한 기품이 있는 근숙의 얼굴은 조그마한 감정의 움직임까지도 민감하게 반영한다. 이러한 근숙과는 몇천 년을 얼굴을 맞대고 살아도 권태로움이 있을 것 같지 않다.

"빨리 하세요."

"내 지저분한 얘기보다 당신의 얼굴을 그냥 들여다보는 편이 훨씬 충실한 시간이 되겠소."

"선생님도….."

"참말이오. 근숙 씨는 정말 아름답소. 예뻐. 그리고 맑고, 청초하고….."

"아이 참….."

"근숙 씨의 얼굴을 들여다보고 있으면 하늘에 깔린 성좌를 보는 느낌이오."

"그게 얘기예요?"

"아뇨. 좀더 들어봐요. 성좌를 보는 것과 같은 황홀하고 영원한 감정이 솟거든….."

"또?"

"근숙 씨의 얼굴을, 특히 그 눈동자를 보고 있으면 깊은 호수를 바라보는 느낌이오. 하늘을 비친 깊은 호수, 고요하고 다이내믹한 호수 말이오."

"또?"

"근숙 씨를 보고 있으면 각양각색의 꽃이 요란하게 핀 화원을 바라보는 느낌도 들어요. 장미처럼 호화로운 느낌에, 들국화처럼 청초한 느낌에, 프리지아의 향기까지 겹쳐 느껴지거든."

"선생님, 그만하세요."

"아니오. 좀더 들어봐요."

"숨이 가빠요."

"말만 듣고 있어도?"

"그래요. 너무나 아름다운 말을 한꺼번에 들으니까 소화가 되지 않아요."

"근숙 씨를 보고 있으면 철학자가 되는 기분이오. 온갖 것이 생각나거든. 인생의 아름다움, 여성의 아름다움에 관한 생각이 별의별 연상을 유발하고는 그것이 더 높은 차원의 사상으로 옮아가거든!"

"행복해요."

근숙의 탄식이 들렸다.

"근숙 씨를 보고 있으면 나는 시인이 되오. 이 인생의 아름다움을 노래 부르고 싶소. 불행도 또한 행복에 통할 수 있게 마련한 여자의 아름다움을 찬양하고 싶소. 말하자면 나는 근숙 씨를 알고부터 인생을 배우기 시작한 것 같소. 근숙 씨를 모르던 시절의 인생은 인생 이전(以前)이었다는 생각도 들고…."

"빨리 얘기나 하세요."

"하지요."

그런데 벌써 우리는 신마산의 거리에 들어서고 있었다.

"어디 다방에라도 갑시다. 거기에 가서 얘기하지요."

방근숙은 이미 마산에 사는 사람이므로 우리는 번화한 다방을 피해야 했다. 다방만이 아니라 거리도 피해야 했고 사람의 눈도 경계해야 했다.

'사련(邪戀)이란 남의 눈을 피해야만 하는 사랑을 말한다.'

어디선가 본 이 구절이 생각났다.

'그러한 사랑에 몰두하는 것은 순풍과 양속을 저버리는 행위다.' 하는 글귀도 생각이 났다.

그러니까 더욱 부채질을 받은 불꽃과 같이 사련은 맹렬한 힘으로 사람을 휩쓸기도 한다. 도덕을 넘어서는 강한 힘이 있기에 사련이 성립된다.

먼지 냄새가 나는 어떤 다방으로 들어섰다. 졸음을 견디며 하품을 하는 레지 하나가 지키는 텅 빈 다방이었다. 자리에 앉자마자 방근숙의 재촉이 왔다.

"선생님, 빨리 하세요."

"제 얘기가 그처럼 기다려져요?"

"그럼요."

"근숙 씨는 아첨할 줄 아시네."

"아첨이 아녜요. 진짜예요. 선생님의 얘기는 정말 재미있고, 깊이가 있고, 뜻이 있고….."

"하지요. 하지요!"

이렇게 대꾸하면서 나는 손을 저었다.

"2차 대전 때의 얘기인데요. 러시아 단편소설입니다. 제목은 〈단추〉라는 거고….."

나는 이렇게 서두를 꺼내고 이야기를 시작했다.

러시아에는 로스토프라는 곳이 있다. 2차 대전 당시 러시아군과 독일군의 치열한 공방전이 전개된 곳이다. 이 로스토프의 수비대장은 네댓 살 되는 사내아이와 사는 홀아비였다. 마누라는 죽고 없었다.

독일군의 공격이 압도적이어서 로스토프의 러시아 수비대는 후퇴해야 했다. 후퇴할 땐 신속해야 하므로 수비대의 가족은 물론 일반시민들을 데려갈 수 없었다. 철도는 파괴되었고 그 밖의 교통수단도 없었다.

수비대장도 할 수 없이 어린 아들을 친면이 있는 집에 맡기고 떠나야 했다. 어린 아이와 이별해야 하는 수비대장의 마음은 슬픔에 벅찼지만 어떻게 할 도리가 없었다.

아이는 멀어져 가는 아버지의 뒷모습을 향해 몸부림쳐 울며 이름을 불렀고, 아버지는 뒤돌아보고 싶은 마음을 억지로 참으며 로스토프를 떠났다.

로스토프에서 후퇴한 수비대장의 마음엔 아들에 대한 걱정밖에 없었다. 로스토프로 되돌아가야 한다는 일념으로 과감하게 전투에 임하기도 했다.

스탈린그라드에서의 승리에 뒤이어 독일군은 패주하기 시작했다. 패주하는 독일군을 뒤쫓아 이 수비대장은 로스토프로 돌아왔다. 로스토프에서의 그의 임무는 수비대장으로서 그 지방을 지키는 일과 그곳에서 붙든 포로들을 심사 감별하는 일이었다.

로스토프에 돌아오자 그는 곧 아들을 찾았다. 아들을 맡겨 둔 집은 포격을 당해서 온데간데없었다. 이웃 사람들의 말을 들으면 그 집은 사라져도 사람들은 이미 소개(疏開)한 뒤의 일이어서 인명 피해는 없었을 것이라고 들었다.

하지만 수비대장은 아들을 찾을 수 없었다. 날이 감에 따라 환장한 사람처럼 되었다. 그는 자기 임무는 팽개치고 매일 거리를 쏘다니면서 만나는 사람마다 다음과 같이 물었다.

"키는 요만 하고 눈은 밤빛이고 머리칼은 금발인 네 살쯤 된 소년을 보지 못했습니까?"

그러나 아무도 그에게 시원한 대답을 하지 못했다. "글쎄요"하고는 그만이었다. 수비대장의 얼굴은 초췌해갔다.

그가 다음 취한 방법은 잡아놓은 포로들에게 묻는 일이었다. 그는 포로를 대할 때마다 물어야 할 사항은 묻지 않고 아들에 대해 묻는 것이었다.

"키는 요만 하고 눈은 밤빛이고 머리칼은 금발인 네 살쯤 된 소년을 보지 못했나?"

포로가 모른다고 하면 어떤 때는 권총을 치켜들고 바른대로 말하라고 위협하기도 하고, 어떤 때는 "가르쳐만 주면 최대의 대접을 해주겠다"고 탄원하기도 했다.

어떤 독일군 장교 앞에서는 무릎을 꿇고 빌기까지 했다. 그러나 그 독일 장교는 석상(石像)처럼 빳빳한 자세로 "모른다"라고만 되풀이했다. 기진맥진한 수비대장의 눈에 그 장교의 상의 두 번째 단추가 떨어져 없는 것이 보였다. 독일군 군복 단추는 여간해서는 떨어지지 않도록 단단히 꿰매어 있는데 그 단추가 떨어졌다는 것이 이상하게도 수비대장의 인상에 남았다.

그는 고함을 지르면서 그 독일 장교에게 나가라고 했다.

어느 날 수비대장은 로스토프시의 변두리로 아들을 찾아 나섰다. 수십 명을 붙들고 물었는데도 모두들 대답은 한결 같았다. "모른다"는….

수비대장은 로스토프 교외의 어떤 고지 위에 서서 하염없이 시가를 내려다보는데 그 고지의 중턱쯤에서 어떤 노파가 땅을 후비며 울고 있는 모습이 보였다. 수비대장은 서둘러 내려가 그 노파 곁에 섰다. 노파는 눈물을 흘리면서 중얼거렸다.

"오오! 불쌍한 로스토프의 어린 아기들!"

노파는 그렇게 중얼거리며 울면서 땅을 후볐지만 단단히 다져진 땅은 노파의 손톱으로 파이지 않았다. 그저 한탄하는 허망한 작업일 뿐이었다.

수비대장은 노파 앞에 가서 그 까닭을 물었다. 그러나 노파는 그의 질문에 답하지는 않고 울부짖을 뿐이었다.

"오오! 불쌍한 로스토프의 어린 아기들!"

수비대장은 노파의 어깨를 잡고 흔들어 젖히면서 물었다.

"할머니, 얘기해 주시오. 로스토프의 어린 아기들이 여기서 어쨌다는 거죠?"

노파는 멍청한 눈으로 수비대장을 바라봤다.

노파의 설명은 지리멸렬하고 맥락이 잡히지 않았다. 노파는 이미 실성한 사람이었다. 그러나 노력한 결과 수비대장은 노파의 어린 손자가 많은 아이들과 함께 거기서 죽었다는 것, 거기는 원래 깊이 파놓은 우물이었다는 것, 독일군이 "원수의 새끼들을 그냥 두면 앞날에 화근이 된다"면서 로스토프 근처에서 어린 아이들을 죄다 붙들어다 그 물에 집어넣곤 흙으로 메웠다는 것 등을 겨우 알아냈다.

수비대장은 급히 시내로 돌아와 부하들에게 연장을 들게 하고 다시 그 자리로 왔다. 흙을 파내는 작업이 시작됐다. 그러나 다져지고 얼어붙어 여간 힘든 작업이 아니었다. 밤으로 접어들고도 작업은 계속되었다.

대여섯 시간이 지나자 우물 속에서 어린 아이들의 시체가 하나씩 나타나기 시작했다. 꽁꽁 얼어붙어서 시체는 숨질 때의 모습 그대로를 간직하고 있었다.

수비대장은 시체가 하나씩 나올 때마다 미친 사람처럼 그 시체를 안고 얼굴과 몸뚱이를 살폈다. 드디어 열 몇 번째 시체를 부둥켜안은 수비대장은 기절하고 말았다. 그 시체가 바로 그가 그처럼 찾아 헤매던 자기 아들이었던 것이다.

부하들의 간호로 수비대장은 정신이 들었다. 그는 아들을 안고 숙소로 돌아왔다. 옷을 벗기고 물로 전신을 닦았다. 흙덩이를 떼 내고 나니 아이는 잠든 것처럼 보였고 죽었다고는 믿어지지 않았다.

그런데 몸을 닦다가 아들의 오른손에 꽉 쥐고 있는 것을 발견했다. 아이의 굳은 손가락을 하나하나 풀었다. 뼈가 부러지는 소리가 우두둑, 하고 들렸다. 통곡을 참으면서 손가락 전부를 풀었다.

그 손바닥엔 단추 하나가 쥐어져 있었다. 불빛에 가까이 비쳐 보니 독일군 장교복에 달린 단추였다.

"단추…."

그는 나지막하게 신음했다.

"단추가 웬일일까?"

그러자 그의 뇌리에 번개같이 스치는 한 장면이 있었다.

우물에 집어넣으려고 독일군 장교가 아들을 번쩍 집어 들었다. 우물 속에 들어가지 않으려고 아이는 기겁을 하고 울부짖었다. 내두른 손에 잡힌 것이 있었다. 그것이 단추였다. 아이는 그 단추에 한사코 매달렸다. 독일군 장교는 있는 힘을 다해 아이를 떼려 했다. 그 결과 아이는 그 독일군 장교의 단추 하나를 떼어 쥐고는 우물의 나락 속으로 떨어졌다.

그 이상의 지옥이 또 어디에 있을까. 수비대장은 광란한 의식 위에 선명하게 떠오르는 그 장면을 지워 버리려 몸서리쳤다.

'그런 지옥이 있을 수 있을까?'

수비대장은 스스로의 의식을 가라앉히고 정신을 차렸다. 놈이 이미 전사하고 없다면 그만이지만 포로수용소 전체를 뒤지는 한이 있더라도 원수놈을 찾아야겠다고 이를 바득바득 갈았다.

"어떤 악마 같은 놈이기에 그처럼 무자비한 짓을 했나?"

수비대장의 뇌리에 스치는 것이 있었다. 그것은 위에서 두 번째 단추가 떨어져 나간 상의를 입은, 며칠 전 심문한 독일군 장교의 모습이었다.

'원수는 바로 가까운 곳에 있을지 모르지.'

그는 아들을 깨끗이 씻어 새 옷으로 갈아입혀 침대에 눕히고는 커튼을 치고 앞방으로 나왔다. 침착하게 차리고 앉아 오른손에 단추를 쥔 채 부하를 시켜 그 독일군 장교를 불러오도록 했다.

수비대장은 조용한 어조로 물었다.

"양심대로 말해주게. 자네, 키는 요만 하고 눈은 밤빛, 머리칼은 금발인 네 살쯤 되는 소년을 못 봤나?"

"본 일이 없다."

수비대장은 금세라도 터져 나오려는 고함을 간신히 참고 다시 물었다.

"자네는 고향에 아이를 갖고 있지 않나?"

"없다."

"그럼 자네 상의의 그 두 번째 단추는 어디로 갔지?"

마음의 탓인지 수비대장의 눈에는 이 물음과 동시에 독일군 장교의 몸이 꿈틀하는 것 같이 느껴졌다. 그러나 대답은 태연했다.

"대수롭지 않은 일로 떨어져 버렸다."

"독일의 군복 단추가 대수롭지 않은 일로 떨어질 정도로 허술

한가?"

"아무리 독일 군복이기로서니 그런 결함도 없겠니?"

"닥쳐라, 이놈!"

수비대장은 책상을 치고 일어섰다.

"이 단추는 누구 거지?"

자기 코앞으로 쑥 내민 손바닥 위 단추를 보자 독일 장교는 섬찟한 것을 만난 것처럼 몸을 피했다.

수비대장은 그 단추를 독일군 상의의 그곳에 갖다 대 보았다. 일순(一瞬), 만사는 확실하게 까닭이 밝혀졌다.

"나가라? 이놈. 당장 나가라. 캠프에 가서 기다려라. 당장에 총살이라도 하겠다마는 네 놈을 그처럼 호락호락하게 죽여주진 못하겠다."

독일군 장교가 사라지자 수비대장은 단추를 자기 오른손으로 꼭 쥐어 보면서 통곡을 터뜨렸다.

"얘기라야 이거요. 대수롭지도 않은 것을 갖고 뻐기기만 한 셈인데 어때요?"

"사람이 그처럼 무자비할 수 있을까, 소름이 끼쳐요."

방근숙은 소름이 끼치는 동작을 했다.

"그 얘기만을 듣고도?"

"그럼요. 선생님의 얘기엔 뭐랄까, 대단한 박력이 있어요."

"박력?"

"그래요."

"우리 동양의 문자에 천망회회(天網恢恢) 소이불루(疎而不漏)라는 말이 있습니다. 하늘의 그물은 넓고 넓어서 성긴 듯하나 놓치지 않는다는 뜻이지요. 서양의 말, 아니 성서엔 섭리의 맷돌은 서서히 돌아가되 가늘게 간다는 말이 있고요. 단추가 바로 그것이지요."

"그러니까 핸드백도 그런 증거가 된다는 거죠?"

"그런 뜻은 아니고…."

"피하지 마세요. 핸드백 때문에 어떤 카타스트로프가 올 것이란 뜻이 그 얘기에 있는 것 아녜요?"

아뿔싸! 하는 생각이 들었다.

"그러나 단추는 당하는 독일 장교에겐 그 죄를 모면하지 못하게 끔 한 계기로서 불리했지만 수비대장에겐 유리한 단서가 되지 않았소?"

"그래서요?"

근숙의 입언저리에 아이러니한 웃음이 일순 돋았다 꺼졌다.

"핸드백도 우리의 사랑을 굳게 하는 계기가 될 수 있소."

"아주 고생스러운, 그리고 어색한 해석이네요."

"해석이 필요 없지 않아요? 우리 각오와 실천이 문제지."

"그렇긴 해요."

"나는 천만리라도 간다는 일대 용기를 갖고 있으니 걱정하지 마세요. 문제는 당신…."

"저도 그렇습니다."

"그렇다면 핸드백 문제를 갖고 이 소리, 저 소리 하는 건 그만둡시다."

둘은 쾌활하게 웃었다. 돌연한 웃음소리에 졸고 있던 레지가 잠을 깬 모양으로 이쪽을 봤다. 그리고는 의미도 없는 웃음을 띠어 보였다.

"그런데 인생이란 아무리 사소한 문제라도 모두 의미를 갖고 있다는 사실은 명심해야겠지요. 커다란 제방도 보잘것없는 틈서리로 터진다 하고 실제로 성냥개비 하나로 가솔린 탱크 하나쯤 예사로 폭발시킬 수 있으니 말입니다."

"뻔한 얘기 아녜요? 그건….."

"뻔한 얘긴데 사람들은 조심하지 않지요."

"그런 것도 천재가 조명하면 예술재료가 되니 재미있지 않아요?"

"근숙 씨는 그런 천재의 조명을 느낀 일이 있나요?"

"저는 워낙 천학비재(淺學非才) 하니까…."

"제법 문자도 쓰시네요."

"아녜요. 모파상의 소설에서 특히 천재의 조명을 느껴요."

"예를 들면?"

"〈목걸이〉라든가, 〈끄나풀〉이라든가. 더욱이 〈끄나풀〉이란 단편엔 목이 메었지요. 중학교 때 영어교과서에서 읽었는데 끄나풀 하나 주웠다가 터무니없는 오해를 받고 그 오해를 풀려다가 자꾸만 시궁창으로 몰려 들어가는 경과엔 숨이 막힐 듯했어요."

"나는 모파상보다 체호프에서 그런 것들을 더 많이 느끼오. 예를 들면 〈6호실〉 같은 것."

"어떤 내용인데요? 그건."

"공연히 건강한 사람을 미친놈으로 만들어 버리는 거지요. 무시무시하지…."

"그 얘기를 해주실 수 없어요?"

"체호프의 작품은 이야기로서는 할 수 없는 게 특징입니다. 그런 점이 모파상과 다르지요. 모파상의 작품은 그 예술적 향기까지는 불가능하더라도 얘기의 기분까지는 전할 수 있거든요. 그러나 체호프의 소설은 얘기가 예술적 향기와 밀착해 있기에 따로따로 떼어서는 생명이 죽고 말아요."

"이야기하기 싫으니까 하시는 말이죠?"

"천만에… 제가 책을 가지고 있으니까 드릴 테니 한번 읽어 보세요. 읽으셔야 합니다. 체호프는…."

이런저런 대화를 나누다가 우리는 그 다방에서 나왔다.

"밤차로 진주로 가시겠어요?"

방근숙이 물었다. 나는 망설였다. 핸드백 사건이 터진 날이어서 나에겐 단순한 물음이 아니라 테스트받는 냄새가 강하게 느껴졌다.

"이왕에 가야 할 몸, 밤차로 가지요."

이렇게 말했더니 아니나 다를까 뜻밖의 말을 하지 않는가.

"빨리 혼자가 되셔서 핸드백 때문에 부인에게 준 충격에 대한 반성도 하셔야겠지요."

"붙들어 주시지도 않는데 어떻게 뻔뻔스럽게 내일 새벽차로 가겠소, 하고 말할 수 있겠습니까?"

내가 되레 반격했다.

"그럼 붙들어 주기를 원하세요? 가시기를 원하세요?"

"어느 편으로 생각하시오?"

"자꾸 책임을 회피하려고 하시니…."

"책임회피가 다 뭡니까. 분명히 하시오."

"새벽차로 가셨으면 해요. 그러나 그렇게 하면 고단하시지 않을까 해서 미안해서 그렇죠."

"그럼 저는 내일 새벽차로 가겠습니다."

자꾸만 시들어 갈 것 같은 방근숙의 얼굴엔 금세 생기가 돌았다. 나는 새삼스럽게 나에 대한 근숙의 애착을 느끼고 그 느낌으로 해서 근숙에 대한 나의 애착이 커 감을 느꼈다.

근숙의 하숙집에서 저녁밥을 먹고 통금시간까지 놀다가 여관으로 돌아올 계획을 세우고 우선 여관부터 잡아놓기로 했다.

바로 역 앞에 있는 여관을 예약하고 돈부터 치러 놓고 근숙의 하숙으로 걸음을 옮겼다. 그러나 걱정이었다.

"하숙집 주인이 어떻게 생각하겠소?"

"노인 부부여서 괜찮아요."

"노인이 더욱 호기심이 많을 거요."

"오래 있다가 선생님이 나타나는 것보다 하숙하자마자 나타나는 것이 좋아요. 그래야만 그들도 일요일마다 나타나는 친척이 있구나, 하고 예사로 생각할 게 아녜요?"

"그렇기도 하지만…."

"걱정도 많으셔. 그런 문제는 제게 맡겨 둬요."

"맡긴다고 해도…."

"또 그런 말씀… 저는 여차하면 학교를 그만둘 각오를 하니까 걱정하지 마세요. 일시적인 장난도 아니고 평생의 크나큰 문제 아녜요? 그리고 하숙집 주인쯤은 어떤 의미로든 포섭해 놔야 할 게 아니

겠어요? 저는 선생님을 약혼자라고 소개할 셈이에요. 남편의 존재
는 말도 안 했고요. 다만 가까운 친척이 요양소에 있다고만 말해 두
었어요. 그리고 제가 든 방과 주인 방과는 다른 집으로 떨어져 있어
서 괜찮아요."

"그럼 됐소. 사실 그만한 각오쯤은 있어야겠습니다."

"조금 더 하숙 주인과 익숙해지면 선생님이 마산에 오실 땐 제 방
에서 주무시게 할 작정이에요."

"뭣이 어때?"

나는 적이 당황했다. 당황하는 나를 보자 근숙은 얼굴을 찌푸렸다.

"그러니까 친숙해진 뒤라고 하잖았어요. 선생님이 제 방에서 주
무실 땐 제가 주인 방을 빌릴 거예요. 주인집엔 방이 두 개나 있으
니까요."

그 말을 듣고야 나는 겨우 안심했다. 근숙은 그런 나를 들여다보
며 말했다.

"제가 그처럼 부주의한 여자인 줄 아세요?"

근숙의 방에 처음으로 발을 들여놓았을 때 나는 먼저 그 소박한
분위기에 놀랐다. 갓 이사를 하고 새롭게 꾸민 방이고 보니 소박할
수밖에 없었겠지만 부족한 소박감이 아니라 소박 자체로서 충분히
호화로웠다.

가을 풀과 꽃을 그린 여덟 폭 머리병풍이 아랫목 쪽으로 둘러 있
었고 서창 쪽으로 문갑을 겸한 화류책상이 단정하게 놓여 있었다.
책상 오른편에 책 상자가 놓였는데 필요한 책 이외를 진열해 놓는

잉여감이 없는 청결이었다.

벽에 베토벤의 초상과 모차르트의 초상이 마주보는 형태로 걸려 있는 것은 그들을 숭배하기 때문이라기보다 음악을 공부하는 근숙에게는 하나의 상징적 의미가 있는 것으로 보였다. 그밖엔 윗목으로 단정하게 개어 놓은 자리이불이 있었고 옷장이 한 채 있을 뿐, 벽에 걸린 것도 없고 꽃병 하나 없었다.

책상 위에 조그마한 액자가 있어 그 액자에는 아까 근숙의 핸드백 속에 있던 것과 똑같은 사진이 꽂혀 있었다.

나는 그 사진을 보지 않으려는 마음으로 시선을 이곳저곳으로 두리번거렸다.

"아무것도 없죠?"

근숙이 재떨이 대신 쟁반을 꺼내 놓으며 이렇게 물었다.

"아무것도 없고 모든 것이 다 있네요."

내 대답은 공연한 객담이 아니었다. 꼭 그와 같은 느낌을 가졌던 것이다. 나는 방근숙의 취미와 교양이 지금까지 내가 생각한 것보다 훨씬 높으리라는 추측을 할 수 있었다.

"이때까지 쓰던 것은 하나도 갖고 오지 않았어요."

그렇게 보니 모든 것이 새것이다. 나는 병풍을 가리키며 물었다.

"이건 누구의 것이죠?"

"제 고모님이 그린 거예요."

"고모님?"

나는 놀랐다. 그림엔 전혀 문외한이지만 동양화 감상에서 뒤떨어지고 싶지 않았다.

"예. 고모님의 그림입니다. 고모님은 그 가혹한 세월 동안 그 가난 속에서도 그림을 그리는 취미를 가꾸어 왔지요. 놀랐지요?"

"정말 놀랐습니다."

나는 근숙의 고모라는 분을 희귀한 여성이라고 생각했다. 궁하리 만큼의 가난 속에 이러한 취미를 가꾼다는 것은 이만저만한 일이 아니다. 그렇기에 또 그 환경을 위신 있게 견디며 살았는지 모른다.

"근숙 씨의 고모님을 꼭 한 번 뵙고 싶은데요."

"한 번만이 아니라 평생을 모실 수도 있어요. 그날이 오면…."

"그날이 오면?"

"그날이 오면…."

오오, 그날! 그러나 언제 그날이 올 것인가. 나는 갑자기 우울해졌다.

그날을 있게 하려면 우리는 적어도 두 사람의 희망을 짓밟아야 한다. 그들에게 건강을 찾아준다는 허울 좋은 명분 아래 우리는 감당하기 어려운 비극을 준비하는 것 아닌가.

하지만 한편 나와 근숙과의 그날은 남의 희망을 짓밟는 한이 있더라도 만들어 볼 만한 날임엔 틀림이 없다.

"그날이 오면…."

나는 중얼거리며 힘차게 근숙의 손을 잡았다.

손을 잡자 근숙은 와락 내 무릎 위에 얼굴을 묻었다. 길게 빗어 내린 머리다발이 갈라져 생신한 과육처럼 목덜미가 나타났다. 나는 머리를 쓰다듬다가, 목덜미를 쓰다듬다가, 등뼈가 가는 방향으로 어루만졌다가 하면서 근숙 외엔 아무도 생각하지 않는 내 스스로의 마음을 들여다보고 있었다.

근숙은 내 손을 찾았다. 나는 손을 그녀에게 맡겨 두었다.

"그저 지켜만 봐야 하는데 보지 않으면 보고 싶고, 보면 몸 어딘가를 만지고 싶고… 이래서는 안 될 텐데… 이래서는 안 되죠?"

근숙의 말은 흐느끼는 것 같았다.

우리는 송도의 밤에 있었던 일은 의식(儀式)으로 치르기로 했던 것이다. 서로가 서로를 사랑한다는 의식으로 치르고, 그 뒤는 일체 그런 관계를, 그날이 오기까지는 되풀이하지 않기로 한 것이었다.

'사랑하는 것과 육체의 유혹에 넘어가는 것과는 구별합시다.'

이런 말도 있었다.

'사랑한다는 사실을 가지고는 떳떳할 수 있지만 육체의 유혹에 넘어간 사실로서는 떳떳할 수 없습니다.'

이런 말도 했었다.

'우리는 이 밤을 사랑을 증거 세우는 의식으로서 잘한 짓이라고 생각합니다. 그러나 이 이상 되풀이하는 것은 피차를 욕되게 하는 행위라고 생각합니다.'

정녕, 이것은 나와 근숙 사이에서 꾸며 낸 사랑의 윤리(倫理)이며 논리(論理)였다.

'불의의 관계란 무엇이냐? 성실하지 못한 관계를 말한다. 성실하지 못하다는 말은 뭣이냐? 불의를 불의로 알면서 그냥 흘려버리는 태도다.'

나와 근숙의 사랑은 어디까지나 깨끗해야만 했다. 동정(童貞)과

처녀가 만나는 것 이상으로 청정해야 했다. 그러나 객관적으로 그럴 수가 없을 때는 우리의 주관적 노력으로서도 그렇게 규제해야 하는 것이다.

나는 온몸이 뜨거워오는 욕망을 느끼면서 이를 악물었다. 그러면서 그 다음 순간에는 근숙의 머리칼에 뺨을 부비고 있었다.

'이처럼 숨 막히는 시간이란 뭐냐? 시련이냐, 유혹이냐, 행복에의 의지냐?'

나는 외쳐 보고 싶은 심정마저 들었다.

'아니다. 나는 지금 이 회오리바람을 이겨 내야 한다. 이것이 위신이다. 이것이 행복에의 의지이다.'

근숙이 내 무릎 위에 엎드린 채 나의 손가락을 물었다. 아픔보다도 날카로운 쾌감이 전류처럼 내 육체를 달렸다. 왼손으로 느껴지는 근숙의 육체는 잔잔한 경련을 일으키고 있었다. 근숙도 힘껏 견디고 있는 것이다.

말은 없으면서도 서로의 피부를 통해서 절박한 대화가 오가고 있었다.

"안 될 일이죠?"

"안 되지."

"안 될 일이죠?"

"안 되지."

"안 될 일이죠?"

"안 되지."

육체를 지배하지 못한다면 정신이란 도대체 뭐냐. 정신이 이기지 못한다면 사랑이란 도대체 뭐란 말인가.

전등이 켜졌다.

근숙은 와락 몸을 일으켜 세우더니 밖으로 나갔다. 한참동안 아무 소리도 들리지 않았다. 주인집에 식사를 부탁하러 갔음이 분명했다. 그러나 돌연한 행동이 약간 궁금하기도 했다.

이윽고 근숙은 차와 찻잔을 들고 들어왔다.

"차 대접도 안 하구…."

유난히 광채가 빛나는 눈으로 웃어 보이며 단정한 솜씨로 차를 따랐다.

"대만에서 온 차라고 합니다. 우롱차라나요?"

나는 찻잔을 들었다. 향긋한 냄새와 조금 찐득한 맛이 있는 차를 조심스럽게 한 모금 마셨다.

"일제 때 배운 문틀에 대만의 명물은 무엇이냐, 사탕에 바나나에 우롱차라는 것이 있었지요."

"선생님의 기억력은 대단하셔."

방근숙은 그렇게 말하고 웃었다. 조금 있더니 밥상이 들어왔다.

"초라한 밥상이죠?"

근숙이 미안해하는 표정이었다.

"천만에! 하숙집 밥상이 이 정도면 좋은 편이지."

"자취할까 하고도 생각했지만 하숙을 해놓고 자취하기도 뭣하고…."

근숙은 밥상의 뚜껑을 챙겨 들면서 말했다.

"자취를 하다니. 하숙하면서 특히 먹고 싶은 것이 있으면 별도로 만들어 먹으면 될 것을."

"그런데 먹고 싶은 것이란 도통 없거든요."

이마를 맞대고 숟가락질을 하고 있으니 먼 옛날부터 근숙과 이렇게 살아온 것 같은 착각이 들었다. 근숙은 내 몫의 밥그릇을 아무 말도 없이 상 밑으로 내려놓고는 자기 몫 밥그릇을 내 앞에다 놓았다. 한 그릇 밥을 같이 먹자는 것이다. 나는 불현듯 고통스런 연상에 사로잡혔다. 신혼시절 근숙은 자기 남편과 그렇게 식사한 것이 아닐까 하는. 그런데 그것이 말이 되어 밖으로 나와 버렸다.

"한 그릇 밥을 같이 나눠 먹고 다 먹고 나면 또 한 그릇을 올려놓고 하는 식의 식사법, 이건 어디에서 배운 거지요?"

근숙의 얼굴이 일순 붉어졌다.

"혹시 그이가 건강했을 때 이렇게 한 것 아닌가요?"

붉어진 근숙의 얼굴이 화난 표정이 되었다.

"선생님은 지금 저를 모욕하고 계십니다."

"모욕이라니?"

"저는 누구와도 이처럼 식사해 본 적이 없습니다. 만일 그런 일이 있었더라면 아무리 좋은 방법이라고 해도 저는 이런 짓을 할 사람이 아닙니다."

이때까지 쓰던 것은 하나도 갖고 오지 않았다는 근숙의 성격으로 봐 틀림없을 이야기였다. 나는 사과했다.

"사과하실 것까진 없어요. 저는 선생님과는 언제나 이렇게 식사하고 싶었습니다. 그러나 식당에서는 그럴 수도 없고….."

너무나 행복하면 식욕을 잃는가보다. 나와 근숙은 그 한 그릇의

밥을 다 먹지 못했다. 상을 물리고 다시 마주보고 앉았다. 가을의
밤이 서서히 닥쳐오고 있었다.

　"고단하실 텐데 그럼 조금 누워 계시죠."

　근숙이 이불을 깔고 베개를 갖다 주었다.

　"그럼 잠시만 실례합니다."

　나는 자리에 누웠다. 사실 피곤한 하루였다. 아침에 있었던 핸드
백 사건. 그것을 갖고 긴장했던 병실에서의 일. 뒤이어 근숙과의
응수. 팔과 다리를 뻗으며 커다란 하품을 했더니 근숙이 다가왔다.

　"좀 만져 드릴까요?"

　"안마도 할 줄 아십니까?"

　"여학교 때 조금 배운 것이 있어요."

　"그럼 복습을 하실 셈이군요."

　"피아노 연습을 하는 셈으로 해 보지요."

　근숙의 손끝은 요령 있게 움직였다. 여태껏 안마라는 것을 받아
본 적이 없는 나는 어떻게 판단할 줄 몰랐지만 몸에 밴 피로가 근숙
의 손끝에서 풀려나가는 것 같이만 느껴졌다.

　"이건 전문가 솜씨 아뇨?"

　"아첨일랑 마세요."

　"아첨이 아니라 진정입니다."

　"아무리 전문가라도 나는 선생님의 전용 안마사는 될지언정 딴
사람 안마는 안 하겠습니다."

　"아무래도 학교에서 배운 정도는 아닌 것 같은데요."

　"고모님을 주물러 드렸어요."

"당신의 장점을 들먹이기만 하면 고모님이 튀어나오는데 약간 질투를 느낍니다."

방근숙은 쾌활하게 웃으며 대답했다.

"질투하실 만도 하지요. 내가 좋아하는 고모님이니까."

이 말을 듣자 나는 어떤 생각에 사로잡혔다. 그리고는 조금 망설이다가 물어봤다.

"근숙 씨. 그 고모님이 나와 당신과의 관계를 알면 어떻게 생각하실까요? 어떻게 말씀하실까요?"

근숙의 답이 없었다.

"어떻게 생각하실까요?"

나는 다시 물었다. 그래도 근숙의 대답은 없었다. 나는 초조해졌다.

"어떻게 말씀하실까요?"

"고모님은 우리들 편입니다."

근숙의 입에서 겨우 이 말이 흘러나왔다.

"우리들 편이라니?"

"저는 우리들의 관계를 고모님에겐 죄다 말씀드렸어요. 고모님은 하룻밤 동안 대답하지 않으시더군요. 새벽녘에야 제 어깨를 안아 주며 불쌍하다고 하시면서, 네 행복을 위해서는 주저하지 말라고 하셨어요."

나는 안마하는 근숙의 손을 잡았다.

"당신도 피곤하실 텐데 조금 누우시지요."

나는 근숙을 내 팔 안으로 끌어당겼다.

근숙은 순순히 내 품안으로 들어왔다.

앞이마에 헝클어진 머리칼을 젖혀 올리며 나는 대리석 같은 근숙의 이마에 뜨거운 김을 불어 주었다. 근숙은 몸을 꿈틀하면서 눈을 감았다.

긴 속눈썹이 전등불을 받아 눈언저리에 그윽한 그늘을 지었다. 그 운명과 더불어 일체를 내게 맡겨 버린 무저항의 자세는 감동적이었다. 의지가 필요한 건 나였다. 내 행동, 내 의지대로 이 여자는 나를 따라올 것이었다. 나는 그런 근숙을 그만두고 그냥 밖으로 나올 장면을 상상해 보았다. 상상할 수가 없었다. 몇 밤 몇 날의 번민을 피차의 가슴에 심는 결과가 되지 않을까.

육체의 유혹에 이끌려 정신의 주도권을 잃는 것과 정신의 주도권 아래 육체를 규제하는 것과는 다른 것이다. 송도의 밤이 의식일 수 있다면 이 밤도 또한 의식일 수 있지 않을까.

그런데 오늘은 벅찬 시련이 있었던 날이다. 자칫 잘못 풀었으면 오해의 더미 위에서 요동도 못할 뻔했다. 이 모든 오늘의 시련을 거룩한 의식으로 컨슈메이트(*consummate*, '극점에 달하게 하다'라는 뜻)할 필요도 또한 있는 것이다. 만들어 낸 변명이 아니었다. 감정의 자연스런 명령이었다.

'사랑이 있으면 일체의 행동은 허용되지 않을까.'

'빠지지 않으면 된다. 이끌어 나가면 된다.'

무서운 것은 육체가 정신의 굴레를 벗어나 제멋대로 상대를 욕망하고 장소와 때를 가리지 않고 덤빔으로써 냉엄한 계획에 좌절을 가져온다면 희생만 있고 보람은 없게 되는 사태다.

지금 나와 근숙이 당면한 위험은 바로 그런 사태였다. 근숙은 금방이라도 모든 것을 박차 버릴 용기와 각오로써 충만해 있다. 그런데 내게도 그런 위험은 없지 않았다. 그러나 나는 아내에 대한 죄책감이 있지만 근숙에겐 그런 것도 없다. 파멸에서, 좌절에서 우리를 구하는 것은 의지력밖엔 없는데 그것을 내가 담당해야 한다.

　나는 근숙의 머리칼을 애무하고 어깨를 어루만지며 점점 타오르는 정염을 강하게 느끼면서도 너무나 벅찬 앞길을 이렇게 생각하지 않을 수 없었다.

　'만사는 송도에서 시작하고 송도에서 끝난 것인데 망설일 필요가 어디에 있는가.'

　이런 생각이 들기도 했다. 그러나 일에는 가속도라는 것이 있다. 송도의 밤 같은 밤을 되풀이하다가는 내가 내 스스로를 어떻게 못할 궁지에 빠질 것이 뻔하다. 한시도 근숙의 곁에서 떠나기 싫어질 것만 같았다. 낭떠러지건 어디건 뛰어내리고 싶은 심정이 될 것만 같았다.

　나는 근숙을 안은 팔에 힘을 주면서 여름밤 불을 향해 덤비는 불나방을 생각했다. 어찌할 수 없이 자멸의 불꽃으로 뛰어드는 나방의 처참한 운명.

　'근숙과 나와의 행복을 키우기 위해서는 거의 절대적인 의지의 힘이 필요하다. 굳은 의지력만이 우리의 행복을 마련한다. 그러나 그 의지력이 나에게 있을까?'

　나는 지그시 감은 근숙의 눈 위에 가벼운 입김 섞인 키스를 남기고 근숙의 입술로 옮겨갔다.

일체의 말문을 서로 막고 막으면서 말이 필요 없는 사랑의 자기 표현이 '키스'가 아닐까.

나는 이어 근숙의 가는 허리를 안았다. 본래 하나였던 육체가 어쩌다 갈라져 있다가 다시 하나로 융합하는 동작! 벌써 내겐 내가 없어지고 근숙에겐 근숙이 없어졌다. 나는 근숙이 되고 근숙은 내가 되었다.

탐스런 유방에 손이 닿았을 때 그 감촉은 아득한 옛날부터 맥맥이 흘러온 생명의 흐름에 대한 감촉이었다.

벗겨져 나가는 의상은 일체의 가식을 벗어젖히는 의식을 닮았고 인간 이전의 고귀한 존재로 되돌아가기 위한 절차였다.

나는 근숙의 육체에 있는 어떤 기공(氣孔)도 빼놓지 않고 외우려고 했다. 그 육체가 간직한 리듬을 손가락 끝에 낱낱이 외워 두려고 했다. 오른쪽 어깨 위에 아슴푸레 홍조를 띤 반점은 백설의 바탕 위에 핀 무늬처럼 아름다웠고, 가슴에서 허리로 흘러내린 선에는 명장의 손끝을 연상하게 했다.

드디어 나는 근숙의 더욱 깊은 곳으로 함몰된 나 자신을 느꼈다. 근숙도 일체의 말문을 닫고 그 팔과 다리는 나 이외의 아무것도 원치 않는 박력과 호소를 지닌 하나의 촉수로 화(化)했다.

우리 앞엔 행복도 없고 파멸도 없고 현실도 없고, 그러니 좌절도 없었다. 영원한 황홀, 이 황홀함을 방해하는 조건에 대한 단호한 거절이 있을 뿐이었다.

세계는 여기서 끝나고 여기서 시작한다. 근숙은 한마디 말도 필요 없다는 듯이 입에 수건을 물었다.

이렇게 해서 역사는 시작하는가 보다. 이렇게 해서 파멸도 겁내지 않는 인간의 생명력이 행복에의 치열한 몸부림을 하는가 보다.

이윽고 근숙은 눈을 떴다. 나를 바라보는 그 눈빛을 지금도 잊을 수가 없다. 그것은 바로 행복의 실상을 보는 눈이었다. 근숙을 바라보는 내 눈에도 역시 그러한 빛깔이 담겨져 있었을 것이다.

"제겐 아무것도 필요 없어요. 당신밖엔…."

신음하듯 외마디를 속삭이곤 근숙은 나를 안았다. 나도 근숙을 힘껏 안았다. 안기고 안은 나와 근숙의 귀에 돌연 벌레소리가 들려왔다. 카랑카랑하면서도 가냘픈 벌레소리!

'이 행복을 찾기 위해 실로 긴 세월을 걸었다.'

이런 느낌이 실감으로서 가슴속에 고였다.

'이 행복을 지키기 위해서는 어떤 희생도 감수하겠다.'

이런 느낌이 새삼스럽게 솟구쳐 올랐다.

다시 생명의 노래는 시작되었다. 가을벌레의 노래를 반주로 우리의 육체는 다시금 세계를 그 흐름 속에 발견하는 리듬에 실렸다.

다시 한 번 근숙은 수건을 입에 물었다.

'육체란 이처럼 아름다운 것일까. 매력 있는 것일까.'

시간은 정지했다. 근숙과 나의 행복을 위해서.

통금시간 직전에 가까스로 여관으로 돌아온 나는 쉽사리 잠을 이룰 수가 없었다. 황홀한 꿈과 현실적인 애착이 갖가지의 상념을 엮어 내는 까닭에 피로도 일종의 쾌감이 되었다.

나는 항상 내가 두려워했던 사태에 이르렀음을 알았다. 내가 두려워한 사태란 우리의 의지로써 사태를 컨트롤하지 못하고 사태에 휘말려 들어가는 상황이다.

그러나 나는 좋다고 했다. 독을 마시려면 접시까지 마시란 말이 있다. 나에겐 그만한 용기가 있다. 방근숙은 이미 나에 대해선 결정적인 존재이고 보니 어떻게 행동하더라도 결과는 뻔한 것, 그 과정에 완급이 있을 뿐이다.

나는 새벽차를 타지 않기로 했다. 진주로 가는 것을 하루쯤 늦추기로 했다. 그렇게 작정하고 나면 변명의 재료는 얼마든지 나타난다.

'하루 이틀 결근한들 대단할 것 없지 않느냐.'

이렇게 마음먹고 늦잠을 자려고 했는데 새벽에 정거장에서 전송하겠다며 찾아온 방근숙이 머리맡에 앉아 있는 것을 발견하고 놀라 일어나 앉았다.

"가시지 않아도 돼요?"

근숙이 근심스러운 표정으로 물었다.

"이미 각오한 바 있으니 지금부턴 대담하게 행동하겠습니다."

대담하게 행동하겠다는 것과 그날 진주로 가지 않는다는 사실과 어떻게 관련이 되는 것인지 근숙은 어리둥절한 모양이었다. 그러한 근숙을 보고 나는 약간의 설명이 있어야 하겠다고 생각했다.

"오늘 방 선생과 같이 앞으로의 계획을 세워야겠습니다. 그래 하루쯤 결근해도 대단할 건 없을 거고 그것보다도 우리의 일이 긴박하다고 판단해서 진주 가는 것을 보류한 것입니다."

내가 이렇게 말하자 근숙은 신중론을 들고 나왔다. 절제하고 근신하고 조심해야 한다는 것이다.

"그렇지 않아요? 우리 계획은 먼 훗날까지를 위한 것이니 피차 신중을 기해야 할 것 아녜요?"

"그건 이때까지 내가 해온 말 아니오?"

그렇게 말하니 근숙은 웃었다.

"하여간 됐어요. 한쪽이 흥분하면 다른 한쪽은 냉정해지니…."

근숙은 날이 밝을 때 여관을 나서다가 누구에게 보이기라도 하면 탈이라면서 자리에서 일어섰다. 근숙이 퇴근 후 만나기로 했다. 근숙은 핸드백 속에서 하숙집 열쇠를 꺼내 내게 넘겨주었다.

"제가 없어도 방에 들어가 기다리시지요."

그날 나와 근숙의 사이에는 다시 한 번 치밀한 계획이 세워졌다. 병원에 있는 두 사람의 건강을 회복시키는 데 최선을 다해야 한다는 원칙엔 변동이 없었으나, 그 어느 때까지 서로들의 몸가짐에 조심하자는 조건은 무너뜨리기로 했다.

정신의 사랑만으로는 지탱할 수 없는 것이 인간의 사랑인가 보다. 육체의 사랑이 정신의 사랑을 더욱 굳게 한다는 상식을 들어왔으나 남녀의 사랑이란 원래 영(靈)과 육(肉)이 일치되는 데서만 보람을 다할 수 있다는 실감을 절실히 느꼈다.

화살은 활을 떠났다. 가는 데까지 가 보는 것이다.

'우리의 행복을 지키기 위해서….'

근숙과 나는 몇 번이고 다짐했다.

역사 속에서

이른 봄의 기분이 피부에 스며드는 저녁나절.
홀로 길을 걸어 신마산 어귀로 들어오면서 나는 허탈감을 이겨낼 수
없었다. 모든 것을 잃을 것 같은 공포, 공포라기보다는 허탈감이
내 마음과 몸을 사로잡았다. 전 마산시가의 허탈 속에
내 스스로의 허탈을 적분(積憤)한 기분 속에서
나는 역사를 슬퍼하고 운명을 슬퍼하고 내 스스로를 슬퍼했다.

걱정할 것까지도 없이 아내와의 대면은 무사히 끝났다. 아내는
이 편의 기분을 미리 짐작했음인지 처음부터 어색한 기분을 없애려
고 애썼다.

　"핸드백은 무사히 주인에게 돌려주었어요?"

　그것을 언급하지 않고서는 따분한 기분을 면하기 어렵다는 직감
에서 그렇게 물었을 것이다.

　"무사히 돌려주었소."

　"당신도 참, 모르는 여자 핸드백을 우연히 들고 들어왔다고 그처
럼 당황할 건 없잖아요?"

　이렇게 응수하는 것도 퍽이나 능란한 태도였다.

　여느 때 같으면 아내의 그런 능란한 태도에 되레 압박감을 느낄
것이었는데 그때의 나는 벌써 그러한 상대편의 태도에 편승할 수
있는 신경의 소유자가 되어 있었다.

　"제가 병자라고 해서 지나친 신경은 쓰지 마세요. 사소한 문제로
당황하시는 모습을 보면 제 가슴이 아프답니다."

종전 같으면 이런 말을 듣고는 가슴이 뭉클했을 것이다. 그러나 나는 이미 그러한 말쯤에 동요를 느끼지 않게끔 신경이 무뎌져 있었다.

나는 언제나 화창한 표정을 짓고 위험이 감도는 화제를 피해 가며 아내를 대하면서 사람이란 얼마나 무서운 존재인가를 새삼스럽게 깨달았다. 이미 남편이 아니라는 각오를 굳게 했는데도 이처럼 태연하게 남편 역할을 연기하고 있으니 말이다.

한편으로는 두렵기도 했다. 영리한 아내는 내 마음속을 분명히 아는 것 같았다. 그러면서도 아내는 전혀 모르는 척하고 정숙한 아내의 역할을 감당하고 있는 것은 아닐까. 아내의 마음속에 도사린 상념은? 그 마음속에 굳어진 각오는?

"의사가….."

아내의 말에 나는 고개를 번쩍 들었다. 내 상념의 흐름에 사로잡혔다는 당황감이 눈에 띄었을 것이다. 그러나 아내는 모른 척하고 말을 이었다.

"내년 봄, 늦어도 4월이면 퇴원할 수 있다고 말했어요."

"내년 봄 4월?"

"그럼요. 대단히 결과가 좋답니다."

"그거 반가운 소식인데."

"반가운 소식이죠?"

아내는 침대 밑을 뒤지더니 보퉁이 하나를 꺼내서는 풀었다. 거기에서 자줏빛과 연짓빛을 교차시킨 스웨터가 나왔다.

"그래, 심심풀이로 이런 것을 짜 봤어요. 한번 입어 보세요."

나는 윗옷을 벗고 와이셔츠 위로 그 스웨터를 끼어 입었다. 폭신한 감촉과 더불어 스마트한 기분미저 들었다. 그러나 감사하다는 말도 않고 스웨터를 벗었다.

"절대 안정을 해야 할 텐데 이런 짓은 왜 하는 거요?"

"왜 입고 계시지 않고?"

그러면서도 아내는 굳이 그것을 내게 입힐 노력은 하지 않았다. 그러나 아내의 눈에는 한없는 슬픔이 고인 것 같았다. 나는 그런 아내의 눈을 피해 버렸다.

나는 스웨터를 병실에 그냥 두고 나왔다. 아내도 스웨터쯤은 잊어버린 양 잘 가라는 인사를 했다.

병원 문을 나서려다가 나는 다시 병원으로 들어갔다. 주치의를 만나 볼 참이었다. 그는 다행히 당직이어서 사무실에 있었다.

나는 그에게 정중히 인사를 드리고 아내의 용태를 물었다.

"그저 그런 정도입니다. 악화하지도 않고 그렇다고 해서 호전하는 것도 아닌 상태이지요."

"그럼 선생님 말고도 돌보는 의사 선생님이 따로 있습니까?"

"외부에서 데리고 오지 않는다면 없을 텐데요."

"그런데 선생님, 제 아내에게 내년 4월쯤엔 퇴원하게 될 것이란 말씀을 하신 적이 있습니까?"

의사는 피식 웃으며 말했다.

"그런 경솔한 말을 의사인 사람이 어떻게 할 수 있겠습니까?"

나는 어리둥절한 느낌을 가눌 수 없었다. 아내는 경솔하게 거짓말을 하는 사람은 아니었다. 의사가 하지도 않은 말을 아내가 조작했다면 필시 거기엔 무슨 의도가 있을 것이었다.

'내년 봄 늦어도 4월엔 퇴원한다고 했지? 어떤 뜻일까?'

내 뇌리에 불길한 예감이 스쳤다. 아내는 아내대로 내년 4월쯤으로 일종의 데드라인을 쳐 놓은 것이 아닌가.

'내년 4월에 퇴원하지 못하면 무슨 비상수단을 쓴다는 얘긴가?'

이에 생각이 미치자 나의 가슴은 두근거리기 시작했다. 나는 가까스로 그런 생각을 지워버리곤 병원 문을 나와 방근숙을 기다렸다.

으스스 추위가 미만한 겨울의 오후. 소조(蕭條)한 산과 바다와 들. 병원의 지붕이 차갑게 느껴지기도 했다.

'내년 봄 늦어도 4월에….'

지워 버리려 해도 자꾸만 떠오르는 아내의 말! 근숙과 나란히 걸으면서도 나는 자꾸만 그 말을 마음속에서 되풀이했다.

"오늘 이상은 없었어요?"

근숙의 물음에 요령 있는 답을 할 수도 없었다. 그렇다고 해서 사실대로 근숙에게 말할 수도 없었다.

근숙은 나의 우울한 표정을 불안해했으나 나는 단호하게 우리 사랑을 다짐하고 가다가 우울한 날도 있지 않겠느냐고 얼버무렸다.

그리고는 내가 만일 아내가 짜준 스웨터를 입고 나왔더라면 근숙의 반응은 어떠했을까 하고 생각해보았다.

'근숙은 이해하겠지. 그러나….'

나는 불현듯 만사를 일시에 해결해 버렸으면 하는 생각을 했다. 이따위 답답한 심리(心理)의 굴곡을 견뎌낼 수 없을 것 같았다.

나는 이혼해 달라는 제안을 했을 때의 아내의 얼굴을 상상해 봤다. 상상도 할 수 없었다. 건강한 사람이 되어있기만 한다면 어떤 단호한 수단도 쓸 수 있겠지. 그러나 지금 상황으로서는 죽음을 선고하는 것이나 마찬가지일 것이다.

'사람과 사람의 결합. 이왕 한 번은 죽을 사람들끼리….'

나는 술을 마시고 싶었다.

해가 바뀌었다. 1960년.

새해에 들어서자 민주당 소속의 국회의원들이 탈당하는 소동이 속출했다. 마산 출신의 허 모 의원이 탈당함으로써 민주당은 의석 보유수가 76석으로 줄었고 호헌(護憲)선을 2석 하회하는 결과가 되었다.

마산은 원래 야당의 기질이 강한 곳이다. 지난 번 총선거 때 자유당이 그처럼 기를 쓰고 설쳤는데도 마산시만은 끝내 야당 후보를 당선시키고 말았다. 여당 후보가 인물로서는 야당 후보보다 낫다는 평판이 있었는데도 시민들은 여당이라는 점을 들어 한사코 거부한 결과가 되었다.

인물로 봐서는 열세하지만 야당이라는 점만으로 당선시킨 바로 그 국회의원이 민주당을 탈당하고 말았으니 시민들 대부분이 배신감을 느꼈음은 당연했다.

그만큼 자유당이 민심을 잃었다는 증거였다. 그런데 이 1960년엔 대통령선거가 있는 해였다. 연초부터 흉흉한 풍문이 돌기 시작한 것도 그 때문이었다.

정치에서는 마산이 진주보다 훨씬 민감한 도시다. 내가 봉직하는 학교의 교장과 내가 맞서는 일이 있었다. 그 트러블의 계기도 내가 마산의 정치적 공기를 쏘인 때문이라고 해도 좋을 것이다.

어느 날 교장이 간부 교사 몇을 부르고는 앞으로 있을 선거에 대비하라고 했다. 그때 내가 대뜸 반발하고 나섰다.

"선거운동은 정치인이 하는 일이고 우리는 소신껏 투표만 하면 될 거 아닙니까?"

교장은 딱하다는 표정을 지었다. 그때는 모든 기관장에게 비밀 지령이 내려와 있다는 풍문이 돌고 있을 무렵이었다. 나의 반발 때문에 교장은 본심을 밝히지 못하고 말았는데 이것이 내 전근운동엔 오히려 유리하게 작용했다. 내 고집을 꺾을 수는 없고 그렇다고 해서 좌천시킬 수도 없어 교장이 앞장서서 나를 부산으로 옮기는 운동을 하게 된 것이다.

3월 1일 나는 부산에 있는 W학교로 옮겼다. 방근숙과 나와의 계획 1단계가 이루어진 셈이다.

그러나 시류는 어수선했다.

민주당 후보 조병옥 박사가 병 치료차 미국으로 떠났는데 선거일자를 3월 15일로 정했다. 조병옥 박사는 2월 15일에 서거하셨다. 바로 그날이 기호를 추첨한 날이었다. 야당 대통령 후보가 숨져 사라졌는데도 선거운동 분위기는 점점 험악하게만 되어갔다. 부통령에 기어이 이기붕 씨를 당선시켜야겠다는 움직임이 치열한 책략을 강작(强作)하기에 이른 것이다.

사전 투표니 투표 방해니 하는 말이 벌써 나돌았다. "부정선거 반대한다!"라는 구호의 데모가 산발적으로 일어나기 시작했다.

나와 방근숙과의 대화 내용도 대부분이 선거 이야기로 이뤄졌다.

"지금 이 마당에 바랄 것이란 선거의 정화(淨化) 밖에 없습니다. 선거만이라도 깨끗하게 되면 그래도 희망은 있어요. 도대체 선거부터 협잡을 하려고 드니 될 말입니까?"

방근숙 앞에서 나는 이렇게 흥분했다. 복잡한 내 심리갈등을 이와 같은 선거분위기가 구해준 셈인 것도 사실이다.

부산으로 전근했다는 소식을 알렸을 때 아내의 눈은 크게 휘둥그레지더니 곧 체념의 빛깔을 띠었다. 그리고는 조용히 물었다.

"당신이 원하신 전근인가요?"

나는 그렇다고 대답했다.

"하필 부산으로 가셔야 할 일이 있었어요?"

작은 도시에서 큰 도시로 나가는 것이 출세의 일종이 아니냐고 답변했더니 아내는 다시 물었다.

"그게 교육자로서의 당신 포부와 일치된 견해예요?"

나는 이 질문에도 그렇다고 답했다.

"당신은 변하셨군요."

아내는 눈망울을 떨구었다.

"내가 변한 게 아니라 세상이 변했소."

"변한 사람들은 모두들 그렇게 말씀하시더군요."

아내의 말엔 힘이 없었다. 아내는 내 전근소식에 커다란 위험을 감지하는 것 같았다.

"그러면 남편을 입원시킨 그 젊은 여자와 동행도 되시겠습니다."

"그 젊은 여자라니?"

나는 아내의 말뜻을 알아듣지 못하는 척 꾸몄다.

아내는 그 화제를 그 이상 고집하지 않았다. 나는 화제를 조병옥 박사의 서거를 비롯해서 항간에 떠도는 선거문제에다 돌렸다. 그러나 아내는 그런 문제에 대해서는 회피했다.

"건강한 사람들끼리 지지고 볶고 할 문제들 아녜요?"

화제는 다시 나의 전근문제로 돌아왔다.

"부산에서는 그러면 하숙을 하실 거예요?"

"하숙을 해야지요."

"불편해서 어떻게?"

"그것도 하나의 수양이니까…."

"저는 진주를 떠나서는 생활을 예상할 수가 없어요."

아내는 한숨을 내쉬면서 말했다.

"그렇지 않아요? 눈을 뜨면 보이는 비봉산, 망진산, 조금 걸어 나가면 남강, 백사장, 서장대, 죽림… 다시 진주를 볼 날이 있을 까요?"

그러한 아내가 가련했다. 그러나 가련한 존재에 대한 가련한 감정일 뿐 사랑하는 사람에게 대하는 절박감은 이미 사라지고 없었다.

"부산은 부산대로의 매력이 있겠지."

"저는 지금 다시 제가 진주를 볼 날이 있을까 하고 묻는 거예요."

아내의 말투엔 원성(怨聲)이 섞여 있었다.

"4월이면 퇴원할 수 있을 거라고 하잖았소?"

"4월, 그렇죠. 4월이죠. 4월이면 퇴원할 수 있을 겁니다. 그런데 당신이 부산에 산다면 나도 부산으로 가야 할 것 아녜요?"

나는 그저 잠자코 있었다.

"나만 진주로 갈까요? 당신은 부산에서 살고…."

역시 나는 잠자코 있었다.

"내가 갈 곳은 없는 모양이네요. 당신, 부산으로 가시게 된 동기와 목적을 가르쳐만 주시면…."

아내는 곧 눈을 감으며 말을 이었다.

"꼭 알 필요가 없어요."

'그렇지. 알 필요가 없지.'

나는 속으로 중얼거렸다.

선거가 1주일 후로 다가왔다. 열띤 공기가 부산의 거리에서나 마산의 거리에서 느껴졌다. 대통령으로 누가 되느냐 하는 문제는 조병옥 야당 후보의 돌연서거 때문에 없어졌지만 득표수는 관심사가 되는 모양이었다. 자유당의 부통령 후보 이기붕은 표를 만들어서라도 꼭 당선시켜야 할 작정인 것 같았다.

그 무렵 나는 K라는 신문에 게재된 사설(社說)을 읽고 충격을 받았다. 제목은 '학생에게 데모할 자유를 주라'는 것이었다. 삼엄한 정세, 급박한 상황 속에서 어떻게 이런 대담한 논설을 쓸 수 있을까, 하고 나는 그 논설의 내용보다도 먼저 그 기백(氣魄)에 놀랐다.

나와 방근숙은 그 논설을 몇 번이나 되풀이해 읽었다. 내용도 훌륭한 것이었다. 방근숙도 나와 같은 의견이었다. 논설의 내용은 대략 다음과 같다.

정치는 아무리 원대한 계획을 지녔다고 해도 일시적인 문제이고 학생의 문제는 영원하다. 정치적인 면에서 학생문제를 다룰 것이 아니라 학생교육의 면에서 정치 자체를 고쳐 나가야 한다. … 학생의 데모도 이렇게 볼 때 그다지 문제 삼을 것이 못 된다. 걱정할 것이 있다면 그러한 데모를 있게끔 조성한 사회환경 또는 정치환경이지 데모한 학생들이 아니다. … 간혹 젊은 정열이 지나쳐 과오를 범할 수가 있기는 하다. 그러면 그때 그들을 보호할 수 있도록 아량 있는 대책을 세우면 그만이다. … 더욱이 학생들의 항거의식은 이를 탄압할 것이 아니라 선도해야 옳다. …

한국의 여·야당을 두고 말할 것이 아니라 폭을 넓혀 생각해 볼 때 우리의 아들들을 보고 집권한 측에 유유낙낙(唯唯諾諾) 추종하라고 권할 것인가, 또는 청년다운 기백을 가지고 시시비비를 가리며 생활하라고 권할 것인가를 우리 자신에게 물어보면 알 일이다. …

겁내야 할 것은 학생의 무기력이다. 우리 학생의 무기력함은 충분히 걱정해야 할 정도에까지 이르렀다고 생각한다. 3·1운동 당시의 기백, 광주학생사건 당시의 정열이란 지금 찾기가 어렵다. 만일 학생이 스스로 순수함을 저버리고 세속과 야합한다면 그로써 학생으로서는 실격한 셈이 된다. 교육의 효과가 이에 미치지 못할 곳에 이른 것이다.

교단에서 백만 번 좋은 말을 해봤자 도도한 사회의 탁류는 순식간에 그 말의 효과를 휩쓸어 버린다. 그러니까 더욱 학생들의 기백만은 살려야 하는 것이다. 거세개탁(擧世皆濁)이로되 아독청(我獨淸) 하는 자부만은 숭상해야 한다. … 거듭 말하거니와 학생 데모가 문제인 것이 아니고 그러한 데모를 있게 한 사회상태가 문제다.

"하지만 이건 너무한 이상론 아녜요?"

방근숙이 나를 들여다보며 물었다.

"이상을 말하는 소리가 없어졌을 때 이상을 말할 수 있는 용기란 대단한 것입니다. 나도 부산에 살게 되었으니 이 글을 쓴 분을 꼭 만나 뵙고 지도를 받아야겠습니다."

이 논설은 나에게만 충격을 준 것이 아니었다. 아니나 다를까, 이 논설 때문에 필자는 만만찮은 일을 당했다는 풍문이 돌았다.

대통령선거일이 가까워오자 학교일도 바쁘게 되었다. 어디서 어떻게 데모가 발생할지 모르니 그런 데모에 찬성하건 반대하건 학교로서는 신경을 쓰지 않을 수 없었다. 뿐만 아니라 상부에서부터 엄한 시달이 내려와 있기도 했다.

데모에 관한 대책이 의논될 때는 언제든 아까의 사설이 문제가 되었다. 데모 금지에 반대하는 교사들은 그 논설을 외우다시피 하면서 기연(機緣)하려 했다. 그런데 상부의 지시를 내세우는 교사들은 현실론을 들고 나왔다.

'우리들 좀 약게 굴자.'

결국은 이런 뜻이었는데 거기에다 그럴싸한 의론을 붙이려 하는 바람에 소동이 일곤 했다.

그러한 분위기 속에 토요일도 없고 일요일도 없었다. 나는 공휴일이 되어도 마산에 가지 못했다.

선거 당일.

K신문은 재빨리 부정선거임을 소상히 보도했다. 공개 투표하는 사진까지 나타났다. 나는 그 신문을 한 장 사들고 마산으로 향했다.

마산에 도착한 것이 오후 3시. 투표는 아직 끝나지 않았는데 어디서인지 야당의 데모대가 나타났다는 소문이 일었다. 나는 병원으로 가려다 말고 방근숙의 집을 찾았다.

　병원에 가자고 했더니 방근숙의 대답은 뜻밖이었다.

　"어쩐지 거리가 어수선하니 그런 생각이 나지 않아요. "

　근숙과 나는 병원에 가지 않기로 하고 그저 앉아서 선거에 대해 피차가 보고 들은 대로의 이야기를 주고받았다.

　결론은 '망조가 들었다'는 것이었다.

　선거가 이 꼴이니 민주주의가 망했다는 말이고, 민주주의가 망하면 나라의 체면은 잃고 만 것인데 체면 없는 나라가 과연 존립할 수 있을까 하는 등의 말도 나왔다.

　돌연 밖이 소란스러웠다. 나는 밖으로 뛰어나가려 했다. 방근숙이 문을 가로막고 섰다.

　"안 됩니다. 시끄러울 땐 집 안에 있읍시다. "

　내겐 대꾸할 건더기가 없었다. 그래 주저앉고 말았는데 바깥의 소란은 한결 높아졌다.

　'그저 지나가는 야당의 시위겠지. '

　이렇게 생각하고 있는데 안집 할머니가 헐레벌떡 뛰어 들어오더니 야당뿐만이 아니라 학생들까지 합세한 일대 데모대가 구마산에서 신마산까지 이어 있다고 전했다.

　나는 다시 뛰어나가려 했다. 그러나 근숙은 나를 내보내려 하지 않았다.

　"나가지 마세요. "

"이런 역사적인 날에….”

"역사적인 날이 이렇단 말이에요? 만일의 경우라는 섯노 생각해
야 하잖아요?”

근숙의 표정은 진지했다. 한사코 나를 밖으로 내보내지 않으려
는 태도였다.

잇따라 총성이 울렸다. 아비규환의 소동이 벌어졌다. 바깥에서
들려오는 소리만으로도 일대 소란이 벌어진 것이 분명했다. 나는 자
리에 풀썩 드러누웠다. 심장의 고동이 격했다. 그러나 중얼거렸다.

"역사, 역사….”

그날 밤의 마산의 일은 나의 표현을 빌릴 필요가 없다. 이미 역사
가 되었다.

역사의 기록으로 천고(千古)에 남게 되었다. 그런데 그 역사의 사
이드 스토리로서 나와 방근숙에게 충격적인 사건이 벌어져 있었다.

그래도 학교에 나가 보아야 하겠다고 아침 8시쯤 집을 나선 방근
숙은 30분도 채 못 되어서 창백한 얼굴을 하고 돌아왔다. 그리고는
겨우 정신을 차리고 한다는 말이 이랬다.

"남편이 죽었답니다. 학교로 연락이 왔어요. 병으로 죽은 것은
아닌 것 같아요. 아직은… 하여간 병원으로 가야 할 텐데… 전보도
쳐야 하고….”

전쟁터를 방불케 하는 거리로 나와 나는 근숙을 먼저 병원으로
보내고 우체국에 들렀다. 우체국도 마비상태였으나 부산까지의 전
보만은 겨우 칠 수가 있었다.

아직도 데모의 여세가 골목길마다에 서성거리는 느낌이어서 내

나름의 감회가 그런 쪽으로 흐를 것 같기도 했지만 당장 내게 닥친 큰일은 근숙의 남편이 죽었다는 그 사실이었다.

오후쯤 해서 근숙의 집안, 그 남편의 집안사람들이 병원에 도착했다. 나는 먼 빛으로 눈에 뜨일 둥 말 둥 조심하면서 자질구레한 일을 거들기도 하고 근숙의 눈치를 살피기도 했다.

시신은 부산으로 옮겨 간단다. 나는 아내의 병실에 갈 생각도 않고 일행보다 먼저 병원을 나섰다.

데모가 다시 벌어져 시청 앞으로는 갈 수 없다기에 나는 신월동을 돌아 골목길을 둘러 방근숙의 방에 와서 다리를 뻗고 천장을 쳐다봤다. 데모 생각이 없지는 않았으나 그것보다 근숙의 남편 생각이 더했다.

'우리의 앞일은 어떻게 될까?'

내겐 방근숙과의 사랑이 그 남편이 있고서야 성립될 수 있는 것으로 느껴졌다. 그 남편이 없어짐과 동시에 사라질 사랑인 것 같다는 생각도 들었다.

'우리는 우리 사랑의 전제로서 그들에게 건강을 되찾아 주어야겠다고 하지 않았던가.'

생각하면 우리는 병자들에게 건강을 되찾아 주지 않았을 경우 어떻게 하겠다는 것은 논의한 적이 없었다.

내가 방근숙을 알게 된 것은 그 남편의 병 때문이었다. 그 남편이 병에 걸리지 않았더라면 각기 따로따로의 별 밑에 살고 있었을 사람들이 아닌가.

동시에 내 아내가 병들지 않았더라도 사정은 마찬가지가 아닌가.

'그들로 해서 맺어진 사랑. 그러면서도 그들이 희생하지 않으면 성립할 수 없는 사랑! 나라의 역사나 개인의 운명이나 묘한 작용을 하는 것이지!'

생각할수록 이상한 느낌이었다. 방근숙이 다시는 내 품으로 돌아오지 않을 것만 같았다. 동시에 아내도 한없이 먼 곳으로 떠나 버린 느낌이었다.

데모가 다시 치열해졌다는 얘기가 들렸다. 그러나 나의 관심을 데모에 있지 않았다.

정치보다도, 선거보다도, 데모보다도 더 절실한 문제, 생과 사의 문제, 거기다 사랑의 문제⋯. 나는 꿈인지 현실인지 알 수 없는 시간 속을 헤매면서도 방근숙의 남편, 그 먼 빛으로 본 그 초췌한 얼굴만을 추궁하고 있었다.

남편의 시신과 같이 떠난 모양이었다. 방근숙은 그 이튿날도 돌아오지 않았다. 나는 병원으로 가서 아내를 찾았다. 아내의 얼굴을 보고 놀랐다. 분명히 사상(死相)이 깃들어 있었다.

어떻게 된 일이냐고 알 수 없는 질문을 했다. 아내는 그 질문엔 아랑곳없이, 그러나 애써 미소 지으려 하면서 말했다.

"밖에서는 데모 때문에 큰 소동이라면서요?"

나도 그 말엔 상관하지 않고 말했다.

"당신의 용태에 이상이 생긴 모양인데 어찌 된 셈이오?"

"4월까지 기다릴 수 없을 것 같아요. 그때까지 견딜 수 없을 것 같네요."

'4월이란 무슨 뜻일까. 견딜 수 없다는 건 무슨 뜻일까.'

"곧 나을 거라고 했는데… 아무래도 당신의 용태에 이상이 있는 것 같소."

아내는 나를 조심스럽게 바라봤다. 그리고는 여윈 오른팔을 뻗어 내 목덜미를 잡는 것이었다.

"당신은 좋은 사람이야. 좋은 남자이고, 좋은 남편이야. 당신은 행복하게 살 자격이 있어요."

나는 섬찟한 육감으로 몸을 꿈틀하면서도 태연하게 뇌까렸다.

"돌연히 무슨 소리요?"

"걱정 마세요. 묻지 않을 테니 대답하지도 마세요."

"무슨 말이오? 도대체!"

"걱정 마시라니까요."

아내는 그렇게 말하고 힘없이 웃었다.

"다음엔 언제 오실지, 그날은 시간을 가르쳐 주세요. 되도록 정확하게."

"요다음 일요일 정오에 오겠소."

"일요일 정오. 틀리지 마세요. 이르지도, 늦지도 않게요."

아내는 가까스로 몸을 비틀어 침대 밑을 더듬더니 언젠가 짰던 스웨터를 다시 꺼냈다.

"입었다가 도로 벗어도 좋으니 이 스웨터 한 번만 더 입어 보세요."

나는 서슴없이 윗옷을 벗고 와이셔츠 위로 그 스웨터를 껴입었다.

"마음에 안 드세요?"

"마음에 들어요."

"좋아요. 그렇다면 벗어도 좋습니다."

"아니오. 그냥 입고 가겠소."

"무리하시지 말고 벗어 놓으세요."

"아니오. 괜찮소."

아내는 쓸쓸하게 웃었다.

모든 것을 알면서도 언급하지 않으려는 노력. 그러나 나는 할 말이 없다. 캐물을 용기도 없다. 아내가 피해 주는 노릇에 편승할 수밖엔 도리가 없다.

"여보. 그 스웨터 벗어 놓으세요. 이 다음날, 아니 내년 겨울에나 입으세요. 기왕에의 일 때문에 앞으로의 행복에 금이 가면 안 됩니다."

나는 순순히 스웨터를 벗었다. 어쩌면 방근숙이 병원 밖에 기다리고 있지나 않을까, 하는 생각이 번쩍 뇌리를 스쳤기 때문이다.

아내는 스웨터를 앞가슴 위에 차곡차곡 개면서 말했다.

"고마워요, 당신. 요다음 일요일 정오, 잊지 마세요."

나는 그러마고 굳은 약속을 했다.

병원 복도에서 어떤 간호사를 만났다. 잠깐 얘기할 게 있다면서 대기실로 데리고 갔다.

"오늘 부인께서 특별한 반응이 없었습니까?"

"수척해 보이는 것 이외엔 별반…."

이렇게밖엔 할 말이 없었다.

"환자들은 다른 환자의 죽음에 대해서 대단히 민감합니다."

간호사는 찬찬히 말했다. 나는 그저 듣고만 있었다.

"며칠 전 환자, 남자 환자 한 분이 돌아가셨죠? 선생님도 그때 오셨지요?"

"예."

"그때 부인께서 어떤 환자냐고 꼬치꼬치 묻는 바람에 혹시 친척이어서 그러는가 하고 선생님이 오셨다는 얘기를 했어요."

"뭐요?"

나는 기겁을 했다.

"악의로 한 것이 아닙니다. 그저 우연이었지요."

그럴 테지. 나는 맥이 풀렸다. 간호사는 말을 이었다.

"부인께서는 그 일에 관해서 한마디도 말씀이 없으셨어요?"

나는 고개를 끄덕였다.

"대단한 분이셔. 저에겐 그렇게 파서 묻고서는…."

나는 어느 정도의 얘기가 오갔는가를 물어볼 흥미조차 잃었다. 진상은 고스란히 알려진 것이다. 방근숙과 나와의 관계는 그대로 알려졌을 것이 뻔했다.

'그 영리한 여자가… 조그마한 단서로서도 눈치 챌 여자가 모를 리가 있나. 어떻게 해서 그 남자의 죽음에 참례했는지를 다른 방법으로 어떻게 해석한단 말인가.'

죄송하다고 말하는 간호사에게 죄송해야 할 일이 아무것도 없다고 말하고는 밖으로 나왔다. 다시 되돌아가 아내의 마음을 위로해야 할 것이었지만 내겐 방법이 없었다.

'될 대로 되는 거지.'

아까 한 아내의 언동이 되살아났다. 뭔가 만만찮은 각오를 한 모양인데 그것이 뭔지를 추측하기도 싫었다. 싫은 것이 아니라 두려웠다.

데모 때문에 마산 시내는 어수선했다. 여느 때 같으면 탐람(貪婪) 한 호기심으로 마산 거리를 뒤질 것이지만 그렇지 않았다. 또그 데모로 인해 수십 명의 시민이 죽었다고 하는데도 내 마음은 무관심했다. 어떤 학생, 아니 김주열이란 학생이 행방불명되어 문젯거리가 되었다고도 들었으나 역시 무관심했다.

사람이란 그처럼 냉담하고 비정한 것이다. 인류 전체의 격동과진통은 견뎌낼 수가 있어도 자기 손가락 하나, 이빨 하나의 고통은견뎌내기 힘들다.

'이 무슨 잘난 생명이라고.'

이른 봄의 기분이 피부에 스며드는 저녁나절. 홀로 길을 걸어 신마산 어귀로 들어오면서 나는 허탈감을 이겨낼 수 없었다. 모든 것을 잃을 것 같은 공포, 공포라기보다는 허탈감이 내 마음과 몸을 사로잡았다. 전 마산시가의 허탈 속에 내 스스로의 허탈을 적분(積憤) 한 기분 속에서 나는 역사를 슬퍼하고 운명을 슬퍼하고 내 스스로를 슬퍼했다.

부산으로 돌아왔으나 방근숙을 만날 방도가 없었다. 방근숙의부산 집 주소를 모르는 데다 이 사람, 저 사람에게 묻고 돌아다닐수도 없었다. 마산의 학교로 전화를 해봤으나 아직 학교에 나오지않았다는 대답이었다.

나는 매일매일을 불안 속에서 넘겼다. 거의 매일 데모가 일어나는 거리를 걸으면서도 내 마음은 방근숙에게 가 있었다. 그러나 그것은 모정 (慕情) 이라고 하기보다는 그보다 더욱 절실한 감정이었다. 같이 있어야 할 시간에 그러지 못하는 감정처럼 안타까운 것은 없다.

장례를 치른다고 해도 벌써 끝냈을 무렵이었다. 남편의 죽음이 굉장한 충격이 되어 심경에 변화가 일어나지 않았나 하는 생각도 들었지만 두려운 것은 그런 것이 아니라 깡그리 무소식이 되었다는 그 점이었다.

아내와 약속한 날이 왔다. 일요일마다 문병하는 것이 버릇처럼 되었지만 그런 약속만 없으면 가고 싶지 않은 심정이었다.

마산역에 내려섰을 때 나는 내 앞에 다가서는 그림자를 보았다. 방근숙이었다. 나는 사람들의 눈을 개의치 않고 근숙을 와락 껴안았다. 세계를 되찾은 느낌이었다. 근숙은 무척 여위어 보였다. 왜 그처럼 소식이 없었느냐고 물었다.

"장례가 끝나고 하루쯤 시댁에 있다가 곧바로 마산으로 왔어요."

"몇 번이고 학교에 전화를 했는데요."

"학교엔 나가지 않고 선생님만 기다리며 방에 처박혀 있었습니다."

"그런 줄도 모르고….."

나는 다시 근숙의 어깨를 안았다.

"전화를 할까 했지만 그럴 용기도 없고….."

나는 뭐라고 해야 할지 망설였다. 그러나 우선 위로의 말이 없을 수가 없었다.

"이번의 일은 정말 뭐라고 말씀드려야 할지….."

근숙의 대답은 없었다.

"그처럼 급하게 돌아가실 줄이야…."

이렇게 운을 떼고 내가 말을 이으려고 하자 근숙은 대답했다.

"이왕 죽을 사람이었으니까 별 도리가 없기도 하지만…."

근숙은 말꼬리를 흐렸다. 나는 다음의 말을 기다렸다. 근숙의 입에서 나온 말은 정말 뜻밖이었다.

근숙의 남편이 숨진 진상은 이렇다.

학교에서 전화를 받고 근숙이 뛰어가니 남편은 벌써 운명하고 난 뒤였다.

병원 관계자들의 말을 들으니, 초저녁에 남편은 병원을 탈출했단다. 즉시 찾아 나섰으나 시위 인파 때문에 수색을 중단할 수밖에 없었다. 그들은 데모에 모두 신경이 쏠려 탈출한 환자 일은 까맣게 잊었다.

그랬는데 한밤중에 어느 약국에서 전화가 왔다. 요양소에 있다는 환자 하나가 약국 앞에 쓰러져 있다고. 병원 관계자는 구급차를 움직여 약국으로 갔더니 그 환자가 방근숙의 남편이었다.

쓰러져 있는 사람은, 집이 어디냐는 질문에 처음엔 이 근처라고 하더니 고쳐 요양소라고 하더라고 약국주인이 말했단다.

그 약국은 바로 근숙의 하숙에 가까운 곳에 있는 약국이었다.

'어떻게 해서 거기까지 왔을까?'

내 뇌리를 스치는 것이 있었다.

'병원에서의 탈출은 그 밤이 처음이 아니지 않을까?'

'겨우 보행할 수 있게 되자, 마산으로 전근한 아내의 하숙을 종종 돌아보고 간 것이 아닐까?'

‘어떤 의혹에 사로잡혔던 것이 아닐까?’

‘그 밤 최종적으로 어떤 사실을 확인하러 오다가, 아니 확인하고 가다가 기진맥진 약국 앞에 쓰러져 버린 것이 아닐까?’

‘그렇지 않다면 약국 주인에게 집이 가까이에 있다고 말한 것은 무엇 때문일까?’

의혹은 꼬리를 물고 뭉게뭉게 떠올랐다.

‘그렇다면 그 사람을 죽인 것은 바로 나다!’

생각이 이에 이르자 나는 공포에 질린 사람처럼 떨며 방근숙 쪽을 쳐다보았다. 근숙의 창백한 얼굴도 나와 같은 뜻을 자각함을 나타내는 듯했다. 내 얼굴에 떠오른 지나친 고민의 흔적을 보고 그랬을 것이었다.

방근숙은 조용히 말했다.

“죽은 사람은 죽게 하라는 말이 있잖아요.”

“우리 마음속에서 장사 지내지 못한 사람은 죽은 사람이 아닙니다.”

나는 무슨 소리를 하는지도 모르고 이런 말을 중얼거렸다.

“그러면 어떻게 해야 한단 말이에요?”

방근숙은 나에게서 용기를 얻으려고 하는 참이었는데 내 자신이 흔들리는 모습을 보자 당황하게 된 모양이었다.

“용기를 내십시오. 어떻게든 이 고비를 이겨나가야죠.”

이런 말을 해보지만 자신이 없었다.

“제겐 용기가 있어요. 제 걱정은 하시지 마세요. 저는 선생님이 걱정입니다.”

그러나 그렇게 말하는 방근숙 자신이 혼란스러워함은 말과는 달리 동작의 초조감으로 알 수 있었다.

방근숙은 말을 이었다.

"선생님은 병원에 있는 분들에게 건강을 되찾아 주자고 하셨지요. 그렇게 해야만 떳떳하게 우리의 사랑을 키울 수 있다고 말하셨죠. 그런데 만일 그렇게 되지 않을 때는 어떻게 해야 한다는 얘기는 없었잖아요. 저는 그 때문에 고민했어요. 마음이 약하신 선생님이 이번 일로 어떻게 변하는가 해서요."

"그건 바로 저의 걱정이었답니다. 며칠을 두고 연락은 되지 않지요. 물어볼 수도 없지요. 그동안의 불안은 이루 형언할 수 없었습니다. 그랬는데 이렇게 당신을 만나자 얼떨떨해진 것입니다. 내게 용기가 없는 것이 아니라 당황하고 있는 거지요."

나와 근숙은 우선 근숙의 하숙으로 가기로 했다. 거기 가서 마음을 가라앉힌 다음에 병원에 가든지 할 수 있을 것 같았다.

데모의 여세(餘勢)가 아직도 남아 있는 거리. 그 뒷골목을 돌아 근숙의 하숙을 향해 가면서 나는 다시금 인간의 에고이즘이란 걸 되씹어 보았다.

수십 명의 사상자(死傷者)를 낸 마산의 데모, 그 와중에도 내 개인의 사랑을 위해서 이처럼 옹졸해야 한다는 건 너무한 일이 아닌가.

그러나 도리가 없다는 생각도 들었다. 사람은 스스로의 운명에 충실하게 살아야 하는 것이다. 나에게 중요한 것은 정치보다 선거보다 방근숙이었으니까.

그날 내가 병원으로 간 것은 여느 때보다도 훨씬 늦었다. 방근숙과 이런저런 이야기를 나누다 보니 자연히 그렇게 된 것이다.

병실 문을 노크하며 들어서니 이때까지와는 다른 아내의 모습이 눈앞에 나타났다. 아내는 누워 있지 않고 베게 있는 곳을 돋우어 비스듬히 기대어 앉은 자세로 있었다. 정성 들여 빗겨 올렸구나 하고 생각할 정도로 머리는 곱게 빗겨져 있었고 얼굴엔 약간의 화장기까지 있었다.

들어오는 나를 보고 아내는 쓸쓸한 미소를 지으며 말했다.

"오늘은 안 오시나 하고 생각했어요."

"내가 언제 약속을 어긴 일이 있었소?"

"그러기에 걱정을 했지요."

아내는 손짓으로 나를 자기 가까이에 앉혔다. 나는 아내 바로 곁에 놓인 의자에 앉았다. 아내의 몸에서 묘한 냄새가 나는 듯했다. 나는 냄새의 정체가 무엇일까 하고 신경을 곤두세웠다. 그리곤 조금 뒤에야 방 안에 서려 있는 약품 냄새에 아내가 그날따라 써 본 것임에 틀림없는 화장품 향기가 섞인 것임을 알았다.

'아내가 화장한 뜻은 무엇일까?'

그러나 물어볼 수는 없었다. 물어서 안 될 일은 아니지만 그 물음에 이끌려 나올 대답의 대강이 추측되지 않는 바도 아니었다. 추측할 수 있는 그런 대답은 듣기에 거북할 것이 틀림없었다.

'내 마음을 돌이켜 보자는 수작일까?'

그것이 아님도 나는 잘 안다. 그런 생각이 있었더라면 아내는 벌써부터 서둘렀을 것 아닌가.

"요즘도 바깥은 꽤 시끄러운 모양이죠?"

"조용하다고는 할 수 없지."

"조심하세요. 공연한 소동에 휘말리지 말고…."

"소동에 휘말리려면 정열이 있어야 하오. 내겐 그런 정열도 없소."

이때 아내는 무슨 말이 터져 나오는 것을 가까스로 억제했다는 표정을 역력히 드러냈다.

"하기야 본래 당신은 정치엔 관심이 없었던 사람이었으니까요."

"그렇지."

"그런데 전번에 '학생에게 데모할 자유를 주라'니 어쩌니 할 때는 정말 걱정스러웠어요."

"어디 그거 내가 한 말인가?"

"당신이 한 말이 아니라도요."

보통 때 같으면 내가 떠나야 할 시간이 왔다. 시계를 들여다보는 나를 걱정스러운 눈초리로 바라보면서 아내는 물었다.

"벌써 가셔야 하나요?"

"아니오."

"기차 시간은요?"

"부산까지 교통은 워낙 좋으니 걱정할 것 없소."

"그러면 한 시간쯤 여유가 있겠어요?"

"두 시간이라도 좋소. 그런데 왜 자꾸 시간에 신경을 쓰는 거요?"

"할 얘기가 있어서요."

"그럼 얘기해 봐요."

아내는 이마에 손을 얹었다. 아마 열이 나는 모양이다.

"어제는 친정어머니가 다녀가셨습니다."

"장모님이? 어떻게?"

"제가 편지를 했지요. 오셔 달라고."

"왜?"

"공연히 보고 싶어졌어요."

"그래 뭐라고 하시던가요?"

"어머니는 자꾸만 우시더라고요. 울지 말라고 했더니 더 우시는 게 아녜요? 말씀하시기를 당신이 불쌍하고, 당신에게 미안하다고 되풀이 말씀하셨어요."

나는 장모를 떠올리며 조그만 체구의 늙어 간다고 하기보다 시들어 간다고 하는 것이 알맞은 표현일 수 있는 노파를 눈앞에 그렸다.

불쌍하긴 바로 장모 자신이다. 외딸 하나를 키워 사위를 보았지만, 잘 사는 꼴은 한 번도 보지 못했다. 외딸은 항상 병석에만 있는 처량한 모습으로 지내다가 죽을 날을 얼마 남기지 않았다. 불쌍한 신세라고 아니할 수 없는 것이다.

나는 장모의 마음을 위로할 수 있는 무슨 방도가 없을까 하고 생각해보았다. 그러면서 무슨 방도가 있다고 해도 생각뿐일 것이라며 서글프게 웃었다.

"연세 많으신 어머니를 오너라, 가너라 하다니 당신도 불효한 딸이야."

"불효한 딸이야 나면서부터죠."

아내는 한숨을 섞어 이렇게 말하곤 먼 곳을 보는 눈이 되었다.

"당신의 지각(知覺)은 존경할 만한데 그런 지각 있는 사람이 선

불리, 아니 이유 없이 어머니를 오라고 하지는 않았을 것 아니오? 무엇 때문에 오시라고 했는지 똑바로 밀해 보시오."

"보고 싶다는 이유 이외엔 아무런 이유도 없어요."

"그럴까?"

"그래요. 그것뿐입니다. 당신, 짐작이 되시지 않아요? 어머니를 갑자기 보고 싶게 된 심정을….."

"……."

"딸아이는 시집을 가서, 그 시집에서 좋은 일을 당하거나 슬픈 일을 당하거나 친정에 있는 어머니를 생각한답니다. 그리고는 보고 싶어진답니다."

"그럼 당신에게 무슨 슬픈 일이 있었소?"

"아아뇨."

"즐거운 일이 있었소?"

"아아뇨."

이렇게 되면 벌써 말 상대는 안 된다. 말의 줄거리와 심리의 가닥이 따로따로 움직이게 된 것이다.

조금 있다가 아내는 시선을 내게로 돌리며 물었다.

"당신 생각으론 내게 좋은 일이 있었을 것 같아요? 슬픈 일이 있었을 것 같아요?"

"내가 그걸 어떻게 알겠소?"

"그럼 요즘이 내가 좋게 느낄 수 있는 나날일까요? 슬프게 느낄 나날일까요?"

"내가 그런 걸 어떻게 알겠소?"

"당신은 참으로 쌀쌀해지셨어요."

아내는 시선을 내게서 창밖으로 옮겼다.

쌀쌀해졌다는 아내의 말에 대꾸하지 않는 태도가 아내의 그 말을 수긍하는 뜻이 되리라고 알면서도 나는 그대로 버려두었다.

"당연한 일이죠."

아내의 혼잣말이 들려왔다.

'당연한 일!'

나는 속에서 외웠다.

"당신은 내게 할 말이 없어요?"

"있지."

"뭔데요?"

"단 한 가지요. 빨리 병을 고치라는 것."

"당신은 진심으로 내 병이 낫기를 바라고 있어요?"

나는 성난 얼굴을 하고 아내를 흘겨보았다. 어이가 없는 말이라기보다 그런 질문이 내 인격을 모욕하는 것 같은 느낌을 가졌기 때문이다. 그래 잠자코 있는 판인데 다시 물어왔다.

"당신은 진심으로 내 병이 낫기를 바라나요?"

"말이 아니면 답변하지 말라고 했소."

"소원이에요. 제가 묻는 말이 당치가 않더라도 오늘만은 제 질문에 대해 정직하게 대답해 주세요."

"언제 내가 부정직한 대답을 한 적이 있소?"

이 말은 내가 내 스스로에게 물어본 질문이기도 했다. 만일 이것이 아내에게만 던진 질문이었다면 나는 상당히 뻔뻔스러운 놈이다,

하는 생각도 들었다. 아내의 독촉하는 듯한 눈빛이 느껴졌다.

"내가 지금 바라는 것이 있다면 당신의 병이 하루 빨리 나았으면 하는 것이오."

이 말엔 틀림이 없다. 아내의 얼굴은 안도의 감정으로 고요해지고 이글거리는 듯한 눈빛도 평정을 찾은 것 같았다.

그러나 아닌 것이다. 아내의 병이 나아야 한다고 기를 쓰는 저편에 또 하나의 목적이 있는 것이다. 아내가 만일 내 진의를 안다면 "그런 경우라면 나는 병을 고치지 않고 차라리 죽는 편을 택할 것"이라고 했을지 모른다. 그런데 이런 나의 추측이 어리석었음을 알았다.

"병이 나으면 어떻게 하죠?"

"나으면 그뿐이지 어떻게 하다니 뭘 어떻게 한단 말이오?"

내 음성엔 노기가 섞였다. 아내는 나를 힐끔 바라보고는 무슨 말을 하려다가 말았다.

'이 영리한 여자는 자기 나름의 후각으로 사태에 대해 거의 완벽하게 알고 있다. 그러나 나는 내 입을 통해서는 밝히지 않겠다.'

"나으면 부산으로 데리고 가겠느냐, 진주로 데리고 가겠느냐 하고 물어본 거예요. 그런데 화는 왜 내시죠?"

아내의 질문은 가볍게 분장한 것이지만 의도는 심각하다는 것을 나는 알았다. 설불리 건드릴 수 없는 성질의 것임을 안다. 그러니 내 대답도 이에 대한 것이 아니면 안 되었다.

"진주를 떠나고서는 살 수 없다며? 그러니까 살 수 있는 곳으로 가야지. 천신만고 끝에 병을 고쳐 살 수 없는 곳으로 갈 수가 있나?"

아내의 신경이 내 말끝을 따라 미묘하게 움직이는 것을 나는 느꼈다.

"부산으로 데리고 가지 않겠다는 뜻으로 해석해도 좋아요?"

나는 버럭 신경질을 냈다.

"빨리 병이나 낫게 하구려. 그런 건 그 다음에 생각해도 충분해요."

아내와 말을 주고받는 동안 나는 중대한 것을 발견했다. 어렴풋이 상상한 대로 아내는 나와 방근숙과의 관계에 대한 자기 나름의 완벽한 인식이라고 하기보다 일종의 스토리를 꾸며놓고 있었다. 그리고 앞으로의 귀추에 대한 대강의 예상도 하고 있었다. 아내는 자기의 인식과 예상에 대한 확인을 하려는 것이었다. 아무것도 모르는 척 꾸미기도 하고 병자의 어리광인 척 꾸미기도 하면서….

그런데 그 자체는 문제가 아니었다. 문제는 무엇 때문에 그런 확인을 하려는가에 있었다. 만일 확인이 이루어진다면 아내는 더 슬플 것 아닌가. 더 불행할 것 아닌가.

"병은 곧 낫는다고 해요."

아내는 조용히 말을 이었다.

"그러니 앞으로의 방침을 제 나름으로 세워 두고 싶어서 그래요. 부산에서 살 것인가, 진주에서 살 것인가. 그것에 따라 앞으로의 설계가 훨씬 달라지지 않겠어요? 그 빛깔마저…. 그래서 물어보는 것입니다."

그렇게 고집한다면 나도 할 말이 있었다.

"그것은 당신의 자유요."

"자유?"

"그렇소."

"자유라니, 내 마음대로 하라는 그런 뜻인가요?"

"그렇대도."

내가 '자유'라는 말을 쓸 때 복잡한 감정을 그 말에 끼웠듯이 아내도 그 말을 복잡한 감정으로 받아들였음이 분명했다.

"당신의 의사와 제가 앞으로 살아야 할 곳과는 무관하다는 그런 뜻으로 이해해야 하나요?"

"그럴 수도 있소."

아내의 얼굴엔 단번에 홍조가 떠오르고 눈망울이 충혈되었다.

"그게 무슨 뜻이죠? 정확한 뜻이?"

"말한 그대로가 아니오? 당신에게 일체의 자유를 주겠단 말이오. 일체의…."

"제가 그런 자유를 싫어한다면? 당신의 의사를 따르고 싶어한다면?"

"그것도 자유지."

"아아!"

아내는 소리를 지를 뻔하다가 간신히 목소리를 낮추었다.

"자유란 말을 제발 하지 마세요. 나는 당신의 아내예요. 당신에게만 자유가 있으면 돼요. 저는 자유가 싫어요. 자유란 무서워요."

더 이상 내버려 두면 광란하지 않을까 해서 겁이 났다. 농담으로 얼버무려 넘길 수밖에 없었다.

"나는 자유를 가장 존귀한 것으로 알고 병에 이겨낸 당신에게 그 가장 존귀한 상을 주려고 한 거요. 자유, 아니면 죽음을 달라는 말이 있잖소. 죽음을 면했으니 자유가 있을 뿐 아닌가 말이오. 그래 나는 죽음을 면했을 뿐 아니라 병에 이겨낸 용사에게 자유라는 상을 주려는 거요."

"싫어요."

아내의 말은 단호했다.

"자유 아니면 죽음이라면, 꼭 그 가운데서 하나를 택하라고 하면 저는 죽음을 택하겠어요. 자유는 절대로 싫습니다. 싫어요. 그러니 자유를 준다는 말은 나를 죽으라고 하는 말이나 다름없다고 생각하세요. 저는 자유가 싫어요."

나는 당황했다. 아내가 건강을 회복하기만 하면 어떤 수단을 써서라도 이혼하리라고 작정했는데 오늘의 상태로 미루어 보면 거의 무망한 노릇 아닌가.

결국은 비상수단을 써서 견디지 못할 정도로 구박하거나 법원에 이혼소송을 제기하거나 해야 할 것 같은데 내 성격으로는 어림도 없는 일이었다.

방근숙을 사랑하는 마음, 무엇보다도 누구보다도 사랑하는 마음엔 거짓이 없었지만, 방근숙에 대한 사랑만큼은 못 되어도 아내를 사랑하는 것도 사실이었다.

사랑이 아닌 동정으로 변했다고 해도 사정은 마찬가지다. 기왕에 열렬히 사랑했고 오늘 동정하는 사람을 이혼 거부를 이유로 구박할 수 있을까. 그 사람과 더불어 법정에서 싸울 수 있을까.

내 앞날을 가로막고 선 아내에게 증오를 키워 보려고 했지만 그렇게 마음먹으려는 의도 때문에 증오는커녕 되레 동정심만 짙어가는 판이니 분명 이건 커다란, 그리고 복잡한 딜레마가 아닐 수 없다.

그렇다면 지금부터 아내의 체관을 키우도록 만사를 탁 털어놓고 고백하는 게 현명한 노릇이 아닐까. 그러나 이것은 불가능한 일이다. 아내가 받은 정신적 타격은 아내를 죽이고야 말 것이 분명했다.

한편 병석에서 온갖 관념을 키우고 이미 생을 체관도 해본 아내는 우선은 타격을 받겠지만, 그 타격에서 회복하고 새로운 생을 구상하는 지혜를 발동시키는 계기를 찾아낼 수 있지 않을까, 하는 생각도 해보았다. 역시 불가능한 노릇일 것 같았다.

아내의 생명은 내게 있고 병을 고치려는 집념의 원동력도 내게 있음을 나는 잘 안다. 아내가 자유와 죽음을 놓고 그 속에서 하나를 택하라고 하면 서슴없이 죽음을 택하겠노라고 말한 그 말엔 추호의 과장도 거짓도 없는 것이었다.

'그렇다면 어떻게 하나?'

이와 같이 고민하는 내 마음의 움직임을 꿰뚫어 보는 것 같은 눈으로 아내는 나를 바라보며 말했다.

"그러나 당신! 걱정하지 마세요. 자유를 택하지 않는 이상, 당신의 의사에 순종하겠어요. 당신의 뜻대로, 당신의 마음대로 하세요. 다만 내게 자유는 주지 마세요. 명령을 주세요."

"자유를 가지라는 명령이라면?"

"그건 안 되죠. 차라리 죽으라고 하세요."

"모순 아니오? 뜻대로 마음대로 시키는 대로 한다면서?"

"그럼 이렇게 고쳐 말하죠. 자유를 준다는 말 이외의 어떤 말도 순종하겠다고…."

나는 그러면 이혼하자고 해도 순종하겠는가 하고 묻고 싶었다. 그러나 자제했다. 자유를 준다는 말 이외의 말이란 표현으로써 이혼은 하지 않겠다고 선언한 것 아닌가.

침묵하는 나의 태도를 보고 아내는 어떤 심증을 굳힌 것 같았다.

"당신이 하고 싶은 말이 꼭 한마디 있다는 걸 저는 잘 알아요."

나는 가슴이 섬찟했다.

"그것을 제가 대신 말해볼까요?"

고요한, 그러나 무서운 말이었다.

아마 내 얼굴이 새파랗게 질렸을 것이다. 아내는 야릇한 웃음을 띠어 보이며 다시 물었다.

"제가 대신 말해 볼까요?"

나는 그저 잠자코 있을 수밖에 없었다. '절대로 안 돼!'라는 상념이 내 뇌리를 스쳐갔다. 이러한 감정의 기미를 포착했음인지 아내는 상냥한 웃음으로 표정을 바꾸며 말했다.

"미안해요. 제가 공연히 공기를 심각하게 만들어서…."

영리한 아내는, 아니 아내는 본능적으로 그 단어를 끄집어내지 않기로 한 것이었다. 그 말이 나오기만 하면 만사는 끝이 나고야 말 것이란 예감 같은 게 작용했음이 분명했다.

그리고 나서는 다시 그 화제로 돌아갔다.

"당신은 내게 꼭 자유를 주고 싶어요?"

그렇다고 대답할 뻔하다가 나는 그 말을 억제하고 기를 썼다.

"당신에게 행복을 주고 싶을 뿐이오."

"행복?"

아내의 입언저리에 보일 듯 말 듯 미소가 번졌다.

"그런 말을 들어본 시도 퍽 오래 되었어요."

그 정도 말로 그처럼 기분이 좋아질 수 있다면 나는 말을 쓰는 데 인색하지 않으리라 생각했지만 막상 좋은 말을 가리려고 하니 망설여졌다.

미묘한 시간이 흘렀다. 허식 있는 말이라도 해서 이 방 안의 공기를 물들여 볼까, 정확한 감정을 포착하기 위해 공기를 더욱 맑게 할까, 하는 생각이 미묘하게 교차하는 시간이었다.

"실례해요. 오늘은 어쩐지 뭔가를 따져 놓고 싶어요. 그래서 그러니 용서하세요. 당신, 내가 없어도 행복할 수 있죠?"

딱한 질문이었다. 나는 허황하게 답을 창밖에서 찾았다.

"대답하지 않아도 좋아요. 대답이 없는 것도 하나의 대답이니까요."

"여보!"

나는 진심을 털어놓을 작정으로 말을 꺼냈다.

"당신은 자꾸만 나를 시험하려고 하는데 나에 대해 너무한 짓이라고는 생각하지 않소? 나는 여태껏 당신만을 사랑하고 살아왔소. 당신을 위해서라면 다른 모든 것을 희생할 각오로 살아왔소. 내 벌이가 신통찮아 호화로운 치료를 해주지 못해 한스럽지만 난 나대로 최선을 다하고 있잖소. 그런데 내 태도에 약간의 불미함이 보인다고 해서 당신이 똑바로는 얘기하지 않고 유도심문 같은 짓까지 하며 내 마음을 떠보려 하니 참으로 고통스럽소. 만일 내가 당신을 사랑하지 않는다고 말하면 당신은 어떻게 할 참이오? 그리고 이때까지 가꾸어 온 사랑이 혹은 정(情)이 그렇게 호락호락 남아 있을 것이라고 상상할 수 있소?"

나는 말을 끊었다. 말이 이어감에 따라 과장, 아니면 거짓된 감정이 섞일 우려가 있었기 때문이다. 도중에 말을 끊어 버린 나를 아내는 의아한 얼굴로 바라보며 다음의 말을 독촉했다.

"왜 말을 끊으시죠?"

아내의 입에서 나온 말이 아니고 표정에 쓰인 말이었다.

"더 말할 필요는 없잖겠소? 누워만 있는 당신의 고충을 내가 아는 그만큼, 당신도 내 고충을 알아줘야 할 게 아니오?"

아내의 눈엔 눈물이 돌았다. 이럴 때는 가볍게 안아 주어야 한다. 그런데 아내를 안아 줄 엄두가 나지 않았다. 그래야지 하는 생각만 할 뿐이었다.

'이것이 변화다. 이 변화를 민감한 아내가 알아차리지 않았을 리 없고 그것을 통해서 자기 나름의 인식을 가졌으리라.'

눈물을 머금은 눈으로 아내는 나를 한참동안 지켜보았다.

"불쾌해도 참아 주세요. 저는 지금 몇 번이나 지옥을 건너왔답니다. 이렇게 불쾌한 시간을 만드는 것도 오늘이 마지막이라고 생각하세요."

"마지막이라니?"

"다시는 이처럼 추근추근하게 굴지 않겠다는 뜻이죠. 이 다음부터는 꽃처럼 웃고만 있든지 꿀먹은 벙어리처럼 잠자코만 있을 테니까요. 그러니 오늘만은, 아니 오늘 나의 생각을 정비하기로 했어요. 그래서 묻는 거예요."

나는 좋도록 하라는 시늉을 했다.

"남편을 잃은 그 여인은 요즘 어떻게 지내시죠?"

"……."

"마산에 계시지 않아요?"

"……."

"왜 대답이 없으시죠?"

"……."

"그분 남편이 별세했을 때 당신이 그 병실에 온 의미는 뭐죠?"

"……."

만사는 끝났다고 나는 생각했다. 그러면서 아내가 왜 이렇게 조급하게 서두르는지 알 수가 없었다.

"왜 대답이 없으시죠?"

"이 다음에 하겠소."

무서운 고비를 넘겼다. 그러나 시간이 흘렀다 할 뿐이지 고비를 넘긴 것은 아니었다. 아내는 눈을 감은 채 석고상처럼 묵묵히 아까와 같은 자세로 앉아 있었다. 얼마쯤 시간이 흘렀을까. 방안에 전등이 켜졌다.

'아내는 이렇게 늦도록 앉아 있는 내가 병원에서 나가면 근숙에게로 갈 것이란 짐작을 벌써 하고 있는 것이다.'

눈을 감고 있어도 전등이 켜진 것은 알았던 모양이었다.

"시간이 늦으면 차 타시기가 곤란할 테니 가보시죠."

나는 일어섰다. 잘 있으라고 하니까 아내는 손을 내밀었다. 나는 그 손을 잡았다. 뼈만 만져지는 손. 나의 눈에서 눈물이 솟았다.

"이 다음엔 제가 묻지 않을 테니 모든 이야기를 해주세요."

손을 놓자 아내는 힘없이 말했다. 그리고는 덧붙였다.

"만일 급한 일이 있으면 전보를 보내겠어요. 부산의 그 하숙집으로 하면 되겠죠?"

나는 그렇다고 대답했다.

병실에서 나오니 고문실을 빠져나온 느낌이었다. 그러나 구름을 디디고 선 느낌이었다.

"저는 살아 있을 의미를 잃었습니다."

문병을 하고 돌아온 다음다음날 내게 전해진 아내의 편지는 이렇게 시작됐다. 나는 두근거리는 가슴을 간신히 가라앉히고 다음을 읽었다.

　　그래 저는 지금 당신을 위해 제가 할 수 있는 일은 무엇일까 하고 궁리합니다. 제가 당신의 사랑을 차지하고 있었을 때는 제가 살아 있는 상태만이라도 의미가 있다고 생각했습니다. 당신을 위해서 하루라도 더, 한 시간이라도 더, 1분 1초라도 더 오래 살아야 한다고 다짐하며 요양소 규칙을 잘 지키며 의사의 지시에 충실했습니다. 병이 낫기만 하면 당신에게 커다란 행복을 안겨 준다는 상상에 흥분도 하고 했어요.

　　그러나 지금, 당신의 사랑을 잃어버린 지금의 저는 당신의 부담밖에 되지 않잖아요. 영락없이 살아 있는 송장이지요. 아무런 의미도 없는 생명이 가장 사랑하는 사람의 부담 이외의 뜻을 가지지 않는다니 괴롭기 그지없습니다.

　　저는 어떻게 하면 좋을까요. 누워 있어도 당신에게 부담, 만에 하나 병이 나아도 당신에게 부담, 이럴 때 당신 같으면 어떻게 처신하시겠습니까?

　　그렇다고 해서 나는 당신을 탓하지도 않습니다. 원망하지도 않습니다. 한편으론 당연한 일이라고도 생각합니다. 당신과 같은 훌륭한 남자를 짧은 동안이나마 남편으로 섬겼다는 사실만으로도 제겐 과분한 은총입니다.

잠을 이루지 못하는 밤이면 저는 당신과 세가 거꾸로 되었을 경우를 상상합니다. 지금 당신을 사랑하는 방근숙 씨의 입장에 저를 놓아 봅니다. 제겐 그런 일이 결코 없을 것이란 자신감이 없습니다. 당신과 같은 훌륭한 남편을 가졌는데도 저에겐 자신이 없습니다. 그러니 저는 추호도 당신의 변심을 책하지 않겠습니다.

하지만 한없이 슬프고 원통합니다.

어떻게 이처럼 불운하게 가혹한 팔자를 타고났는가 생각하니 모든 것이 저주스럽습니다. 당신 하나만은 빼고….

그래서 생각했습니다. 지금 제가 할 수 있는 일은 무엇일까 하고. 어떻게 하면 당신의 부담을 덜고, 당신의 새로운 출발을 위한 축복을 해드릴 수 있을까 하며 밤낮으로 고민하다가 드디어 하나의 극히 평범한 결론을 발견했습니다.

그것은 하루라도 일찍 이 세상을 하직하는 길입니다. 이렇게 작정했으면 그야말로 하루 속히 결행해야 하는데 그러지 못하는 것은 아련한 미련도 있거니와 제 서툰 수작으로 당신에게 충격을 주어 두고두고 당신의 마음에 그늘을 끼치지나 않을까 하는 두려움 때문이었습니다.

그러나 당신은 조금도 죄의식을 가지시거나 충격을 받으실 필요가 없습니다. 의사의 말과 태도로 보아 전쾌할 희망이 없는 몸이고 제 자신이 그때를 기다릴 기력도 없으니 천명을 다한 것이나 마찬가지니 제가 무슨 짓을 해도 잘했다, 고 생각함으로써 마지막 길을 떠나는 저를 위로해 주옵소서. 그러니 무슨 소식이 가더라도 당황하시질 말라고 이 편지를 드리오며 다음 일요일을 고대하겠습니다.

나는 그 편지를 읽자 전신이 오한(惡寒)에 사로잡혔다.

정신을 차리니 방 안에 전등이 켜져 있었고 주위에 낯모르는 사람들의 얼굴이 겹쳐 보였다. 갑작스럽게 부들부들 떨며 정신을 잃은 것 같아서 하숙주인이 의사를 불렀다는 것이다.

"심한 충격을 받으면 그런 일이 있습니다."

늙은 의사는 근심스럽게 눈을 뜬 나를 향해 그렇게 말했다. 그리고는 덧붙였다.

"심장이 좋지 않습니다. 지금은 괜찮으나 앞으론 조심하십시오."

의사가 가고 난 뒤 미음 한 그릇을 마셨다. 텅 빈 천장을 쳐다보고 누웠으나 물밀 듯 밀려오는 불안감과 당황함으로 가슴이 설레 안절부절못했다. 아무런 사념도 떠오르지 않았다.

'어떻게 해야 하나? 어떻게 해야 하나?'

이런 탄식이 구름 조각처럼 심상 위로 둥둥 떠다닐 뿐이었다.

다시 의사를 불러 진정제를 맞고 잠들었는데 새벽녘 다시 잠은 깨고 말았다. 식은땀에 흠뻑 젖은 몸으로 이불 속에서 보채면서 생각한 것은 아내의 죽음이 그처럼 내게 심각한 충격일까 하는 점이었다.

나는 아내의 죽음을 견뎌낼 것 같지 않았다. 자연사(自然死)이면 또 몰라, 자살이라면 도저히 견딜 수가 없을 것 같았다.

오늘이라도 마산으로 가야겠다고 별렀지만 의사는 하루 동안은 절대 안정을 해야 한다고 당부했다. 의사가 그렇게 말하지 않더라도 몸에 힘이 빠져 마산까지 갈 수도 없었다.

편지라도 쓰려 했지만 갈피를 잡을 수 없는 심경을 요약할 수가 없었다. 한 가닥의 희망은 '다음 일요일을 기다린다'는 문맥이었다.

'그때까지는 대사(大事)에 이르지 않겠지.'

이 글귀에 간신히 희망을 위탁하고 나는 하루를 누워 지냈다.

그 이튿날 마산으로 갈까 했으나 하루 동안을 지탱해 온 '다음 일요일까지는 괜찮겠지' 하는 안심이 그대로 굳어져 미뤄 놓은 학교 일을 보기로 했다.

그것이 함정이었다. 아내는 그 편지에서 아내 나름의 마지막 시험을 해본 것이었다. 만일 내게 아내에 대한 티끌만 한 사랑이 남아 있다면 부산-마산 간의 교통사정을 봐서 오후 늦게라도 뛰어오리라 추측했던 모양이고 만일 그러지 않는다면 영영 돌이킬 수 없는 사랑이니 미련 없이 결행하자고 마음먹은 것임에 틀림없다.

나는 그 간절한 뜻을 이해하지 못했다. 동시에 아내는 정신을 잃을 만큼 심각한 충격을 받은 나를 이해하지 못했다.

아내는 토요일 밤, 담당 간호사를 붙들고 부산과 마산 사이의 교통사정을 세세히 묻더라는 것이다. 첫차가 몇 시에 있으며 마지막 차는 몇 시에 있는가. 몇 시간마다에 버스가 있는가 등을 연필로 종이 위에 쓰면서까지 소상하게 묻더라는 것인데 그게 바로 위와 같은 내 추측의 강력한 증거가 아니겠는가. 아내는 토요일 밤 자정쯤 독을 마신 것 같았다.

일요일 아침 나는 방근숙에겐 연락도 하지 않고 병원에 달려갔는데 그때는 아내는 이미 싸늘한 시체가 되어 있었다.

고민한 흔적은 없었다. 조용하고 평화롭고 숭엄하기까지 한 잠자는 얼굴이었다. 자연사를 가장할 셈인지 어느 곳을 찾아도 유서 같은 건 나타나지 않았다.

유서를 쓸 건더기도 없다고 생각했을지도 모른다. 유서를 쓴다면 나에게밖엔 쓸 곳이 없으니 그 유서는 벌써 내 손에 와 있는 셈이다.

유서도 남기지 않은 아내를 간호사는 원망하는 듯이 나무랐겠지만 나는 잠자코 있었다. 웬일인지 눈물이 솟지 않았다. 편지를 받았을 때의 충격이 너무나 컸기 때문인지, 충격 같은 느낌조차 없었다.

가을바람에 떨어진 낙엽을 보듯, 봄바람에 흐트러진 꽃잎을 보듯 나는 의외로 침착했고 냉정했다.

그러나 이런 상태는 결코 정상이 아니었다. 아내의 죽음 앞에 일체의 감정작용이 얼어붙은 탓이었다. 그 증거로 나는 아내의 장례를 치르는 동안 몽유병자처럼 행동한 모양이다. 내 딴엔 침착한 것처럼 행동했는데 다른 사람의 눈에는 넋이 나간 것 같았다고 한다.

그동안 마산 앞바다에 김주열 군의 시체가 떠올라 마산에서 데모가 재연하고 그 데모가 수도 서울에까지 비화했으나 나는 일체 그런 사실을 모르고 지냈다.

거대한 역사의 움직임 속에서 나는 나 하나의 슬픔 속에 갇혀 있었던 것이다. 역사의 흐름은 인간 개개인의 슬픔과 기쁨을 합쳐 흐르기도 하지만 그 흐름과는 전혀 딴판으로 살고 죽는 인생도 또한 있다.

천하의 신문들은 김주열 군의 죽음에 분개하고 이를 대서특필한 모양이지만 그 모든 신문이 아랑곳하지도 않은 어떤 여자의 죽음 때문에 그런 것을 한동안 모르고 지냈다는 사실! 이것은 두고두고 나에게 역사와 인생의 대비를 생각하게 한 계기가 되었다.

그동안 나는 방근숙의 존재를 아주 잊고 있었다. 이것은 나에게 사랑이 자라려면 시간이 필요함을 가르친 것이었다. 동시에 오랜 시일을 두고 가꾸어진 사랑은 그 사랑이 변하기 위해서도 오랜 시간이 필요하다는 것, 그 뿌리는 우리가 짐작할 수 없을 정도로 깊이 박혀진 것이란 사실을 깨닫게 하기도 했다.

사랑하는 감정이 없어졌을지라도 오랫동안 사랑한 경력을 가진 사람들은 사랑과는 별개인 추억을 가진다. 사랑은 가도 사랑의 추억만은 남는다. 한번 사랑한 적이 있는 사람들의 이별은 그래서 슬프다.

열렬히 사랑했고, 병들었기에 더욱 사랑한 기억 때문에, 또 방근숙의 존재를 잊었다고 해서 나는 죄의식에 사로잡히지는 않았다. 나와 아내를 갈라놓은 것은 누구의 책임도 아니고 운명이라고 생각함으로써 양심의 가책도 없었다.

그러나 허전했다. 허전했다기보다 허탈했다는 표현이 옳을 것이다. 하늘빛이 달라 보였다. 꽃빛이 달라 보였다. 사람들에 대한 인상이 달라졌다. 인생이란 허무한 것이라고 새삼스럽게 느껴졌다. 허무라는 실체를 바로 내 육안으로 본 것이다.

아내의 장례와 그 뒤치다꺼리까지 마치고 부산으로 오는 차중에서 나는 이승만 대통령이 하야(下野)한다는 소식을 들었다. 이제막 기차 안으로 들어온 신문을 통해서였다.

나는 신문팔이 소년이 불쑥 내미는 신문을 기계적으로 사서 펼쳤다.

망각의 지대에 앉아 있다가 돌연 이승으로 돌아온 느낌이었다.

'내가 없는 동안 세상은 이렇게 변했구나.'

신문이 부산의 K신문임을 알자 먼저 사설란으로 눈을 옮겼다. 그 신문의 사설을 즐겨 읽던 버릇 때문이었다.

제목은 '백성의 소리는 엄하다'로 됐고 부제목이 '이 대통령의 하야의사만 듣고'라고 되어 있다. 나는 선거 전후를 통한 이 신문의 정열을 상기하며 갑자기 되살아난 호기심으로 그 사설을 읽기 시작했다.

"이 나라의 주인은 누구냐? 국민이다. 헌법엔 그렇게 쓰여 있다. 그런데 이 주인은 떳떳한 노예만도 못했다. 주권(主權)은 문서 속에 사장(死藏)된 채 주인은 그 구실을 못하고 살기 위해선 비굴하게 일체의 부정, 부당한 처사를 견뎌왔다. … 그러나 지금 주권은 사문(死文)의 의상을 벗고 생명을 획득하려고 궐기했다. 마산에서, 서울에서, 부산에서, 광주에서, 대구에서, 청주에서, 진주에서, 그 이외에 전국 방방곡곡에서 청년학도의 정열을 앞세우고 나섰다. 아무도 이 외침을 멈추지 못할 것이며 어떠한 권위도 이를 막을 수 없을 것이다. 그런데도 주인의 소리를 외치는 행동이 총탄 마구 쏟아지는 비상사태를 조성함이 없이는 발현될 수 없었다는 건 통탄해야 할 비극이 아닐 수 없다. …

이 비극을 준비한 자가 누구냐? 이렇게 폭발하게까지 불만을 누적시킨 자가 누구며 이 불만의 발현을 이처럼 비상화한 것은 누구냐? 누가 누구에게 감히 총탄을 쏘았으며 본시 그 총탄은 누구를 위해 마련했던 것인가?"

여느 때 같으면 혹시 감동했을지 모르는 이런 문면에 나는 공소(空疎)한 흥분의 흔적을 느꼈다. 허무의 실체를 육안으로 보고 돌아온 사람의 눈앞엔 모든 흥분이 우스꽝스럽게 보인다. 모두가 다 한 번은 죽을 사람들….

'백년만 지나 봐라! 이 기차 안에 있는 사람은 물론 지금 온 세계에 있는 사람은 죄다 죽고 없을 것 아닌가. 그럴 때 이런 흥분은 너무나 공소하지 않는가.'

그러나 읽던 참이니 마저 읽어볼 수밖에 없다.

"지금 서울에서는 또 발포 소동이 일어나고 부산 거리도 흥분의 도가니가 되었다. 결정적으로 국민의 총의가 집결된 것이다. '정·부통령 선거 다시 하라!', '이 대통령 하야하라!'는 방향으로 완전히 통일되었다. 2천만 전체의 생명과 바꾸어도 이 주장은 굽힐 수 없는 것이다. …

이 외침에 이 대통령은 호응하고 국민이 원한다면 하야하겠다고 언명했다. … 우리는 이 성명을 전적으로 지지한다. 그 결단에 경의를 표하고… 단호히 실천되기를 바란다. 우리는 훌륭한 지도자를 역사상의 죄인으로 만들어서는 안 된다. …"

이에 이르자 이 사설에 대한 나의 흥미는 떠났다. 차 안의 흥분이 남의 일 같았다.

내가 방근숙을 만난 것은 아내가 숨진 뒤 한 달쯤 후이다. 거리엔 이 대통령 하야에 따른 흥분이 아직도 가시지 않았다. 국회를 해산하라는 데모가 연일 가두에 범람하고 있었다.

나와 근숙은 토요일 오후 부산 광복동에 있는 P다방에서 마주 앉았다. 한 달을 만나지 않는 동안 근숙은 무척 여위어 보였다. 근숙은 나도 여위었다고 말했다. 근숙은 수심 어린 얼굴을 하고 좀처럼 입을 떼려고 하지 않았다. 나도 마찬가지였다.

나는 근숙을 보자 당장 되살아나는 모정(慕情)을 느끼면서도 한편 근숙의 손을 잡아보려는 정열이 없음을 알았다. 내 가슴은 텅 비어 있었고 그 분위기를 어떻게 처리해야 하나 하는 마음조차 내키지 않았다.

"앞으로 어떡하면 좋지요?"

이윽고 근숙이 말문을 열었다.

"글쎄요."

그렇게만 대답할 뿐 내게 무슨 구상이 있을 리가 없다.

"이대로는 견디지 못하겠어요."

근숙이 고개를 떨군 채 중얼거렸다.

"어떻게 하면 될지 근숙 씨 생각부터 말씀해 보십시오."

"우리는 앞으로 만나서는 안 될 것이 아닌가 하는 생각이 들어요."

"……."

나는 이상하게도 침착한 마음으로 이런 말을 들을 수 있었다. 만일 한 달 전쯤에 이와 같은 말을 들었다고 하면 나는 커다란 충격을 느껴 안절부절못했을 것인데 이러한 변화는 어디에 연유한 것일까 하고 돌이켜 보았다.

근숙에 대한 사랑이 식은 것일까. 결코 그런 것은 아니다. 그럼 무엇일까.

"제가 싫어져서 그렇습니까?"

나는 겨우 입을 열어 보았다.

"아뇨."

근숙은 황급히 부정했다.

"그렇다면…."

"아녜요. 선생님의 부인을 잃고 난 뒤의 그 충격이 너무나 애처로워서요. 제가 큰 죄를 지었다는 생각도 있고… 게다가 선생님은 제가 연락하지 않았더라면 저를 만나 주지도 않았을 것 아녜요?"

"아닙니다. 근숙 씨를 만나지 않으려고 한 것은 아닙니다. 다만…."

"다만?"

"기력이 없었어요. 만나 뵐 면목이 없었습니다. 어쩐지…."

"그거 보세요. 저에 대한 선생님의 그리움이 없어진 증거 아니겠어요?"

"아니지요."

이렇게 부정은 했으나 이을 말이 없었다.

"우리는 너무나 처참한 운명에 놓인 것 같아요."

근숙이 웅얼거렸다.

"우리는 불쌍한 시체를 밟고 선 거지요."

나는 방금 내가 한 이 말에 놀랐다. 부지불식간(不知不識間)에 이런 말이 튀어나온 것이다. 근숙은 새파랗게 질린 표정이 되었다.

"우리는 마음속에서 이 시체를 처리해야 한다는 뜻으로 말한 겁니다."

"어떻게 하면 처리가 되는 거죠?"

근숙의 눈에서 눈물이 흘러내렸다. 그러나 내겐 그 눈물을 멎게 할 아무런 수단도 없었다.

나는 상념에 잠겼다. 방근숙을 향한 그 열렬한 마음이 어떻게 해서 이처럼 싸늘해졌을까?

그처럼 아내를 사랑했는가. 아내의 죽음을 방근숙의 탓으로 돌려 그 마음의 연장 속에서 그런 현상이 나타난 것일까.

그렇다면 지금 방근숙을 사랑하지 않는가? '아니다'하는 분명한 대답이 나왔다. 나는 여전히 방근숙을 사랑한다.

우리의 사랑이 꽃피기 위해서는 두 남녀의 불행이 필요했다는 바로 그 사실 때문에 우리는 겁을 먹고 있는 것이다.

방근숙의 남편과 내 아내가 살아 있을 동안에는 우리는 꽃과 나비처럼 쾌활했었다. 때때로 그들의 존재로 인해 생각이 흐려지고 가슴 속에 그늘이 낄 때가 있었지만 대개의 경우 은밀한 비밀을 단둘이서만 나눈다는 감정만으로도 흐뭇했다. 그러던 것이 지금 그들이 없어지고 나니 당황하게 된다는 건 이상하지 않은가.

나는 방근숙에게 무슨 말을 해야 옳을지 망설였다. 근숙 역시 같은 심정인 것 같았다.

"선생님!"

나를 부르는 근숙의 목소리에 정신을 차렸다. 근숙의 창백한 얼굴이 보였다. 대단한 결의를 한 듯한 표정이었다. 나는 대답하지 않고 표정으로서만 말을 듣는다는 시늉을 했다.

"이대로 계속할 수는 없지 않아요?"

근숙은 그렇게 묻고는 고개를 숙였다.

"그렇지요."

나도 한숨 섞인 대답을 했다.

"그렇다면 우리는 이별을 해야 하지 않아요?"

"이별?"

나는 당황했다.

"선생님의 태도가 그렇게 말하는 것 같은데요."

나는 황급히 말을 서둘렀다.

"그럴 리가 없지요. 그럴 리가….."

"그럼 선생님의 생각을 똑똑히 말씀해 주세요. 저는 더 이상 견딜 수가 없습니다."

"조금만 더 시간적인 여유를 주실 수 없을까요?"

"이별하는 데 필요한 시간 말인가요?"

"아니오. 어떻게 하면 좋을까 하는 구상을 하기 위해서….."

"제가 알고 싶은 것은 지금 선생님의 마음입니다. 구상하고 난 후의 정성스런 답안이 아니라 지금 저를 어떻게 보시는지….."

"나는 당신을 사랑합니다. 사랑하기 때문에 이처럼 괴롭습니다. 그런데 근숙 씨는 어때요? 저에 대한 감정이?"

"저도 마찬가지예요. 저도 선생님을 사랑합니다."

"그렇다면 얘기는 다 한 것 아닙니까?"

"앞으로 어떻게 해야 할지, 그 문제가 남아 있지 않아요?"

"앞으로의 일!"

나는 이렇게 중얼거린 채 다시 상념에 잠기고 말았다. 아내의 얼굴이 선명하게 눈앞에 떠올랐다. 여자의 집념이라고나 할까. 그 눈이 내 일생동안을 따라다니며 나를 쏘아볼 것이라고 상상하니 떨렸다.

"우리는 너무나 큰 죄 위에 서 있는 것 같습니다."

근숙의 말이 내 심경을 대변하는 것처럼 들려왔다. 나는 근숙의 말에 그냥 귀를 기울였다.

"제 남편도 자살했고 선생님의 부인도 자살했고….. 말하자면 우리는 두 자살 시체를 밟고 서 있는 거나 다름없습니다."

바로 그렇다고 응수하는 내 마음의 소리가 있었다.

"그 시체가 항상 우리를 괴롭히고 그 원망스런 눈이 언제나 우리를 지켜보고…. 이 엄청난 시련을 우리는 어떻게 견뎌야 할 것인지…. 하지만 선생님의 단호한 의지만 있으면 저는 어디에라도 따라갈 각오가 있습니다. 그들의 도깨비가 나타나는 집에서라도 저는 살아갈 용의가 있습니다.

그런데 선생님이 그처럼 강한 충격을 받으시고 그 충격을 이겨내지 못하는 것을 보니 전들 어떻게 해야겠어요? 그러나 저는 선생님을 떠나서는 살 수가 없습니다. 그 무서운 과거를 지니고 그 위에 선생님까지 놓치면 저는 살아갈 수가 없습니다. 그렇다고 해서 선생님의 사랑이 저에게서 떠났다면 이 일을 어떻게 하면 좋겠어요?"

묵묵히 듣고만 있는 나에게 일종의 분노를 느꼈음인지 방근숙의 말에는 단호한 결의의 빛이 띠었다.

"선생님께 제안을 드리겠어요."

"제안?"

제안을 하겠다는 근숙의 말을 듣고 나는 고개를 들었다.

"오늘부터 꼬박 1년간 서로 만나지 않기로 해요."

나는 얼떨떨한 표정으로 근숙을 쳐다봤다. 근숙의 표정은 이 여자에게 이처럼 무서운 면이 있었던가 의문이 들 정도로 굳어져 있었다.

"옛날에도 복을 입는다는 말이 있잖아요. 1년 동안 우리는 복을 입고 고인들을 위해서 속죄하는 생활을 해요. 둘이서 같이 살며 언제나 죄의식에 사로잡혀 있느니보다 1년 동안의 속죄생활로 기왕의 죄의식을 훌훌 떨쳐 버리는 게 좋지 않을까요?"

타당한 의견이다. 그러나 1년 동안 근숙을 만나지 않고 견딜 수 있을까.

'근숙에겐 그럼 1년 동안 나를 만나지 않고 견뎌낼 용기와 자신이 있단 말인가? 그만큼 내가 근숙에게 쏟은 사랑보다 근숙이 내게 주는 사랑이 얕은가?'

"1년 동안의 시간을 가져 봐요. 그동안 선생님께서 제가 필요하지 않다고 판단하시면 나타나지 않으면 될 것이고…. 저 역시 마찬가지이고…."

그녀의 이런 말을 잘 이해하지 못해서 되물었다. 그녀는 이렇게 하자는 것이었다.

1년 후의 이날, 그러니까 1961년 5월 20일, 오후 5시 정각 바로이 P다방에서 만나잔다. 그때 30분쯤까지 기다려 어느 편이고 나타나지 않으면 함께 앞날을 걱정하며 살아갈 의사가 없는 것으로 알고 각기 달리 인생의 길을 걷자는 것이다.

나는 이 의견에 동의했다. P다방을 나온 나와 방근숙은 전등이 켜지기 시작한 광복동 거리에서 동과 서로 헤어졌다.

나는 그 뒤에도 며칠을 허탈한 사람처럼 날을 보냈다. 방근숙에 대한 모정(慕情)이 차츰 열도(熱度)를 가하기 시작했다. 근숙의 사랑이 그리워 밤에 잠을 이룰 수 없는 나날이 계속되었다.

그렇다고 해서 1년이라고 박아놓은 못을 빼 버릴 수는 없었다. 그것은 엄숙한 서약이었기 때문이다. 1년의 속죄생활은 유익한 일이며, 앞으로 근숙과의 생활을 위해서는 꼭 있어야 할 수양이라고 여겼기에 나는 이를 악물고라도 1년을 견뎌낼 각오를 다졌다.

그러기 위해서는 내 열정을 쏟아 넣을 일을 찾아야 했다. 그러던 차에 나타난 권유가 교원노조의 일이었다.

종래의 교원이 관권 또는 돈 봉투 앞에 너무나 비굴했다는 반성과 더불어 생겨난 노조운동은 삽시간에 교사들의 가슴을 뒤흔들어 놓았다. 스스로의 단결의 힘으로 교권과 아울러 생활권을 확립한다면 얼마나 좋을까 하는 희망이 노조운동에 열기를 가했다.

그러한 상황과 기풍이 교육계를 휩쓸기 시작하고 4월 혁명의 보람은 바로 여기에 있다는 듯이 날뛰었다. 나도 그 무수한 분자의 하나로서 동분서주했다.

지나친 일이니, 조금 더 자숙해야 할 일이니 하는 생각은 일지 않았다. 그대로 밀고 나가기만 하면 이상적인 교육계를 만들어 낼 수 있으리란 벅찬 의욕만이 앞서 있었다.

그러나 노동조합 운동이 범하기 쉬운 좌익적인 경향에 대해서는 경계하지 않을 수 없었다. 경력에 다소 불미한 흠을 가진 사람은 스스로 요직에서 물러났고 주위가 그렇게 하도록 요구하기도 했다. 조합운동이 반드시 좌익운동이 아니라는 증거도 아울러 세울 포부마저 있었다.

하지만 이러한 움직임이 온건한 보수주의자의 눈에는 어떻게 비쳤을까 하는 데에는 경각심이 모자랐다는 점을 솔직하게 시인하지 않을 수 없었다. 그런 곳에서 오해가 싹트기 시작했고 그 오해가 커다란 역사의 고빗길에서 타격을 받을 수 있다는 사태를 예견하지 못했다는 것은 유감스러운 일이었다.

도도한 흐름은 그것이 흘러갈 때 본의 아니게 별의별 협잡물을 섞어 가며 흐른다. 친절한 마음이 있으면 협잡물이 섞인 탁류 속에서도 순수한 물줄기를 찾아 사태의 본질을 가려내기도 하지만 인사(人事)와 세정은 그러지를 못했다.

소식을 들으니 방근숙도 노조운동에는 상당한 열성을 보인다는 것이어서 반가웠다. 그날이 오면 지난 일을 회고하며 이야기꽃을 피우는 데 도움이 되리라고도 생각했다.

하여간 노조운동이라도 없었더라면 설혹 엄숙한 맹세를 했다고는 하지만 1년의 속죄생활을 채우지 못하고 나는 방근숙을 찾아갔을 것이다.

그동안 나는 노조간부로서 중요한 직책을 맡게 되었고 그 의젓한 직함을 띠고 방근숙을 만날 것이었다.

그날이 가까워졌다. 노조니 뭐니 하는 생각보다 방근숙과 만날 그날과 그 시간으로 나의 뇌리와 나의 가슴은 꽉 찼다.

드디어 그날을 닷새 앞둔 5월 16일, 군사혁명이 터졌다. 나는 갑자기 회오리바람 속에 섰다.

교원노조의 관계자들이 속속 검거된다는 소식을 듣고 나도 자수하려 했으나 방근숙과의 약속이 있었기에 그러지 못하고 5월 20일을 기다렸다.

부산 아미동 친구집에 숨어 있다가 오후 4시쯤 집을 나서 광복동 P다방을 향해 걷는데 도중에 불심검문에 걸려 그대로 경찰서로 연행되고 말았다.

나는 연행된 사실보다도 기다리고 있을 근숙의 마음이 더욱 걱정되었다.

'나타나지 않으면 같이 장래를 걱정할 뜻이 없는 것으로 간주한다 했는데 이 불의의 변을 이해해 줄까?'

이해해 줄 것도 같고 이해하지 않을 것도 같았다. 그러나 언젠가 그날이 오면 모든 문제가 해결될 것이라고 스스로 타일렀다.

5·16 군사정변의 의도와 목적으로 봐서 교원노조에 대한 추궁은 당연한 것으로 느껴졌다. 남과 북을 휴전선이라는 인위적인 선으로 갈라놓은 국토에 허용된 자유라는 것이 어느 정도냐 하는 점을 미리 짐작하지 못한 것이 벌써 잘못이 아니었던가.

4·19 이후의 혼란을 빙자해서 우리의 권익을 지나치게 앞장세워 사회혼란을 조장했다는 추궁도 있을 수 있었다. 우리의 의도는 결코 그렇지 않았다고 해도 그 틈바구니를 이용하려는 사악한 세력이 있을 수 있다는 점도 시인하지 않을 수 없었다.

역사의 고빗길에 대한 냉정한 판단이 없었던 것, 일시적인 공명심에 사로잡혀 지나치게 덤빈 행위가 없지 않았다는 점도 아울러 자각해야 했다.

나는 이 모든 과오를 순순히 인정했다. 그리고 반성도 하고 회개도 했다. 그러나 나의 운명에 울지 않을 수 없었다. 방근숙과 나와의 새로운 생활이 바로 눈앞에 전개되려 하는데 이 무슨 운명이냐고 하는 탄식이 나를 괴롭혔다.

어쩌다 근숙에게서 무슨 소식이 없을까 하고 가슴을 졸여보았으나 허사였다.

　격동하는 역사의 물결 위에서 한 사람의 운명이란 포말(泡沫)과도 같은 것이란 절박한 느낌이 들면서 통곡하고 싶었으나 간신히 참았다.

　이제 나에게 남은 것은 방근숙밖에 없다는 절실한 마음에 사로잡히자 근숙의 지금 마음이 어떻게 변해 있을까 하는 걱정에 몸부림까지 쳤다. 그렇다고 해서 누구에게 부탁해서 근숙의 마음을 알아달라고 할 수도 없었다.

　공연한 망신만을 당할까 우려스럽기도 하거니와 만일 근숙의 마음이 변했다면 나는 절망할 테니 그 절망이 두렵기 때문이기도 했다.

　눈도 코도 입도 없는 나날이 자꾸만 흘렀다. 나는 근숙의 소식을 모르는 채, 근숙의 소식도 듣지 못한 채 서울로 이송되어 서대문형무소에 수감되었다.

　이어 검찰관이 심문하는 날이 잇달았고 재판하는 날이 잇달았다. 나는 10년 징역을 선고받고 장기수(長期囚)가 되었다. 희망을 모두 단념해야 했다. 그러나 하루도 한 시간도 근숙을 생각하지 않은 때가 없었다.

　영어(囹圄) 생활 2년이 되던 어느 날, 나는 뜻밖에도 방근숙이 보낸 편지를 받았다. 서두(序頭)를 보니 편지를 몇 번 보낸 모양인데 내 손에 들어온 편지는 그것이 처음이었다.

　교도소에는 아무나 쓴 편지가 들어오지는 않는다. 가족이 보낸 편지는 원칙적으로 전달되지만 내용에 사소한 불온기라도 있으면 전달되지 않는다. 친구들의 편지도 순진한 문안편지만이 허용된다. 다소라도 감정을 자극시킬 문면이 있으면 안 된다.

방근숙의 편지가 들어오지 못한 이유를 나는 쉽게 알 수 있었다. 부부 사이도 아닌 남녀관계인데 내용이 너무 심각하지 않았을까. 그런데 이번 편지가 많은 곳이 먹줄로 지워져 있는데도 들어온 것은 편지 내용이 너무도 절박한 탓이 아닐까 한다.

… 이 편지에도 또한 답이 없으리라고 믿으면서도 씁니다. 이 편지에 또 답장이 없으면 그때부터는 편지를 쓰지 않겠습니다. 그러하오니 간단한 글귀나마 보내 주실 것을 미리 부탁드리며 글월을 올립니다. …

선생님이 제게 답을 주시지 않는 마음은 잘 이해합니다. 부산에 계시는 동안 전혀 연락하지 않은 제 행동에 대한 노여움 때문이었겠지요. 그러나 몇 번이고 편지를 올린 것처럼 그날 선생님이 약속한 장소에 나오시지 않아, 다른 곳으로 가시게 된 것도 모르고, 자포자기(自暴自棄)해서 학교도 그길로 그만두고 시골에 있는 고모님 집으로 가 버린 것입니다.

제 일생은 끝났다고 생각했고 스스로 제 운명을 결정할까 망설이기도 했답니다. 그러나 그것이 선생님에 대한 또 하나의 부담이 될까봐 어떤 고난이 있어도 그런 짓은 해서는 안 되겠다고 마음을 먹었던 것입니다. 수녀원에 들어가려고도 했고 절로 들어갈까도 했답니다. 고모님의 만류가 없었더라면 어느 편으로든 제 행로는 결정되었을 겁니다. 고모님은 내일 할 수도, 그 다음날 할 수도 있는 일을 뭣 때문에 조급하게 서두르느냐고 말씀하셨습니다. 그랬는데 신문을 보고서야 선생님께서 무서운 시련을 치르신다는 사실을 알았습니다. 서울로 가서 면회신청을 했으나 불가능하다고 하기에 하루 종일을 그 담 밖에서 서성거린 적이 있었습니다.

편지를 썼으나 회답도 없고… 알고 보니 편지를 주고받는데도 제한이 있다 하고… 그 후 다시 면회를 신청했으나 가족 이외는 안 된다고 하고… 선생님, 어떻게 하면 좋겠습니까? 선생님만 허락하신다면, 아니 허락하시지 않아도 저는 평생 동안 선생님을 기다리며 살 작정이옵니다. 앞으로 8년이 남았다지만 만일 선생님만 용서해 주신다면 저는 그 8년을 기쁘게, 알차게 선생님의 모습과 더불어 살아갈 자신이 있습니다.

연락이 되지 않더라도 언제라도 나오시는 날이 있으면 마산의 그 집으로 저를 찾아주십시오. 옛날 그대로의 근숙이가 선생님을 기다리고 있을 겁니다. 이 기구한 운명을 극복하고 다시 만나는 날의 영광과 행복을 생각하니 지금부터 가슴이 떨립니다.

방근숙의 편지를 읽고 난 뒤 나는 자리에 섰다. 한없이 흘러내리는 눈물을 같은 방의 친구들에게 보이기 싫어서였다. 나는 벽 한쪽으로 트인 창문 밖을 향해 섰다. 흐르는 눈물 사이로 흰 구름이 가고 그 구름이 흩어진 뒤에 푸른 하늘이 나타났다. 사람의 행복이란 저런 것이거니 했다. 일순의 구름, 일순의 푸른 하늘!

이 넓은 세상 가운데 오죽하면 사람이 못나 비좁은 감방에 갇혀 있다고 치더라도 나를 감싸 주는 사랑이 있음을 알면 절망할 수 없다. 나는 노부모의 애처로운 모습을 상기하면 불행과 절망을 느꼈는데 근숙의 모습을 상기하면 행복을 느끼는 스스로를 발견하고 당황하기도 했다.

노부모에겐 바랄 것이 없고 근숙에게는 바랄 것이 있어서, 그렇다고 생각하면 너무나 약삭빠른 인간의 근성이 되고 만다. 그러나 늙은 부모의 존재는 영어의 몸에 위안이 되지 않는 것은 사실이다. 불효(不孝)하다는 의식이 앞질러 그 불효를 보상할 길이 없지 않을까 해서 그렇다는 것이 적절한 해석이 아닐까.

나는 흐르는 눈물을 말끔히 씻고 마음을 가다듬어 교도관에게 신호를 했다. 방근숙에게 편지를 써야겠다고 작정했기 때문이다. 그런데 나는 생각과는 달리 다음과 같은 편지를 써 버렸다.

참으로 반갑게 당신의 편지를 읽었소. 내가 당신에게 답장을 쓰지 않은 것은 당신의 편지를 읽은 것이 이번이 처음이었기 때문이오. 2년 동안 나는 줄곧 당신의 소식만을 기다렸는데 그것이 오늘에야 처음으로 온 것이오.

당신에게서 소식은 없어도 나는 하루에 한 시간을 당신을 생각지 않고 지내 본 시간이란 없었소. 지금도 그렇고 앞으로도 그러할 것이오. 당신만이 나의 희망이며 행복이오.

나는 당신을 알았다는 사실만으로도 이 땅에 나온 보람이 있다고 생각하고 있소. 당신이 이 세상의 어느 곳에 있다고만 생각하면 어디서 무엇을 하든 그것은 개의치 않고 살아계신다는 느낌만으로도 나는 행복할 줄 아오.

그러니 내 걱정은 전혀 하지 마시고 근숙 씨는 새로운 인생을 설계하시고 그 설계에 따라 대담하게 살아가십시오. 나와 같은 불운한 사나이에 사로잡혀 그 고귀한 일생을 헛되이 보내지 않기를 바라오.

당신에 대한 나의 사랑은 이미 세속적인 차원을 넘었소. 그 옛날 그 험한 일들이 있은 뒤 내가 한동안 싸늘하게 굳어버린 것은 이제야 알고 보니 순결하고 고귀한 당신을 험한 운명을 짊어진 내가 과연 당신을 행복하게 할 수 있을까 하는 데 대한 겁먹은 마음의 탓이었소.

근숙 씨, 부디 나를 잊으시길 바랍니다.

앞으로 8년은 당신이 아름답게 꽃필 계절이오. 그 계절을 허송하지 않도록 바라는 마음 간절하오.

나는 8년 동안을 속죄하고 나의 운명을 정화하며 당신의 행복을 비는 기도의 시간으로 삼겠소.

사랑하는 근숙 씨, 내 이 위대하다고도 할 수 있는 사랑을 저버리지 말도록 하시오. 다시 당신에게 죄짓지 않게 나를 인도하시오. …

맹목의 세월

이 세상 어디서라도 당신이 행복하게 살고 있다고만 믿을 수 있으면
나는 행복하겠습니다.
한동안이나마 당신의 마음속 깊은 곳에
자리 잡은 일이 있다는 회상만으로도 충분히 행복하겠습니다.

감방 속으로 흐르는 세월엔 눈도 코도 없다. 장님이 된 시간이 그저 흘러만 가는 것이다.

　나는 되풀이하여 내 처지를 생각해 보지 않을 수 없었다. 산과 들을 뛰놀며 돌아다닌 소년시절의 생각도 났다. 일제 때 근로봉사 하던 생각도 났다. 선생님이랍시고 취임한 때의 생각도 났다. 아내와 연애하던 시절, 아내를 마산으로 데리고 간 시절, 방근숙을 만난 일들이 주마등같이 뇌리를 스쳤다. 나는 내 스스로의 행동으로 감옥 속에 나를 유배한 것이란 생각을 굳게 했다.

　부모에게 불효했다. 교사로서 학생들에게 충실하지 못했다. 아내에 대한 남편으로서 부실했다. 방근숙에 대한 애인으로서 떳떳하지 못했다. 나는 내가 가는 곳에 불행의 씨앗을 뿌렸으며 내 손이 닿는 것을 더럽혔다. 법원에서 유죄라고 판결한 행위를 별도로 하고도 나는 이처럼 죄인인 것이다.

　그러니 나는 감옥생활을 달게 받을 생각이었다. 하지만 매일매일이 고통이었다. 두터운 벽에 둘러싸인 육체란 두터운 벽에 둘러

싸인 정신이란 말도 된다. 정신은 육체 이상으로 고통에 민감하다.

봄가을 계절이 좋을 때는 좋은 대로 고통스러웠다. 아침이 오고 낮이 오고 밤이 온다. 그 지루하기만 한 시간의 움직임!

시간이 빨리 가지 않는다고 초조하다가 선뜻 이것은 빨리 죽으려고 안달하는 격이란 생각에 사로잡힌다. 시간이 빨리 간다는 건 그만큼 죽음으로 다가서는 결과가 아닌가. 그 소중한 시간을 빨리만 흐르도록 재촉해야 하는 심정에 지옥이 있는 것이 아닌가.

만일 하나님이 존재한다고 하자. 그 하나님이 인간들이 하는 짓을 지켜보고 있다고 하자. 우스운 얘기가 아닌가. 널따랗게 터를 닦았다. 조그마하게 방을 만들기 시작했다. 높다란 담장을 쌓아올리기 시작했다. 그래놓곤 사람이 사람들을 묶어 나르기 시작했다. 묶어온 사람들을 방마다 처넣곤 쇠통을 잠갔다. 하나님은 기가 막힐 것이다. 자유롭게 만들어 놓은 인간들이 스스로 부자유를 고안해 내는 노릇을 보고 어이없어 할 것이 분명하지 않은가.

그런데 하나님도 죽고 일체의 신이 다 죽었다는 설이 있다. 도스토옙스키는 만일 신이 존재하지 않는다면 어떤 행위라도 허용되리라고 했다. 신이 없으면 판단할 존재가 없다는 얘기고 판단할 존재가 없는데 가치의 질서가 있을 수 없다는 얘기다.

그러니까 하나님이 존재한다고 해도 감옥은 있을 수 없고 존재하지 않는다면 더더구나 감옥의 존재 이유가 없는 것이 아닐까.

도스토옙스키도 4년 동안 감옥살이를 했다고 한다. 그는 감옥살이를 하는 동안 그런 사상을 키웠을 것이다. 도스토옙스키는 이런 사상을 키워 인류에 영감을 주는 대작가가 되었다. 그러니 도스토옙스키의 감옥은 희귀한 혼을, 빛나는 천재를 만들어 내는 단련장이었다.

그런데 내겐? 의지도 약하고 천재도 없는 내겐 그저 무한한 고통인 것이다. 회색의 나날인 것이다. 장님이 된 시간인 것이다.

맹목의 나날에 깨어 있는 마음. 나는 이 나날을 근숙에게서 오는 편지를 기다리는 데 태반을 소비했다고 해도 과언은 아니다.

제법 대담하게, 강직한 척 그런 편지를 보내기는 했지만 그것이 일으키는 반응이 두렵고 궁금했다. 그런데 교도소에서 기다리는 편지엔 특유한 의미가 있다. 가족에게서 오는 편지, 친구나 애인일지라도 간단한 문안편지 같은 것은 어김없이 수감자의 손으로 들어오지만 가족이 아닌 딴 사람이 보낸 편지는 그 사연이 약간 복잡하기만 하면 검열을 통과하지 못한다.

나와 방근숙과의 관계는 교도관 시각에서 보면 복잡한 것으로 취급될 수 있는 것이어서 근숙에게서 편지가 오지 않으면 그것이 아예 편지를 하지 않는 것인지, 편지는 왔으나 검열을 통과하지 못한 것인지 하고 번민한다.

그런 까닭에 나는 한 달에 두 장 쓸 수 있는 편지 가운데 한 장은 반드시 근숙에게 쓰지만 그것 역시 검열을 통과했는지가 의심스러웠다.

그러던 어느 날 근숙에게서 편지가 왔다. 내가 처음으로 편지를 보낸 지 1년쯤 후였을까.

… 벌써 3년이라는 세월이 흘렀습니다. 그러나 저는 기다림에 지치지 않았습니다. 3년을 이렇게 기다리고 보니 앞으로 30년도 거뜬히 기다릴 수 있다는 자신감이 생겼습니다. 다른 사람의 희생 위에 우리의 사랑의 탑을 세울 것이 아니라 우리의 성(城)에, 우리의 노력을 바탕으로 사랑을 쌓아 올려야겠다는 각오를 지니고 있습니다. 10년을 기다려 선생님을 맞이하면 세상의 누구도 요행으로 주은 사랑이라고는 말하지 않을 것 아니겠습니까? 죽어간 사람들도 이런 노력에는 경의를 표하며 우리의 사랑이 결코 경박한 것이 아니었다는 실증을 확인할 것입니다.

선생님께서도 초조하게 마음을 갖지 마시고 건강에 조심하시면서 뜻있는 나날을 보내시기 바랍니다. 간단한 글월이라도 좋으니 기회가 있으시거든 답장 있기를 빕니다.

이 편지를 받고 나는 행복했다. 한 장의 편지로서 며칠 동안은 행복할 수 있는 것이 교도소다. 한 장의 편지가 수감자에게 주는 위안이란 참으로 크다. 나는 몇 번이고 그 편지를 읽었다. 그리고는 답장을 썼다.

… 당신에게서 받은 편지, 참으로 반갑게 기쁘게 읽었습니다. 나에겐 오직 당신에게서 오는 편지만이 광명입니다. 아니 당신의 존재 자체가 나의 존재이유이기도 합니다. 그러나 나는 당신의 호의에 그저 편승하고만 있을 수는 없습니다. 당신은 몇십 년도 더 기다릴 수 있다고 하나 공연한 희생으로 보이는군요. 당신의 청춘을 당신 스스로가 소중히 여겨야 합니다. 모래 위에 누각이 설 수 없듯이 희생 위에 사랑은 꽃필 수 없습니다. 당신의 청춘을 이 팔자 나쁜 인

간을 위해서 허송하지 마십시오. 이 세상 어디서라도 당신이 행복하게 살고 있다고만 믿을 수 있으면 나는 행복하겠습니다. 한동안이나마 당신의 마음속 깊은 곳에 자리 잡은 일이 있다는 회상만으로도 충분히 행복하겠습니다.

나는 이 편지를 쓰면서 울었다.

수감 생활 4년째 되던 봄, 아버지가 별세했다는 소식을 들었다.

'슬픈 아버지!'

아들을 교도소에 두고 눈을 감다니 그 심정을 상상하면 가슴이 아프다. 평생을 아들 하나만 바라보고 살다가 그런 형편으로 숨졌으니 아버지로서는 보람이 없는 일생인 셈이다.

나는 중학교에 입학했을 때 좋아라고 하던 아버지 모습을 잊을 수가 없다. 뼈 빠지게 농사를 짓고 자기의 호사는 물론 먹고 싶은 것도 아껴가며 내 학비를 댔다. 무슨 덕을 보려고 한 것은 아니려니와 아들 하나 잘 되기를 비는 무상(無償)의 노력이었다.

아버지는 교도소에 서너 번 면회를 오셨다. 드문드문 집안 사정을 말하면서도 내가 걱정할 것 같은 사건은 모조리 뺀 것 같았다. 언제나 몸조심하라고 당부하셨고 "마음만 단단히 먹으면 하늘이 무너져도 솟아날 구멍이 있다"는 철학을 되풀이했다.

아들의 불효를 조금도 꾸짖지 않는 그 태도를 생각하니 더욱 가슴이 에이는 듯하다.

나는 아버지가 면회하러 올 때마다 오시지 말라고 했다. 만나는 것이 되레 고통스러웠다. 내 말을 듣고 물끄러미 나를 보시더니 말씀하셨다.

"그럼 요 다음부터 안 오지."

그것이 최후의 말이 되고 말았다.

나는 부자(父子)의 관계를 생각해 본다. 성장함에 따라 아버지의 사랑을 크게 느낀다. 어머니와 같은 아기자기한 사랑은 아닌 반면 아버지의 사랑은 듬직한 사랑이다.

이런 기억이 있다. 어릴 때 산 너머에 사는 삼촌에게 약을 갖다 드리라는 분부를 아버지에게서 받은 일이 있다. 가까운 거리였지만 산을 하나 넘는다는 것이 고통스러웠다. 그래 이래저래 딴눈을 팔며 놀다가 산을 오르기 시작했는데 중턱쯤에서 해가 저물었다. 나는 와락 겁을 먹고 집으로 되돌아와 버렸다.

집에 돌아와서 밥을 먹고 있으니 아버지가 들에서 돌아왔다. 그리고 나서 나에게 물었다. 삼촌이 병이 좀 낫더냐고. 나는 어두워져서 가지 못했노라고 하니 아버지는 화를 내셨다. 그처럼 성낸 아버지를 그 전에도, 그 후에도 보지 못했다. 당장 밤길을 걸어서라도 약을 갖다주라는 것이었다. 어두운 밤에 어린 아이가 어떻게 산을 넘겠느냐고 어머니가 말렸지만 아버지는 듣지 않았다. 나는 별도리 없이 약을 들고 밖으로 나가지 않을 수 없었다.

얘기만 있고 사실은 나타나 본 적이 없지만, 밤의 산엔 호랑이가 나온다는 풍문이 퍼져 있는지라 나는 무서움에 와들와들 떨면서 밤의 산을 넘기 시작했다. 초승달이 있었는가보다. 길은 희미하게 숲 사이를 기어오르고 있었다.

산마루에 이르면 삼촌의 집은 가까웠다. 나는 단숨에 희미한 길을 뛰어 삼촌집 대문을 두드렸다.

삼촌과 숙모는 깜짝 놀랐다. 내가 이유를 말하자 삼촌과 숙모는 노골적은 아니었지만 어린아이에게 밤의 산길을 걷게 한 아버지에 대한 책망 비슷한 얘기를 했다. 그때였다. 대문간에서 아버지의 소리가 났다. 아버지는 나를 내보내 놓고 그 뒤를 조심스럽게 따라온 것이었다. 그러한 아버지였다. 나는 내게 가장 가까운 어른을 잃었다는 느낌 속에서 망연자실했다.

아버지의 소상(小喪)이 지나기도 전에 어머니도 별세했다. 이로써 나는 완전히 고아가 되었구나 생각하니 서글펐다.

붕괴한 집안이라는 감회도 일었다. 지리산 기슭 밑에 논과 밭을 일궈 내 조상이 산 것이 언제일까. 임진왜란 전의 상황은 알 수가 없었다. 임진왜란 이후부터는 비교적 소상한 기록이 남아 있다. 손에 흙을 묻히고 살아야 하는 가난한 집안이었지만 족보만은 소중하게 지녀온 집안이기도 하다.

그러니 우리 벌족(閥族)은 꽤 많다. 나에게 8촌 이내 친척만 해도 100호가 넘는다. 그 가운데서도 아버지는 독실하다는 신임을 받는 어른이었고 어머니도 현철하다는 치사를 받아온 여성이었다.

그런 아버지와 어머니가 얼마 안 되는 논밭을 얻어 하나의 집을 이룬 지가 약 40년 전. 아들을 둘, 딸을 셋이나 두었으나 아들 하나를 병으로 잃고 딸들은 모두 시집을 보내고 남은 식구라야 나와 아내를 합쳐 넷이었다.

그랬던 것이 아내의 입원, 뒤 이은 죽음으로 해서 넷이 세 사람이 되고 나마저 부산으로 전근하는 바람에 식구는 단둘이 되었다. 아내의 입원 때부터 우리 집은 서서히 붕괴하기 시작한 것이다.

'지금은 완전히 붕괴해 버린 집!'

이 느낌 이상으로 절실하고 뼈아픈 느낌이 또 있을까.

아버지나 어머니는 아마 천수를 다하지 못했을 것이다. 외아들의 감옥살이가 가슴에 걸려 음식도 제대로 먹지 못했을 것이고 병이 나도 제대로 간호를 받지 못했음이 뻔하다. 엄격하게 따지면 내가 아버지와 어머니를 죽인 것이나 다를 바가 없다.

그러나 이러한 회한(悔恨)이 영어의 신세로 있는 내게 무슨 소용이 있겠는가. 무너지는 집을 괴우기 위해 지푸라기 하나 들 수 없는 처지에 앉아 붕괴해 버린 집을 생각한들 무슨 소용이 있겠는가.

형기를 3분의 2를 넘긴 재소자라면 길흉 대사가 있으면 짧은 기간이나마 귀가할 수도 있다지만 아직도 까마득한 세월을 둔 나는 그런 특전도 바랄 수 없었다.

같은 방에 있는 Y라는 노인은 웬만한 일에는 동요하는 일이 없는 어른이고 대범하게 위로를 잘 하는 분이었는데, 교도소에서 차례차례 부모를 잃어버린 내 처지에 대해서는 같이 눈물을 흘렸다.

지리산 밑에서 살다가 아들 덕택으로 소읍이나마 진주라는 도시에서 살게 한 것이 유일한 효도라고나 할까. 그러나 수백 년을 이어 온 가계의 한 줄기가 완전히 끊어졌다는 사실이 자꾸만 내 가슴을 치밀게 했다.

만일 내게 아들이 없다면 우리 집은 나를 마지막으로 단절되는 셈이다. 내가 그런 운명을 짊어진 놈이 아닐까 하는 불길한 예감도 들었다.

철저하게 운수가 사나운 인간이 아닐까 하는 우려는 견디기 힘들었다. 불행은 견딜 수 있어도 불운하다는 생각은 견디기 어려웠다.

이러나저러나 세월은 흐른다. 그 흐름 속에 많은 사람들이 매몰되기도 한다. 6년 동안 수형 태도라는 게 있다. 성질이 극도로 괴팍해지는 사람이 있고 끝 간 데를 모를 정도로 성격이 누그러지는 사람도 있다. 사사건건 말썽을 부리는 사람이 있고 교도소 규칙을 잘 지키며 유순하게 복역하는 사람도 있다.

나와 가장 오랫동안 같은 감방에 있었던 Y노인은 끝 간 데를 모를 정도로 유순하며 교도소 규칙을 철저하게 잘 지키는 사람에 속한다.

이분의 경력은 기구했다. 중학교를 졸업한 직후 그러니까 일제 때 독서회 사건으로 징역 2년을 치른 것을 계기로 일제 때는 줄곧 보호감찰이라는 것을 받아왔고, 해방이 되자 모종의 사건으로 또 검거되어 6·25 동란을 사이에 둔 4년을 교도소에서 보냈다. 그랬는데 이번엔 또 10년의 징역을 치르게 된 것이다.

마음 먹이나 행위를 봐선 그런 사람들만 있으면 교도소라는 것이 불필요하다고 할 사람인데 53년이란 평생의 3분의 1을 감옥에서 살아야 한다는 것은 야릇한 운명이라고 아니할 수 없다. Y노인에게 이런 뜻의 말을 하면 뜻밖의 대답을 한다.

"징역을 치르는 것도 하나의 복(福)입니다."

징역이 복이라 하는 사상은 너무나 역설적이 아니냐고 말하면 이렇게 말한다.

"생각해 보우. 국록으로 밥 먹여 주니 굶주릴 염려가 없고, 화재를 입을 염려도 없고, 연탄중독에 걸려 죽을 걱정도 없고, 수해를 입을 걱정은 물론 없고, 낭떠러지에서 떨어져 죽을 위험도 없고, 도둑을 맞을 염려도 없고… 이뿐인가요? 체포당할까 겁낼 필요도 없고… 생을 이 세상에서 받아 이만한 팔자면 상팔자라고 할 수 있잖소?"

감옥살이에 전혀 고통을 느끼지 않느냐고 물었더니 Y노인의 답은 이랬다.

"고통이라고 생각하면 고통이 되는 거요. 춥다고 생각하니 추운 것 아니겠소. 덥다고 생각하니 덥고… 이왕에 피치 못할 운명이라면 그것을 좋다 라고 해야 하지 나쁘다고 하면 그만큼 손해란 말이오."

"그렇다면…" 하고 나는 망설이다가 물었다.

"Y선생은 이 사회에 불만을 품고 사회를 고치는 일을 하려다가 징역살이를 하는 것으로 보이는데 감옥에 대해 그런 태도라면 어떤 사회이건 그것을 긍정하면 되지 않겠어요?"

이 물음은 Y노인에게는 심각한 문제인 것 같았다.

"그건 철학적 문제인데 그런 어려운 문제를 제기할 필요가 없지 않소?"

그가 피하려는 것을 나는 끝내 물고 늘어져 봤다. 그랬더니 의외의 답변을 했다.

"사실상 나는 사회에 근본적으로 불만을 느껴본 일은 없소. 일제 때는 뭐가 뭔지 모르는 문제로 투옥되었고, 6·25 때는 몇 번 술자리를 같이한 사람 때문에 투옥되었고, 이번엔 이름 석 자 빌려 달라기에 이 꼴이 되었고…."

"그럼 재판할 때 그 뜻을 말했더라면 어땠을까요?"

"이름을 빌려 달라는 사람의 사정이 참으로 딱했소. 나는 그 사람을 감옥에 보내느니 내가 가는 것이 낫겠다고 생각했소."

"그렇다면 남을 위해서 사는 징역이 아닙니까?"

Y노인은 일언지하에 부인했다.

"그럴 리야 없지. 이름 석 자 빌려 줄 적엔 이런 결과가 되리라곤 상상도 하지 않았지만 이렇게 되었을 때는 내가 한 짓에 대해서 책임을 져야 하지 않겠소?"

나는 Y노인의 태도가 훌륭하게 보였지만 본받을 수는 없다고 생각했다.

"그래 Y선생은 평생의 3분의 1쯤 되는 시간을 이 감옥에서 보내고 자기 자신의 생의 보람은 어떻게 할 작정입니까?"

"감옥에서도 생활이 있는 거요. 감옥을 지었으면 누구인가 감옥에 들어와야 하지 않겠소? 양지가 있으면 음지가 있는 법 아니오? 음지에서 피고 지는 꽃도 있소. 나는 또 이렇게도 생각해요. 인생을 연극이라고 보고 나는 이런 배역을 받았노라고. 이와 같은 역할을 맡는 사람이 있어야 드라마가 성립되지 않겠소?"

거의 달관의 경지에 이른 Y노인을 상대로는 말이 되지 않았다. 하여간 원하든 원하지 않든 그 지혜를 따를 수밖에 없었다.

그래 나는 자주 다음과 같은 농담을 하곤 했다.

"Y선생! 우리가 10년 징역을 치르고 나갈 땐 나는 45세가 되고 선생은 60이 되는 겁니다. 그때 아드님이 밖에서 기다린다고 합시다. 아드님은 아버지가 이제나저제나 하고 기다려도 나오시지 않는 바람에 맨 마지막에 나오는 선생을 보고 물을 겁니다. 미안합니다. 말 좀 묻겠습니다. Y라는 분은 안 나오십니까? 하고…. 그러면 선생은 이가 모조리 빠진 입을 오물거리면서 내가 Y요, 할 것 아닙니까? 그러면 아드님은 천만의 말씀, 그런 농담은 하지 마시오, 할 것입니다.”

이럴 때면 Y노인은 유쾌하게 웃었다.

“징역살이에서 나이를 먹어? 천만에 징역은 3년을 치러도 나이를 먹지 않는 법이오.”

그 말의 뜻을 안다. 어떻게 징역을 치르면서 억울하게도 나이를 먹겠는가 하는 얘기인 것이다. 노골적으로 말하지 않고 이처럼 둘러서 자기의 억울함을 표현하는 우리의 여유! 나는 Y노인을 범인(凡人)으로 보지 않았다.

Y노인은 출소를 5년쯤 남긴 어느 날 다른 교도소로 이감되어 갔다. 그때는 벌써 방이 달라져 같이 있지 못했지만 운동할 때나 세수할 때 가끔 만나곤 했는데 앞으로는 그럴 기회도 없게 되었다.

Y노인이 이감한 이유는 뒤에 안 일이지만 S교도소로 가면 일도 할 수 있고 거기서 모범수가 되면 가출옥도 할 수 있을 것이란 얘기를 듣고 자원했다는 것이다. 나는 이 말을 듣고 우울했다. 말이나 태도로서는 그처럼 태연한 척했지만 그 마음은 그처럼 초조했구나 하는 생각을 하니 더욱 안타까웠다.

60이 지나서 나가면 아들까지 몰라볼 것이란 농담이 정신적인 타격을 주지나 않았나 하는 생각도 들었다. 내가 바람결에 Y노인이 S교도소에서 죽었다는 소식을 들은 것은 그로부터 1년쯤 후, 그가 죽고 반년쯤 뒤였다. 사인(死因)은 과로로 인한 뇌일혈이라고 했디.

모범수가 되기 위해서 자기 몸도 돌보지 않고 작업에 열중했던 모양이다.

나는 이 소식을 듣고 통곡했다. Y노인은 S교도소로 가지만 않았던들 죽지 않았을 것이라고 생각하니 가슴이 메어지는 것 같았다.

청춘과 장년을 옥살이로 보내고 옥사(獄死)해야 할 운명이란 무엇일까. 인생이 그럴 수가 있을까.

에필로그

　기나긴 밤이 지났다. 감형 (減刑) 이란 은전으로 아직 까마득하게
형기를 앞두고 교도소 문을 나섰다. 기쁘지 않다면 거짓말이겠지만
그 기쁨이 실감나지 않았다.

　이상한 일이었다. 그날이 오면 너울너울 춤을 추며 대로를 활보
할 것으로 상상했는데 막상 해방이 되고 보니 이 꼴인 것이다.

　아직도 풀려나오지 못한 친구들에 대한 괘념이 먹구름처럼 가슴
속에 도사리고 있는 탓도 있거니와 너무나 오래 폐쇄된 생활을 했
기에 감각이 무뎌진 소치도 있을 것 같다.

　나는 새를 오랫동안 조롱 속에 잡아넣어 두었다가 날려 보내면
그 새는 먼 거리를 날지 못하고 뜨락의 나무나 담벼락 위에 앉아 자
기를 가두었던 조롱을 본다. 날아오를 능력도 쇠퇴했거니와 해방
의 기쁨을 맛볼 수 있는 감정도 무마된 탓이다.

　물고기도 그렇다. 항아리 속에 든 물고기는 매일 물을 갈아주어
도 어리바리해진다. 시냇물에 놓아주어도 기쁘다는 시늉의 꼬리도
제대로 치지 못한다.

인간 또한 생물인 데다가 자의식(自意識)이 있어 새보다도 물고기보다도 환경의 작용을 많이 받는다. 의지의 힘으로 체념할 줄도 알지만 이 체념이란 것이 인간의 의식을 흐리게 독소 역할을 한다.

유폐! 그것은 어느 의미로 보면 사형 이상의 고통일 수도 있다. 그러나 플러스가 없는 바는 아니다. 역설 같지만 사람은 유폐된 환경 속에서 어떤 곳에서보다 충실하게 산다.

사회생활에서 사람은 일상의 잡무 속에 스스로를 확산시키고 한 번의 자의식도 갖지 못하고 날을 넘기는 경우가 많다. 하루 24시간 스스로가 스스로를 확인하지 못하고 남의 비위, 남의 눈치만 살피는 동안에 시간을 흘려보낸다. 이렇게 천 년을 살아서 뭣을 하겠는가. 인생이란 따지고 보면 황망한 생활의 흐름 속에서 시시각각으로 스스로를 분실해 가면서 죽음에 이르는 가엾은 존재이기도 하다.

그러나 유폐된 생활에서는 언제나 자기와 대좌하고 있다. 설혹 그것이 고통일지라도 순간마다, 찰나마다 스스로를 확인하고 스스로를 타이르고 스스로를 검토하며 살고 있는 것이다. 과거를 망각하지 않고, 미래의 기대에 부풀며 현재를 직시하고 고통스럽도록 충실하게 숨이 막힐 정도로 절실하게 슬플 정도로 스스로를 사랑하며 산다. 자기를 분실하는 일도 없고, 오만하지도 않고, 죄짓지도 않고 100%로 스스로를 산다.

이런 식으로 말하면 자애(自愛)에서나 자학(自虐)에서나 유폐 생활 1년이 범인(凡人)의 사회생활 10년에 필적한다고 말할 수도 있다.

하지만 이런 생각을 했기에 해방의 기쁨을 실감하지 못한 것은 아니다. 어설픈 해석을 하자면 징역살이를 너무나 오래 했기 때문에 본연적으로 정체해 버린 나의 일부를 교도소 안에 두고 나온 것 같은 느낌이었다. 하나의 내가 또 하나의 나를 교도소 측에 그냥 두고 나온 느낌인 것이다.

옥문에서 마중을 해줄 혈족은 없었다. 같이 연루되었다 먼저 풀려나간 몇몇 친구가 나를 정답게 안아 주었다. 감격은 없었는데도 눈물이 자꾸만 흘러내렸다.

택시를 타고 생소한 거리를 달렸다. 붐비며 지나가는 사람들이 내 동족 같지 않았다. 아니 같은 천체에 사는 사람 같지조차 않았다.

차창 너머 보이는 상점들도 그랬다. 나와는 아무런 관련이 없는 상점이 극채색 간판을 달고 행인의 이목을 끌어 보려 했댔자 어차피 나와는 통하지 않는 사회였다.

나를 가두어 놓고도 이 도시는 쉴 새 없이 움직였다. 청순한 사랑도 있었을 것이고 불순한 사랑도 있었을 것이었다. 사기도, 협잡도, 강도도, 살인도 있었을 것이다. 숱한 사상이 경합하고 예술의 꽃이 피기도 했으리라. 그 모든 것이 나와 무관하게 이루어졌다는 사실이 새삼스럽게 뇌리에 하나의 상념으로서 고였다. 그런데도 내게는 적의가 일지 않았다. 야속하다는 생각도 들지 않았다.

'이것이야말로 애퍼시(apathy, 무감동)라는 것이구나.'

이런 생각만이 들었다. 하지만 이래서는 안 될 텐데 하는 생각까지는 일지 않았다.

"서울이 많이 변했지?"

친구 한 사람이 물었다. 변한 것 같기도 하고 변하지 않은 것 같기도 했다. 답이 없는 나를 보고 다른 친구 한 사람이 새로 지은 듯한 한 빌딩을 가리켰다.

"저 빌딩은 전에 없었던 거지. 새로 지은 거야. 저것도 새 빌딩…."

'없던 빌딩이 생겨난 것이 변화일까?'

나는 여전히 입을 다문 채 생각했다.

'변화란 사람의 마음의 변화라야 한다. 불행이 행복으로 바뀌어야만 그것이 변화다.'

터무니없는 생각이다. 묘하게 전도서의 글귀가 뇌리에 떠올랐다.

"헛되고 헛되니 모든 것이 헛되도다. 하늘 아래 새로운 것은 없도다!"

그렇다. 이 세상엔 새로운 것이란 없다. 생(生)이 있고 사(死)가 있는 한 새로운 것이 있을 리가 없다. 슬픔이 있고 고통이 있고, 가해자가 있고 피해자가 있을 때 새로운 것이란 없다. 다만 새롭게 보이는 것이 있을 뿐이다.

친구들은 내가 옥중에 있는 동안 일어난 일들을 얘기했다. 누구는 무얼 하다 실패했다, 누구는 무얼 하고 있다, 누구는 아직도 실직상태에 있다, 누구는 병상에 누워 있다, 누구의 아내는 도망을 갔다. …

나는 건성으로 듣고 있었다. 그렇다면 마찬가지가 아니냐. 옥중에 있으나 옥외에 있으나 사회의 움직임에 털끝만큼도 보탬이 없는 불모(不毛)의 생활, 불(不)생산의 생활이라면 마찬가지가 아닌가.

계속해서 창밖으로 흐르는 행인들의 흐름을 보고 나도 저 흐름 속에 섞이게 되었구나 하고 한숨을 지었다. 돈 한 푼 없이, 이렇다 할 계획도 없이, 40 가까운 나이에 이제 고아로서 생활을 시작해야 한다.

방근숙에 대한 그리움이 뇌리를 스쳤다. 그러나 나는 애써 지워 버렸다. 그러는 동안 택시가 멎었다. 친구 집에 이르는 골목의 어귀에 다다른 것이다.

M동이라면 빈민촌으로 유명하다고 한다. 그 빈민촌 중에서도 볼품이 없는 집의 아래채를 P라는 친구는 세 들어 살았다. 아이들과 합쳐 여섯 식구인데 방이 두 개였다. 두 개라고 하면 허울이 좋지만 그 가운데 하나는 부엌방이다. 그 방은 쌀뒤주를 비롯해서 유용·무용의 살림살이를 넣어 둔 창고를 겸한 좁은 방이다.

P의 아내는 궁색한 살림에 시달려 나이에 비해서는 무척 늙어 보였다. 그래도 나를 맞아 띠운 웃음엔 가식이 없는 반가움이 서려 있었다. 아이들은 부엌방으로 쫓고, P와 나와 또 다른 친구 둘 도합 다섯이 큰방에 앉았다.

"우선 목욕을 해야 할 테지만 미신인가 뭔가는 몰라도 그곳에서 나오는 즉시 순두부를 먹어야 한다네."

P가 순두부와 막걸리를 얹은 상을 가져왔다. 막걸리 한 사발, 순두부 한 쪽을 먹고 우리 일행은 목욕탕으로 갔다. 빈민촌의 목욕탕이라지만 교도소 목욕탕에 비하면 천국의 욕실이다.

나는 초열지옥을 방불케 하는 교도소 목욕탕을 떠올렸다. 덩그렇게 천장이 높고 널찍하지만 한꺼번에 수십 명씩을 잡아넣는 바람에 목욕탕은 감자를 씻는 물통을 연상시켰다. 그나마 5분 아니면 3분간의 목욕이다. 1주일에 한 번꼴로 있는 목욕이란 것이 그 모양이었다.

거기에 비하면 여기 물은 수정같이 맑았다. 아직 한산한 시간이어서 그런지 손님이란 우리 일행 외에 두셋밖에 없었다. 나는 탕 안에 활개를 펴고 앉았다. 오랜만에 보는 스스로의 육체였다.

자기 육체를 응시하는 시간처럼 안타까운 시간은 없다. 나는 스스로의 육체를 이처럼 펼쳐놓고 바라본 것은 감옥생활에서는 없었음을 깨달았다.

신(神)은 인간의 육체를 정교하게 만들었다고는 하나 어떤 경우에는 인간처럼 쓸쓸하게 만든 육체란 없다는 생각도 든다.

엷은 가죽, 듬성듬성한 털, 가느다란 팔과 다리, 사소한 타박에도 생채기가 나는 육체의 구조! 이렇게 취약한 몸뚱이를 한 인간이 짊어진 부담은 왜 그다지도 큰 것일까.

한참동안 내 육체를 바라보는 나를 보고 친구 하나가 외설 섞인 농담을 했다.

"자네, 그 물건 이제 겨우 소변 펌프 전용을 면하겠구먼⋯."

나는 이 말에 처음으로 호탕한 웃음을 터뜨렸다. 실로 오랜만에 웃어 보는 웃음이었다. 나는 웃다가 웃다가 다시 눈물을 흘렸다.

유폐된 사람의 섹스. 정말 그것은 소변 전용 펌프다.

'소변 전용 펌프로서의 섹스! 아니 섹스를 마이너스한 섹스 오르간.'

나는 옥중에 있는 동안 한 번도 섹스 충동을 느끼지 못했다. 어느때는 이대로 영영 불구자가 되는 것이 아닌가, 하는 생각도 했지만 고민까지 한 적은 없었다.

장기수(長期囚)라는 압도적인 의식이 성욕을 억제한 것이다.

목욕을 하고 나서야 나는 겨우 감옥 밖에 있음을 실감했다. 한 없이 푸른 하늘, 정다운 거리였다.

그 밤.

목욕 후 한잠을 자고 일행은 명동에 가 보자고 나섰다. 여전히 붐비는 인파.

'뭣 하러 사람들은 이처럼 거리를 헤매야 하는가.'

아무리 보아도 볼일이 있는 사람들 같지는 않았다. 늦은 봄에서 이른 여름으로 넘어가는, 소풍하기 좋은 계절의 밤을 번화가에서 그저 흥청거리며 돌아다니기 위해 돌아다니는 그런 느낌이었다.

내 눈에는 그 군중 가운데 누구도 자기 표정을 갖지 않은 것처럼 보였다. 그저 막연히 대중이라고 할 수밖에 없는 그 대중 가운데서의 한 사람이란 표정, 거품처럼 일었다가 거품처럼 사라져 가는 표정. 그런 표정을 두고 개성이 없다는 얘기가 되는 것이 아닌가.

물론 한 사람 한 사람씩을 들여다보면 천 명이면 천 명, 만 명이면 만 명이 각기 다른 얼굴을 하고 있다. 다르다고 해서 개성 있는 얼굴이라고 할 수 없고 자기의 표정을 지녔다고는 말할 수 없다. 그 숱한 대중의 얼굴을 각기 나눠가졌다는 얘기밖에 안 된다.

역사를 만드는 데 참여하지 못하고 기껏 그 재료가 될 수밖에 없는 사람들은 으레 그러한 것이다. 있어도 좋고, 없어져도 그뿐인 인간. 그로 인해서 역사의 움직임이 한 치도 바뀔 수 없고 역사의 흐름에 돌멩이 한 개 집어 던져 파문을 일으킬 정도의 작용도 하지 못하고 그저 사라져 가기 위해 존재하는 군상(群像)들. 그러나 저마다 슬픔을 갖고 어느 무엇과도 바꾸어 줄 수 없도록 소중한 생명을 가진 존재들.

"어디 맥주홀에나 들어가 볼까?"

일행의 한 사람이 말했다.

"이제 막 감옥에서 나온 사람이 술을 마셔도 될까?"

다른 사람이 의아한 표정으로 말했다.

"그러니까 한 글라스 정도만 마셔. 세상을 익힐 필요도 있으니까."

먼저의 친구가 어떤 맥주홀로 성큼성큼 걸어 들어갔다. 일행은 그 뒤를 따랐다.

휘황한 샹들리에가 이곳저곳에 달렸고 방 안이 약간 어두운 느낌이 있는 홀 안에는 손님들이 가득 차 있었다. 그 사이를 누비며 다니는 17~18세쯤 되어 보이는 웨이트리스들은 모두가 유니폼을 입고 있었다.

맥주를 들고 온 소녀에게 친구 하나가 자리를 내주며 앉으라고 했다.

"여기서는 앉지 못하게 돼 있어요."

그렇게 말하는 소녀뿐만이 아니라 바쁘게 돌아다니는 소녀들에게 나는 막연한 눈초리를 돌리고 있었다. 약속이나 한 듯이 볼록볼록한 젖가슴을 가졌고, 개미허리처럼 잔등을 잘록하게 조아 매고, 눈에는 마스카라를 칠한 그 소녀들이 무슨 요정과도 같았다.

역시 그들에게도 자기 표정은 없었다. 그런 집에서 그런 일에 종사하는 그런 소녀들의 그저 그런 얼굴, 그저 그런 표정. 나는 내 맘

속으로 생각한다.

'저 볼록한 젖가슴, 잘록한 허리를 가진 아이들에게 고양이만큼의 지혜라도 있을까?'

몇 잔의 맥주 덕택에 나는 깊은 잠을 잘 수가 있었다. 그러나….

나는 새벽에 잠을 깼다. 덩그렇게 높은 천장이 아니었다. 곁에 누운 친구의 얼굴이 새벽의 희미한 빛깔 속에 아슴푸레 떠올랐다.

'아아, 여기는 형무소가 아니로구나.'

믿어지지 않았지만 사실임엔 틀림없었다. 내가 부스럭거리며 일어나니 친구도 눈을 떴다.

"벌써 일어나?"

"음…."

"조금 더 자지 그래?"

"기차가 아침 8시에 있다며?"

"오늘 꼭 가야 하나?"

"뚜렷하게 갈 데는 없지만 여기에 더 있어서 뭘 하겠나?"

친구의 집이 가난해서가 아니라, 반길 사람이 없다고는 하지만 고향으로 돌아가 보긴 해야 했다.

"그럼 나도 일어나지."

친구도 그렇게 말하며 몸을 일으켰다. 친구 부인이 지어 주는 아침밥을 먹고 나는 서울역으로 갔다. 플랫폼에서 친구는 나에게 말했다.

"고향 일을 대강 보거든 서울로 오라. 같이 뭣이든 하자. 형무소 살이 하고 나온 형편으론 시골에 있기가 거북할 것 아냐? 우선 몸

붙일 곳은 내 집으로 하고 아무 걱정 말고 올라오게나.”

나는 고맙다고 말했다. P라는 그 친구는 조그마한 인쇄소를 꾸리고 있었다. 당분간 프린트 일을 거들어도 된다는 얘기도 있었다. 나는 방근숙을 만나야 하나, 어째야 하나를 마음 한구석에서 생각하며 고려해 보겠다고 대답했다.

삽상한 아침 공기를 뚫고 재건호 기차는 기적을 높이 울렸다. 기차는 차츰 속력을 더하면서 집과 집 사이로 빠져나갔다. 눈부신 아침 해를 받고 남산의 우거진 숲과 그 숲 사이에 우뚝 솟은 무전탑이 시야에 들어왔으나 나는 고개를 돌렸다. 얼마 가지 않아 한강이 나타났다.

‘강을 보는 것은 얼마 만이냐?’

엉뚱하게도 공자의 말씀이 생각나기도 한다.

‘저렇게 가는 것이로구나(서자여사, 逝者如斯), 참으로 저렇게 인생도 세사(世事)도 가는 것이다. 몇천 년인지 몇만 년인지 주위의 지형은 바꾸어 가면서도 물은 꼭 같은 모양으로 흐르고 있으니 강은 인생에서 감동적인 상징이라고 아니할 수 없다.

한강에서 이루어진 갖가지 비극을 찾으면 몇 권의 책이 될 것이지만 더욱이 6 · 25 때의 그 처절한 사건은 회상하기에도 징그럽다. 그러나 그 모든 것을 잊은 채 망각의 흐름에 싣고 먼 곳으로 보내 버리고 한강은 오늘도 저렇게 흐르는 것이니….’

이런 상념에 젖은 동안에 기차는 한강을 지나고 남으로 가속도를 냈다. 안양을 지나려 할 무렵, 나는 앞에 앉은 손님에게 물었다.

“안양교도소는 어디쯤 있습니까?”

마포에 있던 교도소가 안양으로 옮겼다는 소문을 들었기에 물은 것이다. 앞자리 손님은 내가 앉은 방향으로는 왼쪽을 가리켰다.

신록의 산 밑에 백색(白色)의 건물들이 집단을 이루고 있었다. 나는 나지막하게 중얼거렸다.

"부디 안녕!"

추풍령.

나는 우리나라 지명 가운데 이 추풍령이란 이름을 좋아한다. 서서히 오르막을 올라오므로 고소(高所)라는 느낌도 나지 않고 그 근처의 풍경이 이색적이지는 않지만 추풍령이란 이름만으로도 그곳을 지나면 만만찮은 감회가 돈다.

옛날 선조들은 서울로 과거(科擧)하러 올 때는 문경새재를 넘었다. 근세에 들어 철도가 깔린 후 우리 선배들은 청운(靑雲)의 꿈을 이 추풍령으로 넘겨 보냈다. 일제 강점기가 되자 청운과 추풍령과의 관계는 다소 밀도(密度)를 잃었으나 해방이 되고 독립된 이날에 와서는 영남의 청소년은 예나 다름없이 청운의 뜻을 이 추풍령으로 넘겨 보내게 되었다.

나는 7년 전 추풍령을 묶여서 넘었다. 손에 수갑을 채이고 몸에 포승을 두른 중죄인의 몰골로 추풍령을 넘어 서울로 압송되었던 것이다. 청운의 뜻을 품고 넘는 추풍령과 단죄를 받기 위해 넘는 추풍령!

무심한 산하(山河)도 인사(人事)가 끼이면 이 꼴이 된다. 그래 나는 어쭙잖은 유행가, 〈추풍령 고개〉란 노래만 들어도 속으로 눈물을 흘렸다.

그런데 지금 묶이지 않은 채 쇠사슬에서 풀린 몸으로 추풍령을 넘고 있는 것이다.

'묶여서 천리 길!'

나는 지금 묶여서 왔던 그 천리 길을 해방된 몸으로 돌아간다. 이런 감회, 저런 감회로 내 얼굴에 나도 모르게 눈물이 몇 줄기 흘러내렸던 모양이었다. 앞자리에 앉은 초로(初老)의 손님이 말을 걸어왔다.

"무슨 슬픈 일이라도 있습니까?"

부드럽고 안타까움이 섞인 음성이었다. 그 음성을 듣자 나는 솔직한 심정이 되었다.

"징역살이를 하고 돌아가는 길입니다."

"징역살이요?"

징역살이란 말에서보다 너무나 솔직 대담한 내 말에 손님은 놀란 모양이었다.

"그래 몇 년이나요?"

"7년이었지요."

"7년이나…."

"받은 형기는 10년이었지요. 감형을 받아 7년이 되었지만…."

손님은 더욱 놀라는 표정으로 이제는 내 얼굴을 자세히 바라보기 시작했다. 흉악범의 인상을 내게서 찾아보려는 속셈인 것 같았다. 그러나 어느 모로 보나 흉악범 같지는 않은 모양으로 그 손님은 의심스럽다는 듯이 고개를 떨구었다. 그 표정은 연유를 묻고 싶기는 한데 차마 물어볼 수 없으나 하여간 궁금하다는 그런 빛깔을 띠었다.

"대단한 고생을 하셨군요. 그런데….."

"제가 지은 잘못이 워낙 컸으니까요."

"어떻게 되었는데요?"

"사기를 좀 쳤어요."

"사기? 사기를 했기로서니 7년, 아니 10년이나…."

나는 그 이상 설명을 조작할 수도 없어 쓸쓸하게 웃기만 했다.

삼랑진에서 기차를 바꿔 탈 때 아는 얼굴들이 있지 않나 해서 약간의 두려움을 느꼈으나 다행히도 그런 얼굴은 없었다. 삼랑진에서부터는 벌써 고향길이란 느낌이 들었다. 그곳에서 언제나 느끼던 귀성 기분이 이번에는 일종의 좌절감으로 바뀐 것 같았다.

밤 10시에 진주에 도착했다. 진주의 집은 벌써 팔았다고 하니 진주에 내 집은 없다. 나는 여관으로 가야만 했다. 시골로 가는 버스 정류소 가까운 곳에 있는 여관에 들었다. 진주에서 여관에 잔다는 사실이 내게 이화감(異化感)을 주었다.

그 이튿날 아침, 나는 시골로 가는 버스를 타려다 말고 진주공원으로 올라갔다. 한 시간이면 갈 수 있는 시골이니 서두를 것도 없었고 대낮에 고향으로 가기 싫은 감정도 있었다. 진주공원에서 나는 남강을 내려다봤다. 그리고 건너편의 총죽(叢竹)을 바라보았다. 첫 여름 아침의 태양 아래 남강은 반짝거리며 흐르고 죽림의 푸르름은 신선했다.

망진산(望晉山)의 중턱에까지 집이 기어오르고 있는 것을 보면 진주도 꽤 발전한 것인지…. 나는 고개를 돌려 비봉산을 바라보았다. 산마루에까지 밭이랑이 기어올라 산 전체가 누른 보리빛깔이었다. 나는 어릴 적에 그 가파른 산으로 져 올리는 똥장군에 관해 작문을 쓴 일이 있었다.

"멀리서 바라보는 비봉산은 정답지만, 산마루에까지 똥장군을 져 올려야 하는 사람에게는 비봉산은 고통스러운 일터일 수밖에 없다."

대강 이런 뜻의 글이 아니었나 한다.

비봉산 위의 정자나무는 그냥 있었다. 고로(古老)의 말을 빌리면 임진왜란 때부터 있었다는 그 정자나무는 진주라는 서부 경남의 중심지에서 일어난 사건의 살아 있는 증인이다. 내가 어떤 잡지사의 부탁을 받아 진주의 풍토기(風土記)를 썼을 때 그 제목을 '비봉산 위의 정자나무가 말해 주는 진주의 영화와 수난'이라고 했다. 하여간 그 정자나무는 원행(遠行)한 진주의 아들딸이 고향으로 돌아올 때 가장 먼저 맞아 주는 진주의 명물이다.

개축된 촉석루는 내게 그다지 감회를 일으키지 않았다. 내게 소중한 것은 6·25 때 폭격으로 없어진 그 촉석루다. 새로 지은 촉석루는 옛날 그 자리에 이와 비슷한 모습을 한 촉석루가 있었음을 알려 주는 부호일 뿐이다. 본체에 대한 그림자일 뿐이다.

그림자를 세워 본체에 대신해 보겠다는 마음은 안타깝고 갸륵하다. 그러나 본체가 없어졌으면 폐허를 그냥 남기는 것이 좋지 않을까, 하는 생각도 든다.

폐허에 서서 한때 이곳에 웅장한 촉석루가 서 있었다고 상상하는 그 상상 속의 촉석루가 더 진실이며 아름답지 않을까.

폐허의 미(美)를 모르면 문화의 거룩함을 모르는 것이나 다를 바가 없다. 그렇다고 해서 촉석루를 신축한 진주시민의 정성에 흠을 잡자는 얘기가 아니다.

나는 진주공원에서 오전을 보내고 시골로 가는 버스를 탔다.

'금으로 고산을 치장할망정 폐의(敝衣)로 고향으로 돌아가지 말라'는 말이 있다.

성공하면 고향으로 돌아가도 좋으나 실패하면 고향에 돌아가서는 안 된다는 뜻이리라.

그러나 돌아가지 않을 수 없는 곳이 고향이다. 그렇다면 고향은 성공자에 대해서보다 실패자를 더 따뜻하게 맞이해야 한다. 그렇지 않고서야 고향이란 무슨 의미가 있겠는가.

하지만 인정과 세사(世事)는 그렇지가 않다. 환영하지 않아도 기고만장할 성공자에 대해서는 환영을 서두르고, 위로와 호의가 있어야 할 의기저상(沮喪)한 사람에게 싸늘한 게 고향이다.

내가 갈 곳은 사촌동생의 집이었다. 버스에서 내려 그 집으로 들어가니 사촌동생은 반기기 전에 먼저 놀랐다. 내가 나올 줄은 생각지도 않은 것이다. 그는 나를 도깨비를 보는 것처럼 한참 보고 섰더니 내게로 달려와 울먹거렸다.

"형님, 이게 웬일이오!"

나도 콧등이 시큰해짐을 느꼈다.

"편지를 하려 했지만 그보다도 내가 오는 것이 낫다고 생각해서…."

나는 미리 통지하지 못했음을 사과했다. 사실 너무나 급작스러운 일이 돼서 사전에 일릴 수도 없었다.

종수씨(從嫂氏)도 나와서 눈물을 흘렸다. 어린 조카들은 우리 부모님을 울리는 게 누구냐, 하는 듯이 호기심보다는 적개심을 품고 나를 쳐다봤다.

술상이 들어오고 밥상이 들어오고 야단을 떨었으나 나는 간단하게 대접을 받고 아버지, 어머니의 산소에 가 봐야겠다면서 나섰다. 종제(從弟)가 앞장을 섰다. 산소는 바로 뒷산에 있었다.

무덤은 묘비 하나 없는 초라한 것이었으나 양지에 있어 좋았다. 나는 부모님의 무덤 앞에서 내 불효를 사죄하는 뜻으로 오랫동안 꿇어앉아 있었다.

백부모의 산소, 중부모의 산소에도 갔다. 그러고 보니 내 윗세대는 모두 땅속으로 들어갔다. 그런 뜻을 사촌동생에게 말했더니 그도 깊은 감회를 느끼는 듯했다.

산소에서 돌아온 나는 가까이에 사는 친척들을 찾았다. 종제는 그처럼 서두르지 않더라도 서서히 하면 될 것이 아니냐고 말했지만 나는 마음에서 일체의 부담을 빨리 없애고 싶었다.

나는 우리 일가 가운데서도 촉망을 받는 축에 속했었다. 그러던 내가 감옥살이를 하게 되었으니 일가들의 실망은 컸고 그만큼 나를 대하는 태도가 냉정해진 것은 사실이었다. 더욱이 사상 관계라고 하니까 자기의 아들딸들에게 나쁜 영향이나 미치지 않을까 하는 격정도 들 것이니 무리도 아니었다.

해질 무렵, 나는 종제의 사랑으로 돌아왔다. 그러나 이웃 사람

하나, 친구 하나도 놀러오지 않았다. 옛날엔 내가 고향으로 돌아오면 집이 터질 듯 친구나 친지가 찾아왔던 일을 생각하니 내 스스로의 서글픔으로서가 아니라 그 야박한 인심에 얼굴이 화끈거렸다.

나는 2~3일간 고향에서 묵을 작정이었지만 그 이튿날 떠나기로 했다. 사촌동생의 말에 의하면 나의 집 재산은 거의 팔려 없어지고 조그마한 산이 하나 남아 있다는 것이다. 사촌동생이 마련해 준 얼마간의 돈을 쥐고 나는 고향을 떠났다.

고향에서 나오는 길로 나는 마산을 찾았다. 방근숙을 만날까 말까 망설이다가 우선 이 망설임을 졸업해야만 할 것 같아서 방근숙을 찾아보기로 결심한 것이다.

얼마만한 시간이 지났을까. 넋을 잃고 회상에 잠긴 동안에 그 긴 초여름의 해도 저물기 시작한 모양이었다. 너무나 오래 앉아 있는 나의 태도에 의혹을 품었음인지 다방 레지가 와서 물었다.

"손님은 누구를 기다리십니까?"

나는 당황했다.

"아니오. 사람을 찾으러 왔소."

"그래요?"

레지는 그렇게 대꾸하며 물러갔다. 둘러보니 다방엔 꽤 많은 손님들이 들어와 있었다.

'자리를 비워 달라는 소리인데….'

그렇게 생각했지만 해가 기울었다고는 하나 아직 밝은 대낮에 방근숙의 집을 찾아갈 수가 없었다. 나는 냉커피를 하나 더 시키고 자릿값을 하겠노라는 시늉을 했다.

'방근숙이 과연 그 집에 있을까? 있다면 혼자 살고 있을까?'

아까부터 단속적으로 번득이던 상념이 다시 이어졌다.

'만나서 뭐라고 하나? 어떤 태도를 취해야 하나?'

이것도 문제였다. 그러나 나는 결심했다. 주위가 어둑어둑해졌을 때 나는 셈을 치르고 다방을 나왔다.

다방에서 나온 나는 법원 뒷길을 거쳐 완월초등학교 쪽으로 천천히 걸었다. 천천히라고는 하나 가슴의 동계(動悸)는 심했다.

드디어 방근숙이 전에 살던 집으로 들어가는 골목의 어귀에 섰다. 아직 밤이 되지 않은 무렵인데도 골목은 호젓했다. 집마다 전등이 켜지고 집안에서 떠들어 대는 아이들의 소리가 간혹 들리기도 하고 볼륨을 높인 라디오 소리가 돌연 흘러나오기도 했다.

나는 도둑처럼 주위를 살피며 골목을 걸어 들어갔다.

집 앞에 섰다. 문패가 없었다. 나는 방망이질을 하는 가슴의 동계를 억지로 참으며 대문을 두드렸다. 아무런 소리도 들리지 않았다.

"계십니까?"

나는 대문을 아까보다 좀더 강하게 두드렸다. 신발을 끄는 소리가 났다. 대문 안쪽에 인기척이 있었다. 그러나 문을 열지 않고 늙은 여인의 음성이 들려왔다.

"누구십니까?"

나는 엉겁결에 내가 누군지 대답을 못하고 "방근숙 선생, 계십니까?" 하고 물었다.

"글쎄요. 누구십니까?"

되돌아오는 목소리를 듣고 나는 방근숙이 집에 있음을 직감했다.

"서울에서 왔습니다. 진주에서 살던 사람인데 서울 교도소에 있다가⋯."

말의 요령을 잡을 수가 없었다. 의식의 전도가 심했던 까닭일까.

안에서 뭐라고 부르는 소리가 나더니 황급히 뛰어오는 발걸음 소리가 있었다. 나의 심장은 멎을 것만 같았다.

대문의 빗장을 끄르는 소리가 들렸다. 대문이 열렸다.

방근숙이었다. 어둠 속에 피어오른 백합화 모양! 엉뚱한 상념이 뇌리에 커졌다. 그리고 불렀다.

"근숙 씨!"

처음에 나온 늙은 여인은 근숙의 고모였다. 근숙은 내가 옥살이하는 동안 고모를 모시고 살았다. 나는 근숙의 고모에게 정중한 인사를 드렸다. 이 이상 할 말이 더 있을까.

우리는 과거에 사로잡히지 말고, 되돌아보지 말고, 새로운 생(生)을 시작하자고 맹세했다.

근숙의 부모도 돌아가셨단다. 나나 근숙이 모실 어른은 근숙의 고모님 단 하나였다.

고모는 내일이라도 절에 가서 결혼식을 올리라고 다그쳤다.

우리는 사찰에서 혼인을 하고 그 길로 죽은 아내의 무덤을 찾았다. 아내의 무덤은 마산의 공동묘지에 있었다. 거기를 찾자는 것은 근숙의 제안이었다.

나와 근숙은 아무런 가책도 없이 그 무덤 앞에 설 수 있었다. 근숙은 근처에서 여름꽃을 모아 와서는 무덤 위에 놓고 중얼거렸다.

"당신의 남편을 사랑할 자격이 내게 있지요."

그 이튿날, 나는 근숙을 데리고 부산으로 갔다. 근숙의 전 남편 무덤을 찾을 요량이었다.

그 무덤은 해운대에 있는 어떤 산 중턱에 있었다. 앞으로 훤히 바다가 내려다보이는 양지 바른 곳이었다.

나는 근숙이 내 아내의 무덤에서 한 것처럼 근처의 여름꽃을 담뿍 꺾어 모아 온 무덤을 꽃으로 치장해 주었다. 그리고 또박또박 근숙의 어제 말을 되풀이했다.

"당신의 아내를 사랑할 자격이 내게 있지요."

그런데 나는 그 무덤에서 되레 죽음의 평온함을 부러워하는 생각에 잠겼다. 푸른 하늘, 푸른 바다, 갖가지 꽃, 불어오는 바람, 잠든 것 같은 잔디의 고요함!

이러한 것이 보장된다면야 무엇 때문에 애써서 살 필요가 있겠는가 하는 마음에서였다.

"당신 남편이 나를 원망하지 않을까?"

근숙은 청랑(晴朗) 한 표정으로 바다를 보며 대답했다.

"우리는 우리의 사랑을, 우리의 정성, 우리의 노력으로 싸워 얻은 것이에요. 누구에게도 부끄럽지 않고 누구에게도 자랑스러운 사랑이에요. 여보, 우리 뒤돌아보지 맙시다."

그렇다. 신은 우리의 사랑을 시험하기 위해서 우리에게 가혹한 시련을 부과했다. 그 시련에 이겨 남은 것이다. 우리는….

이제 우리는 떳떳한 마음으로 인생을 다시 시작할 수 있게 되었다. 백만인이라도 나가겠다는 용맹심이 일었다. 이 모든 시련에서 얻은 지혜를 꽃피워야겠다는 다짐도 굳었다.

한나절을 고스란히 바다를 굽어보며 지내다가 나와 방근숙은 산에서 내려오기 시작했다.

　격한 생존경쟁의 도가니 속으로 걸어 내려가는 심정이었다. 투우사가 투우장으로 들어서는 마음이었다. 그러나 두렵지 않았다.

　산에서 내려오다가 그 무덤을 뒤돌아보려는 나의 머리 위에 근숙은 가볍게 손을 뻗으면서 나무라듯 말했다.

"돌아보지 말래두요."

　그렇다.

"돌아보지 말라."

　나는 힘 있게 되뇌었다.

한국 근현대사 최초의 선각자이자
풍운아인 서재필! 언론인 출신 작가가
그의 치열한 내면세계를 밝힌다!

고승철 장편소설

소설 서재필

'3일 천하' 갑신정변의 청년 주역, 〈독립신문〉 창간자,
한국인 최초의 서양 의사, 독립운동가인 서재필!

'몽매한' 조국 조선의 개화를 위해 온몸을 던졌던 문무겸전 천재
서재필을 언론인 출신 소설가 고승철이 화려하게 부활시켰다.
구한말 개화의 소용돌이 속에서 펼치는 웅대한 스케일의 스토리는
대(大)서사시를 방불케 한다. 그의 진정성과 혁신가 리더십을 인정받아
서재필은 대한민국 초대 대통령으로 추대되기도 했다.
21세기 지금 정치리더십이 실종된 한국, 그의 호방스런 기개와 날카로운
통찰력이 그립다! **값 13,800원**

나남
nanam
Tel: 031-955-4601
www.nanam.net